Marlene Bach wurde 1961 in Rheydt geboren und wuchs nahe der holländischen Grenze auf. Sie ist promovierte Psychologin und heute im klinischen Bereich tätig. Seit 1997 lebt sie in Heidelberg. Im Emons Verlag erschienen ihre Kriminalromane »Elenas Schweigen«, »Kurpfälzer Intrige«, »Ab in die Hölle« und »Kurpfalzblues«.

MARLENE BACH

Ab in die Hölle

DER BADISCHE KRIMI

Gut geschrieben
Inge

emons:

MIX
Papier aus verantwortungsvollen Quellen
FSC® C083411
FSC www.fsc.org

Umschlagzeichnung: Heribert Stragholz
Umschlaggestaltung: Tobias Doetsch
Druck und Bindung: CPI – Clausen & Bosse, Leck
Printed in Germany 2011
Erstausgabe 2008
ISBN 978-3-89705-609-1
Der Badische Krimi 17
Originalausgabe

»Wahrlich, keiner ist weise,
der nicht das Dunkel kennt.«
Hermann Hesse

Es ist einfach. Viel einfacher, als man glaubt.

Man muss nur das, was man schon so oft in Gedanken getan hat, Wirklichkeit werden lassen.

Manche sagen, sie könnten das nicht. Sie wären zu weich, zu ängstlich, zu moralisch, zu gut. »Ich kann keiner Fliege etwas zuleide tun.«

Und am Abend sind sie stolz, wenn auch die letzte Mücke blutig zerquetscht an der Schlafzimmertapete klebt.

Viele haben schon getötet. Die meisten wahrscheinlich. Irgendwann einmal. Abends im Bett. Tagsüber, in der Straßenbahn, wenn man aus dem Fenster schaut und seinen Gedanken nachhängt.

Wenn man sich vorstellt, wie man dem ständig betrunkenen Ehemann an der Treppe einen kleinen Stoß gibt, damit er sich endlich den Hals bricht. Der nörgelnden Erbtante, die einfach nicht sterben will, beim Mittagsschlaf das Kissen auf das Gesicht drückt.

Es gibt auch die andere Variante. Die, bei der man nicht direkt beteiligt ist. Die Vorstufe. Zum Beispiel Unfälle aller Art. Der tyrannische Chef, dem man wünscht, dass er bitte, bitte mit dem Porsche aus der Kurve fliegen möge.

Oder man bringt sich selbst in Gedanken um. Lässt sich vom Bus überfahren. Springt von der Brücke. Überlegt, ob die Tabletten aus dem Badezimmerschrank wohl reichen würden.

Tausende von Morden. Jeden Tag. In jeder Straßenbahn.

Aber der eine überschreitet die Schwelle. Der andere nicht.

Alles nur eine Frage der Mischung.

Die richtige Mischung. Darauf kommt es an.

Man braucht einen Grund, der stark genug ist. Und ein Gefühl, so intensiv, dass man nicht mehr schlafen kann. Verzweiflung, Hass, Wut. Das hilft. Das macht es einfach.

Die Schwelle überschreiten. Die Seiten wechseln. Unwiederbringlich. Mit dem richtigen Grund und einem starken Gefühl wird es ganz einfach. Dann kann es jeder.

Wirklich jeder.

Besuch vom Henker

Eine Überraschung wartet auf Sie. Wenn das die Überraschung war, dann konnte sie gerne darauf verzichten. Jetzt war das Mistding schon wieder kaputt. Superschicke Büroräume, aber für einen ordentlichen Aufzug reichte es nicht.

Am liebsten hätte sie gegen die Tür getreten.

Blöder Aufzug. Blödes Horoskop.

Und das ausgerechnet heute. Schon den ganzen Tag taten ihr die Knie weh. Bestimmt schlug das Wetter wieder um.

Henrike Karl nahm ihre Plastiktüten und machte sich auf in das enge Treppenhaus. Mühsam schleppte sie sich die Stufen hoch, den Blick auf den Boden geheftet. Es waren siebenundfünfzig. Wenn man sie zählte, dann war es einfacher. Dann wusste man, wie viel schon geschafft war. So wie man die Tage zählt, bis endlich Urlaub ist.

Nächste Woche. Zum Glück hatte sie nächste Woche Urlaub. Und übernächste auch. Der Silberstreif am Horizont.

Sie wusste schon, wo es hinging. Balkonien war nicht drin. Sie hatte keinen Balkon. Aber sie hatte eine Bank. Und einen Fluss. Und einen Berg.

Sie würde sich unten an den Neckar setzen, da, wo die Boote von der Weißen Flotte ablegten. Von dort konnte sie rüber nach Neuenheim sehen. Auf die Villen und den grünen Hügel dahinter, auf das Restaurantschiff und den Tretbootverleih. Da stand ihre Bank. Ihre Lieblingsbank.

Früher war sie auch gerne zum Philosophenweg hochgegangen. Auf die Bank von Königin Silvia. Zumindest war ein Schild mit ihrem Namen dran. Da war es auch schön. Aber bis dahin war es weit. Und man wurde ja nicht jünger.

Noch vier Tage.

Noch siebenundzwanzig Stufen.

Sie hatte auf den Boden gesehen und nicht gehört, dass jemand die Treppe herunterkam. Unsanft berührte ihr Gegenüber sie an der Schulter.

Ärgerlich drehte sie sich um. »He, passen Sie doch auf!«

Menschen waren das heute. Rannten einfach weiter, ohne sich zu kümmern. Alle hatten es eilig. Immer nur hetzen, schnell, schnell.

»Vielen Dank auch für die Entschuldigung!«, rief sie dem eiligen Menschen hinterher.

Die letzten Stufen. Gott sei Dank. Die Tür zur Büroetage war nicht abgeschlossen. Es brannte Licht. Sie schaute auf die Uhr. Kurz nach sieben. Sie war fast eine halbe Stunde zu früh. Aber das störte hier niemanden.

Die Frau war bestimmt sowieso schon weg. Die hatte sie überhaupt nur drei, vier Mal gesehen, seitdem sie hier putzte. Wahrscheinlich würde sie die auf der Straße nicht mal mehr wiedererkennen. Die machte das richtig.

Am Abend, da saß man doch nicht mehr im Büro, wenn man nicht unbedingt musste. Nicht wie der junge Mann. Der hockte fast immer hier. Da konnte sie so spät kommen, wie sie wollte.

Das sollte einer verstehen. Wenn der hässlich gewesen wäre, mit Pickeln im Gesicht, dann hätte sie vielleicht noch Mitleid mit ihm gehabt. Aber so, wie der aussah, hätte der längst eine nette Frau und Kinder haben können.

Typisch. So waren sie, die jungen Leute. Geld, Geld, Geld. Und mit fünfzig dann das Gejammer, weil sie merkten, dass sie etwas verpasst hatten. Und dann bekamen sie Depressionen und schluckten kiloweise Pillen. Zahlte ja alles die Krankenkasse. Von *ihren* Beiträgen. Die sollten sich besser mal am Neckar auf die Bank setzen.

Sie machte sich an die Arbeit. Wusch das Geschirr in der Küche ab, wischte Staub, sprühte den Glasreiniger auf die Tischplatte und entfernte alle Abdrücke.

Ein Tisch mit einer Glasplatte in der Küche! Und ein Fußboden aus glänzendem schwarzem Stein. Das konnte man sich auch nur erlauben, wenn man nicht selbst sauber machen musste. Wenn einem die Knie nicht wehtaten. Wenn man im Urlaub auf die Kanaren flog.

Sie sollte aufhören mit der Grübelei. Wenn sie sich zu viele Gedanken machte, dann fing sie nur wieder an, sich zu ärgern. Das war nicht gut für den Blutdruck.

Aber es ging gar nicht anders. Beim Putzen machte man sich nun mal Gedanken. Zum Beispiel über diesen jungen Mann da in seinem Büro. Sie mochte ihn nicht besonders. Er war nett und höflich, wenn er sie sah. Aber er war kein *wirklich* höflicher Mensch. Der tat nur so. Alles Fassade.

Das war einer, der auf dem Klo danebenpinkelte. Dem der Kaffeefilter am Eimer vorbeifiel und der ihn einfach liegen ließ. Der sich Pizza bestellte und den halb leer gefutterten Pappkarton auf dem Tisch stehen ließ.

Unhöflich. Rücksichtslos. Der wusste, dass sie das wegmachen musste. Dass es keine Heinzelmännchen gab. Wenn man nur höflich war, während man dem anderen gerade ins Gesicht schaute, dann konnte man es auch gleich sein lassen.

Henrike Karl putzte. Putzte und putzte. Dachte über all die unhöflichen Menschen nach, die ihr das Leben schwer machten. Und wurde ärgerlicher und ärgerlicher.

Sie wischte den Flur, bis der Boden glänzte wie ein Spiegel. Vielleicht sollte sie den mal so glatt polieren, dass dieser rücksichtslose Schnösel sich auf die Nase legte, wenn er aus seinem Büro kam. Das wäre noch was. Kommt raus, und schon sitzt er auf dem Allerwertesten.

Vielleicht ging es auch nicht so glimpflich ab. Vielleicht kippte er hintenüber und knallte mit dem Kopf auf den Boden. Das tat weh. Das tat mindestens so weh wie kaputte Knie. Und wenn der sich dann das Genick brach? Oder so mit dem Kopf aufschlug, dass ein Loch drin war? Ob man sie dafür belangen konnte?

Öl ins Wischwasser statt Putzmittel. Nur ein paar Tropfen. Dann würde es bestimmt schön glatt. Salatöl.

Sie richtete sich auf und atmete einmal tief durch. Manchmal musste sie sich einfach solche Sachen ausdenken. Das tat gut. Da ging es ihr gleich besser.

Sie machte die Toiletten sauber. Dann stand sie vor der geschlossenen Zimmertür. Also wieder einmal um den Herrn drum herumwischen.

Henrike Karl lauschte. Seltsam still war es da drin. Der telefonierte ja ausnahmsweise mal nicht. Ein Wunder. Der machte doch sonst nichts anderes.

Sie klopfte. Klopfte noch mal. Keine Reaktion.

Sie drückte die Klinke herunter und ging zögernd hinein. Da war wohl jemand hinterm Schreibtisch eingeschlafen. Das kam davon, wenn man abends im Büro hockte.

»Hallo?«

Sie trat einen Schritt näher.

»Hallo! Herr Zwingler!«

Er lag mit dem Kopf auf der Tischplatte und regte sich nicht. Was war denn das für ein Schmier auf dem Schreibtisch? Kakao?

Henrike Karl legte ihre Hand auf die Schulter des Mannes und rüttelte ihn ein wenig.

»Hallo! Hallo, Herr Zwingler?«

Die rotbraune Flüssigkeit hatte sich um den Kopf herum wie ein kleiner See ausgebreitet. Dick und zäh. War über die Glasplatte gelaufen und tropfte herunter. Auf ihren Schuh. Hinterließ einen dunkel glänzenden Fleck.

Ein zweiter Tropfen. Und noch einer.

Das ist kein Kakao, dachte Henrike Karl.

Wieder tropfte es auf ihren Schuh.

Sie schaute nach unten. Und begriff, *was* da auf ihren Schuh tropfte.

Eine Überraschung.

Eine, die ihr ganzes Leben verändern sollte.

*

»Ich kann jetzt nicht weg. Gleich kommt ›Das perfekte Dinner‹ im Fernsehen.«

Am anderen Ende war es still.

Ihr Assistent war wirklich ein humorloser Mensch. Der glaubte auch alles, was sie sagte.

»Also gut. Ich nehme es auf Video auf. Wo liegt unsere Leiche?«

Maria notierte sich die Adresse. Ein Bürogebäude in der Gaisbergstraße.

Das war es dann mit dem gemütlichen Abend auf der Couch. Aber richtig gemütlich wäre es sowieso nicht geworden. Bei knapp fünfzehn Grad in der Wohnung konnte es nicht gemütlich sein.

Mit zwanzig hätte sie sich über solche kleinen Widrigkeiten wie eine kaputte Heizung nicht besonders aufgeregt, zwei Pullis angezogen und bis zum nächsten Tag gewartet. Wenn man aber die Mitte fünfzig überschritten hatte, war das kein Spaß mehr. Schnupfen, Husten und Heiserkeit lauerten schon auf der Türschwelle. Milliarden von Bazillen, die nur darauf warteten, über ihren kältegeschwächten Organismus herzufallen.

Der Installateur hatte versprochen, in zwanzig Minuten da zu sein. Das war vor einer Stunde. Schnell zog Maria die Jacke über. Sie würde hochgehen und Herrn Meltzer fragen, ob er in ihrer Wohnung bleiben und den Handwerker reinlassen könnte.

Im Flur stolperte sie über den Korb mit den leeren Plastikflaschen, die sich daraufhin wie Kegel polternd überall verteilten. Mist. Sie griff nach dem Schlüssel und riss die Tür auf.

Der Mann in der blauen Latzhose stand direkt vor ihr, die Hand schon am Klingelknopf. Da hatte wohl mal wieder jemand die Eingangstür nicht richtig hinter sich zugezogen.

»Da sind Sie ja! Kommen Sie rein.«

Die Gastherme hing im Abstellraum. Maria eilte voran. Aber als sie sich in der Küche umdrehte, war niemand da. Anscheinend war der Herr einer von der langsamen Truppe. Sie ging zurück. Die Schnecke stand immer noch an der Türschwelle.

»Wollen Sie da übernachten oder was? Jetzt kommen Sie schon. Ich habe noch eine Verabredung mit einer Leiche.«

Endlich schaffte es der blau belatzte Mann, die Schwelle zu überschreiten.

»Äh, wissen Sie …«, begann er zögerlich.

Irritiert sah er auf die leeren Plastikflaschen. Gut, es war nicht sehr aufgeräumt. Aber deshalb musste man ja nicht gleich wie ein verschrecktes Kaninchen in der Tür stehen bleiben.

»Ich sammel die Dinger. Damit ich die Handwerkerrechnungen bezahlen kann. Und wenn Sie jetzt vielleicht die große Güte hätten weiterzugehen. Sie müssen in den Abstellraum hinter der Küche.«

Na endlich. Die Schnecke bewegte sich zögernd vorwärts. Maria nutzte die Chance, ging an ihm vorbei und zog die Tür von außen zu. Nicht, dass der es sich anders überlegte und wieder zurückkroch.

Sie lief die Treppe hoch zu Herrn Meltzer und bat den alten Herrn, runterzugehen und den Mann in ihrer Wohnung im Auge zu behalten. Dann setzte sie sich auf ihr Fahrrad und fuhr quer durch die Weststadt Richtung Gaisbergstraße.

Maria lebte gerne in diesem Stadtviertel Heidelbergs. Hier gab es noch das ein oder andere Fleckchen Grün, schöne alte Häuser aus der Gründerzeit, ein Einbahnstraßenlabyrinth für Autofahrer und Plätze, auf denen sich im Sommer die Menschen zum Schwätzchen trafen.

Es war ihr Zuhause. Seit über zwanzig Jahren. Und dass sie jetzt schon die Leute drei Straßen weiter umbrachten, passte ihr nicht. Zu Hause hatte man nicht gerne eine Leiche herumliegen.

Keine fünf Minuten später stand sie etwas abgehetzt in der Büroetage. Im Flur tummelten sich die Leute von der Spurensicherung. Blitzlichter flammten auf, Stimmengemurmel drang aus den Räumen. Am Ende des Gangs entdeckte Maria ihren Assistenten. Roland Alsberger sprach mit einer älteren Frau, die auf einem Stuhl an der Wand saß.

Als er sie sah, kam er mit schnellen Schritten auf sie zu. Er zog einen kleinen Notizblock aus der Jackentasche und begann, noch bevor sie überhaupt den Mund aufmachen konnte, die Fakten herunterzurasseln.

»Das Opfer ist männlich, vierunddreißig Jahre alt. Name: Eugen Zwingler, gemeldet mit einer Adresse in Handschuhsheim. Laut Visitenkarten ist er Finanzberater und hat hier sein Büro. Hauptmieterin der Etage ist eine Rabea Haschke. Die Putzfrau hat den Toten gefunden, als sie sauber machen wollte. Es wäre wohl gut, wenn wir die Zeugin bald befragen würden. Sie ist in einer sehr schlechten Verfassung.«

Nicht nur die, dachte Maria. Alsberger sah leicht grünlich aus. Seine typische Gesichtsfarbe, wenn eine Leiche weniger als hundert Meter von ihm entfernt lag. Sie harmonierte allerdings recht gut mit seinem türkisfarbenen Pullover, der unter der schwarzen Lederjacke zu sehen war.

Alsberger war ein eitler Gockel. So sah *sie* es auf jeden Fall.

Ihre Tochter Vera dagegen war der Meinung, dass er einer der wenigen Männer sei, die es verstanden, sich geschmackvoll anzuziehen. Ihr hätte das harmonische Ensemble von zartgrüner Gesichtsfarbe und türkisfarbenem Pulli sicher gut gefallen. Aber Vera war eben auch parteiisch. Vera liebte dieses grünliche Männerexemplar.

»Und, sieht die Leiche schlimm aus?« Maria konnte es sich nicht verkneifen.

Alsberger nickte stumm und schaute krampfhaft auf sein Blöckchen.

»Was sagt Jörg Maier?«

»Ich dachte, den wollen Sie vielleicht lieber selbst befragen.«

Klar. Denn wenn man den Rechtsmediziner etwas fragen wollte, dann musste man sich mit ihm in einem Raum aufhalten. Und da Jörg Maier im Moment da war, wo die Leiche war, hätte man vielleicht einen Blick darauf werfen müssen.

»Was ist mit dieser Frau Haschke?«

»Sie ist in Heidelberg gemeldet. Wir haben schon versucht, sie telefonisch zu erreichen, aber es geht niemand ran.«

»Na, dann werfen wir beide doch mal einen Blick auf unser Opfer.«

»Sicher«, sagte Alsberger. »Ich ruf nur noch mal kurz Vera an, dass ich nicht kommen kann.«

Weg war er.

Die Atmosphäre des Büros erinnerte Maria ein wenig an einen Eisschrank, und das, obwohl hier die Heizung funktionierte. Glas, Chrom, schwarzes Leder. Klare Linien, wie man so schön sagte.

Der leblose Körper klemmte zwischen der Rückenlehne des Bürostuhls und der Vorderkante des Schreibtischs. Der Kopf lag seitlich auf der Glasplatte, der Mund war leicht geöffnet, fast so, als wäre dieser Mensch selbst erstaunt über das, was ihm da geschehen war.

Die dichten schwarzen Haare glänzten feucht vom Blut einer Schädelverletzung, die man erst sah, wenn man unmittelbar neben dem Toten stand. Seine Gesichtszüge waren etwas grob, aber ebenmäßig. Ein attraktiver Mann. Sofern man das über jemanden in diesem Zustand noch sagen konnte.

»Da hat aber einer ganze Arbeit geleistet, was?«, sagte Maria mit Blick auf die Blutlache, die den Kopf des Toten umgab.

»Allerdings.« Jörg Maier, ein grauhaariger Mann in Marias Alter, war gerade dabei, seine Sachen zusammenzupacken. »Mindestens zwei Schläge auf den Schädel. Aber das ist nicht alles. Die Halsschlagader wurde durchtrennt. Deshalb schwimmt hier auch alles in Blut.«

Er hob den Kopf des Mannes ein wenig an, sodass sie den Hals sehen konnte. Ein langer, blutiger Schnitt zog sich quer über die Kehle.

»Die Leichenstarre setzt gerade erst ein. Ich schätze, das hier muss irgendwann zwischen siebzehn und neunzehn Uhr passiert sein. Vielleicht eher noch zwischen achtzehn und neunzehn Uhr.«

Jörg Maier seufzte.

»Karin und ich wollten gerade essen gehen. Wir haben heute Hochzeitstag.« So, wie er es sagte, hörte es sich nicht gerade nach einem Freudentag an. »Karin meint, sie hätte es satt, mit Leichen zu konkurrieren. So blass könne sie sich einfach nicht schminken.«

»Tut mir leid.« Maria kannte Karin. Das war bestimmt nicht alles, was sie gesagt hatte.

»Schon gut. *Du* hast ihn ja nicht umgebracht.« Nachdenklich schaute Jörg Maier auf den Toten. »Der Schlag ist wahrscheinlich mit einem stumpfen Gegenstand ausgeführt worden. Stumpf und schwer. Und der Schnitt … auf jeden Fall hat das Messer eine sehr scharfe Klinge. Die Wundränder sind ganz glatt.«

Alsberger war in der Tür erschienen.

»Erschlagen? *Und* die Kehle durchgeschnitten?«, fragte er.

»So sieht es aus. Hier, schauen Sie mal.«

Wieder hob Jörg Maier den Kopf des Toten an.

Alsberger zögerte, dann trat er einen Schritt an die Leiche heran und beugte sich vor, um die Schnittwunde am Hals sehen zu können.

Es geschahen doch noch Zeichen und Wunder! Ihr Assistent näherte sich einem Mordopfer auf weniger als einen Meter. Wer hätte das gedacht!

Als Alsberger sich wieder aufrichtete, hatte seine Gesichtsfarbe von grün zu kalkweiß gewechselt. Er murmelte etwas, das Maria nicht verstand, das sich aber sehr nach einer japanischen Automarke anhörte.

»Was für ein Mazda?«, fragte sie.

»Matzatello!«, wiederholte Alsberger, mit einer Stimme, als stünde er selbst mit einem Fuß im Grab. »Der Matzatello! Das haben sie im Mittelalter so gemacht. Der Henker, in Italien. Der Verurteilte musste sich vor den Sarg stellen, dann hat der Henker erst mit dem Hammer zugeschlagen und ihm im Fallen noch die Kehle durchgeschnitten.«

Wie gebannt starrte er auf den Toten.

»Ich habe mal ein Referat darüber gehalten. Mazza, das heißt Hammer oder so was.«

Maria schaute sich suchend um.

»Und wo ist der Sarg?«

Jantzek kam ins Zimmer und ersparte ihrem Assistenten die Antwort. Der Leiter der Spurensicherung sah aus wie ein roter Luftballon kurz vor dem Platzen. So wie er immer aussah, wenn er wütend war und sein Blutdruck wahrscheinlich die Hundertachtzigermarke überschritten hatte.

»Diese Frau da! Sie hat geputzt«, zischte er leise. »Den Gang! Nass! Mit ihrem blöden Mikrofaserlappen. Das Wischwasser hat sie ins Klo gekippt. Und die Spülung gedrückt. Und die Türklinke hier im Büro wurde von innen abgewischt! Nimm sie fest, Maria.«

»Weil sie geputzt hat?«

»Weil sie schuldig ist!« Jantzek warf einen erbosten Blick in Richtung Flur. »Sieh sie dir doch an! Wie sie dasitzt! Das personifizierte schlechte Gewissen. Die hat gerade jemanden umgebracht. Garantiert! Erst hat sie ihm die Kehle durchgeschnitten und dann alle Spuren beseitigt. Mit ihrem Freund, Meister Proper!«

Maria konnte seinen Ärger gut verstehen. Spuren an einem Tatort zu vernichten, war für Jantzek wahrscheinlich so, als würde dem Jäger ein Wildschwein vor die Flinte laufen und mit Herzinfarkt umkippen, bevor er schießen konnte. Trotzdem entschied sie sich, wenigstens einmal mit der Frau zu reden, bevor sie sie festnahm.

Die Putzfrau saß immer noch auf ihrem Stuhl im Flur. Mit blassem Gesicht schaute sie hoch, als Maria sie nach ihrem Namen fragte.

»Ich heiße Karl«, murmelte sie kaum hörbar. »Henrike Karl.«

Frau Karl mochte Anfang sechzig sein. Sie war spindeldürr. Aus dem schmalen Gesicht, das von tiefen Furchen durchzogen war, ragte die etwas zu groß geratene Nase spitz hervor. Das kommt davon, wenn man sich mit den Jahren nicht ein paar Pfund zu viel zulegt, dachte Maria. Dann doch lieber etwas mollig.

»Ich habe geklopft«, begann Frau Karl ungefragt mit leiser Stimme. »Die Tür zu seinem Büro war zu. Dann habe ich noch mal geklopft. Aber er hat nicht geantwortet. Da bin ich rein. All das Blut! Furchtbar.«

»Um wie viel Uhr sind Sie gekommen?«

»Kurz nach sieben. Bei Herrn Zwingler war die Tür zu. Ich habe gedacht, der arbeitet noch. Da hab ich dann schon mal das andere Büro gemacht. Und die Toiletten. Und den Flur. Den Flur auch.«

»Haben Sie im Büro von Herrn Zwingler etwas angefasst?«

Frau Karl schüttelte den Kopf.

»Nichts abgewischt? Nichts sauber gemacht? Ganz bestimmt nicht?«

Die Stimme der hageren Frau wurde ein wenig schrill.

»Ich mache immer so gründlich sauber. Der Flur ...«, Frau Karl hielt inne, »... der Flur ist immer so. Ich meine ... so glatt ist der immer. Das kommt von dem Stein. Das wird einfach so glatt. Da kann man gar nichts dran machen.«

Frau Karl bestritt, in dem Zimmer etwas angefasst zu haben. Ganz bestimmt nicht. Und die Türklinken wische sie nie ab.

»Er lag doch da. Und das ganze Blut. Ich meine, man konnte doch sehen, dass da was passiert ist.«

Maria glaubte ihr. Auch wenn Jantzek Frau Karl gerne in der Arrestzelle gesehen hätte: Nicht nur Reinigungskräfte konnten Türklinken abwischen. Mörder auch. Man wunderte sich manchmal, wie erfinderisch und reinlich Menschen wurden, wenn es darum ging, ihre Spuren an einem Verbrechen zu beseitigen.

»Ist Ihnen etwas Besonderes aufgefallen?«, wollte Maria wissen.

»Nur der Aufzug. Der ist kaputt. Aber das ist oft so.«

»Ist Ihnen jemand begegnet, als Sie kamen?«

Die Putzfrau sah sie an, als habe sie ihr gerade die Fünfhunderttausend-Euro-Quizfrage gestellt.

»Meinen Sie den Mörder?«

»Haben Sie denn jemanden gesehen?«

Frau Karl senkte den Blick und schaute auf ihre Schuhe. Dann schüttelte sie den Kopf.

»Nein. Da war niemand.«

Immer noch sah sie auf ihre Schuhe. »Es ist auf meinen Schuh getropft. Sein Blut. Auf meinen Schuh!«

Die Panik in ihrer Stimme war nicht mehr zu überhören.

»Auf *meinen* Schuh.«

Sie fing an, wie ein Fisch nach Luft zu schnappen. Immer schneller und schneller. Es war unmöglich, noch etwas aus ihr herauszubekommen. Frau Karl brauchte keine Fragen mehr. Frau Karl brauchte einen Arzt. Jörg Maier kümmerte sich.

Als es ihr wieder besser ging, musste sie eine Leibesvisitation über sich ergehen lassen. Auch ihre Einkaufstüten wurden sorgfältig inspiziert. Als einer der Beamten eine Flasche Salatöl hervorzog, war Frau Karl einem Zusammenbruch nahe. Maria ließ sie nach Hause bringen.

Die Spurensicherung durchkämmte die Büroetage bis in den letzten Winkel. Sie suchten nach Fingerabdrücken auf allen Türen und Zwischentüren. Gegenstände aus dem Büro des Toten wurden nummeriert, fotografiert und in Plastiktüten verpackt. Sie suchten und suchten. Vor dem Gebäude, in jedem Gebüsch, in jeder Mülltonne, die an der Straße stand.

Sie fanden nichts. Absolut nichts, was ihnen weitergeholfen hätte.

*

Sie hielt den Schuh in den Wasserstrahl. Fuhr mit der rauen Bürste über die Stelle, auf die das Blut getropft war. Wieder und wieder. Bis sich das Leder in kleinen Fetzen zu lösen begann.

Es waren doch nur Gedanken gewesen. Das konnte ja nicht zusammenhängen. Das war Zufall. Das *musste* Zufall sein. Sie war ja schließlich keine Hexe.

Ihr Herz schlug so schnell, dass ihr schwindlig wurde. Sie musste sich setzen. Werd ruhig, Henrike, sagte sie sich. Beruhige dich.

Sie schloss die Augen und dachte an das Wasser. Die weißen Schiffe.

Es war zu spät, um hinzugehen. Zu spät und zu dunkel.

Nur ein Rücken. Viel mehr hatte sie ja gar nicht gesehen. Einen Mantel. Haare. Eine helle Stofftasche, die aussah, als wäre etwas Schweres drin gewesen. Damit konnte die Polizei sowieso nichts anfangen.

Wenn sie etwas gesagt hätte, stünde morgen in der Zeitung, dass es eine Zeugin gab. Aber der eilige Mensch, der im Treppenhaus davongerannt war, lief immer noch draußen herum.

Erst vor ein paar Tagen hatte sie es gelesen. Die Kronzeugin in einem Mordprozess. Man hatte sie umgebracht, bevor sie aussagen konnte.

Nein, sie hatte nichts gesehen. Ganz bestimmt nicht.

Von Vogelscheuchen und Kaninchen

Maria schaute in den dunklen Himmel. Milliarden von Sternen glitzerten am Firmament. Eines der kleinen Lichter löste sich vom samtig blauen Hintergrund. Leicht und schwebend wie eine Feder fiel es der Erde entgegen. Ein winzig kleines Kristall aus gefrorenem Wasser.

Es landete genau auf ihrer Nasenspitze. Filigran. Wunderschön. Und entsetzlich kalt. Der nächste Stern setzte sich in Bewegung, und noch einer, und noch einer.

Alle miteinander landeten sie auf ihrer Nasenspitze. Ein Berg glitzernder Kälte, der sich immer höher auftürmte. So kalt, dass es in ihrer Nase anfing zu kribbeln. Halb angenehm, halb quälend. Ein Kribbeln, dem unweigerlich eine Explosion folgen musste.

Sie wurde von ihrem eigenen Niesen wach. Es dauerte einen Moment, dann hatte die Realität sie wieder. Über ihr war die dunkle Decke des Schlafzimmers, an der leider kein einziger Stern glitzerte. Es war kalt. Am liebsten hätte sie sich die Bettdecke über die Nase gezogen und sich noch einmal umgedreht. Zu spät. Zeit aufzustehen.

Als Maria den Hahn in der Dusche aufdrehte und das eiskalte Wasser ohne jede Vorwarnung auf ihren Körper prasselte, dachte sie für einen kurzen Moment, sie würde an einem Herzstillstand sterben. Wutentbrannt lief sie, nackt wie sie war, zu dem kleinen Abstellraum hinter der Küche.

Die Therme war aus. Tot sozusagen. Mausetot. Kein noch so winziges blaues Flämmchen war durch das kleine Guckloch zu sehen.

Was hatte dieser Idiot von Handwerker hier eigentlich gestern gemacht? Auf ihrem Sofa gesessen und Zeitung gelesen wahrscheinlich. Der Firma würde sie noch was erzählen.

Ungeduscht und ohne Frühstück machte sie sich auf zum Dienst. Dann lieber erst im Büro Kaffee trinken, als zu Hause in der ungeheizten Küche frieren.

Sie konnte das Gähnen kaum unterdrücken, als sie die Römerstraße entlanglief. Vier Stunden Schlaf reichten einfach nicht aus. Es regnete, aber das lausige Wetter hatte wenigstens ein Gutes: Als sie bei der Polizeidirektion ankam, war sie endlich wach.

Das war auch bitter nötig, denn ihr Vorgesetzter Edwin Ferver, mit dem sie auf den Stufen vor dem Gebäude zusammentraf, hatte offensichtlich auch nicht lange genug geschlafen. Oder nicht gut. Auf jeden Fall war er übelster Laune, wie so oft in letzter Zeit.

»Es wäre nett, wenn Sie mich demnächst persönlich über einen neuen Fall informieren würden, statt Herrn Alsberger Ihre Aufgaben erledigen zu lassen. Und die Sonderkommission heißt ›Gaisbergstraße‹. Bevor Sie wieder auf die Idee kommen, uns mit irgendwelchen Märchennamen in der Öffentlichkeit lächerlich zu machen«, begann er ohne weitere Vorwarnung. »Und diesmal alle Berichte pünktlich, wenn ich bitten darf. Nicht Ihr übliches Geschluder.«

Ferver war mit knappem Gruß an der Pforte vorbeigeeilt. Schnellen Schrittes lief er die Treppe zum ersten Stock hoch. Maria kam sich vor wie ein lahmer Dackel, der einem Windhund folgte. Obwohl bei Fervers Körpergröße der Vergleich mit einem Rehpinscher sicherlich passender gewesen wäre. Auf jeden Fall war er schnell. Schnell und bissig.

Zum Glück blieb keine Zeit, um sich zu ärgern. Sie war mit den drei Mitarbeitern verabredet, die mit ihr zusammen das Kernteam bilden würden: Dieter Mengert, Stoppelkopf und Quertreiber, Arthur Pöltz, Schwergewicht und gute Seele der Abteilung, und ihr inzwischen hoffentlich nicht mehr grünlicher Assistent Roland Alsberger.

Als sie die Tür zum Besprechungsraum öffnete, schlug ihr überbordende Fröhlichkeit entgegen.

»Oder aus Plastik! Die bestell ich höchstpersönlich!«

Mengert, der sein Haar in diesem Frühjahr ungewöhnlich lang trug – es stand in Borsten von circa einem halben Zentimeter vom Kopf ab –, schlug mit der Hand auf den Tisch und lachte, als habe er den Witz des Jahrhunderts gemacht. Arthur Pöltz gluckste, und sein massiger Körper, den Maria inzwischen locker auf hundertsiebzig Kilo schätzte, wackelte wie Waldmeistergrütze. Auch Alsberger verkniff sich nur mühsam das Lachen.

»Darf ich vielleicht erfahren, was diesen Heiterkeitssturm bei den Herren ausgelöst hat?«

Mengert winkte ab. »Schon gut, Maria. Das ist eine Sache unter Männern.«

Sollte sie das jetzt als Kompliment auffassen? Dass man hier ausnahmsweise einmal zur Kenntnis nahm, dass sie weiblich war?

Arthur hatte sich als Erster wieder beruhigt.

»Was hat denn die Leiche da gemacht?«, fragte er.

Das liebte sie an ihren Mitarbeitern: präzise Fragestellungen, exakte Formulierungen.

»Er war Finanzberater, falls es das sein sollte, was du wissen willst.«

Sie hängte ihre feuchte Jacke über den Stuhl und setzte sich.

»Na, das reicht als Mordmotiv ja schon aus.« Mengert fuhr sich mit der Hand über die Stoppelfrisur, als gebe es da etwas zu richten. »Ich hatte so einen Typ mal auf den Fersen. Der war schlimmer als die Pest, kann ich euch sagen.«

Arthur, immer bemüht, auch das Gute im Menschen zu sehen, erhob Einspruch. »Also, ich kannte einmal eine sehr nette Finanzberaterin.«

»Kann ich mir vorstellen. Wahrscheinlich hat sie mit dir geflirtet, und du hast sofort eine Lebensversicherung für deinen Gartenzwerg abgeschlossen.«

»Mengert, es reicht«, stoppte Maria den Kollegen.

Auch wenn sie seine Einschätzung durchaus teilte. Arthur, von dem sie vermutete, dass er mit seinen gut vierzig Jahren noch nie eine Freundin gehabt hatte, war wahrscheinlich leichte Beute für Frauen, die ihm irgendetwas aufschwatzen wollten. Sie mussten nur nett zu ihm sein, dann schmolz der gute Arthur wie Schnee in der Sonne.

Das Telefon klingelte. Es war Jantzek, bester Laune.

»Wir sind in Zwinglers Wohnung. Sehr unergiebig.«

»Und weshalb hast du dann so gute Laune?«

»Ich wollte dir nur sagen, dass wir gestern Nacht in seinem Büro doch noch etwas gefunden haben!«

Irgendwann gegen zwei Uhr war Maria nach Hause geschlichen, während Jantzek noch dabei gewesen war, auf allen vieren über den Boden zu kriechen und jede Fluse einzutüten.

Seine Stimme klang, als handle es sich bei seinem Fund um einen Lottogewinn. Oder die Tatwaffe, übersät mit Fingerabdrücken.

»Und, was ist es? Die Adresse des Mörders?«

»Haare!« Der Triumph in Jantzeks Stimme war nicht zu überhören. »Jede Menge Haare.«

»Wie schön.«

»Die Türen sind an der Unterseite etwas aufgeraut. Da hingen sie dran. Unter der zu Zwinglers Büro haben wir mehrere kurze, schwarze gefunden. Zwei Zentimeter lang. Könnten von ihm sein. Außerdem zwei hellblonde mit leichter Naturkrause und ein kurzes graues. Und an der Ausgangstür ein rotes«, tönte es aus dem Hörer. »Naturrot, dreiundfünfzig Zentimeter lang. Glatte Haarstruktur. Gut gepflegt.«

»Prima.« Maria war begeistert. »Ganz prima.«

Nun wussten sie, dass Herr Zwingler ab und zu ein Haar verloren und die Putzfrau beim Saubermachen vergessen hatte, die Türen auszuhängen und von unten zu säubern. Und dass irgendwann einmal eine rothaarige Dame die Büroräume betreten hatte. Vielleicht ja auch schon zu Zeiten des Vormieters. Enttäuscht legte sie auf.

Ihre Mitarbeiter waren inzwischen zur »Männersache« zurückgekehrt.

»... ob es die auch in Miniaturausgabe gibt. Bei dem ist doch bestimmt alles ganz klein«, spekulierte Mengert.

Ein Anruf von der Pforte beendete die Diskussion. Rabea Haschke, die Mieterin der Büroetage, hatte sich dort eingefunden.

Von ihr waren die Haare, die Jantzeks Truppe gefunden hatte, jedenfalls nicht. Frau Haschke, die Maria auf Anfang dreißig schätzte, hatte mittelblondes, glattes Haar, das ein wenig farblos wirkte.

Sie war ziemlich aufgebracht. Die Polizei hatte ihr den Zugang zu den Büroräumen verwehrt und sie hergebracht.

»Was soll das denn? Ich bin doch keine Schwerverbrecherin! Sie müssen mir doch wenigstens sagen, weshalb Sie mich hierherbringen. Und warum kann ich nicht in mein Büro?«

Die große Frau war von Aphrodite nicht gerade reich bedacht worden. Die blauen Augen waren recht klein, die Nase dafür etwas zu groß, die Lippen farblos, und die fahle Haut und die dunklen Ringe unter den Augen ließen sie ein wenig ältlich wirken. Der schwarze Schal, den sie trug, rundete den tristen Eindruck ab. Lediglich der rote Wintermantel brachte ein wenig Farbe ins Bild.

Frau Haschke war selbstständige Webdesignerin. Einer von den Berufen, bei denen Maria nur noch eine ungefähre Ahnung hatte, um was es sich dabei handeln könnte.

Alsberger, den sie zur Vernehmung dazugeholt hatte, zückte erwartungsvoll den Stift. Manchmal fragte Maria sich, ob der junge Mann vielleicht unter einem Schreibzwang litt und abends vor dem Fernseher auch noch die Antworten bei Günther Jauch mitprotokollierte. Wundern würde es sie nicht. Er machte sich inzwischen immer und überall Notizen. Es musste nur jemand ansatzweise den Mund aufmachen, schon kramte Alsberger sein Blöckchen hervor.

»Wo waren Sie letzte Nacht?«, fragte Maria die junge Frau, die ihr gegenüber Platz genommen hatte.

»Warum wollen Sie das wissen?«

»Weil Herr Zwingler gestern tot in seinem Büro aufgefunden wurde. Wir haben versucht, Sie zu erreichen.«

Frau Haschkes Augen weiteten sich.

»Was?«, stieß sie ungläubig hervor. »Eugen ist tot?«

»Ja. Er wurde ermordet.«

»Nein!« Sie sah Maria fassungslos an. »Das glaube ich nicht.«

»Doch. So ist es leider. Herr Zwingler wurde ermordet.«

»Das kann nicht sein ... Das kann einfach nicht wahr sein.« Frau Haschke beugte den Kopf und hielt sich die Hand vor das Gesicht. »Wie schrecklich. Das ist ja ...«

Man konnte hören, dass sie weinte. Es dauerte eine ganze Weile, bis sie wieder ruhiger wurde. Als sie den Kopf hob, liefen ihr die Tränen immer noch über die Wangen. Ihr Gesicht war rot und verquollen.

Alsberger suchte in seiner Hosentasche und reichte ihr eilfertig ein Taschentuch. Solche Situationen waren für ihn wahrscheinlich ähnlich schlimm wie der Anblick einer Leiche.

»Er war so nett«, sagte die junge Frau, als müsse sie sich für ihr Weinen entschuldigen. »So lebenslustig.«

»Erzählen Sie uns jetzt, wo Sie gestern Abend waren?«

Rabea Haschke wischte sich die Tränen weg.

»Bei einer Freundin. Sie arbeitet hier in Heidelberg. Wir haben uns gegen fünf im Café Zimmermann getroffen. Später sind wir dann zu ihr nach Mannheim gefahren. Ich habe bei ihr übernachtet, und sie hat mich heute Morgen mit zurückgenommen.«

»Wann haben Sie Herrn Zwingler zuletzt gesehen?«

»Als ich gegangen bin. Das muss kurz vor fünf gewesen sein. Da saß er in seinem Büro.«

»Wissen Sie, ob er noch einen Termin hatte?«

»Nein. Aber seine Termine hat er immer im Notebook gespeichert.«

»Hatte er es gestern in seinem Büro stehen?«

Sie hatten bei Zwingler kein Notebook gefunden.

Frau Haschke zögerte. »Ich denke schon. Aber ich habe nicht darauf geachtet.«

»Was können Sie uns über seine Arbeit erzählen?«

»Er hat Versicherungen verkauft. Finanzgutachten erstellt. Bei Geldanlagen beraten. Manchmal kamen Leute zu ihm ins Büro, aber das war selten. Meistens ging er zu den Kunden nach Hause. Deshalb hat ihm der eine Raum auch gereicht.«

Maria spürte ein unangenehmes Kratzen im Hals. Sie stand auf und drehte die Heizung höher.

»Wie gut kannten Sie ihn?«

»Wie das eben so ist in einer Bürogemeinschaft.« Frau Haschke zuckte mit den Schultern. »Man erzählt mal, trifft sich in der Küche. Aber ansonsten macht jeder seinen Job.«

»Seit wann hatte er den Raum gemietet?«

»Seit etwa einem Jahr. Er hatte sich auf ein Inserat von mir gemeldet. Aber in den letzten Wochen war er kaum noch da. Er war ständig in Freiburg, bei seiner Mutter. Meistens ist er schon am Donnerstag gefahren. Sie ist schwer krank. Er hat sich viel um sie gekümmert.«

»Wissen Sie, wo seine Mutter in Freiburg wohnt?«

Seltsamerweise brach Frau Haschke auf diese Frage hin erneut in Tränen aus. Alsberger musste ihr ein weiteres Taschentuch reichen.

»Kennen Sie seine Mutter?«

»Nein, nein. Es ist nur …« Sie war kaum zu verstehen. »… sie ist ja krank. So schwer krank.«

Frau Haschke schien für die alte Dame sehr viel Mitgefühl zu empfinden. Dafür wusste sie aber erstaunlich wenig über sie. Weder wo genau sie lebte, noch an welcher Erkrankung sie litt. Eine Schwester habe Herr Zwingler noch hier in der Nähe, aber die kenne sie auch nicht.

»Wissen Sie etwas von Freunden, Hobbys, gab es eine Partnerin?«

»Von einer Freundin weiß ich nichts.« Rabea Haschke putzte sich ausgiebig die Nase. »Manchmal hat er erzählt, dass er abends weggegangen ist. Er war oft im ›Rossi‹. Ein paarmal war so ein Typ da, um ihn abzuholen. Groß, blond. Aber ich weiß nicht, wie der heißt. Er hat sich mir nicht vorgestellt. Ich glaube, der dachte, ich sei Eugens Sekretärin.«

Das hörte sich ein klein wenig beleidigt an.

»Aber sonst …«, sie schüttelte ratlos den Kopf, »… sonst fällt mir da niemand ein. Fotografiert hat er gerne. Viel Sport gemacht. Und Autos. Das war seine Leidenschaft. Er war der totale Autonarr. Über Autos konnte er stundenlang reden.«

Sie hatten bei Zwingler einen Wagenschlüssel gefunden und noch gestern Abend den passenden BMW in der Tiefgarage des Bürohauses entdeckt. Schwarz. Ein Z4 Roadster, wie Maria sich belehren lassen musste. Die Kollegen waren begeistert.

»Das Auto von Herrn Zwingler war ja nicht gerade billig. Hat er denn so gut verdient?«

Ihre Stimme hörte sich an wie ein Reibeisen. Maria kramte in der Schreibtischschublade. Irgendwo mussten da noch ein paar Halsbonbons sein. Es fand sich tatsächlich noch eins, in der hintersten Ecke. Leider war der Zustand nicht allzu gut: Im Laufe der letzten sommerlichen Hitzeperiode hatte sich das Einwickelpapier mit dem klebrig süßen Inhalt aufs Innigste verbunden. Mühsam trennte sie beides wieder voneinander.

Frau Haschke schluckte ein paarmal. »Ich glaube, der Wagen lief auf Kredit«, sagte sie und wurde immer blasser und blasser.

Einen Moment dachte Maria, sie würde gleich vom Stuhl kippen.

»Ist Ihnen nicht gut?«

»Ihr Bonbon.« Die junge Frau schluckte schon wieder und schaute auf den kleinen Zuckerklumpen in Marias Hand.

»Was ist denn mit meinem Bonbon?«

»Es ... es riecht nicht gut.«

Es roch nach Eukalyptus. Was war denn daran schlecht?

Frau Haschke stand mit leicht angewidertem Gesichtsausdruck auf. »Ich müsste mal dringend zur Toilette«, flüsterte sie und stürzte hastig aus dem Zimmer.

Es dauerte fast zehn Minuten, bis sie wiederkam. Sie erfuhren nichts Neues mehr von ihr. Über Zwinglers Kundschaft wusste Frau Haschke nichts, Feinde habe der Finanzberater sicher nicht gehabt. Ein netter, umgänglicher Mensch sei er gewesen. Das Übliche, was man zu hören bekam, wenn jemand verstorben war. Maria ließ sie gehen.

Als die junge Frau den Raum verließ, stieß sie mit Dieter Mengert zusammen, der mit einem Blatt Papier in der Hand hereinkam.

»Hoppla«, sagte Mengert. Frau Haschke reagierte kaum. Eilig strebte sie in Richtung Treppenhaus.

»Und, weitergekommen?« Mengert machte eine Kopfbewegung zum Flur hin.

»Nicht besonders. Ist das für mich?« Maria streckte die Hand nach dem Blatt aus.

»Nein, nein.« Er zog das Papier weg und wandte sich an Alsberger. »Ich hab es mal durchgerechnet. Ich frag jetzt rum, wer mitmacht. Wenn jeder zwanzig Euro zahlt, kommen wir dicke hin. Du bist doch dabei, oder?«

»Womit kommt ihr hin?«

Etwas verständnislos sah Maria erst Mengert, dann Alsberger an, der den Eindruck machte, als wäre er am liebsten in den Erdboden versunken. Sie reckte sich etwas zur Seite, um einen Blick auf das Blatt zu erhaschen.

»Was hat diese Vogelscheuche euch denn erzählt?«, fragte Mengert. Ein plumper Versuch, abzulenken.

Maria sah sie als Erste. Frau Haschke war zurückgekehrt und stand hinter Mengert in der Tür. Der bemerkte Marias Blick und drehte sich um. Für einen Moment herrschte peinliches Schweigen. Alle schauten betreten auf die junge Frau. Die wiederum sah, nicht minder betreten, mit hochrotem Kopf zu Boden.

»Mir ist da noch etwas eingefallen«, sagte sie kaum hörbar.

Mengert murmelte irgendetwas Geschäftiges und verließ fluchtartig den Raum. Maria schickte ihren Assistenten Kaffee holen.

»Tut mir leid«, sagte sie, als Alsberger die Tür hinter sich zugezogen hatte und sie allein im Büro waren. Ausreden zu erfinden machte keinen Sinn. Dazu war zu eindeutig, auf wen die »Vogelscheuche« gemünzt gewesen war. »Manche Kollegen haben einen etwas rauen Umgangston. Mit mir gehen sie auch nur besser um, weil ich die Chefin bin.«

»Ist schon gut. Ich weiß, wie ich aussehe. Und was Männer von mir halten.«

In den drei Sätzen schwang so viel Resignation mit, dass Maria keine Antwort einfiel, die nicht nach billigem Trost geklungen hätte.

»Also, was ich Ihnen noch sagen wollte ...«, fuhr Rabea Haschke fort, »... es war ein bisschen seltsam, deshalb dachte ich, ich erzähl es Ihnen lieber.«

Sie strich sich eine Haarsträhne aus dem Gesicht und schob sie hinters Ohr.

»Es war am Montag, als wir in der Küche saßen. Wir haben uns darüber unterhalten, dass jemand in der Pfalz seine Wohnung kurz und klein geschlagen hat. Das hatte am Morgen in der Zeitung gestanden. Der Typ war psychisch krank. Der dachte, da würden sich irgendwo Aliens verstecken.«

Die Tür ging auf. Alsberger kam mit dem Kaffee herein und warf Frau Haschke ein verkrampftes Lächeln zu. Sie ignorierte ihn.

»Da hat Eugen gemeint: ›Wenn *ich* morgen meine Wohnung kurz und klein schlage, dann weißt du ja Bescheid. Dann kannst du mich in der Klapse besuchen.‹ Und dann sagte er noch: ›Die Aliens sind nämlich jetzt hinter *mir* her. Am Wochenende haben sie schon in meiner Wohnung rumgeschnüffelt‹.«

»In seiner Wohnung?«

Frau Haschke zuckte ratlos mit den Schultern. »So, wie er es gesagt hat, dachte ich, er macht Spaß. Wir haben noch Witze darüber gerissen. Dass die wahrscheinlich den Schlüssel gefunden haben und heimlich ihr Ufo in seinem Kleiderschrank parken, weil es in Handschuhsheim doch nie freie Parkplätze gibt.«

Maria musste sie wohl etwas verständnislos angesehen haben.

»Er hatte seinen Schlüsselbund verloren. Vor drei, vier Wochen«, erklärte Rabea Haschke. »Da hatte er ziemlichen Stress, weil er sich alle möglichen Schlüssel neu besorgen musste.«

»Hat er sonst noch einmal irgendetwas darüber gesagt?«

»Nein. Er hat es nicht mehr erwähnt.« Zum ersten Mal, seitdem Rabea Haschke da war, schaute sie Maria direkt in die Augen. »Glauben Sie, das mit der Wohnung, das war sein Mörder? Ich meine, das ist doch komisch, finden Sie nicht? Er sagt, jemand schnüffelt bei ihm rum – und drei Tage später ist er tot!«

»Ich glaube gar nichts«, entgegnete Maria.

Noch nicht. Aber immerhin machten sie gute Fortschritte. Jetzt hatten sie nicht nur ein paar Haare, sondern auch noch Aliens in Handschuhsheim.

Nachdem Frau Haschke endgültig die Polizeidirektion verlassen hatte, ging Maria zu Arthur. Das Frühstück fehlte, sie brauchte dringend etwas zu essen.

»Keine Plätzchen da?« Erstaunt sah sie auf Arthurs Schreibtisch, auf dem sonst immer eine offene Gebäcktüte lag.

Arthurs Büro war die inoffizielle Cafeteria der Abteilung. Hier traf man sich, tauschte Informationen aus und trank die dicke, schwarze Brühe, die er mehrmals täglich in seiner Kaffeemaschine produzierte. Mengert war schon dabei, sich Kaffee einzuschenken, als Alsberger hereinkam. Maria beeilte sich, den letzten freien Stuhl zu besetzen.

»Und, hat sie was gesagt?«, fragte Mengert kleinlaut. Er schaufelte sich zwei Löffel Zucker in seinen Kaffee, nicht ohne dabei eine weiße Rieselspur auf dem Schreibtisch zu hinterlassen.

»Dass du ein blödes, mieses Machoschwein bist«, bemerkte Maria trocken.

Mengert nickte. Niemand im Raum bezweifelte, dass diese Aussage richtig war. Nicht einmal Mengert selbst, der zwar mit seinen Äußerungen häufiger mal übel danebenlag, aber noch über so viel gesunde Selbsteinsicht verfügte, dass er merkte, wenn er Mist gebaut hatte.

Maria berichtete von Frau Haschkes Aussage.

»Ich habe in unseren Datenbanken nach Zwingler gesucht. Wenn der einen Einbruch gemeldet hätte, dann wüssten wir davon.« Arthur wischte sorgfältig die Zuckerkrümel vom Schreibtisch. »Und wenn ich ernsthaft glauben würde, dass jemand in meiner Wohnung war, dann würde ich darüber keine Witze reißen. Der wollte diese Frau vielleicht einfach nur auf den Arm nehmen.«

»Mal hören, was Jantzek dazu sagt.« Maria griff zum Telefon.

Vielleicht gab es Kratzspuren am Schloss. Oder irgendetwas anderes, das auf einen kürzlich erfolgten Einbruch hindeutete. Es sei denn, jemand war mit dem Schlüssel in die Wohnung gekommen.

Der Schlüssel, den Eugen Zwingler verloren hatte. Leider hatte Frau Haschke darüber nicht mehr gewusst. Weder wann genau noch wo er verloren gegangen war.

»Uninteressant«, lautete Jantzeks Urteil zum Thema »Einbruch«. Er hatte das Türschloss längst inspiziert. »Das ist eine von diesen alten Türen, bei denen jeder Depp mit der Scheckkarte reinkommen kann.«

Und wahrscheinlich musste man nur bei irgendeiner anderen Partei im Haus klingeln und wurde hereingelassen. Genau wie bei ihr.

Maria legte auf. Inzwischen war ihr richtig flau. Das konnte eigentlich nur Hunger sein.

»Wo sind denn nun die Plätzchen?«, fragte sie.

»Weg«, erwiderte Arthur mit ernstem Blick.

»Wieso weg?«

Er zog die Schublade seines Schreibtischs auf, holte eine Plastikdose heraus und öffnete sie. Darin lagen, ordentlich nebeneinander, zwei Möhren und ein klein geschnittener Apfel.

»Ich mache ab heute Diät.« Arthur hörte sich an, als gebe er gerade seine Verlobung bekannt. »Aber wenn du Hunger hast, gebe ich dir gerne etwas ab.«

»Möhren?« Maria war fassungslos. »Bin ich ein Kaninchen, oder was?«

»Danke.« Arthur klappte die Box wieder zu. »Die Ration reicht sowieso nur für *ein* Kaninchen.«

Maria schämte sich. Das war ja fast so daneben wie Mengerts Vogelscheuchenkommentar.

Arthur musste wirklich dringend abnehmen. Er war im Außendienst schon seit Jahren nicht mehr einsetzbar, weil er so dick war, dass er nur mühsam gehen konnte. Und an Laufen war schon gar nicht zu denken.

Wortlos verstaute er seinen Proviant in der Schreibtischschublade.

»Entschuldige«, sagte Maria.

Dieter Mengert sagte gar nichts, aber er schaute den Kollegen an, als habe er einen todkranken Mann vor sich. Maria ahnte, dass er wohl dasselbe dachte, wie sie: Da kamen harte Zeiten auf sie zu.

»Übrigens, Maria, da hat eine Frau Karl für dich angerufen«, wechselte Arthur das Thema. »Sie sollte sich heute hier melden. Aber sie kann nicht kommen. Sie ist krank.«

»Dann werden wir sie wohl besuchen müssen.«

Es war ja nicht so, als ob die Polizei keine Hausbesuche machen würde.

Noch gestern Abend waren Frau Karls Angaben überprüft worden. Der Besuch bei der Nachbarin, bevor sie zur Arbeit ging, der Einkauf, zu dem es einen Kassenbon mit Datum und Uhrzeit gab. Alles schien seine Richtigkeit zu haben. Maria hätte sie trotzdem gerne noch ein weiteres Mal vernommen. Manchmal fiel Zeugen alles Mögliche wieder ein, wenn sie sich erst einmal beruhigt hatten.

Das Telefon klingelte.

»Ja, die ist da.« Arthur hielt Maria den Hörer hin.

Hatte Jantzek noch ein Haar unter der Tür gefunden? Oder den Schlüssel, den die Aliens unter die Fußmatte gelegt hatten?

Doch diesmal war es Jörg Maier.

Mit Neuigkeiten. Vom Henker.

»Ein Perfektionist. Garantiert. Ein einziger sauberer Schnitt. Und damit beide Halsschlagadern durchtrennt!«

Jörg Maier hörte sich an, als würde er über einen hoch geschätzten Kollegen aus der Chirurgie sprechen.

»Die Schläge auf den Kopf waren nicht tödlich. Sie haben nur dazu geführt, dass der Mann bewusstlos wurde. Ich denke, das war auch das Ziel. Um ihn dann ohne Gegenwehr sicher töten zu können.«

Maria hatte den Lautsprecher am Telefon eingeschaltet, damit die anderen mithören konnten.

»Euer Täter ist jemand, der nichts dem Zufall überlässt. Akribisch. Genau. Auf Sicherheit bedacht. Das war eine regelrechte Hinrichtung. Alsbergers Idee mit dem Henker ist gar nicht so abwegig. Wenn man mal nicht davon ausgeht, dass es zwei waren.«

»Zwei? Wieso zwei?«, fragte Maria überrascht.

»Der Zaghafte klopft mit dem Hämmerchen, der Rabiate bringt es mit einem beherzten Schnitt zu Ende.«

Für Chamäleon Alsberger war das zu viel. Er begann wieder, sich grünlich einzufärben.

»Meinst du das ernst?«

»Nein, natürlich nicht.«

Maria hörte, wie der Rechtsmediziner am anderen Ende in seinen Unterlagen blätterte.

»Und mit einem Hammer wurde da sowieso nicht zugeschlagen. In der Kopfwunde waren Glassplitter. Soviel ich sehen konnte, klares Glas, nicht eingefärbt. Ich habe alles an die Technik weitergeleitet.«

Er räusperte sich.

»Und dann wollte ich dich noch etwas fragen, Maria. Du hast doch einiges an Erfahrung mit Menschen, die die Kontrolle verlieren. Es ist wegen Karin. Also …«, seine Stimme wurde ein wenig leiser, »… traust du ihr zu, dass sie mich umbringt?«

Vielleicht hätte sie ihm doch besser sagen sollen, dass sie den Lautsprecher eingeschaltet hatte. Maria ging in ihr Büro und rief ihn zurück.

Es dauerte etwas, bis sie den Tathergang rekonstruieren konnte. Der Hochzeitstag hatte kein gutes Ende genommen: Karin hatte sich aufgeregt, Jörg hatte geschwiegen, Karin hatte sich noch mehr aufgeregt, Jörg hatte weiter geschwiegen. Bis Karin explodiert war.

»Sie ist mit den Fäusten auf mich losgegangen und hat geschrien: ›Ich bring dich um.‹ Mehrfach!«

»Sie wollte dir damit wahrscheinlich nur sagen, dass sie sehr, sehr wütend auf dich ist.«

»*Das* hat sie aber nicht gesagt. Sie hat gesagt, dass sie mich umbringen will!«

Maria kannte Jörg Maier und seine Frau Karin schon seit vielen Jahren. Karin war eine kluge Frau. Klug genug, um zu wissen, dass die meisten Mordfälle aufgeklärt wurden. Erst recht, wenn man sie vorher ankündigte. Ein Argument, das schließlich auch Jörg Maier einigermaßen beruhigte.

Trotzdem wollte er sich zur Sicherheit lieber noch eine weitere Nacht im Arbeitszimmer einschließen. Wenn sich bei Karin erst einmal ein Gedanke im Kopf festgesetzt habe, wisse man nie so genau, was dabei herauskomme.

Als Maria in Arthurs Büro zurückkam, schauten ihre drei Mitarbeiter sie erwartungsvoll an.

»Und, Ärger bei den Maiers?«, fragte Mengert und grinste.

»Nicht mehr als anderswo auch«, erwiderte Maria.

Das Chamäleon hatte inzwischen wieder seine normale Färbung angenommen.

»Kommen Sie, Alsberger. Wir sehen uns mal in Zwinglers Wohnung um.«

Vielleicht hatten sie ja Glück und fanden ein paar dunkle Geheimnisse in Zwinglers Nachttischschublade.

*

Eugen Zwinglers Wohnung lag im alten Ortskern von Handschuhsheim, einem Heidelberger Stadtteil nördlich des Neckars.

Ein begehrtes Wohnviertel, durchzogen von kleinen Gässchen, manche so schmal, dass ein Auto nur knapp hindurchpasste.

Es gab jede Menge Kneipen und etliche Geschäfte, in denen man noch alles für den täglichen Bedarf bekam. Wohl ein Grund dafür, dass die meisten der Bewohner sich mit ihrem Hendesse – wie dieser Stadtteil im Dialekt hieß – sehr verbunden fühlten.

Vielleicht lag es aber auch daran, dass man hier gern und ausgiebig feierte. Ein Anlass fand sich immer. Im Frühjahr wurde der Winter verbrannt, im Sommer tanzte man zur Kerwe unter der Dorflinde, im Winter putzte man beim Schofmainzelfest um die Wette Feldsalat.

Dass es unter der harmonischen Oberfläche manchmal brodelte und auch in Hendesse die Welt nicht immer nur in Ordnung war, zeigte die Tatsache, dass es hier im Laufe des letzten Jahres gleich zwei Mordopfer gegeben hatte. Zugegebenermaßen waren die Leichen immer in idyllischem Ambiente aufgetaucht, aber das machte die Sache auch nicht besser.

Zwinglers Wohnung befand sich nicht weit entfernt von der kleinen Vituskirche, der man mit ihrem neu gedeckten Dach nicht unbedingt ansah, dass sie die älteste Kirche Heidelbergs war. Sie hatten Glück und ergattern ganz in der Nähe eine freie Parklücke.

Maria nutzte die Gelegenheit. Es konnte nicht schaden, ihren Assistenten hin und wieder ein wenig zu beeindrucken.

»Kommen Sie mal mit«, sagte sie, ging auf den Kirchvorplatz und stellte sich vor das hölzerne Portal.

»Wir machen jetzt einen Test, Alsberger. Ob Sie eine gute Beobachtungsgabe haben. Ob Sie das entscheidende Detail im Allgemeinen entdecken. Das A und O, wenn man bei der Kripo was werden will. Also: Sie schauen sich jetzt die Kirchenmauer an und sagen mir, was Ihnen auffällt!«

Alsberger warf ihr einen misstrauischen Blick zu. Natürlich wusste er, dass es Maria bei diesem Test vor allem darum ging, dass er ihn *nicht* bestand.

Trotzdem musterte er brav die Mauer.

»Meinen Sie die Sonnenuhr?«

»Die Sonnenuhr! Ich bitte Sie, Alsberger. Die kann man nun wirklich nicht übersehen. Da müsste man schon blind sein.«

Durchgefallen. Sehr schön. Hatte sie es sich doch gedacht.

Sie zeigte auf einen der roten Sandsteine, der links neben der Tür in etwa drei Metern Höhe in die hell verputzte Mauer eingelassen war. Ein rundes Gesicht, das frech auf sie herabgrinste, unscheinbar und kaum zu entdecken.

»Ein Smiley?«, fragte Alsberger verblüfft.

»Ein Smiley! Das ist altes Brauchtum. Ein sogenannter Neidkopf. Den hätte unser Herr Zwingler besser über seiner Bürotür hängen gehabt. Er soll die bösen Mächte fernhalten.«

»Und Sie meinen, das funktioniert?«

»Keine Ahnung. Sie sind auf jeden Fall durchgefallen. Tut mir leid, jetzt muss ich Sie entlassen.«

Schon wieder so ein misstrauischer Blick. Nein, ihr Assistent hatte wirklich keinen Humor.

»Das war *ein Witz*, Alsberger.«

Hoffentlich verpetzte er sie nicht bei Vera. Ihre Tochter mochte es nicht, wenn sie kleine Späße mit Alsberger machte.

Als sie auf das Haus zugingen, in dem Eugen Zwingler gewohnt hatte, sahen sie einen älteren Herrn auf dem Gehweg stehen, der sie kritisch beäugte.

»He! Hier dürfen Sie nicht weiter. Hier arbeitet die Polizei!«, rief er ihnen schon zu, als sie noch einige Meter entfernt waren.

»Na, das will ich hoffen«, antwortete Maria und zückte ihren Dienstausweis. »Mooser, Kripo Heidelberg. Und wer sind Sie, wenn ich fragen darf?«

»Brachner, Vermieter des Verstorbenen«, kam es kurz und knapp zurück, in einem Tonfall, der deutlich machte, dass Herr Brachner damit eine äußerst wichtige Rolle im Leben des Ermordeten gespielt hatte.

Maria musste unweigerlich auf das Hemd ihres Gegenübers schauen, das über dem üppigen Bauch spannte. Der alte Herr hatte anscheinend zum Frühstück Marmelade gegessen. Danach sahen auf jeden Fall die roten Farbtupfer aus, die das hellblaue Hemd zierten.

»Wie lange wohnte Herr Zwingler schon hier?«, fragte sie ihn.

Herr Brachner schaute zum Haus, als sei der Verstorbene dort noch anzutreffen. »Knappe zwei Jahre. Einer von der ruhigen Sorte. Nicht so wie der Chaot, der vorher drin war.«

Es folgten längere Ausführungen des geplagten Hausbesitzers. Über Mieter, die nachts laut Musik hörten, die das Fahrrad an die Hauswand lehnten, den Müll falsch sortierten oder Kartons im Hausflur abstellten. Über Krachmacher, Chaoten und Studenten, die wiederum eine eigene und durchaus gefährliche Sorte von Hausbewohnern zu sein schienen.

Maria hatte Mühe, seinen Redefluss zu bremsen.

»Was wissen Sie denn sonst noch über Herrn Zwingler?«

»Nichts!«, sagte Herr Brachner mit einer Miene, die keinen Zweifel daran ließ, dass auch das nicht in Ordnung war. »Der war nämlich nicht nur ruhig, der war *zu* ruhig.«

»Wieso *zu* ruhig?«

»Man bekam ihn nie zu Gesicht. Und wenn, dann war er ganz kurz angebunden. Gegrüßt, und schon war er weg. Wie der Blitz ist der an einem vorbei. Immer in Eile.«

Der alte Herr zog bedeutungsvoll die Augenbrauen in die Höhe.

»Ich hab mir schon gedacht, dass da was nicht stimmt. So wie der sich verhalten hat ... Der hatte bestimmt was zu verbergen!«

Maria konnte sich noch einen anderen guten Grund für Herrn Zwinglers Eile vorstellen: den redseligen Vermieter selbst. Ein ausgiebiger Plausch mit Herrn Brachner war sicher nicht jedermanns Sache.

»Hat Herr Zwingler etwas davon erzählt, dass bei ihm eingebrochen wurde?«, fragte Alsberger und zog das Blöckchen hervor.

»Eingebrochen? Bei uns im Haus?« Der Hausbesitzer schüttelte energisch den Kopf. »Nein, bestimmt nicht. Davon wüsste ich etwas.« Mit unverhohlener Neugier schaute er, was Alsberger aufschrieb. »Meinen Sie, *die* waren hinter ihm her?«

»Wer ›die‹?«

»Die von der *Organisation.*« Herr Brachner beugte sich vor und senkte die Stimme. »Die Mafia. Der war doch selbstständig, der Herr Zwingler. Von den Selbstständigen erpressen sie doch das Schutzgeld. Und wenn die nicht zahlen, zünden sie denen das Geschäft an. Vielleicht war der ja deshalb so seltsam! Der hatte bestimmt Angst!«

»Hat Herr Zwingler denn in Ihrer Gegenwart von der Mafia gesprochen?«

»Sie wissen also schon Bescheid«, flüsterte der alte Herr.

»Worüber denn?«

»Na, über die Mafia.«

»Wie kommen Sie denn jetzt darauf?«, fragte Alsberger irritiert.

»Weil *Sie* doch gerade gefragt haben, ob Herr Zwingler von der Mafia erzählt hat!«

Maria sah sich genötigt, einzuschreiten. Wenn man Herrn Brachners Fantasien nicht zügelte, würde wahrscheinlich in zwei Stunden der erste Fernsehsender einen Bericht über den Heidelberger Mafiamord bringen.

»Herr Brachner, hier hat niemand etwas von der Mafia gesagt. Außer Ihnen.«

Der Hausbesitzer taxierte sie mit wissendem Blick. »Verstehe. Sie dürfen nichts sagen. Heikle Sache, was?«

Zu spät. Die Gerüchteküche war eröffnet. Herr Brachner wusste jetzt, wer es gewesen war.

»Alsberger, nehmen Sie die Personalien des Zeugen auf.«

Sollte der sich doch weiter mit der Mafia rumärgern.

Maria ging nach oben, in den ersten Stock, und betrat Zwinglers Wohnung. Die Räume waren in ähnlich kühlem Stil eingerichtet wie sein Büro.

Im Wohnzimmer standen ein großer dunkler Schrank, der obligatorische flache Fernseher, an der Wand montiert und ungefähr einen Meter breit, eine schwarze Ledercouch und ein ebenfalls schwarzer Sessel, der Maria von der Form her irgendwie an Micky Maus erinnerte. Es gab keine Pflanzen, keine Kissen, nicht mal eine Fernsehzeitung. Nirgendwo lag etwas herum.

Fast sah es aus, als habe man den Ausstellungsraum eines Möbelhauses vor sich. *Die moderne Wohnwelt.* Sehr schick und sehr ungemütlich.

Bilder hingen nur im Flur. Es waren Fotos. Einige Landschaftsaufnahmen, so wie es aussah, von irgendwelchen Reisen. Und ein Motiv, das immer wieder zu finden war: Herr Zwingler selbst.

An Seilen hängend in der Felswand. Mit strahlendem Sonnyboy-Lächeln und einem Surfbrett im Arm am Strand. In einem Straßencafé, sonnenbankgebräunt, mit dunkler Brille und kleinen, markanten Einkerbungen um die Mundwinkel.

Bilder, bei denen einige Frauen sicher ins Schwärmen geraten würden. Für Maria passten sie gut zum Wohnzimmer.

Die Kollegen von der Spurensicherung waren schon fast durch. Jantzek sah aus, als habe er in der letzten Nacht überhaupt nicht geschlafen. Mit seinen Augenringen konnte er Rabea Haschke glatt Konkurrenz machen. Er war gerade dabei, den Mülleimer im Badezimmer durchzusehen.

»Nichts Besonderes bisher«, sagte er. »Außer Fotos. Tausende von Fotos. Was das angeht, hat der echt einen Spleen gehabt. Einer dieser Dinosaurier, die noch auf Papierfotos stehen. Die meisten in Schuhkartons. Wahrscheinlich wusste der gar nicht mehr, wohin damit.«

Er ging ins Wohnzimmer und machte den Schrank auf. Maria folgte ihm. Jetzt wusste sie, warum es hier auf den ersten Blick so steril aussah. Alles, was die moderne Wohnwelt störte, fand sich im Schrank wieder. Er war bis obenhin vollgestopft, unter anderem mit Kartons.

»Sie sind immerhin mit Datum versehen. Es steht außen drauf.« Jantzek zog eine der Pappschachteln hervor. »In der hier müssten die Sachen von den letzten drei Monaten sein.«

Maria griff nach der Schachtel. Ein Exemplar aus dem Ikea Ordnungssystem. Sie war schwerer, als sie gedacht hatte, und rutschte ihr aus der Hand. Der gesamte Inhalt verteilte sich in buntem Durcheinander auf dem Fußboden. Fotos, aber auch irgendwelche Zettel, Rechnungen, Postkarten.

Eines der Bilder flatterte Jantzek direkt auf den Schuh.

»Oho!« Er bückte sich. »*Solche* Fotografien hat der Herr also auch gesammelt.«

Nun erkannte auch Maria, was darauf abgebildet war. Eine junge, hübsche Frau räkelte sich lasziv auf einem zerwühlten Laken. Die lockigen dunklen Haare fielen über ihre Brüste, von denen immer noch genug zu sehen war.

Maria schaute auf den Boden. Von der Sorte Fotos gab es noch mehr. Zwei weitere, die sie aufhob, zeigten eindeutig die gleiche Frau. Dann gab es Fotos von Autos – ein alter Maserati, eine hellgrüne Lloyd Arabella, ein Ferrari Enzo.

Und noch mehr Bilder, wieder von einem Frauenkörper. Ein

anderer, so wie es aussah. Oder sogar mehrere. Bilder, die ungewöhnlich waren. Man sah immer nur Körperteile, fast wie bei einem Puzzle. Ein Rücken, Schenkel, ein wohlgerundeter Po. Beine, lang ausgestreckt, auf einer blau-gelb karierten Decke.

So eine Decke hatte sie auch einmal gehabt und darauf mit Vera etliche schöne Stunden am Neckarufer verbracht, als ihre Tochter noch klein war und Gänse anschauen noch etwas Sensationelles hatte. Seitdem waren blau-gelb karierte Decken für Maria immer mit einem Hauch von heiler Welt verbunden. Aktfotos passten dazu irgendwie nicht.

»Junge, Junge«, hörte sie Alsberger sagen, der ihr über die Schulter schaute. Anscheinend hatte er das Vorantreiben der Mafia-Gerüchte mit Herrn Brachner schon beendet.

»Was heißt denn hier ›Junge, Junge‹?«

»Na, unser Herr Zwingler scheint ja ein ziemlicher Hecht gewesen zu sein.«

»Ich nehme mal an, Alsberger, dass Sie eigentlich einen ›tollen Hecht‹ meinen?«

Das war ja noch schöner, dass der Freund ihrer Tochter solche Typen, die ihre Freundinnen nackt fotografierten und dann in einer Kiste zur Sammelkarte degradierten, toll fand.

Alsberger hatte die Gefahr gewittert.

»Ich wollte damit nur sagen«, antwortete er betont sachlich, »dass Herr Zwingler zu diesen Damen vermutlich nicht nur platonische Kontakte hatte.«

»Vermuten können Sie beim heiteren Beruferaten. Hier sind Sie aber nicht bei Robert Lembke.«

Jantzek kannte ihre Streitereien. Er hatte sich umgedreht und war in Richtung Bad verschwunden. Alsberger fing an, die Fotos aufzuheben.

»Sortieren Sie den Kram. Sie können ja für die Aktfotos eine Kategorie ›toller Hecht‹ aufmachen. Und dann finden Sie mal raus, wer die Damen sind.«

Maria hatte aufgehört, sich nach den Bildern zu bücken. Sobald sie ihren Kopf nach unten hielt, begann es darin unangenehm zu pochen.

»Aber wie denn? Stehen da Namen hinten drauf?«

Maria drehte ein Foto vom wohl gerundeten Po um.

»Nein. Steht nichts drauf. Schlechtes Ablagesystem. Aber vielleicht kennen Sie ja noch die eine oder andere aus früheren Zeiten.«

Alsberger war in seinen Anfangszeiten bei der Kripo dafür bekannt gewesen, dass er jedes Wochenende mit einer anderen Frau verbracht hatte. Auch keine rein platonischen Kontakte, wie Maria vermutete.

Ihr Assistent erwiderte nichts. Aber sein Blick sagte alles: So sah ein Mitarbeiter aus, der gerade den Chefinnen-Matzatello plante.

Auf dem Rückweg zur Polizeidirektion war Alsberger ausgesprochen schweigsam. In Marias Kopf hämmerte und klopfte es inzwischen wie in einem Bergwerk. Ihre Augenlider schienen mindestens zwei Zentner schwer zu sein, und im Hals kratzte es mehr denn je. Sie hatte das Bedürfnis nach heißem Tee. Ein ernstes Zeichen. Eigentlich verabscheute sie Tee. Tee trank sie nur, wenn sie krank war.

»Setzen Sie mich an meiner Wohnung ab. Ich muss mich mal kurz hinlegen. Ich komm später nach.«

Alsberger bog in die Dantestraße ein. Immer noch stumm.

Gut, sie war heute wirklich ein kleines bisschen gemein zu ihm gewesen. Aber das lag nur an den Kopfschmerzen. Oder an den Wechseljahren. Mit sinkendem Östrogenspiegel sank auch das Harmoniebedürfnis manchmal gefährlich weit ab. Ganz plötzlich. Und die Boshaftigkeiten purzelten nur so aus einem heraus.

Eigentlich konnte sie also nichts dafür, aber wahrscheinlich sollte sie sich trotzdem mal wieder entschuldigen.

Sie suchte nach den passenden Worten. Räusperte sich. Und merkte, dass es im Hals nicht nur kratzte, sondern unangenehm brannte. Nein, jetzt konnte sie unmöglich reden. Sie brauchte erst einmal eine Dosis Chemie. Grippostad, Halsschmerztabletten, Aspirin.

Sie würde sich am Montag entschuldigen. Montage waren immer gut für einen Neuanfang. Vielleicht kam in den nächsten Tagen ja auch noch das eine oder andere hinzu.

Als sie ins Haus ging, sah sie einen Einkaufskorb am Treppenaufgang stehen. Direkt neben ihrer Wohnungstür. Sie wusste, wem der gehörte. Hatte Herr Meltzer den hier unten vergessen?

Durchaus vorstellbar, wenn er nach der Post gesehen hatte und abgelenkt worden war. Allerdings ließ er sich auch sehr gerne die Sachen hochtragen. Wahrscheinlich, weil er mit seinen fünfundsiebzig Jahren selbst schon Mühe genug hatte, bis in den zweiten Stock zu kommen.

Maria ergab sich in ihr Schicksal und schleppte den Korb die Treppen hoch. Sie musste Herrn Meltzer sowieso fragen, warum dieser Handwerker ihre Heizung nicht repariert hatte.

Sie klingelte. Es dauerte eine Weile. Dann öffnete Herr Meltzer, bekleidet mit Bademantel und Pantoffeln.

»Ach, Sie haben ihn gefunden.« Er war hocherfreut. »Ich wusste doch, dass ich heute einkaufen war.«

»Ich wollte mal hören, was denn der Handwerker gestern Abend wegen der Heizung gesagt hat.«

»Da war keiner«, sagte der alte Mann leicht grantig. »Die ganze Treppe bin ich runter, und dann ist keiner da.«

Herr Meltzer war in letzter Zeit etwas vergesslich. Vielleicht war ihm ja erst nach ein paar Stunden wieder eingefallen war, dass er runtergehen sollte. Durchaus vorstellbar.

»Wann sind Sie denn zu mir in die Wohnung?«

Der alte Herr hatte ihre Skepsis bemerkt und war empört.

»*Sofort* bin ich nach unten gegangen. Sofort. Das versteht sich doch wohl von selbst.« Verärgert runzelte er die Stirn. »Den Korb können Sie in die Küche stellen.«

Sie war schon lange nicht mehr in Herrn Meltzers Küche gewesen. Maria war sicherlich keine Ordnungsfanatikerin, aber der Zustand dieser Küche übertraf doch alles, was sie bisher gesehen hatte.

»Wie sieht es denn *hier* aus?«

Überall standen verdreckte Töpfe, Geschirr stapelte sich. Der Herd war von einer dunklen Kruste überzogen, der Küchentisch vollgepackt mit angebrochenen Keks- und Haferflockenpackungen. Der Mülleimer quoll über. Daneben ein Sammelsurium aus leeren Flaschen und Eierkartons.

In ihrer Wohnung sah es wirklich nicht gut aus. Es war unaufgeräumt. Aber das hier, das war nicht einfach nur unaufgeräumt. Das war Chaos.

»Meine Putzfrau ist nicht mehr gekommen«, meinte Herr Meltzer entschuldigend. »Schon seit drei Wochen nicht mehr. Sie ist einfach nicht mehr aufgetaucht.«

Der alte Mann schaute betreten drein. Maria tat es schon wieder leid, dass sie überhaupt etwas gesagt hatte. Aber so konnte das nicht weitergehen. Noch ein paar Wochen, und diese Küche musste wahrscheinlich mit dem Bagger freigeschaufelt werden.

Herr Meltzer brauchte jemanden, der nach ihm sah, sonst würde er hier untergehen. Maria wusste, dass er selbst es bestimmt nicht hinbekommen würde, sich jemanden zu suchen. Und Verwandte hatte er keine.

»Ich hör mich mal um«, versprach sie. Leichtsinnigerweise.

Der Heizungsinstallateur hatte für ihre Beschwerde kein Verständnis. Selbstverständlich sei man bei ihr gewesen. Wie vereinbart. Aber man könne ja nichts dafür, wenn niemand zu Hause sei.

Verwirrt legte Maria sich auf die Couch. In ihrem Kopf hatten sich kleine Wattewolken breitgemacht, und es fiel ihr schwer, klar zu denken. Sie hatte den Handwerker selbst gesehen. Aber alle behaupteten, er wäre nicht in ihrer Wohnung gewesen. Waren die jetzt nicht mehr richtig im Kopf oder sie? Und wenn es wirklich kein Handwerker gewesen war, wer dann?

Ein ungutes Gefühl beschlich sie. Gestern war nur ein paar hundert Meter entfernt ein Mensch mit großer Brutalität ermordet worden.

Was hatte dieser angebliche Handwerker bei ihr gewollt? Hatte der vielleicht vor der Tür gestanden, um zu lauschen, ob sie zu Hause war? Bevor er sich am Schloss zu schaffen machte. Wie bei Eugen Zwingler? Um erst einmal herumzuschnüffeln? Und in drei Tagen würde sie tot in ihrem Büro liegen?

Der Mord an Zwingler war noch keine zwei Stunden her gewesen, als dieser Herr in Latzhose bei ihr aufgetaucht war. Was, wenn nun … Das Telefon klingelte. Mühsam erhob Maria sich und stolperte in den Flur.

Arthur war am Apparat.

»Roland hat gesagt, du wolltest dich hinlegen. Was ist los? Geht es dir nicht gut?«

In der Tat: Es ging ihr nicht gut. Ihr Kopf war kurz davor zu platzen. Und wenn sie sich nicht gleich wieder hinlegen würde, würde sie zu einem kleinen Häuflein zusammensacken.

»Ich glaube, ich bin krank, Arthur.«

»Das ist nicht zu überhören. Bleib ruhig zu Hause. Das kriegen wir hier schon ohne dich hin.«

»Vielen Dank. Schön zu wissen, dass man gebraucht wird.«

»Im Moment tut sich sowieso nichts Neues. Das Alibi von Frau Haschke haben wir geprüft, das ist in Ordnung. Die Kollegen waren bei dieser Frau Karl. Da gibt es auch nichts Neues. Und die Angehörigen von Herrn Zwingler haben wir noch nicht ausfindig machen können. Irgendetwas ist da faul.«

Maria hörte am anderen Ende Gemurmel im Hintergrund.

»Aber der Vermieter von diesem Zwingler hat angerufen. Ein Herr Brachner. Der tat ziemlich geheimnisvoll. Er stünde noch unter Schock, deshalb wäre es ihm eben, als ihr da gewesen seid, nicht direkt eingefallen.«

»Und was?«

»Er hat einen Wagen beobachtet, der ein paarmal in der Nähe vom Haus parkte. Er ist ihm aufgefallen, weil immer jemand drin saß.«

»Lass mal raten, der Wagen war bestimmt schwarz?«

Wieder Gemurmel im Hintergrund.

»Stimmt! Woher weißt du das?«

»Der war von der Mafia, die sind alle schwarz.«

»Wieso Mafia? Steckt da die Mafia mit drin?«

»Frag Alsberger, der weiß Bescheid.«

Wahrscheinlich würde Herr Brachner morgen wieder anrufen. Weil überall in Handschuhsheim Männer mit Sonnenbrille herumliefen, die Zigarillos rauchten und Kokainpäckchen an die Messdiener verteilten.

»Sag mal Arthur, weißt du eigentlich, ob es Mordfälle gab, bei denen der Mörder sich als Handwerker verkleidet hat?«

Arthur kannte alle spektakulären Kriminalfälle. Weltweit. In dieser Hinsicht war er ein wandelndes Lexikon. Seine große Leidenschaft.

Er überlegte kurz. »Nicht dass ich wüsste. Wieso fragst du?«

»Weil da ein Handwerker war. Bei mir. Aber es konnte ihn niemand sehen. Nur ich habe ihn gesehen.«

»Maria, hast du eigentlich Fieber?« Arthur klang besorgt. »Kann es sein, dass du fantasierst? Soll ich dir einen Arzt schicken?«

»Schon gut. Ich schlaf mich mal aus.«

Sie legte auf. Es war ihr jetzt zu mühsam, das zu erklären.

Maria fasste sich an die Stirn. Glühend heiß. Sie hatte wirklich Fieber. Wahrscheinlich hatte sich ihr Körper auf die eiskalte Wohnung eingestellt und den ultimativen Frostschutz aktiviert. Und sie würde hier in einem Fieberschub verglühen.

Einsam. Ganz allein in ihrer Wohnung.

Es sei denn … Es sei denn, der Handwerker hatte ihre Wohnung nie verlassen.

*

Henrike Karl saß im Halbdunkel an dem kleinen Tisch in der Küche. Sie hatte die Tür abgeschlossen. Zweimal. Und den Riegel vorgelegt.

Seitdem der Tod auf ihren Schuh getropft war, hatte sie das Haus nicht mehr verlassen.

Was der Chef jetzt wohl über sie dachte? Sich krank melden, direkt vor dem Urlaub. Das war nicht gut. Da stand man gleich unter Verdacht, auf Schein ein paar Tage dranzuhängen. Aber sie konnte heute nicht arbeiten. Sobald sie zur Tür ging, fing ihr Herz an zu rasen.

Sie hatte Angst, furchtbare Angst. Die ganze Nacht hatte sie nicht geschlafen vor lauter Angst.

Diese blöden Polizisten, die gekommen waren. Löcher hatten sie ihr in den Bauch gefragt. Und an alles musste sie wieder denken.

Nichts würde sie sagen. Gar nichts.

Sie hatte die Zeitung aus der Altpapierkiste geholt und den Artikel ausgeschnitten. Die Zeugin hatte sogar unter Polizeischutz gestanden. Und trotzdem hatte man sie umgebracht. Einen Tag vor der Verhandlung.

Nächste Woche würde der Frühling kommen. Das hatten die im Fernsehen gesagt. Und wenn der Frühling da war, dann würde sie all das vergessen. Das Blut, das auf ihren Schuh getropft war. Ihre bösen Gedanken. Den Kopf, der auf der Tischplatte lag.

Der schrille Ton der Klingel ließ sie zusammenzucken.

Ihr Herz klopfte so schnell, dass ihr schon wieder die Luft wegblieb.

Wer sollte das ein? So spät?

Henrike Karl stand auf und ging ins Wohnzimmer. Sie spähte zum Fenster hinaus. Wenn sie sich ganz an die Seite stellte, dann konnte sie einen Teil vom Hauseingang sehen.

Da war jemand. Eine dunkle Gestalt. Einer von den Beamten? Sie hatten gesagt, sie kämen noch einmal vorbei. Sie müsste noch etwas unterschreiben.

Es klingelte noch einmal.

Henrike Karl ging zur Tür.

Und zögerte.

Brüderlein und Schwesterlein

Sie war tot. Zwinglers Mutter, die er liebevoll am Wochenende gepflegt hatte, lebte nicht mehr.

Mengert stand neben dem Flipchart im Konferenzraum und berichtete. Statt seiner abgewetzten Lederjacke, die er sonst immer trug, hatte er ein Jackett an und sah für seine Verhältnisse ausgesprochen seriös aus.

Frau Zwingler hatte früher einmal in Heidelberg gelebt, war aber nach dem Tod des Ehemannes nach Feiburg gezogen, in ihre ursprüngliche Heimat, um schließlich in ihren letzten Lebensjahren wieder an den Neckar zurückzukehren. Nach Eberbach, zu ihrer Tochter.

Die hatte sie zu sich geholt, nachdem Frau Zwingler mit einer defekten Heizdecke einen Zimmerbrand verursacht hatte. Die Nachbarschaft in Freiburg war sehr erleichtert gewesen, als die Dame zurück an den Neckar ging.

Der Umzug nach Eberbach lag allerdings bereits fünf Jahre zurück, und Frau Zwingler senior war schon vor über einem Jahr verstorben.

Was auch immer Eugen Zwingler am Wochenende getan hatte – seine Mutter hatte er nicht besucht.

Die Runde lauschte interessiert. Mengert machte seine Sache gut.

Genau anderthalb Tage war Maria zu Hause geblieben. Den Handwerker hatte sie dann doch nicht mehr gesehen. Er war weder in ihrem Schrank noch unter ihrem Bett gewesen.

Die Zeit hatte sie damit verbracht, zu schlafen oder – sofern ihr Kopf es zuließ – zu grübeln. Unter anderem darüber, dass der Mann in Latzhose eigentlich nicht direkt behauptet hatte, der Handwerker zu sein. Vielleicht war es auch der Stromableser von den Stadtwerken gewesen, den sie da etwas forsch in ihre Wohnung gebeten hatte. Maria hatte beschlossen, die Sache auf sich beruhen zu lassen. War vielleicht besser so.

Sobald das Fieber runtergegangen war, hatte sie halbstündlich auf der Dienststelle angerufen und Anweisungen erteilt. Als Arthur ihr erzählte, dass Mengert und Alsberger alles ganz prima im Griff hätten und sie ruhig noch ein paar Tage zu Hause bleiben könnte, wusste sie, dass sie dringend wieder ins Büro musste.

Die Soko Gaisbergstraße bestand aus acht Mitarbeitern, die Maria Ferver abgerungen hatte. Mehr gab es nicht. Immerhin hatte sie es geschafft, dass Becker und Malek wieder dabei waren, zwei Kollegen, die sich beim letzten Fall bewährt hatten. Es war eine kleine Runde. Früher hätte sie das Doppelte an Personal bekommen. Wenn das mit den Sparmaßnahmen so weiterging, würde sie wahrscheinlich irgendwann allein ermitteln müssen.

Jemand musste die Teamsitzung leiten. Maria hatte zwar kein Fieber mehr, aber außer einem Krächzen bekam sie im Moment nichts heraus. Eine Stunde zu reden, war völlig illusorisch. Sie hatte Mengert das Feld überlassen.

»Zwinglers ältere Schwester heißt Elvira Jobst. Sie hat bis vor einigen Wochen in Eberbach gewohnt und lebt jetzt in Schriesheim. Es war leider etwas schwierig, die gute Frau ausfindig zu machen, weil sie versäumt hat, sich umzumelden.«

Mengert schrieb den Namen mit rotem Stift auf das Flipchart.

»Was Zwingler wirklich an den Wochenenden gemacht hat, wissen wir noch nicht. Die Fingerabdrücke aus seiner Wohnung und seinem Büro waren unergiebig. Niemand dabei, der uns schon bekannt wäre. Aber inzwischen liegt der endgültige Obduktionsbericht vor. Das eigentliche Tatwerkzeug war ein scharfes Messer mit kurzer Klinge, wahrscheinlich ein Teppichmesser oder ein Skalpell. Der Schlag, durch den das Opfer vorher außer Gefecht gesetzt wurde, muss mit einem stumpfen und schweren Gegenstand ausgeführt worden sein.«

Mengert schaltete den Beamer ein und drückte auf eine Taste am Laptop. Eine Aufnahme des blutigen Schädels erschien an der Wand.

»Nach dem, was die Kollegen von der Technik sagen, können die Glassplitter in der Kopfwunde nicht von einer Flasche sein. Das Glas ist zu dünn und zu hochwertig. Trotzdem kann natürlich mit einer Flasche zugeschlagen worden sein, und die Splitter stammen von einem Trinkglas, das Zwingler vor sich auf dem Tisch stehen hatte.«

Er ließ ein neues Bild an der Wand erscheinen. Eine Skizze. Ein Mann saß an einem Tisch, ein zweiter stand daneben, eine Hand erhoben, in der er eine Flasche hielt. Mit Pfeilen war die Schlagrichtung markiert und die Stelle, an der der Schädel getroffen werden würde.

»Der Ablauf könnte folgendermaßen gewesen sein: Zwingler sitzt am Schreibtisch und sieht nach vorne oder unten, als die Schläge kommen. Er sackt zusammen und fällt auf das Glas. Das Glas zerbricht, und die Splitter geraten in die Wunde. Die anderen Scherben hat der Täter entsorgt, genauso wie die Flasche und sein eigenes Glas, auf dem seine Fingerabdrücke waren.«

Arthur nickte zustimmend. »Wenn Zwingler nach vorne gesehen oder sogar runtergeschaut hat, dann muss er irgendwas vor sich gehabt haben. Vielleicht Papiere oder das Notebook, das verschwunden ist.«

»Ganz genau«, bestätigte Mengert. »Unsere derzeitige Arbeitshypothese ist folgende: Zwingler hatte ein Kundengespräch. Er erklärt oder zeigt etwas, der Kunde stellt sich neben ihn, um einsehen zu können. Die beiden geraten in Streit. Dann schlägt unser Henker zu.«

Schon gestern war in der Abteilung wohl ausgiebig über Alsbergers Matzatello-Gruselgeschichte diskutiert worden. Seitdem gab es auch keinen Täter mehr, man sprach nur noch vom »Henker«.

»Und warum hatte er das Messer dabei?«, brachte Maria mit rauer Stimme hervor.

»Ich nehme an, er hatte es für den Fall der Fälle mitgenommen. Zum Beispiel, wenn Zwingler sich nicht auf das einlassen wollte, was er von ihm forderte.«

»Flüssigkeiten im Magen? Wein, Whisky?«

Wenn Zwingler mit dem Täter kurz vor seinem Tod etwas getrunken hatte, müsste sich das im Mageninhalt nachweisen lassen.

Mengert schüttelte den Kopf. »Nein. Aber vielleicht hat er selbst ja nichts getrunken, sondern nur sein Gast.«

Weshalb sollte Zwingler dann ein Glas vor sich stehen gehabt haben? Und wenn eine Flüssigkeit verschüttet worden wäre, hätte Jantzek bestimmt irgendwelche Spuren gefunden. Das schaffte die beste Putzfrau der Welt nicht, jeden Tropfen so wegzuwischen, dass Jantzek nicht doch noch einen winzigen Rest davon aus irgendeiner Ritze kratzte.

»Hypothese abgelehnt. Unwahrscheinlich«, krächzte Maria.

Aber ihre Stimme war zu leise. Mengert hatte sie nicht gehört und redete einfach weiter. Oder wollte er sie nicht hören? Vielleicht sollte sie ein Veto à la Chruschtschow einlegen. Den Schuh ausziehen und damit auf den Tisch hauen.

Sie zog es vor, mit ihrem Widerspruch zu warten, bis sie Mengert allein erwischte. Wenn sie sich recht erinnerte, hatte sie ein Loch in der Socke.

Wenig später saß sie in ihrem Büro und starrte vor sich auf die Tischplatte. Eigentlich hatte sie den Bericht lesen wollen, den Alsberger für Ferver geschrieben hatte, aber sobald sie auf das Papier schaute, fingen ihre Augen an zu tränen.

Dank etlicher Aspirin fühlte sich ihr Kopf wieder ganz gut an. Sie konnte ihn hin und her bewegen, ohne dass es darin klopfte. Er funktionierte nur noch nicht so richtig.

Maria griff zum Telefon und wählte Jörg Maiers Nummer. Als sie gestern auf dem Sofa lag, hatte sie auch über ihn und Karin nachgedacht. Vor allem über Karin. Und die Frage, ob nicht vielleicht auch beim klügsten Menschen mal der Verstand aussetzen konnte. Wenn er nur wütend genug war.

Sie war erleichtert, als sie seine Stimme hörte.

»Das ist aber lieb von dir, Maria, dass du anrufst.«

Jörg hatte wenig Zeit. Es ging ihm gut. Allerdings wollte Karin mit ihm zur Eheberatung, und so, wie er davon erzählte, war das mindestens so schlimm wie eine Morddrohung. Wenn nicht schlimmer.

Maria war beruhigt. Hatte sie die Sache doch nicht falsch eingeschätzt. Kluge Karin.

Sie hatte kaum den Hörer aufgelegt, als es klingelte. Vera war am Apparat.

»Mein Gott, *da* bist du! Ich habe mir vielleicht Sorgen gemacht!«

Ihre Tochter hatte gestern schon zweimal angerufen. Alsberger musste ihr erzählt haben, dass sie nicht zur Arbeit erschienen war. Da das nur einmal alle paar Schaltjahre passierte, hatte Vera sich denken können, dass ihre Mutter nicht nur einen kleinen Schnupfen hatte.

»Gestern hast du noch gesagt, du wärst schon so gut wie tot, heute gehst du wieder arbeiten. Kannst du mir das mal erklären?«

Vera war sauer. Es war nicht zu überhören. Vielleicht auch, weil Maria Alsberger vorgestern ein bisschen gepiesackt hatte? Besser nicht nachfragen. Ihre Tochter war eigentlich ein sehr lieber Mensch. Solange man sie nicht ärgerte. Oder ihren grünlichen Herzallerliebsten.

»Ich habe nicht gesagt, dass ich schon so gut wie tot bin.«

Vielleicht hatte sie ein bisschen gejammert. Das musste Vera irgendwie missverstanden haben.

»Doch, ganz genau das hast du gesagt! Weshalb liegst du nicht zu Hause im Bett?«

»Mach dir keine Sorgen, Vera, mir geht es wirklich wieder gut.«

Dass man sie wegen all der Grippemittel, die sie geschluckt hatte, im Falle ihres plötzlichen Ablebens auf der Sondermülldeponie entsorgen musste, verschwieg sie lieber.

»Ich mache mir aber Sorgen. Gestern hattest du noch Fieber! Du ruinierst dich. Das weißt du genauso gut wie ich. Aber solange du niemanden hast, der dir verbietet, ins Büro zu gehen, wenn du krank bist, wirst du weiter dorthinkriechen. Auch wenn du schon halb tot bist.«

Sie hatte es geahnt. Jetzt kam es wieder, Veras neues Lieblingsthema: ein Mann für Mama. Und Maria wusste auch, warum.

Seitdem Vera und Alsberger einen heftigen Krach gehabt und sich wieder versöhnt hatten, klebten die beiden zusammen wie das Eukalyptusbonbon mit dem Einwickelpapier. Und ihre Tochter glaubte, Männer seien der einzige Weg zum weiblichen Seelenheil. Grässlich.

»Ich probier es mal mit einem Hamster. Und jetzt muss ich wieder an die Arbeit.« Auf diese Diskussionen hatte sie absolut keine Lust. »Bis demnächst, mein Schatz.«

»Na, ich denke doch wohl bis morgen, oder?«

»Aber sicher doch. Jetzt muss ich aber wirklich Schluss machen.«

Sie hatte ganz bestimmt nicht vor, Vera nun täglich einen Bericht über ihren Gesundheitszustand abzuliefern. Aber auch darüber wollte sie jetzt nicht diskutieren.

Es klopfte. Veras Hamster steckte den Kopf zur Tür herein. Er sollte mit ihr zu Zwinglers Schwester fahren.

*

Schriesheim, einer der Orte, die sich an der Badischen Weinstraße entlangreihten, lag keine zehn Minuten Autofahrt von Heidelberg entfernt. Schon von Weitem konnte man die Ruine der Strahlenburg sehen, dem Wahrzeichen der Stadt. Stolz thronte sie auf dem Schlossberg, umgeben von unzähligen Weinreben, zu ihren Füßen die kleine Altstadt mit Fachwerkhäusern und dem Kanzelbach, der in früheren Zeiten einmal die Mühlen im Schriesheimer Tal angetrieben hatte.

Zwinglers Schwester lebte in einem Wohngebiet, das sich unmittelbar hinter dem Ortseingang in Richtung Rheinebene erstreckte. Als sie vor dem Haus parkten, riss der düstere Wolkenhimmel endlich auf.

Der Frühling war in diesem Jahr schon einmal da gewesen, und einige unerschütterliche Freiluftkaffeetrinker hatten, eingepackt in dicke Jacken, draußen vor den Cafés gesessen und die ersten wärmenden Sonnenstrahlen genossen. Die Freude war nicht von langer Dauer gewesen. Der Winter hatte sich noch einmal zurückgemeldet, mit allen Unannehmlichkeiten, die er zu bieten hatte.

Doch als Maria aus dem Auto stieg und spürte, wie viel Kraft die Sonne schon hatte, schöpfte sie Hoffnung. Das sah sehr nach Heidelberger Frühling aus.

Frau Jobst dagegen sah überhaupt nicht nach Frühling aus. Frau Jobst war die farbliche Inkarnation des Winters. Sie trug einen weißen Rollkragenpullover, verwaschene Jeans und dicke Strickscken in den Birkenstockschlappen. Die kinnlangen, glatten Haare waren hellblond, das Gesicht schmal und blass.

Frau Jobst war gestern von Mengert über den Tod ihres Bruders informiert worden, hatte sich aber nicht imstande gesehen, Fragen zu beantworten.

Maria und Alsberger kondolierten. Frau Jobst bot ihnen Tee im Wohnzimmer an. Sie nahmen auf der etwas verwohnt aussehenden Couchgarnitur Platz. Ein Kinderpullover und ein Zeichenblock lagen auf dem Boden. Buntstifte waren kreuz und quer auf dem Couchtisch verstreut, so als habe jemand damit Mikado gespielt.

»Ich habe erst vor einer Woche wieder angefangen zu arbeiten«, entschuldigte Frau Jobst das Durcheinander. »Da ist alles liegen geblieben.«

Sie habe gerade eine neue Stelle als Krankenschwester im »Salem« in Heidelberg angetreten. Und sich von ihrem Mann getrennt. Daher der Umzug von Eberbach an die Bergstraße.

»Sie haben eine Tochter?«, frage Maria.

Es war nicht schwierig, das zu erraten. Hinter einem der Kissen auf der dunkelblauen Couchgarnitur ragte das nackte Bein einer Barbiepuppe hervor. Maria zog sie heraus und legte sie auf die Sofalehne.

Auf einem Sideboard an der Wand stand ein ganzes Bataillon rosafarbener Spielzeuge. Neben Barbies Kleiderschrank gab es dort eine Hütte für Barbies Hund, den rosa Barbie-Roller und diverse Handtäschchen.

Aus dem bonbonfarbenen Plastikensemble ragte ein Tischbrunnen hervor, der wahrscheinlich nicht zu Barbies Ausstattung gehörte.

»Zwei. Anna und Franziska. Sie sind draußen.«

Die stolze Mutter zeigte auf ein Bild, das neben vielen anderen über der Couch hing. Zwei Mädchen mit weizenblondem Haar, die auch gut nach Bullerbü gepasst hätten.

»Und, kommen die beiden gut zurecht in der neuen Umgebung?«

»Es geht so. Sie wollen sicher etwas über meinen Bruder wissen?«

Frau Jobst hatte kein Interesse an harmlosem Geplänkel. Auch gut. Das sparte Zeit.

»Alles, was Sie uns über ihn erzählen können.«

»Wo soll ich denn anfangen? Dass er mit fünf Jahren vom Fahrrad gefallen ist? Vielleicht fragen Sie besser, was Sie wissen wollen.«

Sie goss aus der bauchigen Kanne Tee in die Becher.

»Wann haben Sie ihn zuletzt gesehen?«

»Vielleicht so vor zwei Monaten. Er war einmal hier, kurz nachdem wir eingezogen sind.«

»Hat er …« Weiter kam Maria nicht. Ihre Stimme versagte wie ein altes Auto, dem unter Husten und Spucken der Motor ausging.

Alsberger, der neben ihr auf dem Sofa saß, schaute von seinem Notizblock hoch. Maria räusperte sich, trank ihren Tee, aber mehr als ein Flüstern bekam sie nicht heraus. Sie angelte in ihrer Jackentasche nach einem Halsbonbon, krächzte eine Entschuldigung und nickte Alsberger zu, der das ganz richtig als Aufforderung verstand, weiterzumachen.

»Hat er etwas geäußert, was in Zusammenhang mit dem Mord stehen könnte? Gab es private oder berufliche Schwierigkeiten?«, fragte er.

»Nicht, dass ich wüsste.« Frau Jobst hielt kurz inne. »Ich kann Ihnen darüber aber auch nicht viel erzählen. Ich habe ihn in letzter Zeit kaum gesehen.«

»Und warum nicht?«

Genau. Von Heidelberg nach Eberbach oder Schriesheim war es ja nun wirklich nicht *so* weit. Da konnte man sich schon mal auf einen Kaffee treffen.

»Hat sich einfach nicht ergeben.«

»Er war Finanzberater?«

»Ja, er hat Versicherungen verkauft. Das konnte er gut. Eugen war der geborene Verkäufer. Wenn Sie ihm zehn Minuten Zeit ließen, konnte er Sie davon überzeugen, dass eine faule Kartoffel das beste Gemüse der Welt ist.«

Eine Fähigkeit, für die man jemanden hätte bewundern können. Man musste die Kartoffel ja nicht gleich kaufen. Aber so, wie es Eugen Zwinglers Schwester sagte, hörte es sich ganz und gar nicht nach Bewunderung an. Sondern eher nach Ärger. Vielleicht sogar Verachtung. Das hatte auch der junge Assistent ganz richtig mitbekommen.

»Hatte er denn Ärger mit Kunden?«

»Keine Ahnung.«

»Sehen Sie, Sie können uns am besten helfen, seinen Mörder zu finden, wenn Sie uns die Wahrheit sagen. Das schließt auch *die* Dinge ein, die wir normalerweise nicht über jemanden erzählen würden, der uns nahesteht und verstorben ist.«

Elvira Jobst schüttete sich Tee aus der bauchigen Kanne nach. Ein paar Tropfen fielen auf den Tisch. Sie wischte sie sorgfältig mit einem Tempo weg. Wischte noch einmal darüber und noch einmal und überlegte dabei wahrscheinlich, wie man wohl Schlechtes über einen Toten möglichst nett formuliert.

»Vielleicht haben Sie recht. Er hat manche Sachen gemacht ...«, sie zögerte, »... die ich nicht gut gefunden habe. Deshalb hatten wir nicht mehr so viel Kontakt.« Ein letztes Mal wurde über den Tisch gewischt. »Und es war auch Zeit, sich voneinander abzunabeln. Eugen war ja nur knapp ein Jahr jünger als ich. Wir sind fast wie Zwillinge aufgewachsen. Aber wenn der eine dann immer Mist baut, dann hat der andere irgendwann die Nase voll.«

»Und was für einen Mist hat er gebaut?«

Frau Jobst griff nach ihrem Teebecher und hielt ihn mit den Händen umschlossen, als müsse sie sich daran wärmen.

»Dr. Jekyll und Mr. Hyde, kennen Sie die?«

Maria nickte, aber Alsberger war offensichtlich ratlos. Der kannte wahrscheinlich nur Biene Maja.

»So war das mit Eugen auch. Mal war er so, mal so. Er konnte total nett und charmant sein, aber wenn es hart auf hart kam, dann konnte er sich auch in ein ziemliches Ekel verwandeln. Jemand, der sich nicht viel um andere schert, wenn er einen Vorteil für sich wittert.«

»Dann gab es doch sicher Leute, die sich über ihn geärgert haben?«

Die Augen von Elvira Jobst füllten sich mit Tränen.

»Wie kann ich nur so über ihn reden«, sagte sie leise. »Er ist tot, und ich erzähle so gemeine Sachen über ihn.«

»Jeder von uns hat gute und schlechte Seiten«, versuchte Alsberger, ihr die Gewissensbisse zu nehmen.

Die blonde Frau sah mit leerem Blick auf ihre Hände. Kräftige, große Hände, die aussahen, als hätten sie im Leben schon viel zupacken müssen.

»Er hat den Leuten Sachen angedreht, die sie nicht brauchen konnten. Hauptsache, seine Provision hat gestimmt. Unsere Nachbarin in Eberbach hat er dazu gebracht, ihr ganzes Geld in einem geschlossenen Immobilienfond anzulegen. Aufgeschwatzt hat er es ihr. Sie war dreiundneunzig und ist ein paar Monate danach gestorben. Ihr Sohn war so sauer, dass er nicht mehr mit meinem Mann und mir geredet hat.«

Maria hätte nicht genau sagen können, warum, aber sie hatte den Eindruck, dass das nur ein kleiner Teil von dem Mist war, den Frau Jobst über ihren Bruder zu erzählen wusste. Der Teil, mit dem man neugierige Polizisten zufriedenstellt, wenn man sich nicht genug im Griff gehabt und zu viel vom eigenen Ärger herausgelassen hatte.

Es schmerzte schon wieder. Maria zuckte zusammen. Diesmal nicht im Hals, sondern im Rücken. Bestimmt die Nieren. Das kam sicher von den ganzen Medikamenten, die sie geschluckt hatte.

»Können Sie sich vorstellen, warum er jemandem erzählt hat, dass er regelmäßig nach Freiburg fährt, um seine Mutter zu pflegen?«

Alsbergers Frage brachte Frau Jobst dann doch wieder aus der Fassung.

»*Was* hat er erzählt? Dass er seine Mutter pflegt?«

»Wenn wir richtig informiert sind, ist Ihre Mutter doch schon vor über einem Jahr verstorben?«

»Dieser miese Dreckskerl!«, stieß sie hervor. »*Er* pflegt unsere Mutter! Das ist doch wirklich das Letzte!«

Die Skrupel, vom Mist des Brüderchens zu erzählen, lösten sich in Sekundenschnelle in Luft auf.

»Jetzt erzähl ich Ihnen mal, *wer* unsere Mutter gepflegt hat!« Elvira Jobst rutschte nach vorn auf die Sesselkante. »*Ich* habe meine Mutter gepflegt. Ich habe sie gefüttert, ihr den Hintern abgewischt und stundenlang an ihrem Bett gesessen. Ich habe meinen

Job aufgegeben, um sie zu Hause pflegen können, und mein toller Bruder hat sich alle paar Monate mal blicken lassen. Und wissen Sie, was das Beste ist?«

Sie wartete erst gar nicht auf eine Antwort.

»Für meine Mutter war er immer noch der Größte. Was hat sie sich gefreut, wenn er kam! Mutters Liebling! Ständig hat sie von ihm geredet. Hat all den Schwachsinn geglaubt, den er erzählt hat. Von wegen, er müsse so viel arbeiten! Ein verdammter Egoist, das war er. Er hat die Leute um den Finger gewickelt. Und es ging immer nur um eins: um *seinen* Vorteil!«

»Vielleicht ist es dann ja ganz gut, dass er tot ist?«

Aber mit dieser Frage hatte Alsberger sich dann doch etwas zu weit aus dem Fenster gelehnt. Frau Jobst schaute ihn so entsetzt an, als habe er ihr eine Ohrfeige versetzt. Einen Moment schien sie sprachlos. Dann schüttelte sie schockiert den Kopf.

»Wie können Sie so etwas nur sagen! Er war schließlich mein Bruder!«

Der Schmerz in Marias Rücken war inzwischen unerträglich. Je mehr sie sich zurücklehnte, desto stechender wurde er. Vielleicht ein Tumor, den man schon von außen tasten konnte. Sie griff hinter sich.

Der Tumor war rosafarben und hatte einen leichten Hauch von Silber in der Mähne. Barbies Pony, das alle vier Beine von sich streckte und Besuchern, die sich in den Kissen fläzen wollten, das Leben zur Hölle machte.

Da sowieso entsetztes Schweigen über Alsbergers taktlose Äußerung herrschte, stand Maria auf und stellte das Pony auf das Sideboard zu den anderen Sachen, neben den Tischbrunnen.

»Hübscher Brunnen«, flüsterte sie.

Ein Eimerchen, aus dem, wenn er in Betrieb war, das Wasser in einen kleinen, blau gefärbten Teich plätschern würde. Am Rand stand ein Reiher und balancierte auf einem Bein. Reines Plastik. Maria vermutete frühes einundzwanzigstes Jahrhundert. Das Ding war scheußlich.

»Von meiner Mutter«, erklärte Frau Jobst. Der Blick auf den Brunnen schien auszureichen, um sich wieder zu ärgern. »Mein Bruder hat den gleichen. Immer hat sie irgendeinen Schwachsinn aus dem Katalog bestellt. Mal einen Plastikbrunnen, mal eine Madonnenfigur. Und immer das Gleiche für beide. Nur kein Kind bevorzugen. Man hat ja schließlich jedes genauso lieb wie das andere!«

Wieder kämpfte sie mit den Tränen.

»An ihrem letzten Weihnachtsfest hat sie jedem von uns eine Tischuhr geschenkt. Und warum? Weil sie dachte, Eugen würde sich darüber freuen. Ob *ich* mich darüber freue, war ihr völlig egal. Heiligabend ist mein Bruder gerade mal für eine Stunde vorbeigekommen, hat sein Geschenk geholt und ist wieder abgehauen. Sie hat vor Freude geweint, als er kam. Und ich hatte den ganzen Tag gekocht und gemacht und getan, damit sie es schön hat, aber mit mir hat sie nur rumgenörgelt.«

Kein Wunder, dass Elvira Jobst sauer war. Sicher keine schöne Erinnerung an das letzte Weihnachtsfest mit ihrer Mutter.

»Im Leben geht es manchmal nicht besonders gerecht zu«, raunte Maria ihr zu.

»Kann man wohl sagen.« Die Stimme der blonden Frau klang bitter. »Gerechtigkeit sieht anders aus.«

An der Haustür klingelte es. Eines der Bullerbü-Kinder war beim Spielen hingefallen und brauchte Trost und ein Pflaster. Frau Jobst war beschäftigt. Und hatte auch ganz offensichtlich keine Lust mehr, weitere Fragen zu beantworten, nachdem der nette junge Mann von der Polizei ihr unterstellt hatte, sie würde sich über den Tod ihres Bruders freuen.

»Was sollte das, Alsberger? Wollten Sie Frau Jobst einreden, dass sie ihren Bruder umgebracht hat?«

Verärgert stopfte Maria ihr Bonbonpapier in den überquellenden Aschenbecher des Wagens.

»Ich wollte ihr nur eine Brücke bauen.«

»Wohin? In den Knast? Weil sie etwas Schlechtes über den toten kleinen Bruder erzählt?«

»Sie hat doch ein starkes Motiv. Sie hat sich benachteiligt gefühlt. Sie übernimmt die Pflege der Mutter, ihr Bruder kümmert sich nicht um die alte Frau und wird trotzdem bevorzugt. Die ist wütend auf ihren Bruder. *Ziemlich* wütend, wenn Sie mich fragen.«

»Wenn in Deutschland alle verärgerten Schwestern, die den Eindruck haben, dass die Pflege der alten Eltern nicht ganz gerecht verteilt ist, ihre Brüder umbringen würden, dann würde man über die Mordopfer nur so fallen. Dann hätten wir Berge von Leichen auf den Straßen.«

Alsberger fädelte sich in den Kreisverkehr vor dem Dossenheimer Ortseingang ein, in dessen Mitte eine ausgediente Lore stand.

»Aber die Jobst ist nicht nur ärgerlich«, konterte er. »Die hat ihren Bruder doch regelrecht gehasst. Außerdem ist sie perfektionistisch! Genau wie Jörg Maier gesagt hat. Haben Sie das nicht gesehen? Die hat doch fast ein Loch in die Tischplatte gerieben, nur weil ein paar Teetropfen drauf waren.«

»Weil sie Zeit zum Nachdenken brauchte!«

Sie stritten hin und her – Maria im Flüsterton, Alsberger mit lauter Stimme und damit klar im Vorteil –, bis sie in Heidelberg am Bismarckplatz angekommen waren.

»Lassen Sie mich hier raus. Ich muss noch etwas einkaufen. Ich komme zu Fuß nach.«

Ein bisschen frische Luft würde ihr guttun. Stärkte das Immunsystem. Und sie wollte noch etwas für Arthur besorgen. Ein Entschuldigungsgeschenk für die Sache mit dem Kaninchen. Normalerweise hätte sie Kuchen mitgebracht, aber das war momentan vielleicht nicht das Richtige.

Maria lief in die Fußgängerzone hinein, vorbei an der Bronzefigur des ewig Zeitung Lesenden, der Tag für Tag am Eingang zur St.-Anna-Gasse saß, und an den Zeitungslesern aus Fleisch und Blut, die nur wenige Meter weiter vor dem Schaufenster der »Rhein-Neckar-Zeitung« standen und die aktuelle Ausgabe studierten.

Direkt daneben lag die kleine Kaffeerösterei, in der man hinter einer hohen Glaswand die Röstmaschine sehen konnte, in der die Kaffeebohnen erhitzt wurden und ihre schöne braune Farbe bekamen.

Frisch gemahlener Kaffee. Köstlich! Der beste Geruch der Welt. Maria sog die Luft so tief ein, wie es nur eben möglich war. Was war dagegen schon Poison oder Chanel N° 5? Auch wenn einem die Männer angeblich zu Füßen lagen, wenn man es hinters Ohr stäubte.

Kaffee, darüber würde Arthur sich freuen, das wusste sie. Der war genauso süchtig danach wie sie.

Mit einer Tüte, aus der eine verlockende Duftwolke emporstieg, verließ sie das Geschäft und kehrte in die nächstgelegene Apotheke ein. Sie schilderte der jungen Dame hinter der Ladentheke vertrauensvoll die diversen Leiden, die sie plagten. Nur das mit dem Druck in den Nieren ließ sie weg. Das hatte sich ja dann schnell wieder gegeben. Nach eingehender Beratung entschied man sich für Halstabletten und eine große Flasche Erkältungsbad.

»Das Wasser nicht zu heiß«, empfahl die Apothekerin. »Und wenn es morgen nicht besser ist, dann sollten Sie besser doch einmal zum Arzt gehen.«

Aha, so schlecht stand es also um sie! Sie hatte es doch geahnt.

Die junge Frau suchte lange hinter der Theke, zog schließlich ein kleines Probepäckchen hervor und tat es zu den anderen Sachen in die Tüte.

Maria freute sich. Sie liebte kleine Überraschungsgeschenke. Leider bekam sie so selten welche.

Als sie wieder in der Fußgängerzone stand und neugierig in die Tüte spähte, freute sie sich nicht mehr. Es war eine Antifaltencreme.

Missmutig lief sie die Bergheimerstraße hinunter in Richtung Polizeidirektion. Vor dem Schaufenster eines Uhrengeschäfts blieb sie stehen. Maria trat etwas näher an die Scheibe heran. War das jetzt schon so schlimm mit den Falten? »Für die Intensivpflege bei reifer Haut« stand auf der Packung. Tempos wären ihr lieber gewesen.

Sie blickte in das Schaufenster. Aber nicht mehr, um sich darin zu spiegeln. Wie gebannt sah sie auf den einen Gegenstand, der alle anderen überragte.

War das das entscheidende Detail? Wie der Neidkopf an der Kirchenwand?

Sie musste sofort Frau Haschke anrufen!

Nachricht aus dem Jenseits

Frau Haschke war untröstlich. Man hatte ihr bei der Vernehmung eine Aufstellung der Gegenstände aus Zwinglers Büro vorgelegt. Sie hatte nicht sagen können, ob außer dem Notebook noch etwas fehlte. An die Tischuhr habe sie überhaupt nicht mehr gedacht. Es sei eben etwas anderes, ob man einen Raum sah oder eine Liste vorgelegt bekam.

Die tote Mutter erwähnte Maria bei ihrem Telefonat mit Rabea Haschke nicht. Das wollte sie dann doch lieber in Ruhe mit der jungen Frau besprechen.

Der Gegenstand, mit dem man Eugen Zwingler niedergeschlagen hatte, war wahrscheinlich das Imitat einer französischen Kaminuhr aus dem neunzehnten Jahrhundert. Das letzte Weihnachtsgeschenk seiner Mutter.

Die Uhr war aus Eugen Zwinglers Büro verschwunden, wo sie früher auf dem halbhohen Regal an der Wand hinter seinem Schreibtisch gestanden hatte. Sie war aus schwarzem Marmor, vier Kilogramm schwer, circa dreißig Zentimeter hoch und oben abgerundet, das Ziffernblatt durch geschliffenes Glas geschützt. Dünnes Glas. Glas, das wahrscheinlich zersplitterte, als man damit auf Zwingler einschlug.

Maria hatte Alsberger zurück nach Schriesheim geschickt, um das Pendant bei Elvira Jobst abzuholen. Manchmal hatte es doch Vorteile, wenn Eltern bemüht waren, die Kinder bei den Geschenken gleich zu halten.

Arthur begutachtete das Stück eingehend. Er hob die Uhr an und schaute, was unten drunter stand.

»Made in China«, las er vor. »Die kopieren doch echt alles.«

»Dass mit dieser Tischuhr zugeschlagen wurde, das ist doch wohl kein Zufall. Das ist symbolisch.« Alsberger stand vor der Fensterbank und wartete darauf, dass der Kaffee endlich durchgelaufen war. »Elvira Jobst schlägt ihren Bruder mit dem Geschenk der Mutter nieder. Die Uhr ist das Symbol für ihre Kränkung. Dafür, dass die Mutter ihn mehr geliebt hat als sie.«

Er war sich seiner Sache völlig sicher. Es war immer das Gleiche mit diesem Menschen: Kaum hatte er jemanden entdeckt, der auch nur ein vages Motiv hatte, war die Sache für ihn klar.

Maria steckte sich noch eine Halstablette in den Mund. Die junge Dame aus der Apotheke mochte sich bei ihrem kleinen Überraschungsgeschenk vergriffen haben, bei diesen Tabletten glücklicherweise nicht. Ein Wunder war geschehen. Es tat fast nichts mehr weh. Und die Stimme war auch wieder da. Trotzdem sparte sie sich die Mühe, Alsberger zu widersprechen.

»Diese Schwester von Zwingler hat euch doch erzählt, dass die Nachbarn wegen des Fonds, den er der Oma verkauft hat, sauer waren. Vielleicht haben die ihm die Kehle durchgeschnitten«, sagte Mengert, der mit verschränkten Armen an der Wand lehnte. »Und die Uhr haben sie als Schadensersatz mitgenommen.«

»Ich glaube nicht, dass die so viel wert ist.« Maria erinnerte die Uhr an den Plastikspringbrunnen. Vielleicht war sie ja aus dem gleichen Katalog.

Aber Mengert ließ sich von seiner Theorie nicht abbringen. »Das wusste der Täter ja nicht. Der hat beim Zuschlagen bestimmt nicht das Schild ›Made in China‹ gelesen.«

Der Kaffeemaschine entwichen einige röchelnde Geräusche, die anzeigten, dass sie nun fertig war. Wie erwartet hatte Arthur sich über Marias Geschenk sehr gefreut, und das wohlriechende Pulver war sofort in die übliche dicke, schwarze Brühe verwandelt worden.

»Ich habe heute Morgen angefangen, mich durch die Unterlagen aus Zwinglers Büro zu arbeiten. In den Aktenordnern sind alle möglichen Verträge und irgendwelche Finanzgutachten. Mit Namen und Adressen. Ich habe euch eine Liste gemacht.«

Während er das sagte, zog Arthur die Schreibtischschublade auf und holte seine Butterbrotdose hervor.

»Sind das alle Kunden?«, fragte Maria.

»Keine Ahnung. Jedenfalls sind es so viele, dass ihr die nächsten Wochen gut zu tun habt, wenn ihr die abklappern wollt.«

Die Runde schaute gespannt auf Arthurs Dose. Was mochten sich wohl heute für Leckereien darin verbergen?

Er hob den Deckel ab. »Mein Mittagessen«, erklärte er, als müsse er sich nun, da alle Kollegen von seiner Diät wussten, dafür rechtfertigen, überhaupt noch etwas zu sich zu nehmen.

In der Dose lag ein Knäckebrot, das von irgendeinem undefinierbaren, wahrscheinlich aber sehr kalorienarmen Aufstrich so durchweicht war, dass es wie ein feuchter Wischlappen aussah. Daneben ein einsames Radieschen.

»Ist das alles, was du heute Mittag isst?«

Maria bemühte sich, nicht allzu angewidert auf den Knäckelappen zu starren. Wenn sie das sah, wusste sie wieder, warum sie eine Diät nie länger als zwei Tage durchhielt. Sie war einfach nicht zur Masochistin geboren.

Arthur nickte stolz und biss in das labberige Etwas.

»Die Kunden sind nach den Abschlussdaten der Verträge geordnet. Dann könnt ihr bei denen anfangen, die Zwingler in den letzten Wochen gesehen hat«, bemerkte er kauend.

»Weshalb nimmt jemand das Notebook mit, wenn in den Ordnern doch die Kundennamen drinstehen?«, fragte Alsberger. Die Antwort gab er sich selbst. »Weil wir *denken* sollen, dass es ein Kunde war. Der Täter will von sich ablenken. Weil er aus dem privaten Umfeld kommt.«

»Ich nehme mal an, Sie meinen die *Täterin*.« Nun konnte Maria doch nicht mehr an sich halten. »Glauben Sie, da hatte jemand Zeit, alle Ordner durchzuwühlen? Mit einer Putzfrau im Nacken, die jeden Moment auftauchen konnte?«

»Viel spannender ist doch die Frage«, warf Arthur ein, »weshalb er dieser Frau Haschke die Lüge mit seiner Mutter aufgetischt hat. Und vor allem: Was hat er wirklich an den Wochenenden gemacht?«

Mengert begann, den Kaffee zu verteilen. »Auf jeden Fall wollte er das nicht an die große Glocke hängen. Und so, wie die Schwester ihn schildert, kann man sich ganz gut vorstellen, dass der irgendwelchen Dreck am Stecken …«

Weiter kam er nicht. Die Tür wurde aufgerissen.

»Ich hoffe, ich störe die Herrschaften nicht beim gemütlichen Zusammensein!« Edwin Ferver schaute auf die vollen Kaffeebecher. »Es ist doch immer schön, wenn man sich am Arbeitsplatz von der anstrengenden Freizeit erholen kann, nicht wahr?«

Der Giftzwerg. So klein er körperlich war, in puncto Zynismus war Ferver absolut der Größte in der Abteilung.

»Wir sprechen gerade die Hypothesen im Fall Zwingler durch.« Maria bemühte sich um einen neutralen Tonfall.

»Schön, dass Sie immerhin schon einmal dabei sind, Hypothesen zu bilden, Frau Mooser. Noch besser wäre es, wenn Sie etwas unternehmen würden, um den Täter zu fassen. Natürlich nur, wenn Sie lange genug Kaffee getrunken haben.«

Er war wirklich unausstehlich.

»Klar, mach ich.« Sie drehte sich wieder zu Arthur herum und nahm einen Schluck aus ihrem Becher.

»Frau Mooser!« Ferver lief unter seinem spärlichen grauen Haarkranz puterrot an. »In mein Büro! Sofort!«

Er machte auf dem Absatz kehrt und knallte die Tür hinter sich zu.

»Oh, oh!«, war Mengerts Kommentar. Er schaute Arthur bedeutungsvoll an. »Jetzt musst du doch wohl einsehen, dass ich recht habe?«

Maria hatte sich erhoben, um Ferver zu folgen.

»Womit?«, fragte sie.

Mengert und Arthur sahen sich an. Aber keiner gab ihr eine Antwort.

Ferver lief in seinem Zimmer auf und ab und tobte. Maria versuchte, sich in Gedanken mit irgendetwas anderem zu beschäftigen. Sie kannte diese Situationen zur Genüge und wusste: Man musste nur warten und ab und zu nicken, irgendwann hörte Ferver auch wieder auf.

Als sie auf seinen Schreibtisch schaute und das Bild seiner verstorbenen Frau sah, ahnte sie, weshalb ihr Chef in letzter Zeit so übel gelaunt war. Es war April. Und Fervers Frau war vor einigen Jahren im April gestorben. Das hatte sie fast vergessen. Der kleine tobende Mann tat ihr mit einem Mal leid.

Sie entschuldigte sich. Ja, ihr Verhalten sei provozierend gewesen. Auf keinen Fall wollte sie seine Autorität vor den Mitarbeitern untergraben. Natürlich, den Bericht über den bisherigen Stand der Ermittlungen würde er bis spätestens siebzehn Uhr bekommen.

Nachdem sie ihrem Chef entronnen war, ging sie als Erstes in die Bäckerei, die gegenüber der Polizeidirektion auf der anderen Straßenseite lag. Ein Giftzwerg auf leeren Magen brachte selbst eine Maria Mooser an ihre Grenzen.

Brötchen gab es. Aber auch noch ganz andere Köstlichkeiten. Nougatkugeln. Neu und nur vorübergehend im Angebot. Da *musste* man einfach zugreifen. Eigentlich waren es eher Nougatzipfelmützen. Zumindest sahen sie so aus. Groß wie platt gedrückte Golfbälle. Zum Glück war der Appetit wieder da. Sie befand sich eindeutig auf dem Weg der Besserung.

Mit einer gut gefüllten Tüte verließ sie den Laden. Draußen steckte sie sich hintereinander zwei Zipfelmützen in den Mund. Danach ging es ihr schon deutlich besser. Nun musste sie nur noch Alsberger ein bisschen Dampf machen, damit Ferver seinen Bericht bekam.

Die Kaffeerunde war aufgelöst. Sie fand ihren Assistenten im Besprechungsraum, vor sich auf dem Tisch Beine, Busen und Hinterteile. Er war dabei, die Fotos aus Zwinglers Karton auf kleine Stapel zu verteilen.

»Wie weit ist der Bericht für Ferver?«

Alsberger schaute hoch. »Habe ich eben in sein Fach gelegt.«

Maria öffnete die Tüte. »Nougat?«, fragte sie flüsternd. Nicht, dass Arthur etwas hörte.

»Danke«, erwiderte Alsberger genauso leise und griff zu.

Wie es schien, war er immer noch mit der mörderischen Schwester beschäftigt.

»Das mit der Tischuhr«, sagte er, »das *kann* einfach kein Zufall sein. Und das Skalpell hat die Jobst bestimmt in der Klinik mitgehen lassen. Außerdem ist ihr Alibi butterweich. Sie müssen doch zugeben, dass das eigentlich gar keins ist!«

Frau Jobst hatte angegeben, dass sie am Mittwoch bis vier hatte arbeiten müssen. Danach sei sie nach Hause gefahren, später noch mit ihren Mädchen einkaufen gewesen. Beim REWE in dem kleinen Industriegebiet vor dem Schriesheimer Ortseingang. Leider hatte sie den Kassenbon weggeworfen. Den Abend hätte sie wie üblich mit den beiden Kindern zu Hause verbracht.

»Erkundigen Sie sich in diesem Laden. Vielleicht erinnert sich jemand an sie.« Maria schaute auf die Bilderstapel, die vor ihm lagen. »Was machen Sie da eigentlich?«

»Ich erstelle Kategorien. Sie wollten das ja so.« Alsberger zeigte auf die Bauch-Beine-Po-Stapel. »Ich glaube, es sind zwei. Mehr nicht. Es gibt die Brünette. Von der sind die Aktfotos. Ganzkörperaufnahmen. Die mit den Einzelteilen, das muss eine andere sein. Auch wenn auf keinem einzigen Foto ihr Kopf zu sehen – ich glaube, das ist immer dieselbe.«

Da würde sie sich ganz auf Alsbergers Urteil verlassen, der war ja schließlich Experte. Maria schluckte die Bemerkung herunter. Wenn sie keine Kopfschmerzen hatte, gelang ihr das deutlich besser.

Alsberger steckte sich den Rest der Nougatzipfelmütze in den Mund. »Ich kann doch morgen trotzdem früher gehen, oder?«, fragte er, als er wieder reden konnte.

Wenn es einen Mordfall gab und sie mitten in den Ermittlungen steckten, bekam man nicht frei. Auch nicht am Sonntag. Außer man war sterbenskrank, so wie sie gestern. Eigentlich hätte Alsberger das wissen müssen.

Sie wollte gerade zum »Nein« ansetzen, als ihr Assistent hinterherschob: »Ich meine, es ist doch wegen Vera. Ich habe ihr versprochen, dass ich morgen Zeit habe.«

Na, das war ja noch besser. Jetzt setzte er auch noch ihre Tochter ein, um sich aus dem Dienst zu stehlen. Am liebsten hätte Maria ihre Zipfelmützen wieder zurückgefordert. Sie hatte keine Lust, Sonderwürste für Alsberger zu braten, nur weil er mit ihrer Tochter zusammen war.

Aber sie wollte auch nicht, dass Vera sich auf etwas freute und sie es ihr kaputt machte. Und wenn sie ehrlich war, dann kam sie auch mal gut ohne Alsberger aus. Eigentlich war das sogar eine ganz angenehme Perspektive.

»Nur, wenn auch der allerletzte Schriftkram fertig ist.«

»Klar.«

»Und jetzt habe ich mal eine Frage!«

Er stand in ihrer Schuld. Die Gelegenheit musste sie nutzen.

»Was ist das für eine Männersache, mit der sich hier die halbe Abteilung beschäftigt und von der ich nichts wissen soll?«

In diesem Moment steckte Dieter Mengert den Kopf zur Tür herein.

»Das ist der Hammer, sag ich euch! Ein Anruf. Von Zwingler!«

Vom Aussehen her hätte der Mann, der in Mengerts Büro saß, der Bruder des toten Finanzberaters sein können. Peter Gerberts war groß, schlank und dunkelhaarig. Wie seine Kleidung und die weißen Turnschuhe an den Füßen verrieten, war er gerade beim Sport gewesen.

Auf dem Schreibtisch lag ein kleines, silberfarbenes Kästchen. Sein Anrufbeantworter, den er mitgebracht hatte.

»Ich war die ganze Woche nicht da. Ich hatte frei. Ich war auf Sardinien. Als ich gestern nach Hause kam, habe ich meinen Anrufbeantworter abgehört. Von der Stimme her konnte es eigentlich nur Eugen sein.«

Das Entsetzen stand dem breitschultrigen Mann ins Gesicht geschrieben.

»Ich habe mich gewundert, was das sollte. So ein wirres Zeug. Und als ich eben in der Tennishalle ankomme, da erzählen die mir, Eugen wäre tot. Da bin ich sofort nach Hause und habe den AB geholt.«

Die lokale Presse hatte ausführlich über den Mordfall berichtet. Und die Gerüchteküche hatte sicherlich auch noch einiges zur Verbreitung beigetragen. Erfahrungsgemäß dauerte es maximal zwei Tage, bis so etwas in der Stadt rum war.

»Ermordet! Man denkt doch nicht, dass das jemandem passiert, den man kennt!«

Zwinglers Anruf war von Dienstagabend. Der Abend vor seinem Tod. An dem es ihm, so wie es sich anhörte, nicht gut ergangen war. Man konnte kaum verstehen, was er sagte.

»… Rat … kennst dich … das ist eine Scheiße. … zahl nicht. Keinen einen lumpigen Cent … hinter mir her, aber … ich glaub nicht an den Teufel … lächerlich …«

Dann hatte er aufgelegt.

»Völlig besoffen.«

Mengerts Kommentar beschrieb Zwinglers Zustand sehr treffend. Der Finanzberater war so betrunken gewesen, dass ihm das

Reden schwergefallen war. Zumindest so zu reden, dass ihn jemand hätte verstehen können.

»Er wollte nicht zahlen!«, sagte Alsberger und nickte.

Keiner sprach es aus, aber sie dachten wohl alle an das Gleiche: Erpressung.

»Es hört sich an, als ob Herr Zwingler Sie wegen irgendetwas um Rat bitten wollte. Haben Sie eine Ahnung, um was es sich dabei handeln könnte?«, fragte Maria.

»Das ist es ja. Ich meine, wir spielen Tennis zusammen und trinken da vielleicht noch was, aber es war nie so, dass wir viel Privates besprochen hätten. Mal ging es um Autos, mal um Aktien. Das war es dann aber auch. Ich habe *keine* Ahnung, was er wollte.«

»Was machen Sie beruflich?«

»Ich arbeite an der Uni. Als wissenschaftlicher Mitarbeiter.«

»In welchem Fachbereich?«

»Virologie.«

Wieder so eines der Berufsfelder, unter denen Maria sich nicht allzu viel vorstellen konnte.

»Und was machen Sie da?«

»Wir erforschen die Eigenschaften von Viren. Die Prävention von Virusinfektionen, ihre Behandlung. Alles, was in diese Richtung geht.«

»Haben Sie darüber mal mit ihm gesprochen?«

»Er wusste, wo ich arbeite, ja. Aber mehr auch nicht.«

Peter Gerberts hatte Eugen Zwingler vor einigen Monaten auf dem Tennisplatz kennengelernt. Sie waren ins Gespräch gekommen und hatten sich danach immer wieder einmal zum Tennisspielen verabredet. Aber darüber hinaus gab es keine privaten Kontakte. Anrufe seien darauf beschränkt gewesen, Termine auszumachen. In den letzten Wochen hatte sich Eugen Zwingler kaum noch gemeldet. Herr Gerberts hatte keine Ahnung, warum.

»Das war ja nicht so, dass wir einen festen Termin gehabt hätten. Der eine hat den anderen angerufen. Entweder man hatte Zeit, oder eben nicht. Da musste sich keiner rechtfertigen.«

»Ist Ihnen in letzter Zeit irgendetwas an Herrn Zwingler aufgefallen? Wirkte er vielleicht bedrückt, nervös? Irgendwie verändert?«

»Nein. Er war wie immer. Freundlich. Gut gelaunt. Eugen hat nie schlechte Laune gehabt.«

Dann kam wieder, was sie schon von Frau Haschke gehört hatten: Der Verstorbene sei ein netter, sympathischer Mensch gewesen. Und man konnte sich *überhaupt* nicht vorstellen, warum so jemand Opfer eines Gewalterbrechens wurde.

Nachdem Gerberts gegangen war, saßen sie zusammen und zerbrachen sich die Köpfe.

»Warum hat Zwingler ihm auf den AB gesprochen, dass er nicht an den Teufel glaubt?«, fragte Mengert. »Ich glaube auch nicht an Bruder Luzifer, aber deshalb rufe ich nicht meine Kumpel an und laber ihnen das Band voll.«

»Vielleicht hat man ihm gedroht«, vermutete Alsberger. »Wenn du nicht zahlst, kommt dich der Teufel holen. Das sagt man doch so.«

»Zwingler war mit irgendetwas erpressbar. Etwas, mit dem er am Wochenende zugange war. Und wofür er den Rat eines Virologen brauchte.« Mengert strich über seine Haarstoppeln. »Das hört sich aber gar nicht gut an.«

Nein, das hörte sich wirklich nicht gut an. Maria stand auf.

»Kommen Sie, Alsberger, wir fahren noch einmal zu Herrn Brachner.«

Vielleicht fuhr der Teufel ja ein schwarzes Auto.

*

»Ich hatte mir schon gedacht, dass Sie deshalb noch einmal kommen.« Herr Brachner zog die Augenbrauen hoch. »Ich meine, wo *die* doch mit drinhängen.«

Maria hatte eigentlich vorgehabt, Herrn Brachner und die Mafia einfach zu ignorieren. Nach einer halben Stunde wusste sie, dass das die bessere Entscheidung gewesen wäre. Herr Brachner war der Albtraum eines jeden Kripobeamten.

Je nachdem, wie man fragte, war der Wagen groß oder klein gewesen. Hatte mal hier, mal dort geparkt. Die Marke schwankte zwischen Ford Fiesta und Mercedes E-Klasse. Die Person im Wagen hätte ein Mann sein können, vielleicht aber auch eine Frau.

Alsberger stellte schließlich die entscheidende Frage, die das geheimnisvolle Rätsel um den klein-großen-Fiesta-Mercedes löste.

»Sehen Sie eigentlich noch gut?«

Herr Brachner schwieg einen Moment.

»Grauer Star«, sagte er dann und schaute ein wenig verlegen drein. »Mein Arzt will, dass ich mich operieren lasse. Aber ich überlege noch, ob ich das wirklich machen soll.«

»Sie wissen schon, dass Herr Zwingler selbst auch einen schwarzen Wagen fuhr. Vielleicht war es ja der, den Sie gesehen haben?«

Herr Brachner ließ keinen Zweifel daran, dass er Marias Frage als persönliche Beleidigung auffasste.

»Ich sehe nicht gut, aber blind bin ich noch nicht. Ich weiß genau, wie das Auto von dem Zwingler ausgesehen hat. Außerdem hat der seinen Wagen nie auf der Straße stehen lassen. Nie!«

Als sie in die Polizeidirektion zurückkamen, waren Arthur und Mengert dabei, im Internet über Killerviren und den illegalen Handel mit biologischen Kampfmitteln zu recherchieren.

Sie hatten die Zeit genutzt, um eine wüste Theorie auszuarbeiten: Zwingler, der am Wochenende in der Welt herumjettete und Kampfstoffe an Terrorzellen im Ausland verkaufte. Der damit aufgefallen war und deshalb erpresst wurde. Und in dessen Wohnung dunkle Gestalten nach dem versteckten Anthrax suchten.

Maria musste die Herren zur Ordnung rufen.

»Wie wäre es, wenn ihr euch mal mit dem Naheliegenden befasst? Einsicht in die Konten beantragt? Verbindungsnachweise bei der Telefongesellschaft anfordert?«

»Ist alles längst in Arbeit«, beruhigte Mengert sie.

Maria holte sich Gerberts Anrufbeantworter und ging in ihr Büro. Sie hörte die Aufzeichnung so lange an, bis sie Zwinglers Gestammel auswendig kannte.

Dass er nicht zahlen wollte, passte zum Thema Erpressung. Aber womit hätte man ihn unter Druck setzen können? Vielleicht mit etwas, auf dass sie gar keine Hinweise mehr finden konnten? Weil es doch einen Wohnungsschnüffler gegeben hatte, der längst alles, was sie auf die Spur des Erpressers hätte bringen können, beseitigt hatte?

Und was sollte die Sache mit dem Teufel? Oder bedeutete das

etwas ganz anderes, und man konnte nur nicht richtig verstehen, was Zwingler sagte?

Sie grübelte so lange, bis es Abend war und ihre Kopfschmerzen wieder da waren. Dann ging sie nach Hause.

In ihrer Wohnung war es immer noch eiskalt. Schnell stellte sie im Wohnzimmer die kleine Elektroheizung an, die der Heizungsinstallateur ihr ausgeliehen hatte. Netterweise war gestern noch einmal jemand von der Firma vorbeigekommen. Jemand, der sich auskannte. Ersatzteile mussten bestellt werden, es würde dauern.

Die Medikamente hatten Maria den Tag über aufrecht gehalten. Jetzt war sie fertig. So fertig, dass sie eigentlich nur noch eins wollte: ein heißes Bad und dann ab ins Bett. Schließlich hatte sie für viel Geld den Mercedes unter den Erkältungsbädern gekauft!

Leider gab es dabei ein winzig kleines Problem: Wenn die Gastherme nicht funktionierte, hatte sie auch kein heißes Wasser. Aber sie wusste schon, wie sie doch noch in die Badewanne kommen würde!

Maria suchte den Schlüssel. Das war doch eine nette Sache, wenn man den Wohnungsschlüssel der Nachbarn hatte. Und es war schließlich ein Notfall, es ging um ihre Gesundheit.

Frau Meister wohnte über ihr. Auch eine derjenigen, die hier im Haus die siebzig schon überschritten hatten. Leider hatte Frau Meister sich vor einigen Monaten das Bein gebrochen. Nach Wochen im Krankenhaus war sie erst in die Reha gekommen und nun bei einer ihrer Schwestern, im Kraichgau, um sich noch etwas zu erholen.

Maria hatte versprochen, nach der Wohnung zu schauen. Und nach den Blumen. Letzteres war ihr nicht ganz gelungen. Sie hatte irgendwann beschlossen, das Projekt Blumenpflege aufzugeben und neue zu kaufen, bevor die Nachbarin wieder zurückkam.

Eingewickelt in ihren Bademantel und mit Krimi, Handtuch und Erkältungsbad bewaffnet, machte sie sich auf in den ersten Stock.

Das Badezimmer lag direkt hinter der Eingangstür rechts im Flur. Sie machte Licht. Nicht gerade ein Scheinwerfer, aber man konnte genug sehen. Zum Lesen würde es reichen. Sie drehte das

Wasser in der Wanne auf und hielt die Hand in den Wasserstrahl. Es dauerte einen kleinen Moment. Erst wurde es lauwarm, dann heiß! Wunderbar!

Auf der rosafarbenen Ablage über dem Waschbecken lagen ein Nassrasierer und ein Rasierpinsel. Aha! Frau Meister also auch.

Eines der erstaunlichen Dinge beim Älterwerden war ja, dass auf einmal Haare an Stellen ausfielen, an die man bei diesem Thema niemals gedacht hätte. An anderen Stellen kämpften sie sich dafür umso hartnäckiger ans Tageslicht. Die Gesamtsumme der Haare blieb wahrscheinlich gleich, nur die Verteilung änderte sich.

Maria hielt das Kinn an den Spiegel. Da waren sie! Haare, so dick wie Schweineborsten. Sie konnte überhaupt keine neue Partnerschaft mehr eingehen. Damit würde sie jeden Mann erstechen, der ihr zu nahe kam.

Dann blieb ihr fast das Herz stehen. Sie konnte die Badezimmertür hinter sich im Spiegel sehen. Sie bewegte sich. Ganz langsam ging sie auf. Mehr und mehr. Millimeter für Millimeter.

Ein Mann, mit bleichem Gesicht. Ihre Blicke trafen sich im Spiegel.

Für einen kurzen, schrecklichen Moment glaubte Maria, seinen Atem auf ihrer Haut zu spüren.

Die Flasche mit dem Erkältungsbad. Sie stand vor ihr auf der Ablage. Maria griff danach. Blitzschnell drehte sie sich um und schlug zu.

*

Es hatte noch zweimal geklingelt. Gestern Abend. Nach Einbruch der Dunkelheit. Der Schatten war wieder da gewesen und hatte vor der Tür gestanden. Aber erkennen konnte sie niemanden.

Henrike Karl hatte eine Entscheidung getroffen. Eigentlich war es ein Handel mit ihrer Angst. Wenn sie nicht genau sehen konnte, wer vor der Tür stand, dann machte sie nicht auf.

Als ältere alleinstehende Frau brauchte man abends nicht mehr die Tür aufzumachen. Und die Polizei sollte sich gefälligst anmelden, wenn sie etwas von ihr wollte. Da kam man nicht einfach klingeln.

Sie hatte die Wohnung seit Mittwochabend nicht mehr verlassen. Aber die Angst war nicht besser geworden. Nicht so wie bei einer Erkältung. Da blieb man einen Tag zu Hause, dann war man wieder gesund.

Die Angst wurde immer schlimmer. Breitete sich aus wie ein Flaschengeist. Ihr Puls fing schon an zu rasen, wenn sie nur in die Nähe der Tür kam. Den »Tatort« hatte sie nicht zu Ende sehen können, weil sie anfing, nach Luft zu schnappen, als die Leiche aus dem Wasser gezogen wurde. Und an Schlafen war kaum noch zu denken. Mürbe wurde sie. Wer wusste schon, wie lange so ein Herz das mitmachte.

Sie hatte nachgedacht. Darüber, wer da wohl an ihrer Tür geklingelt hatte. Sie bekam so gut wie nie Besuch. Auf jeden Fall keinen unangemeldeten.

Und was sie eigentlich im Treppenhaus gesehen hatte, darüber hatte sie auch nachgedacht. Vielleicht doch mehr als nichts.

Mann oder Frau? Groß oder klein? Dick oder dünn? Blond oder grau? Fragen, die sie hätte beantworten können. Die konnte man auch beantworten, wenn man einen Menschen nur von hinten gesehen hatte.

Ob der eilige Mensch sich das wohl auch dachte?

Sie musste eine Lösung finden. Ab Montag hatte sie Urlaub. Sie konnte ja nicht ewig in der Wohnung hocken bleiben. Sollte sie die Kommissarin anrufen? Um ihr zu sagen, dass sie gelogen hatte?

Das stand bestimmt unter Strafe.

Es musste eine andere Lösung geben. Eine bessere.

Wenn sie nur wüsste, wer geklingelt hatte.

Unterstellungen

»Sie ticken doch nicht richtig!« Der Mann auf dem Sofa schüttelte den Kopf. Und stöhnte leise auf. Die Bewegung bereitete ihm offensichtlich Schmerzen. »Krank im Kopf. Gemeingefährlich. Sie sollten mal zum Psychiater gehen und sich untersuchen lassen.«

Na, krank im Kopf war hier jetzt wohl vor allem einer: der leicht untersetzte Herr mit grauem Haar, der vor ihr auf dem großgeblümten Sofa von Frau Meister saß.

Oder besser gesagt: Er war krank *am* Kopf. Maria konnte sehen, wie die Beule an seiner Stirn von Sekunde zu Sekunde größer wurde.

Sie hatte ihn wiedererkannt, als er vor ihr in die Knie ging: Es war die Handwerkerschnecke. Diesmal nicht in blauer Latzhose, sondern mit Jeans und Jackett.

»Wenn Sie sich einmal bequemt hätten, sich bei mir vorzustellen, dann wäre das alles nicht passiert. Es ist ein Akt der Höflichkeit, dass man sich kurz bekannt macht, wenn man irgendwo ins Haus einzieht!«

»Das habe ich ja versucht! Aber Sie hatten nichts Besseres zu tun, als wirres Zeug zu reden, wie von der Tarantel gestochen durch Ihre Wohnung zu rennen und mich dann einzusperren!«

»Sie haben sich nicht vorgestellt. Sie haben vor der Tür gestanden und ›Äh‹ gesagt. Das war alles. So stellt man sich nicht vor. Außerdem hatten Sie eine blaue Latzhose an.«

»Na und? Was ist das denn jetzt für ein Argument? In meiner Freizeit kann ich doch wohl tragen, was ich will. Oder gibt es hier im Haus ein Latzhosenverbot?« Er machte eine abfällige Handbewegung. »Ach, mit Ihnen kann man doch kein vernünftiges Wort reden!«

Maria hatte sich schon fünfmal entschuldigt. Aber anscheinend war das diesem grantigen Menschen nicht genug.

Der Mann hieß Arno Herkel, wie sie während des kleinen Tumults im Badezimmer erfahren hatte. Er hatte, soweit ihm das mit verdrehtem Arm und ihrem Knie im Rücken möglich war, seinen Namen gestammelt und behauptet, Frau Meisters Neffe zu sein. Maria konnte sich dunkel daran erinnern, dass die Nachbarin ihr einmal etwas von klein Arno erzählt hatte. Was genau, wusste sie nicht mehr. Es musste schon länger her sein.

Herr Herkel hatte beruflich einige Zeit in Heidelberg zu tun, und die Tante hatte ihm netterweise erlaubt, ihre Wohnung zu nutzen. Leider war er gerade nach Hause gekommen, als Maria die nachbarliche Badewanne entern wollte.

Arno Herkel drückte den Beutel mit dem gefrorenen Rosenkohl an den Kopf. Es war das Einzige, was Maria in Frau Meisters Gefrierfach gefunden hatte.

»Sie können froh sein, dass ich nicht die Polizei rufe.«

Offensichtlich wusste er nicht, wo sie arbeitete. Maria konnte ein Grinsen nicht unterdrücken. Für Herrn Herkel wahrscheinlich die endgültige Bestätigung ihres zerrütteten Geisteszustandes.

»Dann sind Sie also die Frau, die sich um die Blumen kümmert?«

Er sah zur Fensterbank und nickte schwach.

Sie brauchte sich gar nicht umzudrehen. Sie wusste, was er sah. Einen völlig verdorrten Ficus und die eingetrockneten Überreste eines Alpenveilchens. Wenn es denn nicht schon völlig zu Staub zerfallen war.

»Ich war in den letzten Wochen etwas im Stress«, erläuterte sie den vernachlässigten Zustand des ehemaligen Grünzeugs.

Arno Herkel lehnte sich zurück und drückte den Gefrierbeutel noch ein wenig fester auf die Stirn.

»Na, da werd ich einen tollen Eindruck machen. Mit einer Riesenbeule am Kopf.«

»Wichtiger Termin?«

»Das geht Sie nichts an.« Er richtete sich wieder auf. »Und jetzt packen Sie am besten Ihr Handtuch wieder unter den Arm und verschwinden in Ihre Wohnung.«

»Sie sind ja wirklich der Prototyp des freundlichen Nachbarn.« Beule hin oder her. So unfreundlich musste man nun auch nicht sein.

»Liebe Frau ...«

»Mooser«, half Maria ihm.

»Frau Mooser. Ich lege keinen Wert auf gute Nachbarschaft. Auf jeden Fall nicht mit *Ihnen.* Sie sind jetzt zweimal über mich hergefallen. Ich denke, das reicht erst einmal an nachbarschaftlichen Kontakten.«

»Ich bin *was*?«

»Über mich hergefallen. Das erste Mal haben Sie mich in Ihre Wohnung gezerrt und eingesperrt. Das zweite Mal haben Sie sich halbnackt in meinem Badezimmer versteckt. Bitte verlassen Sie jetzt endlich diese Wohnung. Sonst sehe ich mich leider doch noch gezwungen, die Polizei zu rufen.«

»Eingebildet sind Sie wohl überhaupt nicht, was?«

»Gehen Sie! Und legen Sie den Schlüssel auf den Tisch!«

Herr Herkel fixierte sie mit einem Blick, der keinen Widerspruch duldete.

So ein Blödmann!

Maria rief sofort Bea an. Bea war ihre beste Freundin und tat das, was eine beste Freundin in einem solchen Fall zu tun hatte: Sie stimmte ihr in allen Punkten zu.

Der neue Nachbar war unhöflich und kleinlich. Ein hinterhältiger Perverser, der sich in harmloser Latzhose in fremde Wohnungen schlich und später behauptete, man wolle etwas von ihm.

Trotz Beas Zuspruch wälzte sich Maria die halbe Nacht im Bett hin und her. Das Telefon weckte sie aus ihrem unruhigen Schlaf.

»Ist es schlimmer geworden? Bleibst du heute noch mal zu Hause?«, fragte Arthur.

Sie schaute auf die Uhr. Eine berechtigte Frage um halb zehn morgens.

Sie beeilte sich, so sehr sie konnte. Eine Viertelstunde später war Maria in der Polizeidirektion. Die Besprechung war schon ohne sie gelaufen, Mengert hatte wieder übernommen. Wenn das so weiterging, würde bald keiner mehr wissen, dass *sie* eigentlich die Soko leitete.

Alsberger saß im Besprechungsraum, wieder vor einem Wust von Fotos.

»Gute Nachrichten!«, sagte er und schaute kurz hoch, als sie hereinkam. »Wir wissen, was Zwingler an den Wochenenden gemacht hat.«

»Was! Und da ruft ihr mich nicht sofort an!«

»Wir haben seit acht Uhr im Viertelstundentakt versucht, Sie zu erreichen.«

Na gut. Da war ein leises Geräusch gewesen. So ein Schnurren. Irgendwo in weiter Ferne. In ihrem Flur.

»Und? Was hat er an den Wochenenden gemacht?«

»Auf jeden Fall nicht mit Anthrax gehandelt. Alles ganz normal. Er hatte eine Freundin, in Frankfurt. Eine der dreiundsiebzig Nummern, die auf Zwinglers Handy gespeichert sind. Wir hatten sie bisher nicht erreicht, der Akku von ihrem Handy war defekt. Inzwischen funktioniert alles wieder, und sie hat versucht, Zwingler zu erreichen. Becker hat heute Morgen entdeckt, dass ihre Nummer mehrfach unter ›Entgangene Anrufe‹ auf Zwinglers Handy gespeichert war.«

»Aber die Haschke hat doch gesagt, Zwingler hätte keine Freundin.«

»Sie hat gesagt, sie weiß nichts darüber«, korrigierte Alsberger sie. Er nahm einen neuen Packen Fotos aus der Kiste. »Mengert und Becker sind schon unterwegs, um die Freundin zu befragen. Sie ist Kellnerin. An dem Abend, als er ermordet wurde, hat sie ab Mittag bis in die Nacht gearbeitet.«

Nachdenklich blieb Maria vor dem Tisch stehen und schaute auf den Sportwagen-Stapel.

»Alsberger, wissen Sie, wer hier in der Abteilung eine Freundin hat?«

»Klar. Arthur hat keine Freundin. Der hat nie eine. Mengert hat ständig wechselnde, zurzeit irgendeine Anita. Becker und Malek sind verheiratet, die haben wahrscheinlich auch keine. Ich habe Vera. Sie sind solo und Ferver auch.«

»Und was schließen Sie daraus?«

»Dass Sie und Ferver mal ein Paar werden könnten.«

»Alsberger!«

Er schmunzelte vor sich hin und sortierte weiter. Machte ihr humorloser Assistent etwa Witze?

»Wenn man zusammen arbeitet, dann bekommt man mit, ob

der Kollege eine Freundin hat oder nicht«, sagte Maria belehrend. »Und wenn die Haschke das nicht wusste, dann hat Zwingler es ihr bewusst verheimlicht. Oder sie hat gelogen.«

Beim großen Wissenstest war Alsberger leider schon wieder durchgefallen.

»Affe«, murmelte der vor sich hin.

»Wieso Affe?«

Er hielt ihr ein Foto hin, auf dem der bronzene Affe an der Alten Brücke zu sehen war, der den Betrachter hämisch dazu aufforderte, in den Spiegel zu sehen.

»Jetzt hören Sie mal auf mit diesen blöden Fotos. Das ist reine Zeitverschwendung.«

»Das war nicht meine Idee. *Sie* haben es angeordnet.«

»Okay. Dann ordne ich eben jetzt an, dass Sie damit aufhören. Schauen Sie den Kram grob durch, und dann ist gut. Wir beide fahren jetzt zu dieser Haschke. Mal sehen, was die zu Zwinglers Wochenendbeschäftigung sagt.«

»Ich habe übrigens in dem REWE nachgefragt, in dem die Jobst am Mittwoch einkaufen war. Da konnte sich tatsächlich jemand an sie erinnern. Sie hat vorne beim Bäcker was gekauft, und die beiden Mädchen haben einen ziemlichen Terz veranstaltet. Die genaue Uhrzeit wusste keiner mehr, aber es könnte gegen sechs gewesen sein.« Alsberger stand auf. »Die anderen Kollegen klappern Zwinglers Kunden ab. Ich soll Ihnen von Mengert ausrichten, die Region Altstadt ist noch übrig.«

Was sollte das denn jetzt? Wollte Mengert ihr die Überprüfung von Zwinglers Kunden aufbrummen, oder was war hier los? Maria konnte förmlich spüren, wie ihre Nackenhaare sich aufrichteten.

»Das gibt's ja wohl nicht, dass Mengert mir jetzt die Arbeit zuteilt!«

Nie mehr würde sie einen Tag zu Hause bleiben, wenn sie krank war. Nur wenn sie absolut sicher war, dass sie spätestens am nächsten Tag sterben würde.

Alsberger musste an ihrem Tonfall gemerkt haben, dass die Sache nicht gut angekommen war.

»Nein, nein«, beeilte er sich zu sagen, um den Kopf des Kollegen aus der Schlinge zu ziehen. »So war das sicher nicht gemeint.

Er hat wohl nur gedacht, dass Sie vielleicht einen Teil der Kunden selbst befragen möchten.«

Maria war sich da nicht so sicher.

Bevor sie die Polizeidirektion verließen, hatte sie noch einen Auftrag für Arthur. Er sollte alle Kunden von Zwingler, die in der Altstadt wohnten, anrufen und für morgen einbestellen. Den ersten um sieben Uhr dreißig. Zu Mengert. Und dann den lieben Kollegen informieren, dass sie leider heute Wichtigeres zu tun gehabt hatte.

*

Frau Haschke wohnte nahe der Heiliggeistkirche in der Dreikönigstraße, einer der vielen kleinen Straßen in der Heidelberger Altstadt, die rechts und links von der Hauptstraße und heutigen Fußgängerzone abgingen. Eine Straße mit bewegter Vergangenheit, in der einst die erste Synagoge Heidelbergs gestanden hatte, und in der Häuser im Wechsel niedergebrannt oder überflutet worden waren.

Heute wirkte hier alles ruhig und friedlich. An den Tischen vor einem Lokal wurden auf großen weißen Tellern italienische Spezialitäten serviert, ein Weinhandel lockte mit Angeboten in den Innenhof, und im Laden daneben versprach ein ganzes Bataillon chromblitzender Waschmaschinen saubere Hemden und Unterhosen.

Rabea Haschke öffnete ihnen im Mantel. Anscheinend wollte sie gerade aus dem Haus gehen. Sie müsse eine Kleinigkeit erledigen, aber das könnte auch warten, versicherte sie.

Das Wohnzimmer, das sich an den kleinen Flur anschloss, hatte eine niedrige Decke und wirkte sehr gemütlich. Vor allem war es hier heimelig warm, wie Maria mit einem gewissen Neid feststellte.

Vor dem Sprossenfenster stand ein Schaukelstuhl, dann gab es noch ein kleines Holztischchen und ein großes Sofa mit geschwungener Rückenlehne, das mit weinrotem Stoff überzogen war. Es sah aus, als sei es mindestens hundert Jahre alt.

»Flohmarkt«, sagte die junge Frau, die Marias Blick auf das Sofa gesehen hatte. »Ein Schnäppchen.«

Maria ließ sich auf dem Schnäppchen nieder, dessen Sprungfedern allerdings die besten Tage schon hinter sich hatten. Als Alsberger sich neben sie setzte, musste sie sich zur Seite lehnen, um nicht gemeinsam mit ihm in einer Kuhle in der Mitte zu versinken. Frau Haschke nahm in dem Schaukelstuhl Platz, der mit einer flauschigen Decke ausgelegt war.

»Frau Haschke, wir wissen inzwischen, wo Herr Zwingler an den letzten Wochenenden war«, begann sie. »Sagen Sie uns doch noch einmal: Was genau hat er Ihnen darüber erzählt?«

»Das habe ich doch schon ausgesagt. Dass er nach Freiburg fährt, um seine Mutter zu pflegen.«

Irgendwie sah Frau Haschke heute anders aus. Vielleicht lag es am Morgenlicht, das durch das Fenster fiel. Ihr Haar schimmerte in einem warmen Goldton, und ihre Augen waren auch nicht mehr ganz so klein. Wahrscheinlich weil sie nicht mehr zugeschwollen waren.

»Er hatte in Frankfurt eine Freundin. Bei ihr hat er die letzten Wochenenden verbracht. Wussten Sie das?«

Statt einer Antwort senkte Rabea Haschke rasch den Kopf und wich Marias prüfendem Blick aus.

»Was denken Sie, warum hat er Sie belogen?«

Es dauerte einen Moment, bis Frau Haschke wieder aufschaute und antwortete.

»Ich habe ihm die Miete gestundet. Seit fünf Monaten. Er hat ständig geklagt, dass nicht genug reinkommt. Da habe ich ihm angeboten, dass er mir die Miete später zahlen kann. Wenn er wieder ein paar Verträge abgeschlossen hat.«

»Und warum hat er Ihnen das Märchen mit der kranken Mutter aufgetischt? Geldmangel allein hätte es doch auch getan. Oder nicht?«

»Ich hätte ihm doch die Miete nicht erlassen, wenn er sich mit irgendeiner Frau amüsiert, statt hier zu arbeiten.«

Die Antwort kam schnell. Sehr schnell. In der Stimme der jungen Frau konnte man die unterdrückte Wut hören.

»Durfte er sich denn nicht mit einer Frau amüsieren?«

Rabea Haschke presste die Lippen zusammen und schwieg. Da hatte sich wohl gerade jemand verplappert.

»Hatten Sie ein Verhältnis mit Herrn Zwingler?«

Sie schüttelte den Kopf.

»Hätten Sie denn gerne eine Beziehung mit ihm gehabt?«

Schon wieder konnte die junge Frau ihr nicht in die Augen sehen. Und schüttelte erneut den Kopf.

Maria glaubte ihr nicht. Aber sie konnte sich vorstellen, warum Rabea Haschke das nicht gerne zugeben wollte. Es hatte etwas Demütigendes, wenn man erkennen musste, einen Menschen geliebt zu haben, der einen auf solch plumpe Weise benutzt hatte. Und es dann auch noch vor anderen eingestehen zu müssen.

Frau Haschke schämte sich. Frau Haschke, die so wenig von sich hielt, dass sie es sich gefallen ließ, als Vogelscheuche tituliert zu werden. Die wahrscheinlich unendlich dankbar war, wenn ein Mann ihr ein paar freundliche Worte schenkte. Der charmante Eugen Zwingler hatte das zu nutzen gewusst und eine Menge Geld gespart.

»Haben Sie eine Ahnung, ob jemand versucht hat, Herrn Zwingler zu erpressen?«

»Zu erpressen?« Rabea Haschke schien ehrlich überrascht zu sein. »Eugen? Nein, davon weiß ich nichts.«

»Welche Farbe hat Ihr Auto?«, fragte Alsberger. Er hatte sich ein wenig nach vorne gesetzt und schaffte es damit fast, Maria doch noch zum Abrutschen zu bringen.

»Ich habe kein Auto. Ich fahre Fahrrad.«

Aber einen Führerschein hatte Frau Haschke schon.

»Die lügt«, war das Erste, was Alsberger sagte, als sie wieder auf der Straße standen. »Aber an ihr Alibi kommen wir nicht ran. Die Freundin hat Stein und Bein geschworen, dass sie ab fünf mit ihr zusammen war.«

»Habt ihr im Café Zimmermann nachgefragt, ob die beiden gesehen wurden?«

»Haben wir. Zu viel Betrieb. Die konnten sich nicht erinnern.«

Sie gingen zurück Richtung Hauptstraße.

»Vielleicht hat *sie* ihn verfolgt.« Alsberger verstaute umständlich sein Blöckchen in der Innentasche des Mantels. »Sie war verliebt in ihn und hat ihm nachgestellt. Sie hat sich ein Auto gemietet und ihn beobachtet. Vielleicht war sie es sogar, die in seiner Wohnung rumgeschnüffelt hat. Sie klaut sich im Büro seinen Schlüssel und geht dann heimlich in seine Wohnung, um zu sehen, ob es irgendwelche Spuren von einer anderen gibt. Und als sie das mit der Freundin rausbekommt, schlägt sie zu.«

»Das glaube ich nicht.« Maria konnte gerade noch einem Radfahrer ausweichen, der in halsbrecherischem Tempo um die Ecke kam. »Das mit dem Rumschnüffeln in seiner Wohnung, meine ich. *Sie* war es doch, die uns davon erzählt hat.«

»Ich werde auf jeden Fall mal alle Leihwagenfirmen hier in der Umgebung überprüfen, ob sie ein dunkles Auto ausgeliehen hat. Meinen Sie nicht, wir sollten einen Durchsuchungsbefehl für ihre Wohnung beantragen?«

»Was sollen wir da finden, Alsberger? Ein Haar von Zwingler? Dafür wird sie sich schon etwas einfallen lassen. Dann hat er sie eben mal besucht. Und Sachen, die mit der Tat in Zusammenhang stehen, hat sie mit Sicherheit schon entsorgt. Wenn sie es denn überhaupt war.« Maria blieb stehen. »Wir müssten jemanden fragen, der die beiden mal zusammen erlebt hat: Gab es verliebte Blicke? Zärtlichkeiten? Von beiden? Oder nur von ihr? Wir müssen ihr beweisen, dass da mehr war. Sie so in die Ecke drängen, dass sie keine Chance mehr hat, mit ihren Lügen weiterzukommen.«

Maria blieb stehen. »Die Karl«, sagte sie, »diese Putzfrau, wohnt die nicht hier in der Nähe? Vielleicht hat die was mitbekommen.«

Alsberger wusste, wo Frau Karl wohnte. In der Ingrimstraße, keine fünf Minuten entfernt. Das traf sich doch gut.

»Dann gehen wir bei der gleich mal vorbei«, schlug Maria vor.

Alsberger schaute besorgt auf seine Uhr. »Also, ich wollte doch heute früher Schluss machen. Wegen Vera, Sie wissen schon.«

Das hatte sie schon wieder vergessen.

»Ja, ja.« Sie wollte es gar nicht noch einmal hören. »Hauen Sie schon ab. Ich werde sehen, ob ich die Frau erwische, und gehe dann zu Fuß zurück.«

Ihr Assistent lächelte dankbar und verschwand mit wehendem Mantel, gerade so, als befürchte er, sie könnte ihn noch einmal zurückpfeifen.

Maria bahnte sich ihren Weg durch die Menschenmassen in der Fußgängerzone, vorbei am Hotel Ritter, vor dem wie üblich eine kleine Gruppe von Touristen stand. Alle hatten den Kopf in den Nacken gelegt, um einen Blick auf die imposante Renaissancefassade zu werfen – und auf die riesige Ritterbüste, die den Giebel schmückte.

Es war schon der zweite Ritter, der da oben in luftiger Höhe stolz das Haupt erhob. Der erste war auf die Straße gefallen. Beruhigenderweise war das allerdings schon an die hundertfünfzig Jahre her.

Trotzdem ging Maria ein klein wenig schneller und bog unmittelbar nach dem Hotel in eine der Gassen ein, die hoch zur Ingrimstraße führten. Kurz darauf stand sie vor dem alten, etwas verfallen aussehenden Haus, in dem Frau Karl wohnte.

Sie klingelte. Einmal, zweimal. Niemand machte auf. Unschlüssig blieb sie eine Weile stehen. Klingelte noch einmal. Zwecklos. Der Vogel war ausgeflogen.

Dann eben nicht. Maria war es ganz recht so. Es kratzte zwar nicht mehr im Hals, und auch der Kopf tat nicht mehr weh. Aber sie fühlte sich, als habe sie den Schleudergang in der Waschmaschine hinter sich. Sie würde sich irgendwo in der Fußgängerzone hinsetzen, einen Kaffee trinken und es später noch einmal probieren.

Die trüben Wolken waren endlich verschwunden. Der Himmel strahlte in klarem Blau. Und die ersten Sonnenstrahlen zeigten die gleichen Auswirkungen wie immer: Die Einwohnerschar Heidelbergs schien sich mit einem Schlag sprunghaft zu vermehren.

Alle, die den Winter zu Hause am heimeligen Herd verbracht hatten, stürzten nun auf einmal ins Freie und bevölkerten die Tische und Stühle vor den Cafés und Kneipen. Dazu kamen die Touristen, die den Sonnenschein genauso liebten wie die Heidelberger. Wie üblich bei so einem Wetter war also alles besetzt.

Beim Café Moro hatte Maria endlich Glück. Ein älteres Ehepaar hatte gerade gezahlt und brach auf. Wenig später kamen ihr Capuccino und der Apfelkuchen. Sie lehnte sich zurück. So ließ es sich aushalten.

Ob Vera und Alsberger heute etwas Besonderes unternehmen wollten?

Sie hatte ihre Tochter noch nicht angerufen. Obwohl Vera ja gestern keinen Zweifel daran gelassen hatte, dass sie sich heute melden sollte. Manchmal fand sie Veras Fürsorge ein bisschen übertrieben. Wenn es ihr wirklich nicht gut gegangen wäre, dann hätte sie sich sicher darüber gefreut. Aber so?

Vorletzte Woche war Vera überraschend bei ihr aufgetaucht und hatte doch tatsächlich bemängelt, dass es in ihrer Wohnung unordentlich sei. Sie hatte recht. Es *war* unordentlich. Aber es war *ihre* Wohnung. Und außerdem war *sie* die Mutter. Und wenn jemand wegen der Ordnung rummäkelte, dann doch wohl die Mutter mit der Tochter, und nicht umgekehrt.

Oder war das so, wenn man älter wurde? Kam dann der Rollentausch? Und die Kinder begannen, darüber zu bestimmen, was man zu tun und zu lassen hatte? Geh zum Arzt. Bleib zu Hause. Nimm Kalziumtabletten. Lass dir mal die Haare färben. Tu was für deine Fitness. Such dir wieder einen Mann.

Maria steckte sich ein großes Stück Kuchen in den Mund. Dann würde sie jetzt erst mal eine Weile bockig sein. Die Wohnung blieb unaufgeräumt, und anrufen würde sie auch erst wieder, wenn es ihr passte. So war das eben mit einer Mutter, die in die Pubertät kam.

Maria schob gerade genüsslich den zweiten Bissen Kuchen in ihren Mund, als sie Frau Haschke sah, die eilig an der Tischreihe vorbeiging. Sie hielt eine große Plastiktüte in der Hand, mit der sie zielstrebig auf einen Papierkorb zusteuerte. Die junge Frau warf einen kurzen Blick hinein, um dann genauso zielstrebig mitsamt Tüte ihren Weg fortzusetzen.

Weshalb nutzte Frau Haschke denn nicht die Mülltonne zu Hause? Sollte da vielleicht etwas in aller Eile entsorgt werden?

Maria legte einen Geldschein auf den Tisch und eilte ihr hinterher. Als sie an dem Papierkorb vorbeikam, sah sie, weshalb Rabea Haschke weitergelaufen war. Er war randvoll. Es passte nichts mehr rein. Zumindest nichts, was etwas größer war. Wie zum Beispiel eine Kaminuhr.

Frau Haschke ging schnellen Schrittes weiter die Hauptstraße lang. In ihrem roten Mantel war sie gut zu erkennen. Maria hatte bald aufgeholt und hielt sich in einigen Metern Entfernung. Die Verfolgte hatte anscheinend gefunden, was sie suchte. Vor einem leeren Papierkorb blieb sie stehen und schaute sich kurz um. Dann stopfte sie die Tüte mitsamt Inhalt hinein und ging rasch weiter.

Jetzt war es Zeit zu handeln.

»Frau Haschke!«, rief Maria. Aber Frau Haschke hatte sie nicht gehört. Oder wollte sie nicht hören.

Erst einmal die Beweismittel sichern.

Am Papierkorb angekommen, musste Maria sich ziemlich verrenken, um an die Tüte zu kommen. Der grüne Behälter war so tief, dass fast ihr ganzer Arm darin verschwand. Schließlich hatte sie die Tüte. Schwer war sie.

Doch was sie dann hervorzog, war mehr als enttäuschend: Vier leere Weinflaschen. Dreimal Dornfelder, einmal Chablis.

Das also war Frau Haschkes ganzes Geheimnis! Sie war zu bequem, bis zum nächsten Glascontainer zu laufen. Und deshalb wühlte Hauptkommissarin Maria Mooser im Müll rum, während ihr Kuchenstück halb angebissen einsam und allein auf dem Teller lag!

Frustriert warf sie die Flaschen zurück in den Papierkorb. Und sah aus den Augenwinkeln einen Mann, der in einigen Metern Entfernung stehen geblieben war und sie beobachtete.

Diesmal hatte sie ihn sofort wiedererkannt. Graue Haare, leichter Bauchansatz. Es war der neue Nachbar, Herr Herkel. Die perverse Pseudohandwerkerschnecke. Eine Kamera baumelte an seinem Handgelenk.

Hatte der sie jetzt etwa fotografiert, während sie im Müll wühlte? Das war ja wohl eine Unverschämtheit.

Maria überlegte, ob sie auf ihn zugehen und ihn zur Rede stellen sollte. Aber da war er auch schon in der Menge verschwunden.

Wie ein böser Geist, der sich in Luft aufgelöst hatte.

Große Missverständnisse, kleine Lügen

»*Sie* sind das!«, sagte Frau Karl und hörte sich fast so unfreundlich an wie Marias neuer Nachbar. Es hatte lange gedauert, bis sie auf das wiederholte Klingeln hin die Tür geöffnet hatte. Dabei stand sie schon eine ganze Weile hinter der Gardine. Maria hatte sie unten von der Straße aus sehen können.

Die grauhaarige Frau sah noch spitznasiger aus, als Maria sie in Erinnerung hatte. Und schien nicht sehr erfreut über ihren Besuch.

»Ich habe noch einige Fragen an Sie, was Herrn Zwingler angeht. Und Frau Haschke.«

»Na dann.« Ohne weiteren Kommentar drehte Frau Karl sich um.

Altbauten konnten gemütlich und anheimelnd wirken, so wie die Wohnung von Frau Haschke, oder klein, beengt und erdrückend, wie diese hier.

Die dominante Farbe war braun. Es gab eine braune Couch, eine braune Schrankwand und einen dunklen Couchtisch, der aussah, als wäre er aus Eiche. Es roch leicht muffig, und von dem schönen Frühlingswetter kam hier drinnen nicht der kleinste Sonnenstrahl an. Am liebsten hätte Maria die Fenster aufgerissen, um Licht und frische Luft hereinzulassen.

Frau Karl ging in eine winzige Küche, die sich ans Wohnzimmer anschloss.

»Bitte!« Sie deutete auf einen der Stühle, die vor dem niedrigen Fenster an einem kleinen Tisch standen.

Gott sei Dank, dachte Maria. Da blieb ihr die Wohnzimmergruft erspart.

Die hagere Frau füllte Wasser in einen Kessel, holte eine Teekanne und zwei Becher von einem Regalbrett und schwieg.

Es gab bei Mordfällen Zeugen, die redeten so viel, dass man sie bremsen musste, um überhaupt einmal zu Wort zu kommen. Es gab aber auch die, denen man jedes Wort einzeln aus der Nase ziehen musste. Frau Karl gehörte eindeutig zur letzteren Sorte. Da war es gut, erst einmal nette Stimmung zu schaffen.

Auf dem Regalbrett hatte nicht nur die Teekanne gestanden. Es standen auch Fotos darauf. Einige in silbernen Rahmen. Auf den meisten waren Katzen zu sehen. Eine getigerte und eine weiße mit schwarzen Flecken.

»Sind das Ihre?«

»Hm.«

»Sehen hübsch aus.«

»Hm«. Der Tee wurde aus dem Schrank geholt, ein Beutel in die Kanne gehängt.

Maria stand auf, stellte sich vor das Regalbrett und betrachtete die Fotos genauer. »Wie heißen Ihre Katzen denn?«

»Minkus und Lina. Minkus ist der Tiger.«

»Schöne Namen.«

Minkus und Lina waren in unterschiedlichsten Posen abgebildet. Mal mit halb geschlossenen Augen, zufrieden vor sich hindösend, mal als weiche Kugel zusammengerollt, dann lang dahingestreckt, mit großen Augen in die Kamera schauend. Fast so lasziv wie die Brünette auf Zwinglers Fotos.

Frau Karl war zu ihr getreten, nahm ein Bild vom Regalbrett und hielt es Maria hin.

»Da waren sie erst drei Monte alt. Geschwister.« Sie wischte kurz mit dem Ärmel darüber und stellte es zurück.

»Die sind aber goldig!« Maria war sich sicher: So etwas hörten Katzenbesitzer immer gerne. »Ich habe auch schon mal überlegt, mir eine Katze zuzulegen.« Suchend schaute sie sich um. »Wo sind die beiden denn?«

»Tot«, sagte Frau Karl. Sie drehte Maria den Rücken zu und goss das heiße Wasser in die Kanne. »Überfahren. Erst Minkus. Lina ein halbes Jahr später.« Sie stellte die Kanne auf den kleinen Tisch und setzte sich.

Maria gab auf und nahm auf dem anderen Stuhl Platz. Hier war nichts mit Atmosphäre schaffen.

»Was wissen Sie über die Beziehung zwischen Frau Haschke und Herrn Zwingler? Haben Sie die beiden manchmal zusammen im Büro gesehen?«

Frau Karl zögerte mit der Antwort. So als müsse sie aus irgendeinem Grund vorsichtig sein mit dem, was sie sagte.

»Frau Haschke war meistens schon weg, wenn ich gekommen bin. Ich habe sie nur zwei oder drei Mal gesehen. Und das ist schon ewig her.«

»Und die zwei, drei Mal, als sie noch da war?«

Die hagere Frau zuckte mit den Schultern.

»Welchen Eindruck hatten Sie? Kann es sein, dass die beiden sich vielleicht besser verstanden haben, als das unter Arbeitskollegen üblich ist?«

»Sie meinen, ob die was miteinander hatten?«

»Genau.«

»Keine Ahnung.«

»Gab es vielleicht mal Streit zwischen Frau Haschke und Herrn Zwingler?«

Frau Karl hatte den Braten gerochen.

»Ist sie verdächtig, die Frau Haschke?«

»Nein. Wir versuchen nur, uns ein Bild zu machen.«

»Ich habe nie was bemerkt.«

Das war dann offensichtlich auch alles, was die gute Frau für heute preisgeben wollte. Sie sah aus dem Fenster, auf die gegenüberliegende Häuserfassade, als gäbe es dort etwas Interessantes zu beobachten, und ließ Maria mit all ihren Fragen ins Leere laufen.

Sie hatte nichts gesehen, nichts gehört, war anscheinend blind und taub zugleich, wenn sie arbeitete. Maria biss sich die Zähne aus.

Das Einzige, was Frau Karl ihr deutlich und ganz ohne Worte mitteilte, war, dass sie die Polizei nicht mochte. Und nicht daran dachte, sich ausfragen zu lassen. Da konnte sich jeder Arbeitgeber freuen: Frau Karl war die Verschwiegenheit in Person.

Maria legte trotzdem ihre Visitenkarte auf den Tisch und bat sie anzurufen, falls ihr noch etwas einfiel.

Frau Karl nahm die Karte und betrachtete sie eingehend.

»Haben Sie schon mal geklingelt?«, fragte sie, ohne dabei hochzuschauen.

»Allerdings. Aber da waren Sie wohl nicht da.«

Wobei Maria das nach diesem Gespräch ernsthaft bezweifelte. Wahrscheinlich hatte Frau Karl da auch schon hinter der Gardine gestanden und einfach keine Lust gehabt, mit ihr zu reden.

»Arbeiten Sie bei der Kripo eigentlich auch abends?«

»Warum wollen Sie das wissen?«

»Nur so. Würde mich mal interessieren.«

Maria stand auf. »Wir arbeiten morgens, mittags, abends, wenn es sein muss nachts, und wie Sie sehen, auch am Wochenende. Kommt immer drauf an, was anliegt.«

Seltsamerweise schien diese Antwort die spitznasige Frau aufzumuntern. Sie lächelte.

»Musste ich nicht noch etwas unterschreiben?«, fragte sie an der Tür und hielt Maria zum Abschied sogar die Hand hin.

*

Die Abteilung in der Polizeidirektion machte einen verwaisten Eindruck. Alle waren unterwegs. Nur Arthur saß in seinem Büro.

»Und, sonst niemand zu Hause?«, fragte Maria.

Dass sie die Polizeidirektion Arthur gegenüber »zu Hause« nannte, hatte eigentlich einmal ein Witz sein sollen. Arthur aber hatte damals überhaupt nicht darauf reagiert, und das aus einem sehr einfachen Grund: Die Polizeidirektion *war* sein zu Hause. Das er wahrscheinlich nur zum Schlafen verließ.

Maria hatte ihn schon etliche Male gefragt, ob er mit ihr etwas trinken gehen wollte. Ein Versuch, ihn aus seiner Bürohöhle herauszulocken, aber Arthur hatte immer aus irgendwelchen fadenscheinigen Gründen abgelehnt.

»Ich komme gleich mal zu dir, Maria. Ich glaube, ich habe da was Interessantes für dich.«

Er hatte nur kurz den Kopf gehoben und weiter in irgendwelchen Papieren geblättert.

Maria schaute in den kleinen Besprechungsraum. Aber auch hier nur gähnende Leere. Der Karton mit Zwinglers Fotos stand noch auf dem Tisch. Mit seinen dämlichen Stapeln blockierte Alsberger hier alles.

Maria nahm eines der Fotos von der Brünetten. So eine Figur hatte sie früher auch einmal gehabt. Vielleicht nicht ganz so, aber doch ähnlich. Ein klein wenig ähnlich. Doch das war schon sehr, sehr lange her.

Sie heftete das Foto an die Pinnwand.

»Ich habe vergessen, dir zu sagen: Ferver hat nach dir gefragt, als du weg warst.« Arthur stand in der Tür.

»Dann war es ja gut, dass ich nicht hier war.«

Sie nahm ein weiteres Foto, diesmal vom Stapel »Kopflose«, und heftete es daneben. Beine mit Po auf blau-gelb karierter Decke. Neugierig trat Arthur dazu.

»Was machst du da? Peepshow?«

»Ich sortiere Zwinglers Frauen.«

Der Kollege ließ sich auf einem der Stühle nieder. »Lange Beine sind gefährlich, aber in der Liebe ehrlich«, sinnierte er.

»Ich glaube, das heißt anders: Blaue Augen sind gefährlich, aber in der Liebe ehrlich.« Unschlüssig stand Maria vor der Pinnwand.

»Das kann nicht stimmen. Ich habe blaue Augen. Zumindest der Teil mit dem ›gefährlich‹ stimmt nicht.«

Da war er wieder: Arthurs resignierter Tonfall, der immer dann zu hören war, wenn es um das Thema Liebe ging.

»Frau Haschke streitet ab, dass zwischen ihr und Zwingler irgendetwas gewesen wäre. Aber Zwingler hat sie belogen, als es um die Freundin in Frankfurt ging. Frau Haschke sagt, weil sie ihm sonst die Miete nicht erlassen hätte. Was schließt du daraus, Arthur?«

»Na offensichtlich, dass sie ihm das Geld nur gestundet hat, solange keine andere Frau im Spiel war.«

»Genau. Frau Haschke war nämlich zumindest verknallt in Zwingler, und der gute Mann wusste, dass er sie nicht verärgern durfte, weil es sonst vorbei gewesen wäre mit dem kostenlosen Büro.«

»Und wenn die Haschke nun die Kopflose ist? Wenn sie nicht nur in ihn verliebt war, sondern die beiden etwas miteinander hatten?«, fragte Arthur. »Nur weil Dieter sie unattraktiv findet, muss sie es ja nicht auch für alle anderen sein. Vielleicht ist sie ein besonders lieber Mensch. Ein Mensch mit einem hübschen Charakter sozusagen.«

Maria schrieb »Haschke« auf einen Zettel, machte ein großes Fragezeichen dahinter und heftete ihn unter die Kopflose.

Arthur holte eines seiner riesigen Taschentücher aus der Hosentasche und putzte sich die Nase. »Was hast du für einen Eindruck von ihr? Traust du ihr einen Mord zu?«

Würde sie der Haschke einen Mord zutrauen? Gute Frage.

»Das ist eine, die sich als Vogelscheuche titulieren lässt und runterschaut, statt sich zu wehren.« Maria setzte sich zu Arthur an den Tisch. »Aber wer weiß, was die noch für Seiten hat. Manche Menschen brauchen lange, bis sie explodieren. Aber dann hält sie nichts mehr.«

»Vielleicht muss Mengert sie sich noch mal vornehmen.«

Dieter Mengert war allgemein bekannt für seinen recht erfolgreichen Verhörstil. So wenig sensibel er manchmal auch sein mochte – er war ausgesprochen begabt darin, die wunden Punkte seines Gegenübers aufzuspüren und so lange darin herumzubohren, bis die Wahrheit ans Licht sprudelte.

»Ich glaube, bei der Haschke hat das wenig Sinn.«

Maria konnte sich gut vorstellen, dass die junge Frau alle Provokationen einfach hinnehmen würde. Wie ein schwarzes Loch im Weltraum, das lautlos verschluckte, was hineingeriet.

Frau Haschke würde man wahrscheinlich eher zum Reden bringen, wenn man freundlich zu ihr war. Ihr Vertrauen gewann. Sie ganz besonders respektvoll und mit viel Fingerspitzengefühl behandelte.

Wen könnte sie auf die ansetzen? Alsberger? Der konnte so etwas, zumindest, wenn man den Lobhudeleien ihrer Tochter glaubte. Aber den hatte Frau Haschke nach dem Vogelscheuchenvorfall ja auch völlig ignoriert. Der stand bei ihr bestimmt nicht mehr auf der Liste der vertrauenswürdigen Menschen.

»Wenn es dir um Verdächtige geht, dann sollte noch eine andere Frau mit an die Pinnwand«, unterbrach Arthur ihre Grübeleien. »Die Schwester. Elvira Jobst.«

»Hast du zu viel mit Alsberger geredet? Sie hat kein Motiv. Eifersucht auf den Bruder, weil die Mama ihn lieber mochte, das reicht mir nicht.«

»Oh doch, sie hat ein Motiv!« Arthur erhob sich mühsam. »Ich hol es dir.«

Zwei Minuten später kam er mit einem Packen Papiere zurück.

»Das habe ich in den Unterlagen gefunden, die sie aus Zwinglers Wohnung hergebracht haben. Zwingler hatte Konten bei verschiedenen Banken. Es hat ein Weilchen gedauert, bis ich da durchgeblickt habe. Das hier war ganz hinten in einem Ordner mit alten Kontoauszügen abgeheftet.«

Er reichte Maria einige Blätter. Es waren Auszüge für ein Aktiendepot. Was da auf der Habenseite verbucht war, konnte sich durchaus sehen lassen.

»Das Depot hat er noch, da habe ich schon nachgefragt. Ganz hübsches Sümmchen, was?«

Allerdings. Herr Zwingler, der so knapp bei Kasse gewesen war, dass man ihm die Miete für sein Büro stunden musste, besaß Aktien im Wert von fast hunderttausend Euro.

»Und bei der Haschke drückt er auf die Tränendrüse, dass er pleite ist«, murmelte Maria. »So ein verdammter Lügner.«

»Das kann man so oder so sehen. Auf seinem Girokonto ist er tatsächlich in den Miesen. Und die Aktienkurse sind im Keller. Das Depot hat in den letzten anderthalb Jahren sicher ein Drittel seines Wertes verloren. Finanztechnisch gesehen wäre es dumm gewesen, jetzt zu verkaufen.«

»Woher hatte der nur so viel Geld?«

»Krumme Geschäfte?« Arthur nahm sich den Filzstift. »Aber das muss gar nicht sein. Soweit ich das überblicke, hat Eugen Zwingler eine ganze Zeit lang enorm viele Abschlüsse gemacht. Der muss richtig gut verdient haben. Nur eben in den letzten Monaten nicht. Und das erbt alles die Schwester Elvira Jobst. Der Tod ihres Bruders lohnt sich für sie.«

Er schrieb den Namen »Jobst« auf einen Zettel und heftete ihn an die Wand. Auf einen weiteren schrieb er »Mister X«.

»Und dann, nicht zu vergessen, unser Erpresser. Der Teufel, der hinter Herrn Zwingler her war. Der Verfolger im schwarzen Auto. Der Schnüffler, der in der Wohnung gewesen sein soll. Möglicherweise ja alles ein und dieselbe Person«, fuhr er fort. »Jemand, der wusste, dass bei Zwingler etwas zu holen war. Vielleicht ein Kunde, mit dem er früher mal irgendeinen Versicherungsbetrug begangen hat.«

Es klopfte, und schon stand Kollege Krämer im Raum. Herbert Krämer war wie Arthur und Mengert Anfang vierzig. Aber im Gegensatz zu den beiden war er solider Familienvater mit einem Zuhause, das eindeutig außerhalb der Polizeidirektion lag.

»Ich dachte schon, ihr seid alle ausgeflogen. Ist Mengert nicht da?«

»Der ist mit Becker zur Zeugenbefragung nach Frankfurt«, antwortete Arthur, noch ganz damit beschäftigt, Heftzwecken durch Mister X zu stechen.

»Dann sag ihm doch, dass ich bei der Sache nicht mitmache. Ich finde das keine gute Idee.«

Da war sie wieder, die Männersache. Das war ihre Chance.

»Ich finde die Idee auch nicht gut«, sagte Maria beiläufig.

Arthur drehte sich um und sah sie erstaunt an.

»Weißt du denn, um was es geht?«

Maria antwortete nicht. Sie verschränkte die Arme und lehnte sich lässig auf ihrem Stuhl zurück. »Weshalb findest *du* die Idee denn nicht gut, Herbert? Würde mich mal interessieren.«

Krämer schaute vorsichtig zur Tür, bevor er mit leiser Stimme antwortete.

»Also, ich meine, er hat recht, der Giftzwerg ist wirklich übel drauf, aber das, was Mengert da vorhat, das geht zu weit. Abgesehen davon: Wenn Ferver das jemals rausbekommt, dann macht der uns alle einen Kopf kürzer.«

Er schaute noch einmal kurz zur Tür. »Ihr könnt es Mengert ja von mir ausrichten.« Schon war er wieder aus dem Zimmer.

Arthur schaute ihm betreten hinterher.

»Mach die Tür zu und setz dich, Arthur.«

Er gehorchte mit schuldbewusstem Blick.

»Ich glaube, es macht sowieso keiner mit, Maria. Die meisten finden die Idee nicht gut. Aber du kennst ja Dieter.«

»Was geht hier vor?«

Arthur, der inzwischen richtig gefolgert hatte, dass sie gar keine Ahnung hatte, um was es ging, druckste herum. Maria sah sich gezwungen, kurz damit zu drohen, ihn zum Objektschutz versetzen zu lassen. Das wirkte.

»Sie wollen ihm eine Frau organisieren.«

»Ein bisschen genauer, wenn ich bitten darf!«

»Eben eine engagieren, die mal ein bisschen nett zu ihm ist. Als heimliches Geschenk der Kollegen sozusagen. Nur für einen Abend oder so. Dieter meint, dass Ferver so mies drauf ist, hat damit zu tun, dass der schon so lange nicht mehr ...« Er suchte nach den richtigen Worten. »Na, du weißt schon was. Wo doch jetzt Frühling ist. Dass Ferver sozusagen unter seinen Hormonen leidet. Also, unter denen, die er nicht loswerden kann.«

Arthur sah sie an mit dem Blick eines Schuljungen, den der Rektor mit einem Stapel Pornohefte erwischt hatte, und der nun auf seine Strafe wartete.

»Ihr habt ja wohl einen Knall.«

»Dieter hat sich schon gedacht, dass du es nicht gut findest. Deshalb solltest du auch gar nichts davon wissen.«

Mit dieser Einschätzung lag der gute Dieter Mengert ganz richtig. Das würde sie ihm auch noch einmal ausführlich mitteilen. Und ganz bestimmt wollte auch er nicht zum Objektschutz. Da war sich Maria ziemlich sicher.

Doch an diesem Tag bekam sie keine Gelegenheit mehr, ihm die Leviten zu lesen. Mengert rief aus Frankfurt an. Es würde sehr spät werden. Man wolle sich in der Kneipe, in der Zwinglers Freundin arbeitete, ein wenig umhören, Leute befragen. Zwingler war manchmal mit ihr dort gewesen, vielleicht wusste jemand etwas. Aber die Frau sei harmlos, versicherte er. Und übrigens genauso hübsch wie auf den Fotos. Er habe sie nämlich sofort erkannt, als sie vor ihm stand.

Es war die Brünette von Zwinglers Aktfotos. Wenigstens zu einem der Körper gab es jetzt einen Namen.

Maria machte sich an den Bürokram. Inzwischen hatten sie die Verbindungsdaten von Zwinglers Telefonanschluss bekommen. Hunderte von Nummern, die die Kollegen stichprobenartig überprüft hatten. Sie schaute die Notizen durch. Nicht sehr ergiebig. Vor allem Kundschaft. Eine Frankfurter Nummer tauchte häufiger auf, aber die kannten sie ja nun schon. Es war die von Zwinglers Freundin.

Es lagen auch bereits Protokolle von Vernehmungen der Kunden des Finanzberaters vor. Einige der Kollegen hatten fleißig Befragungen durchgeführt. Es ging um Krankenversicherungen, Riesterrenten, Pflegeversicherungen und so weiter und so fort. Niemand hatte irgendetwas erzählt, was auffällig gewesen wäre.

Aber wenn Arthur mit seiner Vermutung recht hatte, und Zwingler mit irgendeinem Kunden »krumme Geschäfte« gemacht hatte, mit denen er dann erpresst worden war, dann würden sie das wohl kaum auf diesem Weg erfahren.

Maria versuchte immer wieder, Frau Jobst zu erreichen, mit der sie sich gerne noch einmal über das Vermögen ihres Bruders unterhalten hätte. Doch Frau Jobst war nicht zu Hause. Sie hinterließ eine Nachricht auf dem Anrufbeantworter und bat um einen Rückruf. Der nicht kam.

»Ich gehe jetzt, Arthur.« Es war schon nach neun, als sie in sein Büro schaute. »Versuch weiter, ob du die Jobst erreichst, und mach für morgen einen Termin mit ihr aus.«

»Maria, du denkst doch nicht, dass ich bei der Sache für Ferver mitgemacht hätte, oder?«

»Schon gut, Arthur. Ich weiß, dass du so einen Mist nicht machst. War nett, dass du es mir gesagt hast.«

Arthur wusste, dass sie ihn niemals zum Objektschutz versetzen würde. Egal, wie oft sie ihm damit drohte.

Er nickte erleichtert. »Sag mal«, begann er dann, »sieht man eigentlich was?«

»Was soll man denn sehen?«, fragte Maria verdutzt.

Hatte sie wieder etwas verpasst? War eine der Kolleginnen schwanger?

»Ich meine, an *mir*?«

Natürlich. *Das* meinte Arthur.

»Du meinst, ob man schon sieht, dass du abgenommen hast?«

Arthur nickte und schaute sie erwartungsvoll an.

Leider sah er genauso aus wie die Tage vorher auch. Von schwindenden Kilos sah man da nichts. Was jetzt? Enttäuschen? Lügen?

»Tja«, Maria ging einen Schritt auf den Schreibtisch zu und betrachtete ihn genauer, »so am Kinn, da sieht man schon ein bisschen was. Das hängt nicht mehr so, finde ich.«

Er sagte nichts, aber sie konnte es an seinem Blick sehen: Arthur hatte sofort gemerkt, dass sie gelogen hatte. Sie hätte besser die

Wahrheit sagen sollen. Für so etwas hatte er zu feine Antennen. Und kannte sie zu gut.

»Wird schon werden«, tröstete sie ihn.

Arthur nickte und sah ein bisschen traurig aus.

Der sensible Arthur. Der so vieles von anderen Menschen mitbekam. Zum Beispiel, wenn man das Gegenteil von dem sagte, was man eigentlich dachte. In diesem Moment wurde Maria klar, wen sie auf die Haschke ansetzten musste: den dicken Mann mit dem dünnen Fell. Arthur Pöltz.

Als sie zu Hause ankam, sah sie eine Plastiktüte am Türknauf ihrer Wohnung hängen. Hatte da jemand etwas für sie abgegeben? Sicher Bea. Die wollte ihr noch ein paar Bücher vorbeibringen.

Aber in der Tüte waren keine Bücher. In der Tüte waren Lebensmittel. Herrn Meltzers heutige Einkäufe? Wo kaufte der am Sonntag ein? War der etwa bis zur Tankstelle gelaufen?

Bisher hatte Herr Meltzer es immer so hinbekommen, dass es aussah, als würde er seine Einkäufe unten im Flur vergessen. Aber das hier, das war ganz klar ein Auftrag: Los! Hochtragen! Jetzt trieb er es wirklich zu weit. Es reichte.

Verärgert stapfte Maria die Treppen hoch bis in den zweiten Stock und klingelte. Es dauerte eine Weile. Dann öffnete Herr Meltzer, wie üblich nach achtzehn Uhr im Pyjama.

»Ach, Frau Mooser!«, sagte er freundlich und schaute sie fragend an.

»Ihre Tüte!«

»Meine Tüte?« Herr Meltzer nahm die Plastiktüte und sah hinein. Dann schüttelte er den Kopf. »Nein, die ist nicht von mir.«

»Kommen Sie, wir gehen mal in die Küche und packen aus. Vielleicht erinnern Sie sich ja dann.«

Maria ging vor, schob ein paar Sachen auf dem Küchentisch zur Seite und packte aus. Brot, Butter, ein Stück Käse, eine Tüte Milch. Und ein Zettel.

»Sehen Sie, Herr Meltzer, da ist auch noch Ihr Einkaufszettel!«

Sie faltete den Zettel auseinander und las vor.

»Habe aus Versehen zu viel eingekauft. Vielleicht haben Sie Verwendung dafür. A.H.«

»Also, von mir ist das nicht«, sagte Herr Meltzer erstaunt.

Jetzt glaubte Maria ihm. Unten auf dem Zettel stand noch ein PS: »Sie können die Wanne benutzen. Nur nicht an den Wochenenden, da habe ich Besuch.«

A.H. – Arno Herkel! Der Schlag auf den Kopf musste wohl doch mehr Schaden angerichtet haben, als es zunächst den Eindruck gemacht hatte. Jetzt war ja wohl klar, wer hier geisteskrank war.

»Ach, wenn Sie schon mal da sind, könnten Sie vielleicht meinen Wäschekorb mitnehmen und ihn unten an die Kellertür stellen?«

Ohne auf eine Antwort zu warten, war Herr Meltzer ins Schlafzimmer verschwunden und holte seine Schmutzwäsche. Als er wiederkam, hatte er nur noch eine Unterhose an.

»Der Pyjama war auch dran«, erklärte er mit dem charmanten Lächeln eines älteren Herrn, als er Maria den Korb in die Hand drückte.

*

Sie war es also gewesen. Die dicke Kommissarin.

Diesmal hatte sie sie gesehen. Weil die Frau auf der Straße gestanden und zum Fenster hochgeschaut hatte. Zum Glück.

Henrike Karl fühlte sich frei und leicht. So frei und leicht wie schon lange nicht mehr in ihrem Leben. Was hatte sie für eine Angst gehabt! Der eilige Mensch könnte bei ihr geklingelt haben, stünde mit dem Messer unten vor der Tür. Alles Unsinn.

Typisch. Sie hatte sich wieder einmal vor Angst fast in die Hose gemacht. Hatte in der Wohnung gesessen und beinahe einen Herzinfarkt bekommen. Aber so war es ja schon immer gewesen. Angst, Angst, Angst. Immer nur Angst.

Henrike Karl gestand es sich nicht gerne ein. Doch manchmal ergaben sich Situationen im Leben, da kam man nicht umhin, der Wahrheit über sich selbst ins Auge zu blicken. Sie war ein Angsthase. Seit sie denken konnte. Von Kindheit an.

Die kleine, viel zu dünne Henrike, die sich nicht traute, beim Krippenspiel den Mund aufzumachen. Die Angst hatte, sich in der Pause vom Schulhof zu schleichen, um beim Kiosk an der Ecke

Esspapier zu kaufen. Die Angst hatte, vom Rand des Schwimmbeckens ins Wasser zu springen. Die Angst hatte, eine Antwort zu geben, wenn die Lehrerin sie aufrief, sodass alle dachten, sie wäre dumm.

Die Angst hatte vor dem Weihnachtsmann, vor Hexen, Spinnen, Fröschen, Blitz, Donner, dem Wind, hohen Bäumen, dem Nachbarsjungen, dem eigenen Schatten, dem Hund am Ende der Straße. Angst. Immer nur Angst.

»Pass gut auf! Was da alles passieren kann!« Die Worte ihrer Mutter. Die sie viel zu oft gehört hatte.

Henrike Karl zog ihren Mantel über. Damit war es jetzt vorbei. Sie hatte sich vier Tage lang von ihrer Angst in der Wohnung einsperren lassen. War durch die Hölle gegangen. Hatte kaum geschlafen, kaum gegessen. Die Hände hatten ihr gezittert und die Beine auch.

Nur weil diese blöde Kommissarin abends arbeitete. Weil es unerwartet an ihrer Tür geklingelt hatte.

Sie stand vor dem Garderobenspiegel im Flur.

»Henrike Karl«, sagte sie zu der Frau mit dem grauen Haar und den Sorgenfalten im Gesicht, »du warst jetzt sechzig Jahre lang ein Angsthase. Sechzig Jahre! Es ist an der Zeit, dass du etwas änderst.«

Dann nahm sie ihre Handtasche, ging hinunter, durch das dunkle Treppenhaus, und öffnete die Haustür.

Wie herrlich warm es geworden war! Endlich war der Frühling da!

Mit einem dumpfen Geräusch fiel die schwere Tür hinter ihr ins Schloss. Henrike Karl blieb stehen und sah die Straße hinunter.

Was war das da drüben? Stand dort nicht jemand? Im Hauseingang gegenüber? Eine dunkle Gestalt?

Erschrocken drückte sie sich gegen die Haustür. Wie erstarrt stand sie da, mit klopfendem Herzen. Nach einer Weile beugte sie sich vorsichtig nach vorne und spähte auf die gegenüberliegende Straßenseite.

Doch der Hauseingang war leer.

Es war niemand zu sehen.

Verführungen

»Dem Herkel sei Dank!«

Bea konnte gar nicht mehr aufhören zu lachen.

Sie war dann doch noch aufgetaucht. Am späten Abend, mit einer Tüte voller Bücher und zwei Flaschen Rotwein.

Sie hatten den Abend auf dem Sofa verbracht, beide eingehüllt in eine Decke, möglichst nah an der kleinen Elektroheizung, hatten Herrn Herkels Käse gegessen, Rotwein getrunken und waren immer fröhlicher geworden.

Bea wusste eine Erklärung für das seltsame Verhalten des neuen Mieters, die Maria nach anfänglichem Widerstreben dann doch recht einleuchtend erschien.

»Der denkt, du bist pleite! Die haben dir das Gas abgedreht, deshalb gehst du heimlich bei den Nachbarn baden. Und tagsüber wühlst du im Müll nach Pfandflaschen, damit du dir was zu essen kaufen kannst.«

Und um die Handwerkerrechnungen zu bezahlen. Das hatte sie ihm ja auch noch selbst auf die Nase gebunden.

»Aber die Wohnung hier, der muss sich doch denken können ...«

»Vielleicht denkt er, sie gehört dir, und du kannst dich nicht davon trennen.«

»Na, dann werde ich ihn mal darüber aufklären, dass ich auf seine Carepakete nicht angewiesen bin.«

»Überleg es dir gut. Das hier ist eine einmalige Chance. Hätten wir sonst heute Abend Käse?«

Nein, hätten sie nicht.

»Also, ich würde da nichts überstürzen. Du kommst sowieso nie zum Einkaufen.«

Bea schnitt sich ein weiteres Stück Käse ab, hob ihr Glas in Richtung Zimmerdecke und stimmte die Melodie der englischen Nationalhymne an: »Herkel, wir danken dir, für diesen Käse hier, wir danken dir. Wenn du noch einen gibst, ham wir dich noch mal so lieb, Herkel wihir danken dir, wihir danken dir!!«

Das allerdings war, als die zweite Flasche Rotwein sich schon dem Ende zuneigte.

Am nächsten Morgen fand Maria Beas Idee nicht mehr ganz so gut. Sie würde die Sache klären, sobald sich eine Gelegenheit ergab. Sollte Herr Herkel seine Spenden lieber denen zukommen lassen, die sie nötig hatten.

Als sie beim Zähneputzen war, klingelte es an der Wohnungstür. Es war noch nicht mal sieben. Wer war das denn schon wieder? Herkels Brötchenservice?

Leider nicht. Es war Herr Meltzer.

»Ich habe kein Waschpulver mehr«, sagte er vorwurfsvoll.

Immerhin hatte Herr Meltzer diesmal einen Bademantel an und nicht nur Schiesser-Feinripp.

»Aber deshalb müssen Sie doch nicht morgens schon vor sieben bei mir klingeln! Das hat doch sicher auch Zeit bis später.«

»Ehrlich gesagt, habe ich gedacht, Sie könnten mir vielleicht heute etwas Waschpulver einkaufen. Ich wusste nicht, wann Sie aus dem Haus gehen. Am besten so eine große Tonne. Von OMO gibt es eine Zehn-Kilo-Packung.«

Jetzt riss Maria endgültig der Geduldsfaden.

»Herr Meltzer, was denken Sie sich eigentlich?! Ich bin berufstätig. Ich habe wirklich genug zu tun. Ich kann nicht für Sie einkaufen gehen. Ich schaffe es ja nicht mal, für mich selbst einzukaufen!«

»Ja, ja, natürlich. Entschuldigen Sie.« Der alte Mann schaute verlegen zu Boden.

Maria konnte es nicht mit ansehen. »Also OMO, ja?«

Herr Meltzer nickte.

Sie musste endlich jemanden finden, der sich um ihn kümmerte. Und zwar bald.

*

Arthur sah immer noch nicht dünner, aber eindeutig schlechter aus als gestern. Es war ihm gelungen, etliche der Altstadtkunden einzubestellen.

»Mengert ist schon bei den ersten Befragungen«, teilte er Maria mit, als sie sich ihren ersten Kaffee bei ihm holte.

Und Elvira Jobst hatte er auch erreicht. Die hatte sich geziert. Am Montagmorgen ginge es auf keinen Fall, sie müsse arbeiten. Die Drohung, dann werde man eben auf die Arbeitsstelle kommen, hatte es ihr dann doch möglich gemacht, um neun zu erscheinen.

Als Maria Arthur sagte, wer Frau Haschke verhören sollte, wurde er bleich bis in die Haarwurzeln.

»Ich?«, fragte er entsetzt. »Wieso ich?«

»Weil du Kripobeamter bist, deshalb«, würgte sie alle Diskussionen ab.

Sie wusste, dass er so etwas nicht gerne machte. Aber sie war sich sicher, dass er von allen hier am ehesten an Rabea Haschke rankommen würde.

Pünktlich um neun erschien Frau Jobst. Maria hatte Alsberger dazubeordert. Die trauernde Erbin war heute ganz in Schwarz gekleidet und ausgesprochen übel gelaunt.

Noch bevor sie Platz genommen hatte, ließ Frau Jobst sich schon darüber aus, wie unmöglich sie es finde, wegen dieser Befragung am Arbeitsplatz fehlen zu müssen. *Sie* sei schließlich keine Beamtin. Da könne man es sich vielleicht leisten, Zeit mit sinnlosem Geplänkel zu vertrödeln. Wenn man als Krankenschwester arbeite, sehe das etwas anders aus.

»Wie sind Ihre Vermögensverhältnisse, Frau Jobst?«, beendete Maria das Lamentieren.

»Was geht Sie das an?«

»Sehr viel. Es wäre besser für Sie, wenn Sie antworten würden. Wir können uns die Informationen auch anderweitig beschaffen.«

»Schlecht sind sie, wie denn sonst. Man schwimmt wohl kaum im Geld, wenn man gerade eine Scheidung hinter sich hat und einen Umzug. Mit einer Zweidrittelstelle!«

»Was wissen Sie über die Vermögensverhältnisse Ihres Bruders?«

Frau Jobst zuckte mit den Schultern.

»Was soll ich darüber schon wissen? Meinen Sie, der hätte mir jeden Monat seine Kontoauszüge vorgelegt?«

»Vielleicht hat er das ja. Und Sie wissen, dass Sie von Ihrem Bruder ein recht hübsches Sümmchen erben. Hunderttausend Euro sind doch ganz nett, wenn man knapp bei Kasse ist, oder?«

»Hunderttausend?«

Frau Jobst sank gegen die Stuhllehne. »Hunderttausend«, wiederholte sie in einem Ton, als habe man ihr gerade eine ganz besondere Unverschämtheit mitgeteilt.

»Was wussten Sie von dem Geld?«

»Nichts. Gar nichts«, antwortete die Erbin schroff.

»Weshalb denn so ärgerlich, Frau Jobst?«

»Ich bin nicht ärgerlich. Nur überrascht.«

»Wo waren Sie am Mittwochabend nach Ihrem Einkauf?«

»Zu Hause. Das habe ich schon gesagt.«

»Sie sind gegen sechs in Schriesheim im REWE gesehen worden. Von dort aus brauchen Sie nach Hause nur ein paar Minuten. Vielleicht haben Sie ja die Kinder reingebracht und sind in die Stadt gefahren, um Ihren Bruder zu besuchen. Gab es Streit?«

»So ein Quatsch! Das ist eine völlig idiotische Unterstellung. Wie kann man sich nur so einen Schwachsinn ausdenken. Ich war zu Hause.«

Jetzt reichte es. Man brauchte vor der Polizei keine Angst zu haben, aber unverschämt musste man nun auch nicht sein. Maria wurde vor Ärger ganz warm.

»Sie haben nicht zufällig einmal ein Skalpell mit aus der Klinik nach Hause genommen? Vielleicht das, mit dem Sie Ihrem Bruder die Kehle durchgeschnitten haben? Um an sein Geld zu kommen?«

»Hören Sie auf!« Frau Jobst war auf die vordere Stuhlkante gerutscht. Ihre Stimme wurde laut. »Sie sind doch völlig unfähig! Erst lullt dieser Typ mich ein, damit ich irgendetwas Schlechtes über meinen Bruder erzähle, und hinterher bin ich dann verdächtig!«

Alsberger, der bislang brav mitgeschrieben hatte, hob den Kopf. Elvira Jobst warf ihm einen giftigen Blick zu.

»Irgendeiner muss ja schließlich erben«, sagte sie und fixierte ihn wie eine Schlange, die gleich vorschnellen würde, um ihr Opfer zu verschlingen. »Ich wusste nicht, dass mein Bruder so viel Geld hat. Gar nichts wusste ich darüber! *Haben Sie das verstanden?*«

»*Wir sind nicht taub*«, antwortete Maria, ähnlich lautstark.

Frau Jobst lehnte sich zurück und verschränkte die Arme vor der Brust.

»Statt unschuldige Leute zu verdächtigen, sollten Sie sich lieber um die kümmern, die wirklich einen Grund hatten, meinen Bruder umzubringen. Wenn Sie sich denn dafür überhaupt interessieren.«

»Und an wen denken Sie da?«

»Fragen Sie doch mal Walter Försthoven. Der war Lehrer an Eugens Schule. Eugen hat ihn nach Strich und Faden fertiggemacht. Oder noch besser: die Terstettens. Ja, die sollten Sie mal fragen. Fragen Sie sie, wie es ihrem Sohn geht.«

»Was ist denn mit dem Sohn der Terstettens?«

»Das sollen die Ihnen besser selbst erzählen. Ich will niemanden beschuldigen.«

»Das tun Sie doch gerade sowieso schon.«

»Fragen Sie sie selbst. Mehr sag ich nicht.«

Maria belehrte Frau Jobst über ihre Pflichten als Zeugin in einem Mordprozess. Aber je mehr man Frau Jobst belehrte, desto bockiger wurde sie. Sie wusste gar nichts mehr. Und ein Grund, warum jemand ihren Bruder hätte erpressen können, fiel ihr auch nicht ein. Und jemanden mit dem Spitznamen »Teufel« kannte sie ganz bestimmt nicht.

»Glauben Sie mir jetzt, dass die was zu verbergen hat?«, fragte Alsberger, kaum dass die Tür zu war.

»Zumindest hat sie die Krallen ausgefahren.«

»Angriff ist die beste Verteidigung, sage ich da nur. Da beschuldige ich schnell mal einen anderen, damit ich selbst aus der Schusslinie komme.« Alsberger war aufgestanden und klappte sein Blöckchen zu. »Ich tippe mal, die wusste von dem Geld. Und als Zwingler ihr freiwillig nichts geben wollte, musste er eben sterben, damit sie es erbt.«

»Auf jeden Fall werden wir uns im Umfeld von Frau Jobst mal ein wenig umhören. Das können Malek und Becker übernehmen. Die sollen den Exmann ausfindig machen. Vielleicht weiß der was über die Beziehung zu ihrem Bruder, das uns weiterhilft.«

Es klopfte.

»Ich brauche jemand, der mich ablöst. Mir geht es nicht gut. Ich glaube, mich hat jetzt auch die Grippe erwischt.«

Es war Mengert, der in der Tat alles andere als gesund aussah – grau, eingefallen, die Augen fiebrig glänzend. Er hörte sich ziemlich mitgenommen an. Dabei wusste er noch nicht einmal, dass es ihm gleich noch viel schlechter gehen würde. Wenn Maria ihm den Kopf gewaschen hatte wegen der Geschichte mit Ferver.

»Was ist mit dieser Frankfurter Freundin?«, fragte sie ihn.

Nein, da sei nichts zu holen. Ihr Alibi war von mehreren Personen bestätigt worden. Über Zwingler wisse sie nicht mehr als schon bekannt war. Die beiden hätten wohl auch nicht so viel Zeit mit reden verbracht.

»Party machen und ab in die Kiste«, war Mengerts Beschreibung der Beziehung. »Aber sie meint, es sei was Ernstes gewesen. Angeblich wollte Zwingler sogar nach Frankfurt ziehen.«

Er schniefte geräuschvoll.

Maria schickte Alsberger raus. Er sollte schon mal die Personalien des nächsten Kunden von Zwingler aufnehmen. Sie käme gleich nach.

»*Du* bleibst sitzen«, sagte sie, als Mengert sich ebenfalls erheben wollte.

Sie legte los. Mengert zierte sich erst ein wenig. Es sei doch alles nur gut gemeint gewesen. Maria drohte, schimpfte und erzählte von Fervers Frau. Nach einer Weile gab Mengert klein bei und versprach hoch und heilig, alles abzublasen.

Er konnte gehen.

»Und komm bloß nicht wieder, bevor du ganz gesund bist.«

Maria konnte auf seinen Anblick gut mal ein paar Tage verzichten.

Arthur bekam den Auftrag, Informationen über Walter Försthoven und die Terstettens zu beschaffen. Als Maria in seinem Zimmer stand, klingelte das Telefon. Herr Wies von der Pforte war dran. Er hatte es schon in ihrem Büro versucht. Da sei jemand in der Leitung, der sie unbedingt sprechen wolle.

Maria erkannte die Stimme sofort.

»Meinen Sie, man kann den Weichspüler auch weglassen? Wenn nicht, dann bräuchte ich noch ein bisschen Lenor.«

Als sie Herrn Meltzer den Schlüssel für die Heizungsfirma hochgebracht hatte, hatte sie ihm auch ihre Dienst- und ihre Handynummer gegeben. Ein Fehler, den sie sehr bedauerte.

»Herr Meltzer, Sie können mich doch wegen so etwas nicht auf der Arbeit anrufen!«

»Ich dachte nur, wo Sie doch sowieso einkaufen gehen, da können Sie es gleich mitbringen. Dann müssen Sie nicht zweimal laufen.«

Sie musste überhaupt nichts. Nicht zweimal und nicht einmal. Aber das war Herrn Meltzer anscheinend nicht so ganz klar.

»Herr Meltzer, wenn Sie hier bitte nicht mehr anrufen würden. Außer, das Haus brennt.«

»Das Haus brennt?«, kam es ängstlich vom anderen Ende.

»Nein, nein. Schon gut. Wird alles erledigt, Herr Meltzer. Ich kaufe alles. OMO und Lenor.«

»Und wo brennt es?«

Es kostete sie einige Mühe, Herrn Meltzer zu erklären, was sie gemeint hatte. Als sie auflegte, konnte sie nur hoffen, dass er alles verstanden hatte. Und nicht die Feuerwehr anrufen würde.

Eugen Zwingler hatte seine Wirkung auf das weibliche Geschlecht auch beruflich zu nutzen gewusst. Auf Arthurs Liste der Altstadtkunden standen zu achtzig Prozent Frauen. Frauen, die Zwingler in den höchsten Tönen lobten.

Nach den ersten drei Gesprächen wusste Maria auch, warum. Eugen Zwingler hatte ihnen nicht nur Versicherungen verkauft. Eugen Zwingler hatte ihnen das gegeben, wonach sie sich sehnten: Aufmerksamkeit.

Der höfliche, nette, junge Mann, der nicht zum Vertragsabschluss drängte und auch dreimal zum Kaffee kam. Der am nächsten Tag anrief und sich nach dem Wohlbefinden erkundigte, wenn man über Zahnschmerzen geklagt hatte.

Ob Eugen Zwingler dem Geldbeutel der Frauen gutgetan hatte, konnte sie schlecht beurteilen. Ihren Seelen hatte er auf jeden Fall nicht geschadet.

»Ich war völlig überfordert. Mein Mann hat sich immer um das Finanzielle gekümmert. Ich hatte ja gar keine Ahnung.«

Frau Trenkler, neunundfünfzig, brauchte noch ein Taschentuch. Alsberger kam aus dem Verteilen gar nicht mehr heraus.

»Es hatte ja auch niemand damit gerechnet, dass er stirbt. Er ist einfach umgefallen, mitten auf dem Marktplatz!«

Sie tupfte sich die Tränen vom Gesicht.

»Herr Zwingler hat alle Unterlagen durchgesehen. Alle! Eine Aufstellung gemacht und mir gesagt, was ich tun muss. Das Geld aus der Lebensversicherung sollte ja auch gut angelegt sein.«

Und eine Pflegeversicherung habe er ihr empfohlen. Natürlich die Beste von allen. Sie habe gerade noch eine bekommen. Nächstes Jahr wäre sie schon zu alt dafür gewesen. Das verdanke sie alles nur Herrn Zwingler.

Frau Trenkler war klein und rundlich, hatte kurze graue Haare und ein sehr liebes Gesicht. Maria hatte schon die ganze Zeit das Gefühl, dass diese Frau sie an jemanden erinnerte.

»Ich habe eine Freundin, die ist dreiundsechzig und kann jetzt schon nicht mehr allein ihren Haushalt …«

Natürlich, das war es! Klementine. Frau Trenkler sah genauso aus wie die rundliche Klementine aus der Waschmittelwerbung.

»Gibt es heute eigentlich noch OMO?«, fragte Maria.

Alsberger und die Dame vor ihr sahen sie verblüfft an.

Frau Trenkler überlegte. »Ich denke schon.«

War das die Frau, die Ordnung in Herrn Meltzers Leben bringen konnte? Und Ruhe in ihren Feierabend?

Als sie Frau Trenkler verabschiedeten, fragte Maria. Ein netter älterer Herr. Ein bisschen Betreuung. Aber leider hatte Frau Trenkler kein Interesse.

Es kamen zwei weitere Damen, bei denen man sich schon denken konnte, dass sie niemandem den Haushalt führen würden.

Dann erschien Frau Bleiwald, einundsechzig, Witwe wie Frau Trenkler und vom Typ her durchaus ähnlich. Grauhaarig und rundlich, nur ein wenig größer.

»Höflich war er. Und er hatte so eine erfrischende, offene Art! Drei Stück hat er von meinem Marmorkuchen gegessen. Und am nächsten Tag hat er sogar noch einmal angerufen und sich das Rezept geben lassen.«

Zwingler hatte mit ihr etliche Verträge geschlossen. Unter anderem eine Sterbegeldversicherung und eine Unfallversicherung für Senioren. Es würden ja so viele Unfälle passieren. Und die meisten im Haushalt.

»Ach, Sie sind also versichert, wenn Sie im Haushalt arbeiten und von der Leiter fallen?«, fragte Maria interessiert.

»Jetzt schon«, sagte Frau Bleiwald.

»Weshalb haben Sie die Versicherung denn abgeschlossen? Suchen Sie vielleicht eine Stelle im Haushalt?«

Frau Bleiwald stutzte. Sie schien einen Moment zu überlegen.

»Ach, habe ich das denn nicht gesagt? Deshalb wollte ich die Versicherung doch haben.«

Sie habe mit Herrn Zwingler überlegt, dass sie sich nach dem Tod ihres Mannes noch einmal eine Aufgabe suchen sollte. Herr Zwingler habe gesagt, wer einen solchen Kuchen backe, der müsse andere einfach an seinen hauswirtschaftlichen Talenten teilhaben lassen. Aber wo im Haushalt doch die meisten Unfälle passieren würden, da sei eine Unfallversicherung ja *so* wichtig.

Frau Bleiwald lächelte.

War das die wahre Klementine?

Maria fragte, ob sie ihre Telefonnummer an einen älteren Bekannten weitergeben dürfe, wegen einer Stelle im Haushalt. Ein wirklich sehr, sehr netter älterer Herr, den sie gut kenne, weil er zwei Stockwerke über ihr wohne. Sie könne es sich ja ganz in Ruhe überlegen, versicherte sie. Der Herr würde sich einfach mal melden.

Nur nicht auf einen Vertragsabschluss drängeln. Lieber fünfmal anrufen und den Kuchen loben. Das hatte sie ja jetzt von Eugen Zwingler gelernt.

Es kamen noch sieben Frauen im Alter zwischen fünfzig und sechzig. Und Ariane Dremler, mit Mitte dreißig die jüngste im Reigen. Hier hatte Zwingler eine andere Taktik gefahren und sich offensichtlich aufs Flirten verlegt. Was auch gut angekommen war. Drei Vertragsabschlüsse, einer davon eine Lebensversicherung.

Am Ende des Vormittags war Maria sehr zufrieden mit sich. Sie hatten zwar nichts erfahren, was ihnen im Fall Zwingler weiterhelfen konnte, aber sie hatte drei Telefonnummern für Herrn Meltzer ergattert. Das nannte man kreatives Problemlösen.

Nachdem die Schar der Damen an ihnen vorübergezogen war, schaute sie noch einmal zu Arthur rein.

»Frau Haschke kommt heute Nachmittag«, wusste er zu berichten. »Walter Försthoven könnt ihr von der Verdächtigenliste streichen. Der hatte vor ein paar Jahren einen Unfall und ist inzwischen verstorben. Aber diese Terstettens habe ich ausfindig gemacht. Frau Terstetten ist zu Hause. Ich habe gesagt, ihr kommt heute noch vorbei.«

Arthur gab ihr die Adresse.

»Halt dieser Haschke mal ein paar von Zwinglers Fotos unter die Nase.«

»Von den nackten Frauen?«

»Ja, von den nackten Frauen. Mal sehen, ob sie das zum Reden bringt. Frag einfach, ob sie sie kennt. Und halt ihr die Fotos schön lange hin!«

Maria hatte Hunger. Sie musste unbedingt noch etwas essen, bevor sie zu diesen Terstettens fuhr.

»Ich bin noch mal eben weg«, sagte sie.

Arthur nickte. Sein wehmütiger Blick ließ keinen Zweifel daran, dass er genau wusste, was sie jetzt tun würde: in die Bäckerei gegenüber gehen und Käsekuchen essen. Arthurs Lieblingskuchen, direkt nach Schwarzwälder Kirsch.

Alsberger war seltsam still im Auto. Maria war sich keiner Schuld bewusst. Diesmal nicht. Aber man konnte ja mal fragen.

»Ist irgendetwas, Alsberger?«

»Haben Sie eigentlich mal mit Vera gesprochen?«, fragte er eine Spur zu beiläufig, statt eine Antwort zu geben.

Hatten die beiden sich etwa schon wieder verkracht?

»Habe ich nicht.« Auf jeden Fall nicht seit Samstag. »Gibt's dicke Luft?«

Alsberger schüttelte den Kopf. »Nö, nö. Ich dachte nur so.«

Also war da doch was im Busch. Sie musste Vera sofort anrufen, wenn sie wieder im Büro war. Hoffentlich kein neues Beziehungsdrama. Für eine liebeskummerkranke Tochter hatte sie jetzt keine Zeit.

Alsberger schwieg sich aus. Bis sie in der Panoramastraße angekommen waren, die sich halb erhöht am Hang entlang vom Bergfriedhof aus in Richtung Süden zog. Man hatte von hier aus einen schönen Blick in die Rheinebene, und bei klarer Sicht konnte man am Horizont die Pfalz sehen. Es war eine der Gegenden, in der einige Häuser Garagen hatten, die größer waren als so manches Apartment, in denen der ein oder andere Heidelberger Student sein Dasein fristete.

Hier wohnten die Terstettens, und ihr Haus ließ keinen Zweifel daran, dass sie über deutlich mehr Kleingeld verfügten als der Heidelberger Durchschnittsbürger. Maria klingelte an der weißen Eingangstür.

Eine kleine, ausgesprochen schlanke und zierliche Frau öffnete ihnen. Elisabeth Terstetten. Graublondes, kinnlanges Haar umrahmte ihr ebenmäßiges Gesicht, das viele kleine Fältchen aufwies. Sie hatte etwas von einer Elfe. Allerdings einer etwas älteren Elfe. Maria schätzte sie auf Anfang sechzig.

Die Eingangshalle des Hauses war mit einem Teppich ausgelegt, der so weich und dick war, dass jedes Geräusch von Schritten verschluckt wurde. An der Decke hing ein Kristallleuchter, den wahrscheinlich auch eine Klementine staubfrei hielt.

Frau Terstetten führte sie in den Wintergarten. Von hier aus schaute man in den sorgfältig gepflegten Garten, in dem der Frühling die ersten zartgrünen Blätter an die Bäume gezaubert hatte.

»Nun bin ich natürlich neugierig, weshalb Sie gekommen sind«, sagte Frau Terstetten und ließ sich in einem der knarrenden Korbstühle nieder.

Maria berichtete vom gewaltsamen Tod Eugen Zwinglers. Und dass eine Zeugin ausgesagt habe, man solle sich bei den Terstettens nach ihrem Sohn erkundigen. Die Zusammenhänge wüssten sie gerne von ihr.

Sie hätte Frau Terstetten auch einen Schlag in den Magen verpassen können, die Wirkung wäre wahrscheinlich ähnlich gewesen. Die zierliche Frau wurde weiß. Sie legte die Hand auf die Brust und holte tief Luft.

»Alles in Ordnung?«, fragte Maria.

»Schon gut.« Frau Terstetten nickte langsam. »Ihr Kollege hatte am Telefon nicht gesagt, um was es ging. Sie müssen nämlich wissen, dass mein Sohn Markus tot ist. Seit über fünfzehn Jahren.«

»Das tut mir leid. Woran ist er denn gestorben?«

»Drogen«, antwortete Elisabeth Terstetten. »Er ist an Drogen gestorben.«

Das Auffälligste an ihr waren wohl die Augen. Sie waren von einem so intensiven Blau, wie Maria es selten gesehen hatte.

»Ecstasy heißt das Zeug, das er genommen hat. Er ist mit einem Herzstillstand in der Diskothek zusammengebrochen. Das passiert öfter als man denkt, haben uns die Ärzte gesagt. Da kann man so jung sein, wie man will.«

»Hatte Eugen Zwingler etwas damit zu tun?«

Frau Terstetten zögerte einen Moment.

»Mein Mann hätte diese Frage sicher bejaht. Ich bin mir da nicht so sicher.«

»Und wo ist Ihr Mann?«

Eine kleine Tigerkatze kam neugierig herein und strich ihrer Herrin um die Beine. Frau Terstetten nahm sie auf den Schoß.

»Er ist ungefähr ein Jahr nach Markus gestorben. An Lungenkrebs. Er war schon krank, als unser Sohn starb. Das war eine furchtbare Zeit.«

Gedankenverloren kraulte sie die kleine Katze am Bauch.

»Kurz nach dem Vorfall mit meinem Sohn wurde ein junger Mann wegen Drogenhandels verhaftet. Es hieß, dass er häufig in dieser Diskothek verkehrte. Wir dachten, Markus hätte die Drogen von ihm.«

Die kleine Tigerkatze hatte sich auf den Rücken gedreht und streckte alle viere von sich. Sie schnurrte so laut, dass Maria es hören konnte.

»Aber dann trafen wir zufällig die Frau eines Lehrers von der Schule, in die unser Sohn gegangen war. Das war vielleicht ein halbes Jahr nach Markus' Tod. Wir kamen ins Gespräch, über dies und das. Eugen Zwingler war auf der gleichen Schule, in der Parallelklasse. Sie erzählte, dass es Gerüchte gegeben hatte. Dinge, von denen wir nichts wussten. Sonst hätten wir unserem Sohn den Umgang mit Eugen Zwingler verboten. Ganz sicher.«

»Und was waren das für Gerüchte?«

»Dass Zwingler an der Schule Ecstasy verkauft hat. Und anderes Zeug. Marihuana. Für meinen Mann war sofort klar, dass *er* Markus die Drogen verkauft haben muss. Eugen Zwingler war an dem Abend auch in der Diskothek gewesen, das wussten wir. Er war mit Markus in einer Clique.«

»Was ist dann passiert?«

»Stefan hat sich furchtbar aufgeregt. Aber es gab gar keine Möglichkeit, etwas gegen Zwingler zu unternehmen. Mein Mann hat bei der Schulleitung angerufen. Bei der Polizei. Aber das hat alles zu nichts geführt. Es gab keine Beweise. Es waren Gerüchte, mehr nicht.«

Die kleine Tigerkatze war von ihrem Schoß gesprungen und machte sich auf in Richtung Alsberger.

»Für uns wäre es besser gewesen, wir hätten gar nichts davon gewusst, dass Eugen Zwingler Drogen verkauft haben soll. Es hat alles nur schlimmer gemacht. Vorher haben wir gedacht, der Dealer säße in Haft. Damit ging es uns besser. Vor allem meinem Mann.«

Frau Terstetten schlug die schlanken Beine übereinander und lehnte sich zurück.

»Man sucht ja immer nach einem Schuldigen. Nach jemandem, der das eigene Kind verführt hat. Damit man nicht wütend sein muss, weil es sein Leben so leichtfertig vergeudet hat. Aber letztlich war es doch so: Unser Sohn hat die Drogen genommen. Er hat den Mund aufgemacht und sie geschluckt. *Er* war verantwortlich für das, was er getan hat.«

Einen Moment war Stille.

Zwingler, der Verführer. Der Frauen dazu brachte, ihm die Miete zu stunden. Sie so um den Finger wickelte, dass sie Verträge über Verträge abschlossen. Der faule Kartoffeln als das beste Gemüse der Welt verkaufen konnte. Fähigkeiten, die er anscheinend schon von Jugend an gehabt hatte.

Alsberger schaute irritiert nach unten und wackelte mit dem Fuß. Die Katze hatte sich an seinen Schnürsenkel herangemacht und kaute genüsslich darauf herum. Alsbergers Strategie, sie zu vertreiben, war nicht sehr erfolgreich. Je mehr er rumzappelte, umso interessanter wurde der Schnürsenkel.

Frau Terstetten erlöste ihn. »Komm her, du Monster.« Sie nahm das widerstrebende Tier wieder zu sich auf den Schoß und hielt es fest. »Meine Kleine ist ganz wild auf Schnürsenkel.«

»Aha«, war Alsbergers grimmiger Kommentar.

Maria stellte die obligatorische Frage nach dem Alibi. Am Mittwoch hatte Frau Terstetten einen Ausflug mit der Volkshochschule gemacht. Schlösser Badens. Karlsruhe und Bruchsal. Abends habe man dann noch gemeinsam bis etwa zweiundzwanzig Uhr in einem Lokal gemütlich beisammengesessen. Seitdem ihr Mann verstorben war, mache sie häufig solche Touren.

Sie holte das VHS-Programm, in dem auch der Name der Kursleiterin stand.

»Besser als allein zu Hause herumsitzen«, sagte Frau Terstetten und gab es Maria. »Aber das ist sowieso bald vorbei. Meine Tochter und mein Schwiegersohn ziehen nächsten Monat zu mir. Das Haus ist ja viel zu groß für mich allein. Sie bekommen im Oktober ihr erstes Kind.«

Man konnte ihr ansehen, dass sie sich freute. Für einen kurzen Moment versetzte es Maria einen Stich, ohne dass sie so recht wusste, warum. Sie wollte auch gar nicht darüber nachdenken.

Alsberger erkundigte sich nach dem Wagen. Frau Terstetten fuhr einen Mercedes A-Klasse. Silbergrau.

»Wer hat Ihnen denn eigentlich von Markus erzählt?«, fragte sie Maria, als sie schon auf dem Weg zur Tür waren.

»Die Schwester von Herrn Zwingler, Elvira Jobst.«

»Elvira?« Frau Terstetten blieb stehen. »Na, das wundert mich jetzt nicht, dass die mir die Polizei ins Haus schickt.«

»Warum?«

»Oh, Elvira hasst mich. Zumindest hat sie das früher getan. Sie war auch mit in dieser Clique. Elvira war ja kaum älter als die Jungs und ist einmal sitzen geblieben. Sie war mit Markus in einer Klasse und ich glaube, sie war ziemlich verschossen in ihn.«

»Aber was hat das mit Ihnen zu tun?«, wollte Alsberger wissen. Dabei schaute er misstrauisch auf die Katze, die sich drehte und wendete, um vom Arm ihrer Herrin herunterzukommen.

»Vielleicht späte Rache? Ich habe sie damals rausgeschmissen. Vorher hatte ich ihr schon einige Male gehörig den Kopf gewaschen.

Am Ende hatte sie Hausverbot bei uns. Ich habe selten ein Mädchen erlebt, das so unverschämt war und eine so große Klappe hatte wie Elvira. Sie war einfach unerträglich!«

»Hatten Sie nach dem Tod von Markus denn irgendwann noch einmal Kontakt zu Frau Jobst?«, fragte Maria.

»Nein.« Die Katze war vom Arm der zierlichen Frau gesprungen und ging vor Alsbergers Schuh in Position. »Nur zu ihm. Ein einziges Mal. Mein Mann hat bei Zwinglers angerufen, als wir von der Geschichte hörten. Er hat Eugen beschimpft. Bis ich ihm den Hörer weggenommen habe.«

»War das alles?«

»Ja, das war alles. Danach haben wir ihn nie mehr gesehen oder gesprochen. Und seine Schwester auch nicht.«

Elisabeth Terstetten sah sie an, mit großen Augen, so tiefblau wie ein Bergsee. »Wissen Sie, ich bedauere nicht, dass Herr Zwingler ermordet wurde. Wirklich nicht. Aber es ändert auch nichts. Es macht die Toten nicht wieder lebendig.«

Alsbergers unterdrücktes Fluchen ersparte Maria eine Erwiderung.

Der Tiger war über ihn hergefallen.

Turbulenzen

»Und, was halten Sie von der Terstetten?«, fragte Maria, als sie wieder im Auto saßen.

»Dieses Vieh ist auf jeden Fall verhaltensgestört«, knurrte Alsberger. »Widerlich. Es hat meinen Schnürsenkel vollgesabbert.«

»Jetzt beruhigen Sie sich mal wieder. Da werden Sie schon nicht dran sterben. Auf jeden Fall wissen wir jetzt, dass die Jobst früher auch schon so ein Drache war. Und dass sie wirklich einen Grund hatte, ihren kleinen Bruder zu hassen.«

Alsberger kramte in der Ablage der Autotür. »Und was für einen?«

»Also, das kann doch wohl nicht sein, dass ein durchgekauter Schnürsenkel Sie so aus der Fassung bringt, dass Sie nicht mehr klar denken können! Und das, wo es um Ihre Lieblingsverdächtige geht! Elvira war in Markus Terstetten verliebt. Sie hing doch ständig mit ihrem Bruder zusammen. Sie wusste wahrscheinlich, dass er Markus das Zeug verkauft hat, an dem er gestorben ist.«

»Stimmt.« Alsberger machte einen erleichterten Eindruck. Er hatte ein Päckchen Tempos gefunden.

»Er wird es ihr erzählt haben.«

Alsberger war immer noch zu abgelenkt, um ihr zu folgen.

»Was?«

»Eugen Zwingler wird seiner Schwester von dem Anruf erzählt haben! Dass Herr Terstetten ihn beschimpft und für den Tod seines Sohnes verantwortlich gemacht hat. Woher sollte sie es sonst wissen? Deshalb hat die Jobst uns dahingeschickt.«

Inzwischen hatte Alsberger seinen Schnürsenkel sorgfältig abgewischt und wieder richtig zugebunden.

»Sie hat uns vor allem deshalb zu der Terstetten geschickt, weil sie versucht, uns in eine falsche Richtung zu lenken.« Er knüllte das Tempo zusammen und quetschte es in den Aschenbecher. »Denn dass dieser Frau nach fünfzehn Jahren ganz plötzlich einfallen soll, den Tod ihres Sohnes zu rächen, finde ich nicht sonderlich überzeugend. Da ist eine Erbschaft von hunderttausend Euro doch etwas aktueller.«

Da lag Alsberger vielleicht nicht ganz falsch.

»Na, dann sollten wir uns mit Frau Jobst wohl einmal über ihre Jugendliebe unterhalten.« Maria konnte es nicht lassen hinzuzufügen: »Wussten Sie eigentlich, dass ganz viele Katzen Würmer haben? Ich glaube, die werden mit dem Speichel übertragen.«

Das hatte jetzt einfach sein müssen. Es ging nicht anders. Sie würde es auf die Liste für die Generalentschuldigung schreiben. Für nächste Woche Montag.

*

Arthur saß mit ernster Miene hinter dem Schreibtisch. Vor ihm Frau Haschke, die sich kurz umdrehte, als Maria, wie üblich ohne anzuklopfen, die Tür aufriss.

Ein strafender Blick traf sie. Ja, ja, das mit dem Anklopfen würde sie sich irgendwann schon noch angewöhnen.

Arthur sagte etwas zu Frau Haschke und kam raus.

»Und, wie läuft es?«, fragte Maria.

»Sie hat eben geweint«, flüsterte er.

»Wann? Als du ihr die Bilder gezeigt hast?«

»Dazu bin ich noch gar nicht gekommen. Ich habe nur ein paar belanglose Fragen gestellt, da fing sie schon an.«

Arthur hatte Schweißperlen auf der Stirn.

»Sag mal, was macht ihr da drinnen? Kniebeugen?«

»Maria, bitte, was soll das denn jetzt! Sag mir lieber, wie ich weiter vorgehen soll!«

»Bleib dran. Sorg dafür, dass sie dir vertraut. Egal wie!«

Das war wohl nicht, was Arthur sich erhofft hatte. Er zog die Stirn kraus und verschwand wieder hinter der Tür.

Maria versuchte, Elvira Jobst telefonisch zu erreichen, was ihr wieder einmal nicht gelang. Sie hinterließ den üblichen Spruch auf dem Anrufbeantworter. Danach setzte sie sich mit den Kollegen vom Rauschgiftdezernat in Verbindung. Vielleicht hatte Zwingler in seiner Jugend Gefallen am schnell verdienten Geld gefunden und seine Drogengeschäfte weiterbetrieben. Das wäre zumindest ein guter Grund für eine Erpressung.

Doch die Kollegen vom Rauschgiftdezernat hatten noch nie etwas von einem Eugen Zwingler gehört.

Maria wählte die Nummer von Jantzek. Der war sich ganz sicher: Weder im Büro noch in Zwinglers Wohnung habe es den allerkleinsten Hinweis auf Drogen gegeben. Selbst Zwinglers Medikamentenschrank sei clean gewesen. Nichts drin außer einem Fieberthermometer, Heftpflaster und ein paar Aspirin. Sie könne sich doch wohl denken, dass er jeden Krümel auflesen würde, den er fände. Falls Meister Proper ihn nicht schon vorher weggewischt hatte.

Sie rief Jörg Maier an und ließ sich bestätigen, was sie schon aus dem Obduktionsbericht wusste: Das Screening auf Drogen war ohne Ergebnis gewesen.

Es war immerhin ein guter Grund, mal nach dem Stand der Dinge zu fragen.

»Und wie läuft es mit Karin?«

»Nicht besonders. Sie sagt, ich nerve sie.«

»Weißt du denn, *was* sie nervt? Ich meine, außer dass du zu viel arbeitest? Es muss doch Gründe dafür geben, dass sie so sauer ist.«

Das mit dem Zu-viel-arbeiten kannte Maria als Dauerthema für Ehestreitigkeiten nur zu gut. Sie und Bernd hatten es sich ständig gegenseitig vorgeworfen.

»Ich glaube, ehrlich gesagt, dass *ich* sie nerve. So als Ganzes, meine ich.« Jörg Maier hörte sich ziemlich deprimiert an. »Es stört sie, dass ich schnarche, was ich anziehe, dass ich beim Frühstücken schmatze, wie ich mir die Nase putze. Es gibt eigentlich nichts mehr, was sie nicht an mir nervt.«

Das klang nicht gut.

»Sie will sich vorübergehend trennen. So ein Unsinn. Eine eigene Wohnung will sie sich nehmen. Als ob das was bringen würde.«

Jörg Maier schimpfte. Das ganze Wochenende habe sie deswegen herumtelefoniert. Vom Wohnzimmer aus. Sie hätte ja auch ins Arbeitszimmer gehen können, dann hätte er es zumindest nicht mit anhören müssen.

Maria hörte geduldig zu. Sie wusste noch genau, wie schrecklich es war, verlassen zu werden.

»Sollen wir mal zusammen was trinken gehen?«

»Ja, das wäre schön«, sagte Jörg Maier.

Dann schwieg er. Maria fiel auch nichts mehr ein. Kopf hoch! Wird schon wieder! Das hätte man wohl normalerweise gesagt. Aber in diesem Fall war sie sich da nicht so sicher. Vielleicht passte »Herzliches Beileid« ja viel besser.

»Dann mach's mal gut.«

»Du auch«, kam es vom anderen Ende. Und etwas leiser hinterher: »Es ist schön, wenn man in der Not Freunde hat. Danke, Maria.«

»Schon in Ordnung.«

War Jörg Maier eigentlich schon immer so nett gewesen? Irgendwie hatte sie das bisher nie so richtig bemerkt.

Das Elend des Rechtsmediziners erinnerte Maria daran, dass sie Vera anrufen wollte. Gut, dass ihr das wieder einfiel. Hoffentlich hatten Alsbergers geheimnisvolle Andeutungen nichts Böses zu bedeuten. Sie wählte Veras Festnetznummer. Zu Hause war ihre Tochter nicht. Aber auf dem Handy erreichte sie sie.

Vera war kurz angebunden. Ungewöhnlich kurz. Sie sei sowieso in Heidelberg. Sie könne in einer halben Stunde im Café am Römerkreis sein. Alles Weitere würde man dann besprechen.

Maria kam sich vor, als telefoniere sie mit der entnervten Managerin eines Großkonzerns, die sie durch ihren Anruf davon abhielt, ein Millionengeschäft abzuschließen.

»Ist was, Schatz?«

»Das sehen wir dann.«

»Mir geht es übrigens wieder gut«, fügte Maria schuldbewusst hinzu. Vielleicht hätte sie doch regelmäßig Bericht über ihren Gesundheitszustand erstatten sollen.

»Schön für dich«, kam es spitz vom anderen Ende. »Bis gleich.« Dann war die Verbindung unterbrochen.

Na gut, dann eben ein Treffen im Café. Warum nicht. Aber vorher würde sie Alsberger in die Mangel nehmen. So, wie der gefragt hatte, ob sie Vera angerufen hätte, wusste der genau, was da los war.

Maria hatte gerade die Tür geöffnet, als Arthur aus seinem Büro kam und auf sie zueilte.

»Maria, Frau Haschke weint nur noch!«

Er sagte es so, als sei sie persönlich dafür verantwortlich.

»Sie hatte sich gerade wieder beruhigt. Dann habe ich ihr ein Bild von der Kopflosen vorgelegt, nur ein einziges, und schon ging es wieder los!«

»Dann wartest du eben, bis sie wieder damit aufhört. Und dann machst du weiter.«

Arthur schüttelte den Kopf.

»Ich kann das nicht, Maria. Ich bin für so etwas nicht geeignet. Lass das Mengert machen, wenn er wieder da ist.«

»Du gehst jetzt da rein, Arthur, setzt dich an deinen Schreibtisch und wartest, bis sie mit der Flennerei aufhört. Und dann fragst du, weshalb das Bild sie zum Heulen bringt. Hast du mich verstanden?«

Arthur hatte wirklich eine dünne Haut. Aber als Polizeibeamter konnte man nicht einfach bei der ersten weinenden Frau davonlaufen.

Er schüttelte den Kopf, drehte sich aber trotzdem um und verschwand in seinem Büro.

Maria ging rüber zu Alsberger.

»Ich wollte sowieso gerade zu Ihnen«, sagte er und suchte in den Papieren auf seinem Schreibtisch. »Hier. Die Autovermietungen, die ich angerufen habe. Die Haschke hat keinen Wagen angemietet. Zumindest nicht hier in der Gegend.« Er reichte ihr eine Liste. »Und wegen der Terstetten habe ich die Kursleiterin von der VHS angerufen. Die hat bestätigt, dass sie den ganzen Tag mit auf dieser Tour war. Inklusive gemeinsamem Abendessen bis nach zehn.«

»Ich habe eben mit Ve…«

»Maria, ich kann das wirklich nicht.« Arthur war schon wieder da. »Das ist nur Quälerei. Das bringt doch nichts.«

»Arthur, was soll das denn jetzt?«

Sicher, Vernehmungen waren nicht seine Spezialität, aber so angestellt hatte er sich noch nie.

»Was glaubst du wohl, was das für den Zwingler für eine Quälerei war, als man ihm erst den Schädel eingeschlagen und ihm anschließend die Kehle durchgeschnitten hat. Den hat auch keiner gefragt, ob ihm das recht ist. Und in deinem Büro sitzt eine Frau, die vielleicht mehr weiß, als sie uns sagt. Oder sogar seine Mörderin ist. Ich wüsste nicht, warum wir die schonen sollten!«

Das hatte er nun diesmal wohl verstanden. Arthur nickte stumm und wankte davon.

Maria drehte sich wieder zu Alsberger um und nahm einen neuen Anlauf.

»Also, ich hab eben mit Vera telefoniert. Wir treffen uns gleich.«

Alsberger schaute sie mit harmlosem Jungengesicht an und schwieg.

»Was ist los? Sie hat doch was?«

Bevor er antworten konnte, kam der Nächste zur Tür herein. Der Giftzwerg. Maria brauchte nur einen Blick in Fervers Gesicht zu werfen um zu wissen, dass er gleich explodieren würde.

»Frau Mooser, wie schön, Sie noch einmal in unserem Haus begrüßen zu dürfen! Und welch ein außerordentliches Glück, Sie aufzuspüren!«

Sie sagte nichts. Wenn Ferver so anfing, war sowieso alles zu spät. Der kleine Mann baute sich vor ihr auf und stemmte die Hände in die Hüften.

»Eben hatte ich einen Anruf von einem Fernsehsender. Wegen des toten Finanzberaters. Und dessen Verbindungen zur Mafia. Was hat das zu bedeuten, wenn ich fragen darf?«

»Es gibt keine Verbindungen zur Mafia. Zumindest soviel wir im Moment wissen.«

»Ach, und warum gibt es dann einen Zeugen, der behauptet, Sie hätten diese Verbindungen bestätigt? Können Sie mir das bitte erklären, Frau Mooser?« Er war noch einen Schritt näher an sie herangetreten. »Und können Sie mir auch erklären, warum ich von all dem nichts weiß? Dastehe wie ein Trottel, der nicht informiert wurde!«

Die Ader, die sich senkrecht über Fervers Stirn zog, war gefährlich angeschwollen.

Einen von seinen Wutanfällen über sich ergehen lassen zu müssen, war eine Sache, die noch anging. Aber vor Alsbergers Nase runtergeputzt zu werden, das musste nun wirklich nicht sein.

»Vielleicht sollten wir das lieber unter vier Au…«, setzte Maria gerade an, als sie Frau Haschke mit gesenktem Kopf und schnellen Schrittes an der Tür vorbeigehen sah.

»Moment mal!« Sie ließ den tobenden Ferver stehen, eilte den Flur entlang und riss die Tür zu Arthurs Büro auf.

»Wieso geht die Haschke?«

»Es ging nicht mehr.«

»Du lässt sie gehen, nur weil sie ein paar Tränchen vergießt! Das kann doch nicht dein Ernst sein!«

»Doch, das ist es, Maria. *Du* hast gesagt, ich soll zusehen, dass sie mir vertraut. Das ist eine vertrauensbildende Maßnahme.«

»So ein Quatsch! Diese Maßnahme heißt: Arthur kann keine Frau weinen sehen, und deshalb lässt er sie laufen.«

»Sie kommt morgen wieder. Ich konnte es nicht verantworten, sie hierzuhalten. Und da *ich* aufgrund *deiner* Anweisung für diese Vernehmung zuständig bin, habe *ich* das so entschieden. Wenn es dir nicht passt, musst du es jemand anderen machen lassen.«

Maria sah Arthur erstaunt an. Das hatte es noch nie gegeben, dass er so mit ihr redete.

Er hielt ihr eines der Fotos hin. Von der Brünetten, die auf der Bettdecke posierte.

»Als sie das gesehen hat, war es ganz aus.«

»Hat sie was dazu gesagt?«

»Nicht viel. Ich habe sie gefragt, ob sie diese Frau kennt. Da hat sie den Kopf geschüttelt. Dann habe ich ihr gesagt, dass es Zwinglers Freundin aus Frankfurt ist.«

»Und dann?«

»›Braune Haare!‹, hat sie gesagt.«

»Wie, ›braune Haare‹?«

»Irgendwie entsetzt. So als wäre das die größte Katastrophe von allen.« Nachdenklich rieb er sich mit der Hand übers Kinn. »Dann wurde sie ganz blass. Sie sah aus, als würde sie gleich ohnmächtig werden. Ihr wäre nicht gut, hat sie gesagt. Wir haben vereinbart, dass sie morgen wiederkommt, wenn es ihr besser geht.«

War die Haschke eine gute Taktiererin, der immer genau im richtigen Moment schlecht wurde? Oder wirklich das zarte Seelchen, das Samthandschuhe brauchte, damit es plauderte? Maria war hin- und hergerissen.

»Wir müssen ihr Zeit lassen, Maria.«

Was blieb ihnen schon anderes übrig. Wenn die Haschke, und sei es nur aus Taktik, hier in Ohnmacht fiel und den sterbenden Schwan mimte, war keinem damit gedient.

»Ist schon in Ordnung, Arthur. Mach weiter so.«

Schließlich hatte sie ihn auf diese Frau angesetzt, weil sie vermutete, dass er mit seiner Art eher an sie herankam als sie selbst oder Mengert. Und das hier, das war eben Arthurs Art.

Dass Ferver nicht in Alsbergers Büro auf sie gewartet hatte, konnte Maria sich schon denken. Sie ging direkt zu seinem Zimmer und klopfte.

Was dann kam, war mehr als unerfreulich. Ferver tobte. Rumpelstilzchen war ein Waisenkind dagegen. Mit Müh und Not entkam sie ihm nach einer halben Stunde, gerade noch rechtzeitig, um ihre Verabredung mit Vera einzuhalten.

Draußen herrschte zum Glück keine dicke Luft – draußen herrschte schönstes Frühlingswetter. So schön, wie es nur sein konnte. Welch ein Kontrast! Es war angenehm mild, und trotz aller Autoabgase konnte man am viel befahrenen Römerkreis sogar einen Hauch von frischem Grün riechen.

Sie entdeckte Veras Lockenkopf schon von Weitem hinter den großen Glasscheiben des Cafés. Wie immer, wenn Maria ihre Tochter sah, freute sie sich. Vielleicht gehörte das zum Mutterinstinkt. Vielleicht lag es auch daran, dass Vera einfach schön anzusehen war. Mit ihrer Löwenmähne und den katzengrünen Augen. Und einem Lächeln, bei dem Maria immer ganz warm ums Herz wurde.

Diesmal gab es allerdings kein Lächeln zur Begrüßung. Vera stand nicht auf, Vera umarmte sie nicht. Vera blieb einfach sitzen und schaute demonstrativ auf die Uhr.

Maria wusste: Sie war zu spät. Knappe zehn Minuten. Also startete sie das Entschuldigungsprogramm, während sie sich aus ihrer Jacke schälte. Vera sagte immer noch keinen Ton.

»Wirst du heute noch mit mir reden? Oder wollen wir zusammen ein bisschen schweigen?«

»Zu spät. Wie üblich.«

Wie schön. Das Kind konnte also doch noch sprechen.

»Außerdem denke ich, dass eigentlich *du mir* etwas zu sagen hast.«

Maria fiel es sofort auf: Ihre Tochter trug einen goldenen Ring am Finger. Er hatte einen kleinen geschliffenen Stein, der aussah wie ein Diamant. Der musste neu sein.

»Von Alsberger?«, fragte sie mit Blick auf das funkelnde Stück.

»Ja«, sagte Vera und hielt ihn ihr voller Besitzerstolz hin. »Von Roland. Zu einem ganz besonderen Anlass.«

Lieber Gott, lass das nicht wahr sein!

»Ihr habt euch verlobt!«, stieß Maria hervor.

»Nein«, sagte Vera und kniff die Augen zusammen. »Viel, viel einfacher, Mama. Ich hatte Geburtstag. Gestern! Am dreizehnten April. An dem Tag, an dem ich *immer* Geburtstag habe. Deshalb kann man sich das auch relativ einfach merken. Und weil Roland mich liebt und ich ihm etwas bedeute, hat er daran gedacht und mir etwas geschenkt. Während meine Mutter«, Vera starrte sie wütend aus ihren Katzenaugen an, »mich nicht einmal angerufen hat!«

Für einen Moment war Maria sprachlos. Der dreizehnte April! Deshalb hatte Alsberger gestern unbedingt früher gehen wollen. Und sie hatte ihn vergessen. Den Geburtstag ihrer Tochter!

»Vera, es tut mir *so* leid!« Sie schüttelte entsetzt den Kopf. »Wie konnte mir das nur passieren?«

»*Das* kann ich dir sagen.« Vera lehnte sich auf ihrem Stuhl zurück und verschränkte die Arme vor der Brust. »Weil du dich um überhaupt nichts mehr kümmerst. Zumindest nichts, was dein Privatleben angeht. Du vergisst den Geburtstag deiner einzigen Tochter, kommst notorisch zu spät, räumst deine Wohnung nicht mehr auf, kochst dir nichts Vernünftiges, gehst nicht mehr zum Frisör und trägst Klamotten, die zehn Jahre alt sind.« Sie machte eine kleine Pause, bevor sie das vernichtende Fazit aus ihrer Moralpredigt zog. »Verwahrlosen. Das trifft es ganz gut. Du bist kurz davor zu verwahrlosen!«

Und dann kam es wieder: Veras Lieblingsthema. Dass das alles anders wäre, wenn Maria endlich wieder einen Mann …

Vielleicht hätte sie Vera als Kind nicht diese ganzen Märchen mit den Prinzen vorlesen sollen, die arme bedauernswerte Frauen aus Schutt und Asche retteten. Ein Fehler. Ein großer Fehler. Aber jetzt war es zu spät.

»Du spinnst.« Mehr hatte Maria zu den Ausführungen ihrer Tochter eigentlich nicht zu sagen.

»Okay, dann erzähl doch mal: Was ist in deinem Kühlschrank, wenn du heute Abend nach Hause kommst?«

Eine Packung Brot und eine Tüte Milch. Von Herrn Herkel.

»Du glaubst doch wohl nicht allen Ernstes, dass ich hier Rechenschaft über den Inhalt meines Kühlschranks ablege!«

Das Kind mit der Löwenmähne sah inzwischen aus, als würde es gleich anfangen zu weinen. »Du hast noch nie meinen Geburtstag vergessen. Noch nie!«

Maria konnte Vera nicht gut weinen sehen. Das war schon immer so gewesen. Und in der Tat: Den Geburtstag seines Kindes zu vergessen, war mit Sicherheit eine der mütterlichen Todsünden. Egal, wie viel man gerade um die Ohren hatte.

»Also gut«, seufzte sie. »Ich werde mich bessern. Ich verspreche es dir. Und für den vergessenen Geburtstag hast du einen Wunsch frei! Was du willst!«

Vera sah schon gleich viel weniger unglücklich aus. So schnell ging das. Das Kind war schon immer bestechlich gewesen. Wusste sie es doch.

»Da habe ich schon was! Ich wünsche mir«, sagte ihre Tochter, ohne lange nachzudenken und so feierlich, als säße die Fee persönlich mit am Tisch, »dass du mir erlaubst, etwas für dich zu tun.«

Das hörte sich doch gar nicht schlecht an! Ihre Fenster zum Beispiel, die mussten dringend mal wieder geputzt werden.

»Prima. Was denn?«

»Ich werde dir helfen, einen Mann zu finden. Ich gebe eine Kontaktanzeige für dich auf! Wie wäre es mit: ›*Powerfrau mit Herz und Verstand*‹ …«

Jetzt war sie durchgedreht. Nur weil ihre Mutter ein einziges Mal ihren Geburtstag vergessen hatte.

»Meine liebe Vera«, sagte Maria in einem Tonfall, der ihre Tochter sofort verstummen ließ. »Wenn du das tust, dann …«

Sie wusste überhaupt nicht, was sie ihr dafür androhen sollte. Vielleicht die Arrestzelle?

»Du musst endlich aktiv werden, Mama. Die Männer kommen doch nicht an der Haustür klingeln. Und in deinem Alter ...«

»Was ist in *meinem* Alter?«

Zum Glück hatte Vera verstanden, dass es jetzt besser war zu schweigen. Die Kupplerin rührte in der Kaffeetasse, um ihr nicht in die Augen sehen zu müssen. Maria schaute auf die Uhr. Sie musste los. Wenn Ferver mitbekam, dass sie während der Arbeitszeit mit ihrer Tochter Kaffeetrinken ging, bekam sie wahrscheinlich endgültig eine Abmahnung. Sie konnte diese Geschichte jetzt nicht ausdiskutieren.

»Über mein Leben bestimme immer noch ich. Und wie oder ob ich mir einen Partner suche, das bestimme auch ich. Hast du mich verstanden?«

»Du hast übrigens einen Fleck auf deinem Pullover«, war Veras Antwort.

Maria schaute an sich herunter. Tatsächlich. Da war ein kleiner heller Fleck auf ihrem dunklen Pulli. Mitten auf dem Bauch.

Das war Verwahrlosungsstufe zwei. Mindestens.

Zurück in der Polizeidirektion rief sie als erstes Bea an, um sich über Vera zu beklagen. Aber diesmal war sie bei ihrer Freundin an der falschen Adresse.

Bea fand die Idee mit der Kontaktanzeige gut. Sie solle doch endlich mal ihre altbackenen Vorurteile über Bord werfen. Und dass Maria etwas mehr aus sich machen könnte, das sage sie ihr ja schon lange. Und wenn der Herkel noch ein paar Käsehäppchen an die Tür hängen würde, käme sie gerne wieder vorbei.

Maria versprach anzurufen und stürzte sich in die Schreibarbeit, um den Giftzwerg zufriedenzustellen. Noch mehr Ärger würde sie heute nicht verkraften.

Als sie am Abend nach Hause ging, konnte sie kaum noch die Augen aufhalten. Es machte sich eben doch bemerkbar, wenn man Mitte fünfzig war und am Vorabend mit der Freundin ein wenig zu tief ins Glas geschaut hatte. Gut, dass Vera das nicht wusste. Dann wäre ihr nächster Geburtstagswunsch bestimmt, dass ihre Mutter sich bei den anonymen Alkoholikern meldete.

Sie überquerte den Römerkreis. Zehn Minuten zu Fuß, länger

brauchte sie nicht bis nach Hause. Hoffentlich funktionierte die Heizung wieder. Die von der Firma hatten gesagt, sie würden heute vorbeikommen. Den Schlüssel sollten sie sich bei Herrn Meltzer holen.

Herr Meltzer. Die Katastrophe im zweiten Stock. Sie würde ihm einen Zettel unter die Tür schieben mit den Telefonnummern der Damenriege für den Haushalt. Klingeln war jetzt zu gefährlich. Dann musste sie bestimmt wieder irgendetwas erledigen. Außerdem hatte sie kein Waschpulver gekauft. Sie würde ihm morgen welches von ihrem an die Waschmaschine stellen.

Vor ihr gingen zwei Frauen, untergehakt, munter schwatzend. Maria konnte nur Fetzen ihres Gesprächs verstehen, aber zweifellos ging es um Männer. Die eine trug einen roten Mantel. Vielleicht erinnerte sie Maria deshalb an Frau Haschke.

Arthurs Frage fiel ihr wieder ein. Ob sie der Haschke einen Mord zutrauen würde. Nach dem Auftritt heute? Die versank doch schon in den Boden, wenn man sie nur schräg anschaute. Oder fing an zu heulen. Zu zaghaft? Aber irgendetwas stimmte mit der nicht.

Und die Jobst? Sie hatte sich auf die Nachricht, die Maria auf ihrem Anrufbeantworter hinterlassen hatte, nicht gemeldet. Morgen würde sie erst einmal Besuch von der Polizei bekommen, zur Not auch auf der Arbeit. Die Jobst war unkooperativ. Schlug um sich, wenn ihr etwas nicht passte. Eine von der rabiaten Sorte. Der war ein Mord viel eher zuzutrauen.

Was hatte Jörg Maier noch gesagt? *Wenn es nicht zwei waren.* Der Henker und sein Helfer. Die Zaghafte macht das Opfer mit einem Schlag auf den Kopf handlungsunfähig. Dann besorgt der Henker den Rest. Oder die Henkerin.

Die Zaghafte und die Rabiate. Haschke und Jobst.

Kannten die beiden sich eigentlich?

Maria schob den Gedanken beiseite. Sie war eindeutig zu müde, um noch vernünftig denken zu können.

*

Esspapier klebt am Gaumen. Unangenehm. Sehr unangenehm. Aber es war gut, das zu wissen. Es war gut, einmal im Leben Esspapier gegessen zu haben. Um zu wissen, dass man nichts verpasst hatte.

Henrike Karl war in den kleinen Laden auf der Plöck gegangen, da wo der Zahnarztstuhl im Schaufenster stand, und hatte sich Esspapier gekauft.

Sie hatte sich in einem dieser neumodischen Kaffeeläden auf der Hauptstraße einen Kaffee bestellt von einer Sorte, die sie noch nie im Leben getrunken hatte, sich von innen vor die Glasscheibe gesetzt und den Leuten hinterhergesehen.

Sie war zum Neckar gegangen und hatte auf ihrer Bank gesessen. Und irgendwann, ohne nachzudenken, war sie aufgestanden und hatte sich mit in die Schlange gestellt. Einmal bis Neckarsteinach und wieder zurück.

Henrike Karl hatte immer nur zugesehen. Heute war sie eingestiegen.

Das weiße Schiff war unter der Alten Brücke durchgefahren. Durch die Schleusen. Immer weiter auf dem glitzernden Fluss. Vorbei am Stift Neuburg mit der grünen Obstbaumwiese davor, an der Bergfeste Dilsberg und am Schwalbennest, der Burg, die wie ein Vogelnest am steil abfallenden Berghang klebte.

Als sie zurückkam, war sie auf die andere Neckarseite gegangen. Nach Neuenheim. War den Philosophenweg hochgelaufen bis zur Bank von Königin Silvia. Und hatte nachgedacht.

Vielleicht war es gut, dass das alles passiert war. Dass sie solche Angst gehabt hatte, dass sie glaubte, sterben zu müssen. In ihrer Wohnung zu verhungern.

Heute hatte sie nicht auf ihre Angst gehört. Sie hatte sie einfach nicht beachtet. Den lästigen Begleiter, der ihr ständig alles Schöne im Leben vermiesen wollte. Nicht, dass sie weg gewesen wäre. Sie war genauso da, wie sonst auch.

Pass auf, davon kriegt man vielleicht Bauchschmerzen, hatte die Angst geflüstert, als sie das Esspapier kaufte. *Pass auf, das ist zu teuer. Du kommst am Monatsende doch sowieso nie hin*, als sie die Karte für das Boot gekauft hatte. *Morgen tun dir wieder die Knie weh*, als sie hoch zum Philosophenweg gelaufen war.

Aber sie hatte sich entschieden. Sie, Henrike Karl, wollte endlich etwas haben vom Leben. Heute. Nicht morgen. Nicht übermorgen. Nicht erst, wenn sie in Rente ging. Sie hatte alle Sorgen, Bedenken und Ermahnungen einfach überhört.

Der Himmel begann, sich über dem Neckar golden einzufärben. Sie machte sich auf. Und ging in das Restaurant, in das sie immer schon einmal hatte gehen wollen. *Allein*.

Es war auf dem Schiff, das unten am Neckarufer lag. Blau beleuchtet, sodass man es von Weitem sehen konnte. Sie hatte es immer vom anderen Ufer aus angeschaut. Und sich vorgestellt, einmal dort abends auf dem Deck zu sitzen. Unter der Lichterkette.

Als sie schließlich nach Hause ging, war es schon dunkel. Sie war glücklich. Schön war es heute gewesen. Vielleicht einer der schönsten Tage in ihrem Leben. Unsinnig viel Geld hatte sie ausgegeben. Aber das war es wert.

Sie überquerte die Brücke, lief unter den hohen Bäumen die Neckarstaden entlang, sah zu dem blau erleuchteten Schiff. Jetzt wusste sie, wie es war, dort zu sitzen. Sie wusste, wie Esspapier schmeckte. Und wie es sich anfühlte, im Sonnenschein mit dem Boot auf dem Neckar zu fahren.

Weit war es noch. Einmal quer durch die Stadt.

Sie bog in eine der Gassen ein, die hoch zur Hauptstraße führten. Schon nach ein paar Metern hörte sie es. Schritte, die ihr folgten. Leise. So leise, dass es schon seltsam war. Oder war das wieder einmal nur Einbildung?

Sie drehte sich um und ärgerte sich über sich selbst.

Es war niemand zu sehen.

Henrike Karl ging weiter. Sie würde sich nicht noch einmal umdrehen. Diesen schönen Tag wollte sie sich nicht verderben lassen. Wollte kein Angsthase mehr sein, der sich einbildete, an jeder Straßenecke lauere die Gefahr. Nie wieder.

Aber die Angst lief neben ihr her und ließ sie nicht in Ruhe.

Pass auf, flüsterte sie.

Halt endlich die Klappe, dachte Henrike Karl.

Teuflische Grüße

Die Leiche lag in einem Hinterhof. An der Wand, von den zahlreichen Mülltonnen fast ganz verdeckt. Nur die Füße ragten an einer Seite hervor. Eine Hausbewohnerin, die ihren Abfall entsorgen wollte, bevor sie zur Frühschicht aufbrach, hatte sie gefunden.

Um Viertel nach sechs hatte bei Maria das Telefon geklingelt. Als sie wenig später an der Fundstelle ankam, waren Jantzeks Männer schon bei der Arbeit. Man hatte den Tatort fotografiert, die Mülltonnen beiseitegeschoben.

»Das ist ... das ist grauenhaft.« Alsberger war eingetroffen und einen halben Meter hinter Maria stehen geblieben.

Vor ihnen lag Henrike Karl. Die Arme eng am Körper, den Kopf zur Wand gedreht, die Augen weit aufgerissen. Ein schmaler roter Strich zog sich um ihren Hals.

»Stranguliert«, sagte Jörg Maier, der neben der Leiche kniete. »Mit einem Draht oder einer Plastikschnur. Irgendetwas in der Richtung. Andere Verletzungen kann ich im Moment nicht feststellen.«

Seiner Schätzung nach hatte man sie gestern Abend getötet, irgendwann zwischen zweiundzwanzig Uhr und Mitternacht.

Die Mitarbeiter der Spurensicherung waren dabei, den Innenhof systematisch abzusuchen. Trotz all der Menschen, die hier bei der Arbeit waren, herrschte eine bedrückende Stille. Es hatte sich schnell herumgesprochen, wer die Tote war. Viele von ihnen hatten Frau Karl schon einmal gesehen, lebend, als sie im Flur vor Zwinglers Büro saß.

»Vielleicht hättest du sie doch besser festnehmen sollen«, sagte Jantzek statt einer Begrüßung.

»Danke, genau solche Kommentare kann ich jetzt gut gebrauchen.«

»Ihre Handtasche lag direkt neben ihr. Mit allen Papieren und der Geldbörse. Sie wurde über den Boden gezogen. Hinten an ihren Absätzen kann man Schleifspuren sehen. Wahrscheinlich hat sie jemand draußen auf der Gasse erwischt und dann hierhergebracht, damit nicht gleich der Nächste über sie stolpert.«

Am anderen Ende der Mülltonnenreihe wurden Stimmen laut.

»Wir haben was!«, rief einer von Jantzeks Mitarbeitern.

Neugierig scharten sich alle um eine Tonne, deren Deckel hochgeklappt war. Jantzek griff hinein. Was er hervorzog, sah im ersten Moment aus wie ein zu kurz geratenes Springseil. Nur war es offensichtlich selbst gebastelt und gut geeignet, um jemanden zu erdrosseln.

Es handelte sich um eine dünne Plastikschnur, an deren Enden jeweils ein etwa zehn Zentimeter langes, rundes Holzstück befestigt war, Stücke von einem Besenstiel oder Spazierstock. Entsorgt in der gelben Tonne.

»Na, das Holz gehört aber in die Biotonne«, bemerke Jantzek sarkastisch und traf damit den Nagel auf den Kopf.

Es wäre ein Leichtes gewesen, diese Plastikschnur in der Jackentasche oder unter dem Pullover zu verstecken und mitzunehmen. Stattdessen hatte der Täter die Schnur in den Abfall geworfen und die Leiche hinter den Mülltonnen abgelegt, so als sollte sie bei der nächsten Leerung mitgenommen werden. Ganz nach dem Motto: Seht her, ich habe auch alles ordentlich aufgeräumt. Makaber.

Alsberger, diesmal ohne das übliche Gel in den Haaren und leicht verstrubbelt, sah gebannt auf die Plastikschnur mit den Holzgriffen. Sein Gesicht hatte die übliche Tatortfärbung angenommen.

»Die Garotte«, flüsterte er ehrfurchtsvoll. »Das habe ich damals in meinem Referat …«

»Ja, ja, ist schon gut.« Das musste Maria nicht schon wieder hören.

»Diese Variante der Garotte wird vor allem von der Mafia …«

»Alsberger, wenn Sie noch *ein Mal* das Wort Mafia in den Mund nehmen, noch *ein einziges Mal*, dann können Sie beim nächsten Fall zu Hause bleiben. Oder ich schicke Sie zum Praktikum in die Rechtsmedizin. Haben Sie mich verstanden?«

»Vielleicht hat unser Mörder ja Ihr Referat gelesen, und das hier sind die praktischen Übungen dazu«, bemerkte Jörg Maier, der zu ihnen herübergekommen war.

Alsberger warf ihm einen bitterbösen Blick zu.

»Nichts für ungut«, beschwichtigte ihn der Rechtsmediziner. »Ich denke, es ging vor allem darum, dass das Opfer nicht schreit. Die Schnur wird von hinten um den Hals gelegt, dann zieht man über Kreuz an den beiden Enden. Wenn man schnell genug ist, macht das Opfer keinen Mucks mehr, und es ist rasch vorbei.«

Er sah zu der Toten hinüber.

»Was meinst du dazu, Maria? Außer, dass die bei diesem Finanzberater geputzt hat, gab es doch keine Verbindung zwischen den beiden, oder?«

»Zumindest keine, die wir kennen. Ich war noch einmal bei ihr. Aber da war sie ziemlich schroff. Und wusste angeblich von nichts.«

»Tja, wie heißt es so schön: Wer nicht reden will, muss fühlen.«

»Vielleicht wollte sie auch nur *mir* nichts erzählen.«

Maria dachte an ihren missglückten Versuch, mit Frau Karl ins Gespräch zu kommen. Sie hatte nicht die richtigen Worte gefunden. Nicht das richtige Thema. War mit ihrer Frage nach den toten Katzen in den erstbesten Fettnapf getreten.

»Wenn sie etwas wusste und hat den Mund gehalten, dann hat sie sich das hier selber eingebrockt.« Jörg Maier legte Maria kurz, wie zur Ermutigung, die Hand auf die Schulter. »Den kriegt ihr schon.«

Schön, dass er sich da so sicher war. Sie war es nicht.

»Übrigens, Karin hat eine Wohnung«, sagte er beiläufig.

»Das tut mir leid, Jörg.« Erst jetzt bemerkte Maria, wie mitgenommen er aussah. Tiefe Furchen zogen sich durch sein Gesicht. Fast konnte man den Eindruck bekommen, er sei seit ihrer letzten Begegnung um zwei Jahre gealtert. Das kam sicher nicht nur vom frühen Aufstehen.

»Das war's wohl.« Er sah so traurig aus, als er das sagte, dass sie ihn am liebsten in den Arm genommen hätte. Aber da der grünliche Assistent danebenstand, ließ sie es bleiben.

»Dann mach ich mal weiter.«

»Du kannst dich immer melden, das weißt du ja.«

Jörg Maier nickte und verschwand in Richtung Leiche.

»Und jetzt?«, wollte Alsberger wissen.

»Fragen Sie mich das in fünf Minuten noch mal. Und bis dahin organisieren Sie, dass alle Anwohner befragt werden, ob sie irgendetwas bemerkt haben.«

Maria musste kurz nachdenken. Und ein paar Minuten weg von hier.

Sie verließ den Innenhof, bückte sich unter dem rot-weißen Absperrband hindurch und ging die Gasse hinunter in Richtung Neckar.

Das hätte nicht passieren dürfen. Der Mord an Zwingler war ein Fall, der mit ihr nichts zu tun gehabt hatte. Aber der Mord an Frau Karl, der hatte etwas mit ihr zu tun. Dieses Verbrechen wäre vielleicht zu verhindern gewesen. Wenn sie es geschafft hätte, etwas aus der Frau herauszubekommen.

Eine Niederlage. Maria hasste Niederlagen. Das Gefühl, versagt zu haben.

Der Täter hatte vor ihrer Nase ein zweites Mal zugeschlagen. Hatte ihr vielleicht sogar schon gegenübergesessen, mit ihr geredet und sich dabei ausgedacht, wie er sein nächstes Opfer töten würde.

Warum lag die Plastikschnur im Mülleimer? Der musste sich doch denken, dass sie da reinschauen würden. Wollte der sie verhöhnen? *Ich kann mir das erlauben. Ihr kriegt mich ja sowieso nicht.*

Sie war am Neckar angekommen und lehnte sich an das Geländer. Das Wasser vor ihr floss ruhig dahin. Hier sah es aus wie immer. So als ob es diesen Mord ein paar hundert Meter weiter nicht gegeben hätte.

Ein feiner Nebel schwebte über dem Fluss. Die Alte Brücke schimmerte rötlich im ersten Morgenlicht. Ihre steinernen Bögen überspannten den Neckar und erinnerten an alte Zeiten. Ein Anblick, bei dem man sich kaum gewundert hätte, wenn gleich ein Pferdegespann um die Ecke gebogen wäre. Oder der Nachtwächter mit Laterne.

Das romantische Heidelberg. Die Illusion der heilen Welt.

Irgendwo hier saß ein Mensch, der schon zweimal gemordet hatte.

Was machte der gerade? Freundlich den Nachbarn grüßen? Zur Arbeit fahren? So tun, als sei nichts geschehen – mit dem Gefühl, über die Polizei zu triumphieren?

Nein, das würde sie nicht zulassen. Sie hatte Henrike Karl gekannt. Mit ihr gesprochen. In ihrer Küche gesessen. Mit ihr Tee getrunken. Und hatte nicht verhindert, dass das passiert war. Das hier, das betraf sie persönlich.

Maria holte ihr Handy raus und rief Mengert an. Viren hin oder her. Sie brauchte ihn jetzt. Dann ging sie zurück und suchte Alsberger.

»Wir gehen zur Haschke«, sagte sie.

Frau Haschke, die nur wenige Minuten vom Tatort entfernt wohnte.

Mal sehen, ob die jetzt nicht doch endlich mit ihnen reden wollte.

*

Sie hatte sich in einen roten Frotteebademantel gewickelt. Wie ein Häufchen Elend saß sie im Schaukelstuhl.

Maria hatte erzählt, was geschehen war, und gefragt, wo sie gestern Abend zwischen zweiundzwanzig Uhr und Mitternacht gewesen sei.

»Zu Hause«, antwortete Frau Haschke. Allein, ohne Freundin, die ein Alibi hätte geben können.

Die junge Frau war fassungslos. Danach sah es auf jeden Fall aus. Sie schüttelte immer wieder den Kopf, als könne sie nicht glauben, was Maria ihr erzählt hatte.

»Wie wäre es, wenn Sie uns jetzt endlich sagen würden, welcher Art Ihre Beziehung zu Herrn Zwingler war?«

Es dauerte keine zwei Sekunden, bis Rabea Haschke anfing zu weinen. Sie hielt sich die Hand vor die Augen, als wolle sie sich vor ihnen verstecken.

»Sie waren in ihn verliebt, nicht wahr? Und wussten von seiner Freundin.«

Frau Haschke reagierte nicht.

»Konnten Sie das nicht ertragen? Haben Sie ihn deshalb umgebracht? Hat Frau Karl Sie gesehen? Wollte sie Geld dafür, dass sie den Mund hält?«

»Ich habe niemanden umgebracht«, erwiderte Rabea Haschke kaum hörbar.

Alsberger, der wie bei ihrem ersten Besuch neben Maria auf dem roten Sofa Platz genommen hatte, begann, eine Decke, die über der Sofalehne lag, auseinanderzuziehen. Er musterte sie interessiert.

»Frau Mooser!« Er hielt Maria die Decke hin.

Was sollte das denn jetzt? Sah sie noch immer so krank aus, dass Alsberger meinte, sie solle sich besser zudecken?

Inzwischen hatte Frau Haschke wieder aufgeschaut. Als Maria den entsetzten Blick bemerkte, mit dem Frau Haschke auf den flauschigen, blau-gelben Stoff in Alsbergers Händen sah, fiel auch bei ihr der Groschen. Die Decke!

Es war dieselbe, die sie auch schon bei ihrem letzten Besuch gesehen hatte. Aber da lag sie im Schaukelstuhl, und man hatte nicht so genau erkennen können, dass sie blau-gelb kariert war. Wie die Picknickdecke aus Veras Kindertagen. Wie die auf den Aktfotos.

»Schöne Decke«, sagte Maria. »Kommt mir bekannt vor.«

Frau Haschke konnte ihr nicht in die Augen sehen.

»War das mit den Fotos seine Idee?«

»Er wollte es unbedingt«, sagte Frau Haschke leise. »Ich nicht. Ich habe mich geschämt. Ich sei so prüde, hat er mir vorgeworfen. Er war richtig sauer. Aber ich hatte Angst, dass die vielleicht mal jemand sehen würde.«

Berechtigt, wie sich ja nun herausstellte.

»Und da haben Sie sich darauf geeinigt, dass Ihr Gesicht nicht zu sehen sein würde?«

Sie nickte.

»Gab es Streit? Wegen der anderen?«

Rabea Haschke suchte in den Taschen ihres Bademantels nach einem Taschentuch.

»Ich bin schwanger. Im vierten Monat. Von Eugen«, sagte sie.

Alsberger, der gerade sein Blöckchen hervorgeholt hatte, fiel der Stift aus der Hand. Hastig bückte er sich, um ihn aufzuheben.

Maria ärgerte sich. Darauf hätte sie auch selbst kommen können. Wem wurde schon übel, nur weil er ein Eukalyptusbonbon roch!

»Ich habe auf den richtigen Augenblick gewartet, um es ihm zu sagen. Ich wusste ja, dass er kein Kind wollte. Zumindest mit *mir* nicht.«

Sie hörte sich trotzig an. Trotzig und verletzt.

»Er kam mir schon seit ein paar Wochen verändert vor. Angeblich war er ständig bei seiner Mutter. Aber er hatte immer das Handy aus, wenn er dort war. Und dann war er so kühl. Ganz anders als vorher.«

»Sind Sie ihm hinterhergefahren und haben ihn beobachtet, weil Sie wissen wollten, was los war?«

»Nein, das habe ich nicht. Wozu auch? Die Frauen kamen ja ins Büro. Da brauchte ich gar nicht hinterherfahren!«

Sie wischte sich mit dem Taschentuch die Tränen von der Wange.

»An dem Tag, bevor er ermordet wurde, tauchte sie morgens auf. So ein Vamp, mit kurzem Rock und hohen Absätzen. Ich fange immer um halb neun an. Ich war kaum da, da hörte ich, dass jemand zur Flurtür hereinkam. Sie stolzierte direkt zu mir ins Büro. ›Ist Eugen noch nicht da?‹, hat sie gefragt. Dann würde sie ihm eben eine Nachricht dalassen. Ob ich mal was zu schreiben hätte.«

Rabea Haschke presste das Taschentuch in ihrer Hand so fest zusammen, dass die Haut über ihren Fingerknöcheln weiß wurde.

»Ein Herz hat sie auf das Blatt gemalt. Und ein ›N‹ draufgeschrieben. Vor meiner Nase! Und alles klein zusammengefaltet. Als ob es da noch irgendwas zu verheimlichen gab. Das sollte ich ihm doch bitte geben und schöne Grüße ausrichten. Von seinem kleinen Teufel! So eine Unverschämtheit!«

Einen Moment schwieg sie.

»An dem Tag kam er spät. Wie üblich. Ich habe ihm Grüße vom Teufel ausgerichtet«, fuhr sie dann in spöttischem Tonfall fort. »Und ihm den Zettel gegeben. Er hat völlig überrascht getan, als wüsste er von nichts. Da ist mir der Kragen geplatzt. Angeschrien habe ich ihn. Dass ich sowieso wüsste, dass er eine andere hat. Für wie doof er mich eigentlich halten würde. Und dass ich schwanger bin, das habe ich ihm auch an den Kopf geworfen.«

»Und dann?«

»Er war so ... so widerlich. So gemein.«

»Was hat er gesagt?«

»Dass ich eine hysterische Zicke wäre. Ich solle mir bloß nicht einbilden, er würde sich mit einem Kind erpressen lassen. Und wenn er eine andere hätte, dann sollte ich mir mal überlegen, warum. Wer es denn bei so einer wie mir aushalten würde. Er hätte schon lange die Nase voll. Er hätte ...«

Die Tränen rollten schon wieder.

»Er hätte was?«, fragte Maria.

»Er hätte mich ja inzwischen genug gebumst für die paar Euro Miete«, stieß sie hervor. »Ob ich mir einbilden würde, das wäre mehr als Mitleid gewesen. Und wenn ich ein Kind bekäme, sollte ich mich freuen. Ein anderer würde mir bestimmt keins machen. Aber zahlen würde er keinen Cent.«

Dafür hatte Eugen Zwingler zwar nicht verdient, dass man ihm die Kehle durchschnitt. Aber an einem Tritt in den Hintern hätte Maria sich gerne beteiligt.

»Das war genau das, was er gedacht hat. Er hat mich *nie* irgendwo mit hingenommen. Ich kannte keinen einzigen seiner Freunde. Nicht mal diesem arroganten Typ, der ihn hier besuchen kam, hat er mich vorgestellt. Ich war ihm peinlich. Er hat sich geschämt, mit mir gesehen zu werden.«

Rabea Haschke hatte angefangen, kleine Fetzen vom Taschentuch zu reißen, die wie Schneeflocken zu Boden fielen.

»Am nächsten Tag habe ich gewartet, dass Eugen sich entschuldigt. Aber er ist die ganze Zeit in seinem Büro geblieben und mir aus dem Weg gegangen. Da wusste ich, dass es endgültig vorbei ist.« Sie schluckte, bemüht, nicht wieder zu weinen. »Und dann zeigt Herr Pöltz mir das Foto von dieser Frau aus Frankfurt. Und die hat braune Haare! *Braune* Haare. Die, die hier im Büro war, hatte aber rote Haare! Lange, rote Haare! Bis zum Hintern!«

Das rote Haar unter der Bürotür. Da gab es dann wohl noch eine Dritte im Boot.

»Warum haben Sie uns das nicht schon früher erzählt?«

»Glauben Sie, so etwas erzählt man gerne? Vielleicht einem, der denkt, dass man aussieht wie eine Vogelscheuche? Wozu denn auch? Ich habe ein Alibi. Die Sache mit Eugen und mir hat mit seinem Tod nichts zu tun.«

Doch da war Maria anderer Meinung. Frauensolidarität hin oder her. Fakten verschweigen in einem Mordfall, da hatte das Mitgefühl einer Hauptkommissarin ein Ende.

»Nein, das glaube ich nicht, dass man so etwas gerne erzählt. Aber das ist keine Entschuldigung dafür, dass Sie es uns verschwiegen haben. Und das eine Problem, Frau Haschke, sind Männer, die

Frauen als Vogelscheuche titulieren. Aber das andere Problem sind Frauen, die es hören und den Mund nicht aufmachen.«

Eugen Zwingler wäre von Rabea Haschke in Gnade wieder aufgenommen worden, wenn er sich nur entschuldigt hätte, da war Maria sich sicher. Er hätte sie belügen, betrügen und demütigen können bis zum Sanktnimmerleinstag. Und hätte sie nie respektiert. Weil sie es selbst nicht tat.

Jantzek hatte gesagt, dass auf der Kleidung des Täters vielleicht Fasern von Henrike Karls Mantel zu finden wären. Maria rief einen Kollegen von der Spurensicherung an. Sie ließ alle Mäntel und Jacken von Frau Haschke in die Kriminaltechnik bringen.

Rabea Haschke, die wusste, dass sie es sich mit der Polizei besser nicht weiter verscherzen sollte, gab bereitwillig alles heraus.

»Das haben Sie gut gemacht. Das mit der Decke, meine ich«, lobte Maria Alsberger, als sie wieder vor dem Haus standen.

Allerdings vermutete sie, dass die karierte Decke nicht der einzige Grund für Frau Haschkes plötzliche Offenheit gewesen war. Rabea Haschke war im vierten Monat. Bald würde es offensichtlich werden, dass sie ein Kind bekam. Da war es wohl klüger, der Polizei alles einzugestehen, wenn sich eine gute Gelegenheit bot.

»Und jetzt rufen wir mal Herrn Zwinglers Tenniskumpel an.«

Sie hatte da inzwischen so eine Ahnung, weshalb Zwingler einen Rat von ihm gewollt hatte.

Fünf Minuten später wussten sie Bescheid.

»Aber was hat das denn jetzt damit zu tun?«, erwiderte Peter Gerberts erstaunt auf Marias Frage.

»Sagen Sie einfach ja oder nein, Herr Gerberts!«

»Ja, ich habe eine uneheliche Tochter.«

»Wusste Herr Zwingler davon?«

»Kann sein. Ich glaube schon, dass ich es mal erwähnt habe.«

Die rothaarige Frau war am Dienstag aufgetaucht. An dem Tag, an dem Eugen Zwingler sich betrunken und seinem Tenniskumpel abends aufs Band gelallt hatte, dass er keinen lumpigen Cent zahlen würde. Es war der Tag, an dem er sich mit Rabea Haschke gestritten und erfahren hatte, dass er Vater werden würde.

Zwingler hatte Gerberts Rat nicht gebraucht, weil der Tenniskumpel beruflich irgendetwas mit Viren zu tun hatte. Sondern weil er sich in Unterhaltsfragen gut auskannte.

»Das war es dann wohl mit unserer Erpressungstheorie«, sagte Alsberger.

»Ganz richtig.« Maria steckte das Handy wieder ein.

Viren. Biologische Kampfstoffe. Drogenhandel. Das hatten sie aus Zwinglers Anruf gemacht. Dabei gab es »nur« eine sitzen gelassene Schwangere. Und eine mysteriöse Rothaarige, die auftauchte und andere Menschen mit teuflischen Grüßen ins Unglück stürzte.

»Wir fahren zurück zur Polizeidirektion.«

Sie musste Ferver informieren. Und dafür sorgen, dass Rabea Haschke überwacht wurde. So lange, bis sie die Ergebnisse aus der Technik hatten.

*

Mengert stand in der Tür zu Fervers Büro.

»Bin zur Stelle«, rief er, als er Maria sah. Dann fing er so an zu husten, dass es schon beim Zuhören wehtat.

Mengert bei Ferver vorzufinden, war eine ausgesprochene Seltenheit. Die beiden mochten sich nicht sonderlich und redeten eigentlich nur dann miteinander, wenn es absolut nicht zu vermeiden war.

»Der Blick über die Stadt muss im ›Schwarz‹ jedenfalls klasse sein. Ich denke, da macht man nichts verkehrt. Also dann!«

Mengert verschwand und ließ sie allein.

Natürlich wusste Ferver schon Bescheid. Er ließ sie Platz nehmen.

Maria wartete auf die Explosion. Aber nichts dergleichen geschah. Ferver blieb sachlich. Ließ sich alles ganz genau berichten.

Vielleicht wäre sie diesmal sogar dankbar gewesen, wenn ihr Chef getobt hätte. Sie wusste nicht, ob sie Dinge versäumt, vielleicht etwas übersehen hatte. Wusste nicht, ob sie eine Mitschuld am Tod dieser Frau traf. Aber egal, ob es nun so war oder nicht, sie *fühlte* sich schuldig.

Maria erzählte von ihrem Besuch bei Frau Karl. Dass es ihr

nicht gelungen war, das Vertrauen der Zeugin zu gewinnen. Und hielt einen langen Monolog darüber, was sie noch hätte tun können und sollen.

Als sie fertig war, sah Ferver sie mit ernstem Blick über den Rand seiner Brille hinweg an.

»Manche Verbrechen können wir nicht verhindern, Frau Mooser. Leider. Aber so ist es nun einmal«, sagte er. »Wir sind auch nur Menschen. Wir können nur das tun, was möglich ist.«

Maria wusste, Ferver würde kein Blatt vor den Mund nehmen, wenn er den Eindruck hätte, dass sie einen Fehler gemacht hatte. Sie war erleichtert. Und erinnerte sich an etwas, das sie schon fast vergessen hatte: So sehr sich dieser Mann auch über alles Mögliche aufregte – im Ernstfall, wenn es hart auf hart kam, konnte man sich auf Edwin Ferver verlassen.

Sie besprachen, was zu tun war. Was die Presse erfahren sollte und was nicht.

»Ach, Frau Mooser«, rief Ferver ihr hinterher, als sie schon fast zur Tür hinaus war, »da hat übrigens jemand bei mir für Sie angerufen.«

Er suchte auf seinem Schreibtisch.

»Jetzt finde ich den Zettel nicht. Aber der hieß Metzger oder so ähnlich.«

»Meltzer?«

»Ja, genau. Meltzer, so hieß er.«

Diese Landplage. Sie würde ihm die Telefonleitung durchschneiden.

»Es sei außerordentlich wichtig. Sie sollen bitte sofort zurückrufen. Höchste Dringlichkeit. Sie wüssten dann schon Bescheid. Hat er etwas mit unserem Fall zu tun?«

Herr Meltzer hatte es tatsächlich geschafft, sich bis zum Chef durchstellen zu lassen! Wahrscheinlich war ihm das Spüli ausgegangen.

Maria rief nicht zurück. Sie hatte wirklich Besseres zu tun.

Und so sollte sie erst viel später erfahren, was geschehen war.

Erst als Herr Meltzer schon im Paradies war.

Klein, rund und gefährlich

Die Polizeidirektion hatte sich auf seltsame Weise verändert. Die Treppe zum oberen Stockwerk war verschwunden.

Maria stand ratlos unten in der Halle. Es war niemand zu sehen, den sie hätte fragen können. Sie war allein. Völlig allein.

Dann sah sie die Tür. Rechts in der Wand. Eine Tür, die vorher nie da gewesen war. Sie stand offen. Man konnte in einen dunklen Gang sehen.

Maria ging darauf zu, wie magisch angezogen. Die Luft roch nach Moder und Verwesung.

Erst sah sie nur die Hand, die sich ihr entgegenstreckte. Mit bläulich schimmernder Haut. Die nach ihrem Arm griff und sie ins Dunkle zog. Nach und nach gewöhnten ihre Augen sich an die Dunkelheit. Sie kannte die Frau. Lang und hager. Mit wachsbleichem Gesicht. Und einem blutroten Striemen um den Hals.

Frau Karl zog Maria in den Gang hinein, immer weiter, vorbei an geöffneten Türen. In jedem Zimmer stand ein Bett, sonst nichts. Frauen lagen darauf. Schöne Frauen. Nackt. Sie winkten ihr zu, lockten, boten ihre Körper an.

Es wurde immer wärmer. Mit jedem Schritt, den sie tiefer in den Gang hineingingen. Am Ende war ein mächtiges, dunkles Holzportal mit Eisenbeschlägen zu sehen. Es war nur angelehnt. Man konnte Stimmen hören. Lachen.

Der Geruch, der aus dem Raum kam, war widerlich.

Ihre Begleiterin zog die schwere Tür auf. Maria hatte Angst. Sie wusste, dass darin nichts Gutes sein würde. Trotzdem ging sie gehorsam hinein.

Ein großer Sessel stand mit der Rückenlehne zur Tür. Davor prasselte ein Feuer im Kamin, das den hohen Raum in ein flackerndes Licht tauchte. Riesige Gemälde schmückten die Wände.

Bilder, die Maria kannte. Eine nackte Frau mit langen Haaren und einem betörenden Lächeln, die einen Apfel hielt. Ein Mann, der zögernd die Hand danach ausstreckte. Beobachtet von einer riesigen Schlange mit silbern schillernder Haut, die sich um einen Baum wand und deren gespaltene Zunge aus ihrem Maul herausschaute.

Die Schlange hatte Maria entdeckt. Sie drehte ihr den flachen Kopf zu. Fixierte sie mit ihren bernsteinfarbenen Augen. Langsam, ganz langsam glitt die Schlange den Baum hinab. Bewegte sich lautlos über den Boden hinweg auf sie zu.

Maria wollte schreien, aber ihre Kehle war wie zugeschnürt. Ihr Herz pochte so laut, dass sie es selbst hören konnte. Wie hypnotisiert starrte sie auf das Tier, das sich Zentimeter für Zentimeter näherte. Langsam, bedächtig, mit einer seltsamen Anmut.

Im Sessel rührte sich etwas. Die Schlange änderte ihre Richtung. Sie bewegte sich auf den Sessel zu, glitt über die Lehne und verschwand dahinter.

Ein gurrender Laut war zu hören, ein Frauenlachen. Worte, die leise geflüstert wurden. So leise, dass Maria sie nicht verstehen konnte.

Es war wie ein Zwang. Sie *musste* wissen, was in diesem Sessel war. Sie *musste* nachsehen. Vorsichtig ging sie darauf zu. Blieb stehen, als sie seitlich über die Lehne schauen konnte.

Zuerst sah sie nur die Haare. Langes feuerrotes Haar. Dann eine Hand, die auf der Lehne lag. Mit Nägeln, gelblich gebogen wie Krallen. Die Frau bewegte sich, drehte sich zu ihr herum, sodass Maria ihr Gesicht sehen konnte. Rot und entstellt. Voller Narben.

Es war das Gesicht des Teufels. Er sah sie an und lachte. Warf den Kopf zurück und lachte und lachte. Voller Hohn und Spott. Immer lauter und lauter.

Maria schrie. Schrie, bis das Bild verschwand.

Schweißgebadet wachte sie auf.

Es war erst halb fünf. Sie ging in die Küche und kochte sich Kakao, ihr Allheilmittel gegen Schlafstörungen. Vielleicht half es ja auch bei Albträumen.

Die Angst war immer noch nicht ganz weg. Was für ein blöder Traum. Dabei war der Abend mit Jörg Maier wirklich schön gewesen.

Sie hatten gestern gearbeitet bis zum Umfallen. Befragung der

Anwohner. Verhör von Frau Jobst, die Nachtdienst gehabt hatte und damit ein wasserdichtes Alibi aufweisen konnte. Dass sie jemals in Markus Terstetten verliebt gewesen sei, hatte sie vehement abgestritten. Pure Einbildung von Frau Terstetten, einer intriganten dummen Ziege, wie Frau Jobst mehrfach versicherte.

Frau Terstetten hatten sie erst nicht erreicht, dann aber über die Nachbarn herausgefunden, dass sie seit gestern Abend bei der Tochter in Heppenheim war.

Bei der Durchsuchung von Frau Karls Wohnung hatte die Spurensicherung in einer Schublade im Wohnzimmerschrank einen Zeitungsartikel gefunden. Darin ging es um eine Kronzeugin, die ermordet worden war, bevor sie aussagen konnte. Frau Karl hatte ihn fein säuberlich ausgeschnitten.

Sie musste etwas gewusst haben, da war Maria sich inzwischen sicher. Vielleicht hatte sie den Mörder sogar gesehen. Und geschwiegen, aus Angst, die Polizei würde sie nicht schützen können. Deshalb war Frau Karl so abweisend gewesen. Und sie, Maria Mooser, erfahrene Hauptkommissarin, hatte es nicht begriffen.

Am Abend, als sie frustriert in ihr Büro zurückgekehrt war, hatte Jörg Maier angerufen und gefragt, ob sie Zeit für ihn hätte. Maria war über jede Art von Ablenkung froh gewesen.

Sie hatten im »Schwarzer Peter« gesessen und den ganzen Abend geredet. Über Karin. Über Bernd, Marias Exmann. Darüber, wie sich die Liebe veränderte, wenn man dreißig Jahre lang zusammen war. Ob es normal war, irgendwann nicht mehr zu wissen, dass man den anderen liebte, wenn man Tag für Tag miteinander verbrachte.

Oder ob sich vielleicht die Liebe veränderte. Unspektakulärer wurde. Stiller. Etwas, das nicht in die Zeit von Bungee Jumping und Sensation Seeking passte. Sodass manche Menschen dachten, es stimme etwas nicht mit ihrer Liebe.

Als sie schließlich wieder draußen auf der Straße standen, hatte Jörg sie umarmt. Das erste Mal, seit sie sich kannten. Ob der Teufelstraum die Strafe war? Das schlechte Gewissen Karin gegenüber? Aber wofür eigentlich? Es war ja nichts passiert.

Und wenn Karin eine Auszeit brauchte, dann musste sie damit rechnen, dass ihr Mann andere Frauen umarmte. Einen attraktiven

Mittfünfziger ließ man nicht einfach so in der freien Wildbahn zurück. Würde Bea sagen.

Nein, nein. Der Traum hatte mit ihrem Fall zu tun. Mit der Rothaarigen. Mit Zwinglers kleinem Teufel. Nicht mit Karin. Die war dunkel, mit grauen Strähnen im Haar.

Maria trank ihre heiße Schokolade aus und schlief tief und traumlos, bis der Wecker klingelte.

*

In der Polizeidirektion war am Morgen zum Glück alles so, wie es sein sollte. Die Treppe war, wo sie hingehörte, nirgendwo gingen dunkle Gänge ab. Es roch auch wie immer. Nicht besonders toll, aber auch nicht nach Verwesung oder Schwefel.

Der Teufel allerdings war schon da gewesen. Er hatte Arthur besucht und dessen ganz persönliche Versuchung vorbeigebracht.

Wie üblich war Maria als Erstes in sein Zimmer gestürmt. Arthur saß da und starrte auf den Schreibtisch. Genauer gesagt: auf eine kleine Packung Pralinen.

Es waren Trüffel. Niedliche kleine Minitrüffel. Die Packung hatte, um die Verlockung unwiderstehlich zu machen, oben Cellophan, sodass man ungehindert auf die Schokoladenkugeln schauen konnte, die sehr verführerisch aussahen. In braun, schwarz, rosa und weiß. Klein, rund und hochgradig gefährlich.

Maria erfasste die Situation mit einem Blick. Hier war die Hilfe guter Freunde gefragt.

»Soll ich sie aufessen?«

»Wenn an die einer drangeht, dann rede ich nicht mehr mit euch!«

Was war denn da los? Arthur hörte sich an, als würde er gleich das Schwert herausholen, um seine Trüffelchen zu verteidigen.

»Dann schließ sie doch besser weg.«

»Stimmt«, sagte Arthur, und stolz fügte er hinzu: »Ich habe sie geschenkt bekommen. Von einer Dame.«

Na, dann waren die kleinen Dinger allerdings wirklich etwas Besonderes. Maria hatte Arthur immer wieder einmal etwas mitgebracht. Kuchen, Kekse. Auch schon mal ein Hähnchen, wenn Mittagszeit war. Aber das war eher eine Art Tauschgeschäft. Dafür hatte Arthur seine Schokoladenvorräte mit ihr geteilt. Und sie konnte sich gut vorstellen, dass die einzige andere Frau, die ihm jemals etwas geschenkt hatte, seine Mutter war.

»Von der Bechtel?«

Sie kannte Arthurs Schwäche für Frau Bechtel vom Raubdezernat. Er schwärmte seit Jahren für sie, schaute aber jedes Mal zu Boden, wenn er sie traf. Aufgrund dieser draufgängerischen Taktik hatten er und Frau Bechtel wahrscheinlich noch nie ein Wort miteinander gewechselt.

»Von Frau Haschke.«

»Von der *Haschke*?«

Arthur griff nach der Packung. »Weil ich so nett zu ihr war und sie gehen durfte, als ihr nicht gut war.« Er verschloss den Schatz in seinem Schreibtisch. »Eine schöne Geste.«

Maria glaubte noch irgendetwas von »hübscher Charakter« gehört zu haben, aber da war sie sich nicht ganz sicher.

Was sollte man denn davon halten? Nett gemeint? Oder ein Versuch, sich Verbündete im feindlichen Lager zu schaffen?

Gestern war Rabea Haschke auf jeden Fall angeblich noch so mitgenommen gewesen, dass sie sich nicht in der Lage sah, in die Polizeidirektion zu kommen. Man hatte die Kollegin, die mit ihr das Phantombild der rothaarigen Unbekannten anfertigen sollte, samt Laptop zu ihr nach Hause schicken müssen.

Maria griff nach der Kaffeekanne und füllte ihren Becher. Vergeblich suchte sie nach dem Zucker.

Arthur wusste schon, wonach sie Ausschau hielt. »Der Zucker steht bei Dieter im Zimmer. Ich mache jetzt Nulldiät.«

»Findest du das nicht ein bisschen wenig, was du dann essen darfst?«

»Es muss sein.« Er sah mit böser Miene auf seinen Bauch. »Sonst komm ich nicht voran. Es geht alles zu langsam.«

Die Besprechung dauerte ewig. Das Phantombild der rothaarigen Unbekannten hing vorne an der Pinnwand. Ihr Auftauchen wurde eifrig diskutiert. Wilde Spekulationen brachen aus. Allen voran, und das überraschte Maria dann doch sehr, Arthur.

Arthur hielt sich sonst meistens zurück in den Besprechungen. Mal ein Kommentar, mal eine Frage, das war es. Aber heute schien er wie verwandelt. Und in all seinen Äußerungen ging es um eines: Die rothaarige Unbekannte war die neue Hauptverdächtige.

»Wir hatten bislang keinen einzigen Hinweis auf diese Frau. Gerade das sollte uns zu denken geben!« Er schaute in die Runde. »Sie kommt in das Büro von Frau Haschke und vermeidet es, ihren Namen zu nennen! Malt nur ein Herz und den Buchstaben ›N‹ auf und lässt Grüße vom Teufel ausrichten. Auf dem Anrufbeantworter von Herrn Gerberts hinterlässt Eugen Zwingler folgende Nachricht ...«

Arthur suchte in der Mappe, die er auf dem Schoß hielt. Dann zog er ein Blatt heraus.

»Er sagte wortwörtlich: ›... hinter mir her, aber ... ich glaube nicht an den Teufel ...‹ Und das kann doch nur eins bedeuten: Diese Rothaarige hat ihn verfolgt! *Sie* war hinter ihm her! *Sie* ist der Teufel, von dem Zwingler redet! Er hat sich von ihr bedroht gefühlt!«

»Quatsch! Der meinte die Haschke.« Diesmal war es Mengerts Stimme, die sich anhörte wie ein Reibeisen. »*Die* war hinter ihm her! Stundet ihm die Miete, wird mal eben schwanger. Die Haschke wollte den Zwingler an die Leine legen. Aber der hatte keinen Bock auf Windelnwechseln und Babykotze. Deshalb liegt der jetzt unter der Erde.«

»Frau Haschke hat ein Alibi für die Zeit, als Herr Zwingler ermordet wurde.« Arthur holte sein großes weißes Taschentuch aus der Hosentasche und wischte sich den Schweiß von der Stirn. »Von der rothaarigen Frau wissen wir nichts. Wahrscheinlich hat sie weder ein Alibi für die Zeit des Mordes an Herrn Zwingler noch für die, als Frau Karl getötet wurde.«

Mengert ärgerte sich. Man konnte es deutlich sehen. »Also, wenn die Rothaarige den Zwingler umbringen wollte, dann wird sie für ihn wohl kaum vorher noch irgendwelche Herzchen malen. Und das Alibi von der Haschke kann genauso gut erstunken und erlogen sein. Die Weiber halten doch immer zusammen, wenn es gegen die Männer geht.«

Im Gegensatz zu Arthur war Alsberger bislang außergewöhnlich still gewesen. Er hatte wiederholt auf das Bild der Rothaarigen geschaut, dann wieder mit nachdenklichem Blick auf seine Schuhspitzen.

»Also meiner Meinung nach«, meldete er sich jetzt zu Wort, »sollten wir auch Frau Jobst als mögliche Täterin nicht vergess…«

»Die Jobst ist draußen, nun sehen Sie es doch ein«, unterbrach Maria ihn. »Die könnte vielleicht noch ihren Bruder umgebracht haben, aber ganz bestimmt nicht die Karl. Für die Zeit hat sie ein absolut wasserdichtes Alibi.«

Der wich aber auch keinen Millimeter von seinem ersten Verdacht ab, völlig egal, was in der Zwischenzeit passiert war!

»Die Haschke ist und bleibt die Hauptverdächtige.« Mengert bekam den Satz gerade noch heraus, bevor er so sehr husten musste, dass es ihm die Tränen in die Augen trieb.

»Wir warten, bis die Analysen von der Technik da sind. Wenn es Faserspuren von Frau Karls Mantel an einem Kleidungsstück von Frau Haschke gibt, sind alle weiteren Diskussionen sowieso überflüssig. Bis wir die Ergebnisse haben, wird die Haschke weiter überwacht. Und *natürlich*«, sagte Maria an Arthur gerichtet, »werden wir alles daran setzen, diese rothaarige Frau zu finden.«

Ganz kurz musste sie an ihren Traum denken. Die Rothaarige mit der Krallenhand. Man hätte fast denken können, dass Arthur etwas Ähnliches geträumt hatte.

»Ich werde eine Öffentlichkeitsfahndung beantragen. Das Phantombild der Rothaarigen kommt in die Zeitungen hier im Umkreis und auf unsere Internetseite«, entschied Maria. »Mal sehen, ob jemand die Frau kennt.«

»Aber dann ist sie doch gewarnt!« Arthur hatte schon wieder das Taschentuch hervorgezogen. Er schwitzte, als sei es bereits Hochsommer und dreißig Grad im Schatten.

»Hast du eine bessere Idee?«

Hatte er wohl nicht. Arthur schwieg.

Kaum war die Besprechung aufgelöst, verschwand Mengert. Er müsse schnell etwas besorgen. Eine halbe Stunde später stand er in Marias Büro, mit zwei Plastiktüten, die bis obenhin voll waren.

»Ich habe uns was zu essen besorgt. So kann das ja nicht weitergehen.« Mengert fing an auszupacken. »Ich habe *drei Kilo* abgenommen, seit Arthur diese blöde Hungerkur macht. Deshalb bin ich bestimmt auch krank geworden. Ich vertrag das nicht, wenn man mich auf Diät setzt. Du siehst auch schon ganz abgemagert aus.«

Maria war hocherfreut. Was für ein Kompliment! Das hatte schon seit Jahren niemand mehr zu ihr gesagt.

»Hoffentlich hört er bald auf damit.« Mengert zog zwei Tafeln Schokolade und drei Tüten Gummibärchen hervor. »Der ist ja schlimmer als Roland.«

Alsberger hatte vor zwei Monaten mit dem Rauchen aufgehört. Auch keine leichte Zeit für die Kollegen.

Kurz bevor die erste Haribo-Tüte leer war, klingelte Marias Telefon.

»Hallo, Mama«, tönte Veras Stimme aus dem Hörer.

Oje. Hoffentlich hatte sie nicht schon wieder etwas vergessen. Vera rief sie selten auf der Arbeit an. Wenn, dann war meistens irgendetwas los.

»Es geht um meinen Geburtstagswunsch.«

»Aha, dir ist also noch etwas eingefallen. Und, was ist es?«

Maria hoffte auf etwas Einfaches. Einen Pullover. Eine Topfpflanze. Ein gemütliches Abendessen mit der alten Mutter.

»Ich habe es dir in den Briefkasten geworfen. Am besten telefonieren wir noch mal, wenn du es gesehen hast.«

»Wenn ich *was* gesehen habe?«

Da stimmte doch irgendetwas nicht.

»Ich muss Schluss machen. Meine Bahn kommt. Tschüss, Mama.«

Na, hoffentlich war das die Bahn nach Stuttgart. Da studierte ihre Tochter nämlich eigentlich Architektur. Wenn sie nicht, wie in letzter Zeit üblich, in Heidelberg bei Alsberger oder irgendwelchen Freundinnen rumhing.

Klarer Fall von Verwahrlosung einer Studentin. Der, wie Maria fand, deutlich schlimmer war als ein paar harmlose kleine Flecken auf dem Pullover. Warum war ihr das eigentlich nicht bei ihrem letzten Treffen eingefallen?

Sie überlegte noch, ob sie kurz nach Hause gehen sollte, um nachzusehen, welche Katastrophe Vera in ihrem Briefkasten hinterlassen hatte, da stürmte Alsberger herein.

»Jetzt ist es mir wieder eingefallen! Ich habe eben schon die ganze Zeit gedacht: Die kenne ich. Jetzt weiß ich es wieder!«

»Wen kennen Sie?«

»Die Rothaarige. Sie arbeitet in einer Parfümerie in Mannheim. Da habe ich zu Weihnachten mal was gekauft. Sie hat mich bedient. Das ist sie. Ganz bestimmt!«

*

Sie fuhren die Augustaanlage entlang, vorbei am alten Wasserturm, zu dessen Füßen sich Nixen und Zentauren in den Becken tummelten, und fädelten sich in eine der Einbahnstraßen ein, die in die sogenannten Quadrate führten. Hier, mitten in der Mannheimer Innenstadt, lag die Parfümerie.

In den Quadraten gab es statt Straßennamen für jeden Häuserblock einen Buchstaben und eine Nummer, ähnlich wie auf einem Schachbrett. Übersichtlich war das schon, wenn man es denn verstanden hatte. Aber das gelang leider nicht jedem. Zumal es etliche Ausnahmen vom System gab, die das Zurechtfinden nicht gerade einfacher machten.

So war eine Folge dieser ungewöhnlichen Straßenbezeichnung, dass man ab und zu Menschen mit verzweifelter Miene und zerknittertem Faltplan hilflos um die Häuserblocks irren sah. Abgesehen von den Blicken, die mangelnde Zurechnungsfähigkeit unterstellten, wenn ein Mannheimer Ortsfremden gegenüber angab, in J 3, 4, H 7, 2 oder L 13, 9 zu wohnen.

Dank Alsbergers gutem Orientierungssinn fanden sie schließlich doch noch die Einfahrt zum Parkhaus, ganz in der Nähe der Planken, der Hauptgeschäftsstraße, in der die Parfümerie lag.

Parfümerien waren eine Welt, die Maria immer fremd geblieben war. Die Vorstellung, mit irgendwelchen Crèmes und Make-ups ihre Haut Tag für Tag makellos elfenbein- oder bronzefarben schimmern zu lassen, hatte zwar durchaus etwas für sich, war aber meilenweit von dem entfernt, was sie für ihre Schönheit zu tun bereit war.

Vor allem musste man das Zeug abends wieder sorgfältig abwaschen. Sonst bekam man nämlich Pickel. Und wenn man Pickel bekam, brauchte man wieder mehr Make-up. Ein Teufelskreis, der bei ihr wahrscheinlich in einer bronzefarbenen Dreizentimeterschicht geendet hätte.

Sie sprach eine der Verkäuferinnen an. Ja, eine Frau mit langen roten Haaren arbeitete noch hier. Annika Reiter. Sie sei gerade oben in der Pause. Die Dame bot sich an, sie zu holen.

Es dauerte. Maria nutzte die Zeit, um an den diversen Parfümsorten zu schnuppern. Zum Beispiel an dem von Dolce & Gabbana mit dem lächerlichen Preis von dreiundachtzig Euro pro Fingerhut.

»Roland! Na, das ist ja eine Überraschung!«

Ein langhaariges, blondes Wesen stürzte auf Alsberger zu und küsste ihn rechts und links auf die Wange. Der Abgeküsste schielte kurz aus den Augenwinkeln zu Maria herüber.

»Ich dachte, du meldest dich mal wieder!«, beschwerte sich die hübsche Dame. »Du bist mir vielleicht einer!«

Alsberger sagte leise etwas, das Maria leider nicht verstand. Sie wechselten ein paar Worte, die blonde Frau küsste ihn noch einmal ab und verschwand.

»Also meld dich mal, Ronni!«

Alsberger erwiderte nichts. Er stand einfach nur da, mit hochrotem Kopf. Maria kam nicht zum Verhör, denn wie unschwer zu erkennen war, hatte Annika Reiter den Verkaufsraum betreten.

»Sie wollten mich sprechen?«

Eigentlich hatte sich das nun auch schon erübrigt. Man musste nur einen Blick auf Annika Reiter werfen, um zu wissen, dass sie nicht die sein konnte, die sie suchten.

Frau Reiter hatte zwar lange rote Haare und sah der Frau auf dem Phantombild ähnlich, aber von ihrem Bauchumfang her war sie mindestens im siebten Monat. Die Parfümerieverkäuferin war schwanger, und diese Gemeinsamkeit wäre Rabea Haschke garantiert nicht entgangen.

Trotzdem schickte Maria Alsberger raus und ließ ihn bei Frau Haschke anrufen. Als er zurückkam, schüttelte er den Kopf. Zwinglers Teufel war nicht schwanger gewesen. Zumindest nicht so, dass man es schon hätte sehen können.

»Dann fahren wir mal wieder zurück.« Maria konnte sich nicht verkneifen hinterherzuschieben: »Oder was meinen Sie, Ronni?«

In Ronnileins Gesicht war die blanke Panik zu sehen. Sobald sie aus dem Laden waren, beeilte er sich zu erklären, dass die blonde Dame nur eine flüchtige Bekannte sei, die er schon ewig nicht mehr gesehen habe. Und ganz bestimmt nicht mehr, seit er Vera kannte.

Alsberger versuchte, genau zu datieren, wann er diese Frau das letzte Mal getroffen hatte. War das jetzt schon zwei Jahre her? Bestimmt. Das war damals, als …

Er redete und redete. Redete noch, als sie schon längst wieder im Auto saßen und auf der A 656 Richtung Heidelberg fuhren. Maria war es ganz recht. Sollte Ronnilein sich ruhig mal ein bisschen abstrampeln, um seine Vielleicht-Schwiegermutter von seiner Unschuld zu überzeugen.

»… das war kurz *vor* meinem Geburtstag vor zwei Jahren. Ganz bestimmt. Auf keinen Fall danach. Danach habe ich sie überhaupt nicht mehr gesehen. Sie glauben doch wohl nicht, dass ich Vera betrüge. Ich würde überhaupt niemals mit zwei Frauen gleichzeitig etwas haben wollen. Das ist viel zu stressig. Das würde ich nie …«

Alsberger redete, bis Mengert sich über Funk meldete. Der Exmann von Elvira Jobst, den sie seit Tagen suchten, hatte angerufen. Die letzte Spur hatte nach Tübingen geführt, wo er neuerdings bei einer Bekannten zur Untermiete wohnen sollte. Sie schien ihm inzwischen mitgeteilt zu haben, dass die Heidelberger Kripo gerne einmal mit ihm sprechen würde.

»Das war wohl die übliche Scheidungsschlammschlacht bei den beiden. Auf jeden Fall ist das Haus in Eberbach zwangsversteigert worden, weil keiner den anderen auszahlen konnte. Die Jobst muss versucht haben, die Kohle von ihrem Bruder zu kriegen, aber der hat ihr was gehustet. Ihr Ex sagt, dass sie sich darüber mit ihrem Bruder völlig verkracht hat.«

»Noch ein Grund!«, triumphierte Alsberger. »Sie hasst ihn. Ich wusste es doch!«

»Tja, sie hat trotzdem ein Alibi für den Mord an der Karl«, war Mengerts lakonische Antwort. »Mach dir nichts draus, Roland. Das nächste Mal verhaften wir den, den du dir ausgesucht hast. Versprochen. Also, bis gleich, ihr zwei!«

Den Rest der Fahrt saß Alsberger stumm hinter dem Lenkrad. Bis sie in die Römerstraße einbogen.

»Zwei«, sagte Alsberger. Er hatte den Wagen auf dem Seitenstreifen vor dem türkisfarbenen Wasserbecken geparkt und stellte den Motor ab.

»Was ›zwei‹?«

»Zwei Frauen! Wir denken immer nur an *eine* Täterin. Vielleicht waren es zwei. Frau Haschke hat ein Alibi für den Abend, an dem Zwingler ermordet wurde. Frau Jobst hat ein Alibi für den Abend, an dem die Karl umgebracht wurde. Die beiden haben sich zusammengetan!«

Maria schnallte sich ab. »Also, das halte ich nun wirklich für ziemlich unwahrscheinlich«, entgegnete sie.

»Warum? Vielleicht hat die Jobst ihren Bruder mal im Büro besucht. Sie kommt mit der Haschke ins Gespräch, die beiden verstehen sich. Und irgendwann klagt die Haschke der Jobst ihr Leid. Nachdem sie vorher hinter Zwingler herspioniert und herausbekommen hat, dass er sie belügt und betrügt. Dann beschließen die beiden, Zwingler um die Ecke zu bringen.«

Maria wollte gerade damit beginnen, ihrem Assistenten zu erklären, wie unsinnig sie seine Theorie fand, als ihr einfiel, dass sie einen ähnlichen Gedanken selbst schon einmal gehabt hatte. *Der Henker und sein Helfer*. Die Rabiate und die Zaghafte.

»Das Fass war voll!« Alsberger war von seiner Theorie begeistert. »Die Jobst hat eine Sammelrechnung mit ihrem Bruder aufgemacht. Er ist schuld daran, dass Markus Terstetten, in den sie verliebt ist, an Drogen stirbt. Er kümmert sich nicht um die Mutter. Und dann lässt er sie auch noch hängen, als sie dringend Geld braucht!«

Maria stieß die Wagentür auf. »Bringen Sie mir Fakten, Alsberger. Verbindungen zwischen den beiden. Irgendwas. Und wenn Sie das nicht können, ist endgültig Schluss mit Frau Jobst als Verdächtige. Verstanden?«

Die Grippewelle war im Laufe der Woche auch in der Technik angekommen. Die Kollegen lagen mit Fieber im Bett. Bis auf einen, und der wünschte sich inzwischen wahrscheinlich nichts sehnlicher, als dass es ihn auch erwischt hätte.

Er sei ja schon dabei, die Kleidungsstücke zu untersuchen. Aber niemand könne hexen. Erst recht nicht, wenn man alles allein machen müsse und von allen Seiten gedrängt werde. Er würde sich schon melden.

Maria legte den Hörer auf und hackte ärgerlich auf die Tasten ihres Computers ein. Berichte. Berichte. Berichte. Sie hasste es.

»Willst du Kaffee?«

Arthur stand in der Tür, mit der Thermoskanne in der Hand. Sie schaffte es gerade noch rechtzeitig, ein Papier über die fast leere Gummibärchentüte zu schieben. Es gab zwar keinen Grund, aber irgendwie bekam man doch ein schlechtes Gewissen, sich mit Süßigkeiten vollzustopfen, wenn ein paar Türen weiter gehungert wurde.

»Was ist denn jetzt los? Ist das ein neuer Service?«

Dass man sich den Kaffee in Arthurs Büro holen ging, das war normal. Aber Arthur lief sonst zum Kaffeeausschenken nicht durch die Abteilung.

»Nur so«, sagte er und füllte Marias Becher auf, den sie ihm hinhielt.

Dabei zitterte seine Hand so, dass sie Sorge um ihre Finger hatte. Schon wieder lief ihm der Schweiß die Schläfen hinunter. Und von der Gesichtsfarbe her hätte er gut eine Rolle in ihrem nächtlichen Albtraum spielen können: Der Untote aus der Polizeidirektion.

»Sag mal, Arthur, ist dir nicht gut?«

»Doch, doch. Mir geht's blendend.«

Er setzte sich auf den Stuhl vor ihrem Schreibtisch.

»Ich habe von Rolands abstruser Theorie gehört. Ihr verrennt euch da, Maria. Das ist die falsche Richtung. Frau Haschke ist an diesen Morden nicht beteiligt.«

»Und weshalb bist du da so sicher?«

»Weil ein Mensch wie sie überhaupt nicht in der Lage ist, einen Mord zu begehen. Sie ist viel zu sensibel.«

»Meinst du nicht, dass mit dem passenden Grund jeder von uns in der Lage ist zu töten? Eugen Zwingler hat sie ausgenutzt, geschwängert, betrogen und wollte sie sitzen lassen. Vielleicht war das einfach zu viel.«

»Mag ja sein, dass *du* dann jemandem den Schädel einschlagen würdest. *Sie* bestimmt nicht.«

Der liebe, gutmütige Arthur wurde doch tatsächlich richtig aufmüpfig. Wer hätte das gedacht.

Er hatte Rabea Haschke vielleicht eine knappe Stunde lang verhört. Länger sicher nicht. Aber angeblich reichte ja manchmal schon ein einziger Blick. Und sie hatte ihm Pralinen geschenkt, ihm gesagt, dass er nett war und wer weiß was sonst noch.

Maria ahnte langsam, was da los war. Und warum unbedingt auf einmal die rothaarige Frau an allem schuld sein sollte.

»Sag mal, Arthur, hast du dich vielleicht in die Haschke verliebt?«

»Ach was«, erwiderte er ärgerlich.

»Was ist dann los?«

Arthur sah erbärmlich aus. Sein Hemd war durchgeschwitzt, die Haare klebten an seinem Kopf.

»Ich weiß es eben. Sie ist unschuldig. Das sagt mir mein Gefühl.«

Das Telefon klingelte. Es war der Kollege aus der Technik, der jetzt nach Hause ging, weil er Fieber hatte. Und keinen Finger mehr rühren würde, egal, was sie ihm androhte. Aber das erste Ergebnis wollte er ihr doch noch mitteilen.

Als Maria wieder aufgelegt hatte, schaute sie auf den verschwitzten Arthur, der immer noch mit Thermoskanne in der Hand vor ihrem Schreibtisch saß. Er hatte mitbekommen, dass der Kollege aus der Technik am Apparat war, und gewartet. Es tat Maria fast ein wenig leid, was sie jetzt sagen musste.

»Er hat auf einer Jacke von der Haschke dunkle Faserspuren gefunden. Wollfasern. Sie könnten von Frau Karls Mantel sein. Die Ergebnisse der genaueren Analysen bekommen wir morgen.«

Arthur sah sie ungläubig an. Dann stand er auf und ging.

Herzschmerz

Herr Meltzer hatte die Hände gefaltet und trug ein langes, weißes Hemd. Darunter ragten ein paar dürre, kalkweiße Beine hervor, so glatt und haarlos, dass ihm der Neid aller Frauen sicher war.

»Ein Engel«, sagte er, den Blick verklärt nach oben gerichtet. »Sie ist ein Engel.«

Es war das Paradies auf Erden. Und der Engel hieß Luise Bleiwald.

Herr Meltzer hatte es tatsächlich geschafft, alle Nummern, die Maria ihm aufgeschrieben hatte, durchzutelefonieren. Unter einer hatte er niemanden erreicht, unter der anderen eine Dame, die nur recht zögerlich auf sein Angebot reagiert hatte.

Frau Bleiwald aber kam, sah und siegte. Öffnete Herrn Meltzer die Pforte zum Paradies. Eine aufgeräumte Wohnung, warmes Essen und OMO, so viel das Herz begehrte.

»Und kochen kann sie! Ich sage Ihnen, Frau Mooser, dieses Gulasch ist so was von einmalig! Ich habe Sie sofort angerufen, als sie zugesagt hat. Aber auf der Arbeit sind Sie ja nie zu erreichen. Und zurückrufen tun Sie auch nicht.«

Herr Meltzer stand im Nachthemd vor ihr, offensichtlich bettfertig.

»Meinen Sie nicht, es wäre besser, Sie ziehen ein paar Pantoffeln an, wenn Sie durchs Haus laufen?«, fragte Maria mit Blick auf seine nackten Füße.

»Papperlapapp!«, winkte Herr Meltzer ab. »Kommen Sie mit. Sie müssen sich das ansehen!«

Ohne auf eine Antwort zu warten, begann er den Aufstieg zu seiner Wohnung. Maria tat ihm den Gefallen. Natürlich nur der guten Nachbarschaft zuliebe, nicht etwa aus Neugier.

In der Tat, der Engel hatte Erstaunliches geleistet. Die Küche war nicht wiederzuerkennen. Es war sauber und aufgeräumt und blitzte nur so. Und es roch so köstlich, dass Maria das Wasser im Mund zusammenlief.

Sie schaute in den großen, gusseisernen Topf, der auf dem Herd stand.

»Fantastisch«, sagte Herr Meltzer. »Und das Fleisch ist so butterweich, dass ich es ohne Probleme kauen kann.«

»Bekommen Sie das denn alles auf, Herr Meltzer?«

»Ach was.« Der alte Mann schaute in den Topf hinein. »Das sind die Reste. Wollen Sie etwas mitnehmen? Nicht dass Luise enttäuscht ist, weil ich nicht alles aufgegessen habe.«

Eine solche Kränkung sollte man der guten Luise wirklich nicht antun. Maria beschloss, sich zu opfern. Wenn sie schon Arthur nicht vor der Trüffel-Verführung bewahren konnte, dann doch wenigstens Herrn Meltzer vor einer Magenverstimmung.

»Sie holen jetzt einen Topf, und dann schütten wir das um«, schlug der praktische alte Herr vor. »Und wenn Luise morgen kommt, ist alles weg.«

»Na, da freut sie sich bestimmt.«

Als Maria mit dem Topf, den sie aus ihrer Wohnung geholt hatte, die Treppe zu Herrn Meltzer hochstürmte, öffnete sich die Wohnungstür auf der ersten Etage. Herr Herkel kam heraus und stellte sich ihr förmlich in den Weg.

»Ähm«, sagte er in altbekannter Schneckenmanier.

Maria wartete.

»Ich will Sie nicht aufhalten, ich möchte nur …«, Arno Herkel kratzte sich verlegen am Hinterkopf, »ich möchte mich bei Ihnen entschuldigen. Ich habe mit meiner Tante telefoniert. Ich glaube, ich hatte da etwas missverstanden.«

Es bisschen unangenehm war es Maria schon, dass sie die Angelegenheit noch nicht selbst geklärt hatte. Nun hatte Frau Meister das wohl übernommen und ihrem eingebildeten Neffen erzählt, dass die nette Nachbarin aus dem Erdgeschoss Hauptkommissarin bei der Kripo Heidelberg war. Und nicht etwa Pfandflaschen sammelte, um sich ihren Lebensunterhalt zu finanzieren.

»Ich habe gedacht, vielleicht begraben wir dieses kleine Missverständnis bei einem gemeinsamen Essen. Ich lade Sie ein.«

Herr Herkel lächelte. Maria lächelte zurück.

»Das Lokal können natürlich Sie auswählen!«, fügte er hinzu.

Na dann. Wo Herr Herkel doch gedacht hatte, sie sei arm wie

eine Kirchenmaus. Da konnte man ja mal unter Beweis stellen, dass man sich durchaus auch bei den gehobenen Lokalitäten in Heidelberg auskannte. Zum Beispiel bei denen mit dem schönen Blick über die Stadt. Das war es doch, was Mengert über das »Schwarz« erzählt hatte?

Maria war noch nie im »Schwarz« gewesen. Und würde wahrscheinlich auch nicht hingehen, wenn sie selbst bezahlen müsste. Eine gute Pizza hatte schließlich auch etwas für sich. Aber wenn man denn schon mal aussuchen durfte.

»Gut, dann möchte ich gerne ins ›Schwarz‹.«

Herr Herkel schien das Lokal nicht zu kennen. Er lächelte nämlich immer noch.

Am nächsten Morgen war Maria schon auf halbem Weg zur Arbeit, da fiel ihr Veras Brief ein. Als sie gestern nach Hause gekommen war, hatte sie den Anruf ihrer Tochter schon wieder vergessen gehabt und nicht mehr in den Briefkasten geschaut.

Sie hetzte zurück. Es war besser, informiert zu sein. Nicht dass Vera nachher anrief, und sie hatte keine Ahnung, was sie sich wünschte. Das war dann bestimmt schon Verwahrlosungsstufe drei.

Zu Hause holte sie die Post aus dem Briefkasten, stopfte sie in ihre Tasche und rannte in die Polizeidirektion.

Als sie die Tür zur Abteilung öffnete, merkte sie sofort, dass etwas nicht in Ordnung war. Es war seltsam still. Normalerweise wurde geredet, telefoniert, gelacht. Aber jetzt – nichts.

Alsberger musste gehört haben, dass sie gekommen war. Er steckte den Kopf zu seiner Zimmertür heraus und winkte sie zu sich.

»Was ist los? Plant ihr wieder irgendwelche Männergeschenke?«

Alsberger legte den Zeigefinger auf den Mund und machte sofort die Tür hinter ihr zu.

»Es ist wegen Arthur«, sagte er leise. »Der ist völlig von der Rolle.«

»Arthur? Was ist denn mit ihm?«

»Wir saßen eben bei ihm im Büro, Dieter und ich. Vor zehn Minuten. Es ging um die Haschke. Dieter hat gesagt, dass er das gut verstehen kann, dass Zwingler nicht an der kleben bleiben wollte.

Die wäre bestimmt eine Klette und hässlich wäre sie auch noch. Da hat Arthur losgebrüllt.«

»Gebrüllt?«, fragte Maria erstaunt.

Arthur war noch nie laut geworden. Nicht ein einziges Mal in all den Jahren, die sie zusammen arbeiteten.

»Was wir uns eigentlich einbilden würden. Dass eben nicht jeder das Glück hätte, auszusehen wie Brad Pitt oder Claudia Schiffer. Wir wären arrogant und überheblich. *Wir!* Dabei hatte ich überhaupt nichts über die Haschke gesagt.«

Alsberger schien das Ganze ziemlich mitgenommen zu haben. Er sah reichlich blass aus um die Brad-Pitt-Nase.

»Mit dem stimmt was nicht. Vielleicht ist er krank.«

»Die Haschke hat ihm Schokolade geschenkt.«

Auch Alsberger hatte wohl seine Zweifel daran, dass das nur eine nette Geste war: »So ein hinterhältiges Biest!«

»Ich red mal mit ihm.«

Maria ging zu Arthurs Büro. Mal hören, was er selbst zu der Sache meinte. Die Tür war angelehnt. Ausnahmsweise klopfte Maria trotzdem. Als sie hineinschaute, sah sie gerade noch, wie Arthur rasch seine Schreibtischschublade zuschob.

»Hallo Arthur, ich habe gehört, es gab Ärger?«

»Blödsinn. Ich habe nur mal meine Meinung gesagt. Aber es ist gut, dass du kommst. Mit dir wollte ich sowieso reden.«

Er lehnte sich auf seinem Bürostuhl zurück.

»Ich weiß jetzt, wie es war. Die rothaarige Frau muss einen Partner haben. Vielleicht ist sie sogar verheiratet. Deshalb auch die Heimlichtuerei, als sie in Zwinglers Büro auftaucht. Das ist die einzige logische Erklärung. Ihr Mann hat es herausgefunden. Er hat Eugen Zwingler beobachtet und schließlich aus Eifersucht umgebracht. Logisch! Völlig logisch.«

Er wippte mit dem Bürostuhl hin und her, soweit es die ächzende Rückenlehne zuließ.

»Aber ihr schießt euch auf eine absolut harmlose, schwangere Frau ein. Der es sowieso schon schlecht geht. Der Vater ihres Kindes wird umgebracht. Dann diese komplizierte Schwangerschaft! Und ihr habt nichts Besseres zu tun, als sie zu drangsalieren.«

Ein Verdacht stieg in Maria hoch. Ein Gedanke, den sie lieber niemals gehabt hätte. Und noch ehe sie überlegt hatte, was sie mit ihrer Frage anrichten könnte, hatte sie sie auch schon ausgesprochen.

»Woher weißt du denn, dass das eine komplizierte Schwangerschaft ist? Hat sie dir das erzählt, als sie gestern Morgen hier war?«

Abrupt hielt Arthur inne.

»Was soll diese Frage? Woher soll ich es denn sonst wissen! Denkst du etwa, dass ich heimlich mit ihr telefoniere? Dass ich sie am Ende noch über unsere Ermittlungen informiere?«

Maria schwieg einen Moment zu lange.

»*Das* hätte ich nicht von dir gedacht! Dass du mir einmal *so etwas* unterstellen würdest!«

Arthur beugte sich nach vorne und lehnte die Arme auf den Tisch.

»Hiermit, Maria«, sagte er mit todernster Stimme, »hiermit kündige ich dir die Freundschaft. Freundschaft bedeutet Vertrauen. Aber du hast kein Vertrauen zu mir. Und jetzt geh bitte, ich habe zu tun.«

Maria war so perplex, dass ihr nicht einfiel, was sie darauf erwidern sollte.

Arthur sah sie nicht mehr an. Er hatte begonnen, hektisch in den Papieren auf seinem Schreibtisch herumzuwühlen.

Sie hätte ihn gerne gefragt, ob es ihm nicht gut ging. Aber die Frage war eigentlich überflüssig. Und hätte Arthur wahrscheinlich nur noch mehr verärgert.

Am besten, sie ging erst mal. Es hatte keinen Zweck, jetzt weiterzureden. Arthur musste sich beruhigen. Sie musste sich beruhigen.

Er kam nicht zur Besprechung. Arthur blieb in seinem Zimmer. Vielleicht war es besser so.

Im Laufe des Vormittags brach eine Flut von Anrufen über sie herein. Das Phantombild war in den Zeitungen erschienen. Und Frauen mit langen roten Haaren waren eben doch etwas Besonderes. Auch wenn sie heute nicht mehr im Verdacht standen, Hexen zu sein, sie fielen immer noch auf. Innerhalb von zwei Stunden waren mindestens dreißig Hinweise eingegangen.

Maria rief in der Technik an. Erfolglos. Die Grippe hatte endgültig alle Kollegen dahingerafft. Zumindest vorübergehend.

Es war schon fast zwölf, als ihr Veras Brief wieder einfiel. Sie kramte ihn aus ihrer Handtasche hervor. Ein kleiner weißer Umschlag. Veras Handschrift darauf war unverkennbar. Mal sehen, was die junge Dame sich diesmal ausgedacht hatte.

Als Maria den Brief das erste Mal gelesen hatte, war ihr klar, dass heute einer der Tage war, den sie liebend gerne aus ihrem Leben gestrichen hätte. Sie las ihn noch einmal und noch einmal.

Das war ja ungeheuerlich! Vera hatte sich schon einiges geleistet, aber damit hatte sie nun wirklich den Vogel abgeschossen.

Sie hielt schon den Hörer in der Hand, um ihre Tochter anzurufen, doch dann wählte sie stattdessen die Nummer von Bea. Wenn sie Vera jetzt in die Finger bekäme, würde es den nächsten Streit geben. Oder einen Mord. Einen sehr, sehr blutigen Mord.

Zum Glück war Bea zu Hause. Als freie Journalistin hatte sie entweder wenig Geld, dafür aber viel Zeit, oder – für ihre Verhältnisse – viel Geld und wenig Zeit. Gott sei Dank war gerade eine Wenig-Geld-viel-Zeit-Phase.

Bea versprach Beistand, Maria ein Essen beim »Tiger and Dragon's« im »Carré«.

Eine halbe Stunde später saßen sie auf den hohen dunklen Rattanstühlen an der kleinen Theke, die rund um das große Aquarium mit den bunt schillernden Fischen angebracht war.

»Unabhängige Powerfrau mit Rubensfigur, eigenwillig und dickköpfig, aber auch liebenswert und anschmiegsam, sucht Mann zum Streiten und Lieben. Gerne mit hausfraulichen Qualitäten.«

»Bea! Bitte!«, zischte Maria ihr zu. »Nicht so laut.«

Nur zwei Stühle entfernt saßen eine zierliche Brünette und ein großer, blond gelockter Mann, die sie ganz bestimmt irgendwoher kannte. Die Frau hatte schon kurz, aber sehr interessiert zu ihnen rübergeschaut. Maria hatte es ganz genau gesehen.

»Aber was ist denn daran so schlimm?«, wollte Bea wissen.

Maria spürte, wie ihr ein Schweißtropfen den Rücken hinunterlief.

»Das fragst du noch? Sie gibt eine Anzeige auf, ohne mein Einverständnis! Dann versucht sie auch noch, mir diese Geschichte als ihren Geburtstagswunsch unterzuschieben. Dabei war alles schon längst gelaufen. Das ist doch wohl das Letzte!«

»Und warum?« Bea kämpfte mit einer etwa einen halben Meter langen Reisnudel.

»Weil es übergriffig ist. Es ist *mein* Leben. Ich suche mir meine Männer immer noch selber aus. Ich habe sie doch auch nicht mit ihrem Cousin zwangsverheiratet!«

Maria stopfte sich wütend eine der kleinen Teigrollen in den Mund. Ein leuchtend blauer Fisch mit gelber Schwanzflosse verharrte nahezu reglos auf der anderen Seite der Glasscheibe, genau in Augenhöhe mit ihr. Fast sah es so aus, als würde er neugierig lauschen.

»Ich komme mir vor wie einer von diesen Fischen. Rubensfrau! Und das in drei Zeitungen! Das ist doch so, als würdest du nackt in einem Aquarium sitzen und jeder, der will, kann dir bis auf die letzte Schuppe sehen!«

»Jetzt hör auf, gegen die Scheibe zu klopfen. Du machst die armen Tiere ganz kirre.« Bea nahm ihr die Gabel aus der Hand und legte sie auf Marias Tablett. »Dein Name steht ja nicht dabei. Es weiß doch keiner, dass du es bist. Und wenn du wirklich Sorge hast, dass dich über diesen Text jemand erkennt, dann bedeutet das nur, dass Vera dich sehr gut beschrieben hat.«

»Anschmiegsam!«, knurrte Maria.

»Stimmt«, sagte Bea, »da hat sie ein bisschen geflunkert.«

»Und was mache ich jetzt mit ihr?«

Der blau-gelbe Fisch, den Maria eben erfolgreich verjagt hatte, bezog wieder Position und wedelte angriffslustig mit der Schwanzflosse.

»Auf jeden Fall nutzt es überhaupt nichts, wenn du mit ihr rumzankst. Sie macht sich Sorgen, und das änderst du dadurch nicht. Du musst sie beruhigen. Räum deine Wohnung auf, lade sie zum selbst gekochten Drei-Gänge-Menü ein und schwärme ihr von irgendeinem Mann vor, in den du dich angeblich verliebt hast.«

Maria starrte den Fisch an. Der Fisch starrte zurück. Dieser Fisch war ihr unsympathisch. Sie musste an Herrn Herkel denken.

»Ich habe sogar schon eine Verabredung.«

Sie berichtete von der Einladung des Käsespenders. Bea war begeistert.

»Na prima! Dann sagst du Vera, dass es zwischen euch ein bisschen knistert. Und du noch nicht weißt, was du für ihn empfindest. Die Gefühle langsam wachsen lassen willst. Dass das mit fünfzig alles etwas mehr Zeit braucht und all diesen Quatsch. Damit kannst du dir neue Kuppelversuche mindestens ein halbes Jahr vom Hals schaffen.«

Eine gute Idee. Eine sehr gute Idee.

Maria erzählte Bea auch noch von Jörg Maier. Und von ihrem Streit mit Arthur. Danach ging es ihr besser.

Bis zu dem Moment, in dem sie von ihrem Stuhl aufstand und mit einem jungen Mann zusammenstieß, der gerade dabei war, ein übervolles Tablett zu einem Tisch zu balancieren. Anschließend klebten zwei Portionen gebratene Nudeln mit Huhn auf ihrer Jacke.

»Heute umarm ich dich mal nicht zum Abschied«, sagte Bea und schaute an ihr herunter. »Du siehst ein bisschen verwahrlost aus, wenn ich das mal so sagen darf.«

Sie musste nach Hause, sich umziehen. So konnte sie wirklich nicht mehr rumlaufen. Maria sagte in der Polizeidirektion Bescheid, dass sie etwas später kommen würde. Und erfuhr, dass man es immerhin geschafft hatte, einen der Kollegen aus der Technik trotz Grippe dazu zu bewegen, die Faseranalyse durchzuführen. Heute Nachmittag würden sie endlich mehr wissen.

Im Schnellschritt lief sie die Rohrbacher Straße entlang, bog in die Dantestraße ein und kam schließlich ziemlich außer Atem zu Hause an. Sie hatte sich gerade umgezogen, da klingelte es an ihrer Haustür.

Eine ältere Frau stand davor. Maria erkannte sie sofort wieder: Es war Herrn Meltzers Engel, Frau Bleiwald.

»Hallo, ich wollte gerade gehen, und als ich an der Tür vorbeikam, habe ich gehört, dass Sie da sind.«

Maria hatte unvorsichtigerweise ihre Wohnungstür weit aufgerissen. Ihr Flur sah immer noch nicht viel besser aus als letzte Woche. Plastikflaschen, ihre Schuhe, die sie eben in aller Eile ausgezogen hatte, ein Stapel Wäsche, der eigentlich in den Keller sollte. Alles lag kreuz und quer durcheinander.

»Ich wollte mich noch bedanken, dass Sie mir diese Stelle vermittelt haben. Herr Meltzer ist wirklich ein sehr netter Mann.«

»Keine Ursache! Gern geschehen!«

Wenn die wüsste, was sie ihr für einen Gefallen damit tat, ihr Herrn Meltzer vom Hals zu halten!

Frau Bleiwald blieb unschlüssig in der Tür stehen. Die patente Hausfrau hatte das Chaos gesehen. So breit war Maria dann doch noch nicht, dass sie den ganzen Türrahmen ausfüllte.

»Also, wenn ich mal etwas für Sie tun kann, Sie haben noch was gut bei mir!«

Ihre Blicke trafen sich. Frau Bleiwald hatte grüne Augen, genau wie Vera.

Maria zögerte. Sie hatte früher immer gesagt, dass sie niemals eine fremde Person in ihren Haushalt lassen würde. Aber die Zeiten änderten sich. Wenn schon ihre Rubensfigur in mehreren Zeitungen angepriesen wurde, dann konnte sie auch jemanden zum Saubermachen in ihre Wohnung lassen. Einmal Grundreinigung. Mit Fester putzen.

Das war es! Vor ihr stand die Lösung ihres Problems! Teil zwei der Problemlösung, um genau zu sein. Neben ihrer unbändigen Verliebtheit in Herrn Herkel.

»Haben Sie denn demnächst mal ein paar Stunden Zeit?«, fragte Maria.

»Klar«, antwortete Frau Bleiwald, und in diesem Moment sah sie haargenau so aus wie Klementine.

*

Auf ihrem Schreibtisch fand Maria einen Zettel von Alsberger. Er war unterwegs, um sich im Umfeld von Frau Jobst und Frau Haschke ein wenig umzuhören.

Sie schaute die Gesprächsnotizen zu den eingegangenen Anrufen durch. Es musste entschieden werden, in welcher Reihenfolge sie die Leute abklappern sollten. Zumindest die, bei denen es sich lohnte, genauer nachzufragen.

Über den »Mannheimer Morgen« hatten sie mehrere Hinweise auf eine rothaarige Frau erhalten, die in einer Parfümerie auf den Planken arbeitete. Die konnte man sofort aussortieren.

Maria hatte sich entschieden, Vera erst morgen anzurufen. Die Gefahr, dass sie am Telefon explodieren würde, war zu groß. Sie war noch zu wütend, um ihrer Tochter erfolgreich etwas von Schmetterlingen im Bauch vorzulügen.

Und mit Arthur würde sie auch erst morgen reden. Dann sah die Sache bestimmt schon wieder ganz anders aus. Arthur war ein herzensguter Mensch, der niemandem lange böse sein konnte. Morgen würde ihm das alles leidtun, da war Maria sich sicher.

Draußen auf dem Flur hörte sie Mengert, der sich mit jemandem unterhielt. War das nicht Ferver? Ferver und Mengert, die das zweite Mal in einer Woche miteinander redeten! Sehr verdächtig.

Mengert hatte ihr geschworen, seine Aktion für Ferver zu stoppen, und wenn Mengert etwas sagte, dann konnte sie sich eigentlich auch darauf verlassen. Eigentlich. Oder hatte der sich jetzt etwas Neues einfallen lassen?

Ihre Bürotür war nur angelehnt, aber Maria verstand trotzdem kein Wort von dem, worüber die beiden sich unterhielten. Auch nicht, als sie sich direkt hinter die Tür stellte.

Jetzt fiel es ihr wieder ein. Sie wollte sich doch noch einmal das Phantombild der rothaarigen Frau ganz genau ansehen. Und das hing im Besprechungsraum an der Pinnwand.

Sie verließ ihr Büro und ging, so langsam, wie es ohne aufzufallen möglich war, den Flur entlang.

»Also ich kann es nur empfehlen«, hörte sie Mengert sagen. »Das würde Ihnen sicher gefallen.«

Fervers Antwort klang nachdenklich. »Aber da muss man wahrscheinlich vorbestellen, nicht wahr?«

Maria bog in den Besprechungsraum ab. Was hatte Mengert vor? Ferver in ein Lokal lotsen? Und dann?

Es klapperte hinter ihr. Jetzt erst sah sie, dass Arthur im Raum war. Er stand an den Tischen und sammelte die Kaffeebecher ein, die die Kollegen nach der Besprechung mal wieder hatten stehen lassen.

So, wie er sie ansah, wusste Maria sofort, dass es wirklich besser war, mit einer Aussprache noch zu warten. »Finstere Miene« wäre eine glatte Untertreibung für seinen Gesichtsausdruck gewesen.

»Was machst du hier?«, fragte sie, um irgendetwas zu sagen.

»Aufräumen. Sieht man doch. Macht ja sonst keiner.« Er stellte die Tassen auf ein Tablett.

»Du musst das nicht machen. Wenn jemandem eine Tasse fehlt, wird er sich schon eine suchen.«

»Klar«, sagte Arthur und räumte weiter.

Er hatte sich umgedreht – wahrscheinlich, um Maria nicht mehr ansehen zu müssen – und hob einen Karton auf, der in der Ecke stand. Auch den hätte ein anderer entsorgen müssen. Alsberger. Es war der Karton, in dem Zwinglers Fotos gewesen waren.

»Asservatenkammer?« Arthur hielt den Karton hoch, ohne sich zu ihr umzudrehen.

»Die ist sowieso schon bis obenhin voll. Schmeiß ihn einfach weg.«

Mengert ging an der Tür vorbei. Mist! Jetzt hatte sie das Ende des Gesprächs verpasst.

Ein Telefon klingelte. War das in ihrem Büro? Maria spurtete den Gang entlang, froh, von Arthur wegzukommen.

Es *war* ihr Telefon. Ronnilein war am Apparat.

»Jetzt haben wir sie bald.« Alsberger hörte sich so aufgedreht an, als wäre er kurz davor, einen Elefanten zu erlegen. »Die Jobst war hier in Schriesheim im ›Kaffeehaus‹ am Marktplatz essen. Und jetzt raten Sie mal, wann?«

»Woher soll ich das wissen.«

»Vor ungefähr zwei Wochen. Die Bedienung konnte sich noch gut an sie erinnern, weil sie sich über das Essen beschwert hatte. Aber sie war nicht allein. Raten Sie mal, mit wem sie hier gewesen ist?«

»Mit der Haschke?«

»Falsch! Die Haschke war es nicht.«

»Jetzt hören Sie auf mit diesen dämlichen Ratespielen, Alsberger, und sagen Sie endlich, was Sie herausbekommen haben!«

»Sie war mit einem Mann da. Anfang dreißig, recht attraktiv, mit schwarzen Haaren. Mit dem sie sich ziemlich laut gestritten hat.«

»Und Sie meinen, das war …«

»Eugen Zwingler, natürlich!«, beendete Alsberger ihren Satz. »Und uns erzählt sie, sie hätte ihn seit zwei Monaten nicht mehr gesehen! Die lügt wie gedruckt!««

»Holen Sie das Foto von Zwingler und lassen Sie sich das bestätigen. Sonst redet die sich nur raus.«

Wenn es stimmte, was Alsberger vermutete, war es an der Zeit, Frau Jobst noch einmal einzubestellen.

»Haben Sie irgendetwas über eine Verbindung zwischen der Jobst und der Haschke herausbekommen?«

Nein, hatte er nicht. Noch nicht.

Als sie aufgelegte, kam Arthur herein. Er schnappte nach Luft, als habe er gerade einen Hundert-Meter-Sprint hinter sich.

»Ich wusste es doch!«, stieß er hervor. »Ihr liegt falsch! Völlig falsch!«

Er stützte sich auf den Schreibtisch und beugte sich zu ihr herunter.

»Sie ist unschuldig«, brachte er mühsam hervor und hob die Hand, in der er einen Zettel hielt, gerade so, als wäre er eine Siegestrophäe. »Ich habe ihn. Ich …«

Arthur krümmte sich. Er stieß einen seltsamen Laut aus.

»Was hast du denn?« Maria war aufgesprungen.

»Oh Gott«, stöhnte er.

Gleich darauf sackte er vor ihrem Schreibtisch zu Boden.

»Arthur!« Sie lief hastig um den Tisch und kniete sich neben ihn. »Was ist denn?«

Arthur lag auf dem Rücken. Er gab einen erstickten Laut von sich.

Maria sah sein schmerzverzerrtes Gesicht und schrie. Lief hinaus auf den Flur. Rief um Hilfe.

Mengert stürmte als Erster herbei. Dann kam Ferver. Sie redeten auf Arthur ein, rissen ihm das Hemd auf, öffneten das Fenster. Jemand orderte einen Krankenwagen.

Maria hatte dabeigestanden und hilflos zugesehen. Nun beugte sich zu ihm hinunter und legte ihm die Hand auf die Schulter.

»Arthur! Arthur, hörst du mich?«, fragte sie.

Aber Arthur reagierte nicht.

Es war mühsam, ihn die Treppe hinunterzubekommen. Der Aufzug war zu klein, liegend bekam man Arthur nicht hinein. Ein Bergetuch mit mehreren Griffen an den Seiten wurde geholt. Die Kollegen packten mit an.

Maria fuhr mit Mengert hinter dem Krankenwagen her. Arthur hatte eine Schwester, die in Karlsruhe wohnte. Ferver wollte versuchen, ihre Adresse herauszufinden, und sie informieren.

In der Klinik angekommen, warteten sie auf dem Flur.

»Das kommt alles nur von dieser scheiß Diät«, fluchte Mengert.

Maria nickte. Sie kämpfte mit den Tränen und fing dann doch an zu weinen. Mengert kramte aus seiner Jackentasche ein Tempo hervor und hielt es ihr hin.

»Maria«, sagte er in beschwörendem Tonfall, »Arthur kommt durch. Der hat bestimmt nur 'nen kleinen Kreislaufkollaps, weil er zu wenig gegessen hat.«

Hoffentlich. Sie warteten und warteten. Maria fragte nach. Sie warteten weiter. Schließlich kam ein junger Mann in weißem Kittel zu ihnen. Der behandelnde Arzt, wie sich herausstellte.

»Sind Sie die Angehörigen von Herrn Pöltz?«

Maria nickte.

»Herr Pöltz hatte einen leichten Herzinfarkt«, erklärte der junge Arzt. »Es besteht keine Lebensgefahr. So wie es aussieht, lässt sich das Blutgerinnsel vollständig auflösen. Er hat noch einmal Glück gehabt.«

Ein tonnenschwerer Stein fiel Maria vom Herzen.

»Allerdings wird er in Zukunft wohl einiges ändern müssen. Vor allem die Finger von diesem Zeug lassen.«

»Von was für einem Zeug?«, fragte Mengert.

»Er hat große Mengen eines Medikaments eingenommen, das ihm beim Abnehmen helfen sollte. Angeblich chinesische Kräuter. Leider stimmt das nicht ganz. Wir kennen diese Tabletten. Sie enthalten zusätzlich eine Substanz, die den Appetit dämpft. Wenn man das vernünftig handhabt, mag das noch gehen, aber in den Pillen, die Herr Pöltz sich da über das Internet bestellt hat, ist die doppelte Menge der in Deutschland üblichen Tagesdosis. Und er hat jeden Tag drei bis vier davon eingenommen.«

Arthur und Medikamente? Arthur hatte sonst nie irgendetwas

eingenommen. Vielleicht mal ein Aspirin, wenn es gar nicht anders ging.

»Bei diesem Medikament kann es leicht zu einem Anstieg des Blutdrucks kommen«, fuhr der Arzt fort. »Und wenn man schon Bluthochdruck hat, kann das ausgesprochen gefährlich werden. Er ist nicht der Einzige, den es erwischt hat. Es gibt leider schon einige andere Fälle.«

Maria erzählte, dass Arthur sich in letzter Zeit etwas seltsam verhalten hatte. Der Arzt nickte. Ja, auch psychische Veränderungen könnten eine mögliche Folge sein.

Sie hätte Arthur gerne gesehen und sich vergewissert, dass es ihm einigermaßen gut ging. Aber sie durften nicht zu ihm. Heute nicht.

Alsberger stürmte ihnen schon im Flur entgegen. Er war zurückgekommen, um das Foto von Zwingler zu holen, und hatte von den Kollegen gehört, was los war.

»Wie geht es ihm?«

»Alles paletti«, sagte Mengert. »Kleiner Herzinfarkt. Der ist bald wieder auf dem Damm.«

Ferver kam dazu. Maria überließ Mengert das Erklären und ging in ihr Büro. Kaum hatte sie die Tür hinter sich zugemacht, liefen ihr schon wieder die Tränen über das Gesicht.

Wenn sie sich nur nicht mit Arthur gestritten hätte! Bestimmt hatte ihn das zu sehr aufgeregt. Wie konnte sie ihm nur unterstellen, er würde hinter ihrem Rücken mit der Haschke reden!

Sie hätte ihn überhaupt niemals auf diese Frau ansetzen dürfen. Arthur war für so etwas viel zu sensibel. Zu dünnhäutig. Das hätte sie wissen müssen. Spätestens, als er so aufgelöst zu ihr gekommen war und sie gebeten hatte, ihn von der Sache abzuziehen.

Ein Taschentuch. Sie brauchte ein neues Taschentuch. Maria zog die Schublade auf. Erst da bemerkte sie, was auf ihrem Schreibtisch lag.

Es war ein Fax aus der Kriminaltechnik.

»Ergebnis Mikrospektralfotometrie: Fasereinfärbung nicht identisch.«

Die Flusen auf Frau Haschkes Jacke waren also nicht von Frau

Karls Kleidung. Sie waren dunkel, genauso wie die Wolle vom Mantel des Opfers. Mit bloßem Auge konnte man keinen Unterschied in den Farben erkennen, mit der entsprechenden Technik schon.

Maria rief die Kollegen an und stoppte Frau Haschkes Überwachung. Dann ging sie rüber zu Alsberger. Mengert und Becker waren bei ihm. Bestimmt hatten die drei über Arthur gesprochen.

»Ich geh jetzt. Alsberger, klären Sie bitte noch, ob es Zwingler war, mit dem die Jobst sich getroffen hat. Und die Leute in dem Lokal sollen die Klappe halten, dass Sie da waren. Alles Weitere machen wir morgen.«

Wenn sie jetzt nicht hier rauskam, würde sie noch selbst einen Herzinfarkt bekommen.

Nach einem zügigen Marsch durch die Weststadt stand sie vor dem kleinen Café am Danteplatz, wo die Menschen draußen saßen und plauderten. Es war noch angenehm warm. Bestimmt war der Tag schön gewesen. Ein Frühlingstag, den sie mal wieder verpasst hatte.

Wie lange war sie schon nicht mehr in diesem Café gewesen? Ewigkeiten. Dabei hatte sie früher oft hier gesessen. Neben den Palmen, sodass man dachte, man sei in Italien. Unter den großen weißen Sonnenschirmen. Damals, als Bernd noch da war.

Maria suchte sich einen Platz und bestellte ein Bier. Essen konnte sie jetzt nichts. Ihr Magen war wie zugeschnürt.

Wie konnte Arthur nur diese blöden Pillen schlucken? War er denn wirklich so unglücklich mit seinem Gewicht? Sie kannte ihn nur so dick, wie er war. Es hatte sie nie gestört. Und sie hatte sich nie Gedanken darüber gemacht, ob es *ihn* störte. Arthur war eben Arthur.

Das war schon traurig. Da arbeiteten sie so lange zusammen, und sie wusste doch so wenig von ihm.

Aber er war eben auch niemand, der viel von sich erzählte. Arthur hörte zu, war für jeden da. Und kam wahrscheinlich selbst immer zu kurz. Eigentlich kein Wunder, dass er die Haschke mochte. Vielleicht fühlte er sich manchmal genauso ausgenutzt wie sie.

Als es kühler wurde, zahlte Maria und ging nach Hause. Sie

schlenderte an dem hügeligen Spielplatz vorbei, auf dem immer noch einige Kinder dabei waren, voller Begeisterung durch die große Metallröhre zu rutschen.

Die hohen, alten Häuser, die um den Platz herum standen, hatten zum Teil prachtvolle Fassaden. Direkt neben dem Spielplatz gab es ein Exemplar, das Maria besonders gut gefiel. Dort rankte sich ein Baumrelief aus Stein um zwei dunkle Holztüren, über denen ein großes goldfarbenes »Salve« die Ankommenden grüßte.

Es war für sie immer etwas Besonders gewesen, in diesem Viertel wohnen zu können. Arthur lebte schon seit ewigen Zeiten irgendwo auf der Bergheimer Straße. Eine Wohnung, die in all den Jahren noch nie jemand zu Gesicht bekommen hatte. Wahrscheinlich, weil er selbst so gut wie nie da war.

Bevor sie zu Bett ging, rief sie noch einmal im Krankenhaus an. Herrn Pöltz gehe es den Umständen entsprechend gut, sagte man ihr. Wegen des Besuchs solle sie sich morgen noch einmal melden.

Um drei Uhr in der Nacht wachte Maria das erste Mal auf. Dann um fünf. Das nächste Mal um Viertel nach sechs. Unablässig spukten ihr die Bilder von gestern durch den Kopf.

Sobald sie die Augen schloss, sah sie Arthur wieder vor ihrem Schreibtisch stehen. Mit bleichem Gesicht.

Was hatte er noch gesagt? »Ich habe ihn.«

Maria setzte sich auf.

Der Zettel.

Arthur hatte doch einen Zettel in der Hand gehabt!

In aller Eile war sie zur Polizeidirektion geradelt. Sie stürmte am Pförtner vorbei, der verschlafen grüßte, die Treppe hoch, in ihr Büro.

Arthur hatte den Zettel nicht mehr in der Hand gehabt, als sie ihn weggeschafft hatten, da war sie sich sicher. Er musste heruntergefallen sein, als er zusammengebrochen war. Maria bückte sich, kroch auf allen vieren umher, hinter die Tür, unter ihren Schreibtisch. Der Zettel *musste* hier irgendwo liegen.

»Guten Morgen, Frau Mooser«, hörte sie eine Stimme hinter sich. »Was machen wir denn da? Frühgymnastik?«

Ferver stand in der Tür.

»Was *Sie* hier so früh machen, weiß ich nicht. *Ich* suche einen Zettel«, erwiderte Maria, immer noch unter dem Schreibtisch.

Ferver ließ sich durch die Aussicht auf ihr Hinterteil nicht abschrecken.

»Haben Sie etwas Neues vom Kollegen Pöltz gehört?«

»Gestern Abend. Es geht ihm den Umständen entsprechend, haben sie gesagt.«

Maria war unter dem Tisch hervorgekrochen und legte den Kopf auf den Boden, um unter die Heizung sehen zu können. Staubflocken über Staubflocken. Und etwas Weißes! Ganz hinten an der Wand.

Sie zog es hervor und richtete sich auf. Es war eine Art Briefkarte.

»Das muss es sein!«

»Schön«, sagte Ferver. »Ich schätze sparsame Mitarbeiter. Sie könnten sich aber auch einen neuen Zettelblock bestellen. Vielleicht ist der Suchaufwand gemessen am möglichen Einsparpotenzial doch ein wenig hoch.«

Maria hatte gar nicht zugehört. Sie starrte auf das Papier in ihrer Hand. Flüchtig und anscheinend in aller Eile hingeschriebene Worte. Worte, die Schuld und Unschuld neu verteilten.

»Eugen! Axel hat Wind von der Sache mit uns bekommen. Er ist total ausgerastet! Nimm dich in Acht. Melde mich wieder. Natalie«

Das musste von der rothaarigen Frau sein. »N« hatte auf dem Blatt mit dem Herz gestanden, das die Rothaarige bei Rabea Haschke für Zwingler hinterlassen hatte. Und »N« stand sicher für Natalie!

War dieser Axel ihr eifersüchtiger Partner? Und Zwinglers Mörder?

Dann würde dieser Zettel ja genau Arthurs Theorie bestätigen. Das war aber ein Zufall.

Es schlich sich in ihren Kopf, ohne dass sie es hätte verhindern können. Ob Arthur diesen Zettel vielleicht selbst geschrieben hatte? Um Rabea Haschke zu entlasten?

Nein, das konnte nicht sein. Das war auch nicht Arthurs Handschrift. So etwas würde er niemals tun. Niemals.

»Frau Mooser, wären Sie so freundlich mir zu sagen, warum Sie dastehen wie Frau Lot?«

Sie hielt Ferver den Zettel hin.

»Vielleicht steht hier der Name des Mörders von Eugen Zwingler und Henrike Karl. Und sein Motiv.«

»Sehr interessant. Und warum finden Sie das erst jetzt? Wenn Sie doch offensichtlich wussten, dass es in Ihrem Büro liegt?«

Warum erst jetzt? Das war eine gute Frage.

Eine Frage, die wahrscheinlich nur einer beantworten konnte. Arthur.

Sie rief Alsberger an, der versprach, in zehn Minuten da zu sein. Dann wählte sie die Nummer von Frau Haschke.

Die war nicht sehr erfreut, von der Polizei geweckt zu werden.

»Was wollen Sie denn so früh?«

Sie kannte keinen Axel, und jetzt würde sie gerne auflegen. Sie brauche ihren Schlaf.

Bei Frau Jobst dauerte es wesentlich länger, bis jemand ans Telefon ging.

»Hallo«, meldete sich eine piepsige Kinderstimme.

Mama lag noch im Bett, wie Maria erfuhr. Franzi Jobst war ein kluges Mädchen. Sie wusste sehr genau, dass man seine Mutter nicht zu früh wecken durfte. Maria brauchte ihre ganze Überredungskunst. Schließlich brachte Franzi das Telefon zu Mama ans Bett.

Einige Sekunden vergingen, dann meldete sich eine verschlafene Stimme. Als Maria ihren Namen genannt hatte, machte Frau Jobst noch immer einen ausgesprochen friedlichen Eindruck. Das konnte nur daran liegen, dass sie noch nicht ganz wach war.

»Ich kenne keine Natalie. Und Axel?« Sie schien zu überlegen. »... Ja, sicher, Axel Vossner. Mit dem war Eugen lange Zeit befreundet. Die beiden sind schon zusammen in den Kindergarten gegangen.«

»Wissen Sie, wo dieser Herr Vossner wohnt?«

»Wo er wohnt, nicht. Aber ich weiß, dass er in Mannheim als Krankengymnast arbeitet. In einer Praxis irgendwo in der Schwetzingerstadt. Da bin ich ihm mal über den Weg gelaufen.«

Franziskas helle Stimme war im Hintergrund zu hören. Es gab ein schwerwiegendes Nutellaproblem, das sofort geklärt werden musste.

Frau Jobst hielt den Hörer zu, aber Maria bekam trotzdem mit, dass es heute kein Nutella gab. Erst Sonntag wieder, so wie es abgemacht war.

»Mit dem Vossner hat er, glaube ich, die letzten Jahre aber nicht mehr so viel Kontakt gehabt«, sagte Frau Jobst und fragte dann in beiläufigem Tonfall: »Denken Sie denn, er hat etwas mit der Sache zu tun?«

»Reine Routine«, antwortete Maria. Der würde sie ganz bestimmt nicht erzählen, was sie in diesem Fall über wen dachte.

Wo sie Frau Jobst schon mal aus dem Bett geklingelt hatte, bestellte sie sie gleich für den Nachmittag in die Polizeidirektion. Mal hören, was sie zu ihrer männlichen Begleitung im »Kaffeehaus« und der Scheidungsschlammschlacht zu sagen hatte.

Maria war erleichtert. Es gab also wirklich einen Axel! Das konnte Arthur ja nicht gewusst haben.

Sie rief im Krankenhaus an. Herr Pöltz habe die Nacht gut überstanden. Jetzt war er bei irgendwelchen Untersuchungen und nicht zu sprechen, eventuell heute Mittag. Maria hätte gerne mit

Arthur geredet, bevor sie etwas unternahm. Aber so lange konnte sie nicht warten.

»Morgen.« Alsberger stand da, die Augen ein wenig klein, im Gesicht noch ein paar Knitterfalten vom Kopfkissenabdruck. Es war doch schön zu sehen, dass auch Menschen, die gute zwanzig Jahre jünger waren, frühmorgens manchmal so aussahen, als kämen sie gerade aus der Wäschemangel.

»Schönen Gruß von Vera.«

»Studiert die eigentlich auch mal oder macht sie jetzt bei Ihnen den Haushalt?«, fragte Maria bissig.

»Sie schreibt an einem Referat. Das kann sie auch bei mir.«

Vera schrieb an einem Referat! Lächerlich. Wahrscheinlich entwarf sie schon die nächste Kontaktanzeige für ihre anschmiegsame Mutter. Ob Alsberger eigentlich etwas von dieser Geschichte wusste?

Der Gedanke, dass ihr Assistent abends mit ihrer Tochter beim Gläschen Wein vertraut zusammensaß und die beiden über die richtige Beschreibung ihrer Rubensfigur diskutierten, trieb Maria die Schamesröte ins Gesicht.

Der sollte sich unterstehen, diese Sache hier auch nur mit einem Wort zu erwähnen. Dann würde sie ihm das Ronnilein um die Ohren hauen, bis sie ihm abfielen.

»Alles in Ordnung?« Alsberger schaute sie etwas verunsichert an. Marias giftiger Blick war ihm nicht entgangen.

Statt einer Antwort hielt sie ihm den Zettel hin, den sie in eine Klarsichthülle gesteckt hatte.

»Hier. Post von unserer Rothaarigen. Sie heißt Natalie. Und hatte neben Zwingler noch eine andere Liebschaft, irgendeinen Axel. Monogam scheinen die ja beide nicht gewesen zu sein. Ich habe die Jobst angerufen. Zwingler war früher mit einem Axel Vossner befreundet. Den sollten wir uns mal näher ansehen. Wenn wir Glück haben, sind wir da schon an der richtigen Adresse.«

Alsberger las den Zettel.

»Und Sie meinen, dieser Axel war es?«

»Bin ich Hellseherin?«

Erstaunt betrachtete er das Stück Papier. »Wo kommt das denn jetzt her?«

»Arthur hat es entdeckt.«

»Und wo?«

»Keine Ahnung. Das wird er uns wohl heute erzählen. Vielleicht in dem Karton, in dem die Fotos waren.«

Den hatte Arthur gestern in der Hand gehabt, kurz bevor er zu ihr kam. Das wäre eine Möglichkeit.

»Seltsam. Das müsste mir doch aufgefallen sein.« Alsberger, immer noch verwundert, gab ihr das Papier zurück. »Ich habe doch alles durchgesehen, was da drin war.«

Maria wollte nicht über diesen Zettel diskutieren. Arthur würde ihnen schon erklären, wo er herkam.

»Was haben die gestern noch im ›Kaffeehaus‹ gesagt? War das Zwingler, mit dem die Jobst da war?«, fragte sie.

»Die Bedienung wollte sich nicht festlegen. Sonst hätte ich Sie noch angerufen.«

»Schon in Ordnung. Ich habe Elvira Jobst für heute Nachmittag einbestellt. Mal hören, was sie selbst dazu sagt.«

Aber vielleicht war die Sache heute Nachmittag ja auch schon geklärt und sie konnten sich ein weiteres Gespräch mit der Kratzbürste sparen. Hoffentlich. Es gab bessere Möglichkeiten, sich den Tag zu vermiesen, als Gespräche mit Frau Jobst.

Eine knappe Stunde später standen sie vor der Tür der physiotherapeutischen Praxis Vossner & Brandke in Mannheim.

Eine Suche bei Google hatte ihnen alles verraten, was sie fürs Erste wissen mussten. Axel Vossner und Regine Brandke waren gemeinsame Eigentümer der Praxis. Es gab einen eindrucksvollen Internetauftritt mit Öffnungszeiten, Bildern der fünf Mitarbeiter, Adresse und Anfahrtsskizze.

Die Praxis lag im Erdgeschoss eines alten Gebäudes in der Schwetzingerstadt, einem Viertel, das sich südöstlich an die Mannheimer Innenstadt anschloss und im Volksmund auch beharrlich die »Schwetzinger Vorstadt« genannt wurde.

Die Rezeption der Praxis war aus Holz, die Wände in einem matten Gelb gestrichen, der Boden in lichtem Blau. Alles wirkte hell und freundlich. Genauso wie die Miene der Dame hinter dem Tresen, die Maria auf Anfang dreißig schätzte. Sie hatte kurze schwarze Haare und genau die kleine, zierliche Nase, von der Maria in Jugendjahren immer geträumt hatte. Ein Schildchen am weißen Sweatshirt informierte darüber, dass es sich um Frau Brandke persönlich handelte.

Als Maria ihr mitteilte, dass sie Herrn Vossner sprechen wollten, lächelte Frau Brandke zuvorkommend. Als sie, gefragt nach dem Grund, angab, dass sie von der Kripo Heidelberg waren und das lieber mit Herrn Vossner persönlich besprechen würden, war es allerdings vorbei mit dem professionell-freundlichen Gesichtsausdruck.

Für einen kurzen Moment konnte man das Erschrecken in Frau Brandkes Zügen sehen. Es dauerte nur den Bruchteil einer Sekunde, dann hatte sie sich wieder unter Kontrolle.

Axel Vossner, den Frau Brandke aus einem der Behandlungsräume herbeiholte, kam mit fragendem Blick auf sie zu. Ein großer, schlanker Mann, Mitte dreißig, mit dünnem blondem Haar. Er hatte sehr jungenhafte Züge und man konnte sich nur zu gut vorstellen, dass Herr Vossner als Fünfjähriger auch nicht viel anders ausgesehen hatte als heute. Nur kleiner eben.

Er führte sie in ein Zimmer, das anscheinend als Aufenthaltsraum genutzt wurde. Auch hier war alles hell und ansprechend. Eine Durchreiche in der Wand ließ den Blick auf die dahinterliegende Küche frei. Auf dem Tisch stand noch das Geschirr vom gemeinsamen Frühstück.

Vossner wies mit der Hand auf die Holzstühle am Tisch, die eine abenteuerlich geformte Rückenlehne hatten. Maria setzte sich. Die Dinger waren genauso unbequem, wie sie aussahen, dafür aber wahrscheinlich besonders ergonomisch. Alsberger empfand das wohl ähnlich. Er rutschte auf dem harten Sitz hin und her, schlug schließlich die Beine übereinander und sah aus, als habe er sich verknotet.

»Herr Vossner, kennen Sie einen Eugen Zwingler?«, begann Maria.

Axel Vossner lehnte sich lässig auf dem Stuhl zurück. Offensichtlich hatte er Training im Umgang mit dem Mobiliar.

»Ja, natürlich. Ich kannte Eugen gut. Ich habe gehört, was passiert ist. Es stand ja in der Zeitung. Eine schreckliche Geschichte.«

Sicher hatte der »Mannheimer Morgen« genauso über den Fall berichtet wie die Heidelberger Tageszeitung. Die Städte lagen schließlich nur knappe zwanzig Kilometer auseinander.

»Waren Sie befreundet?«

Vossner zögerte einen Moment.

»Ich kenne Eugen seit meinem vierten Lebensjahr. Früher waren wir einmal gut befreundet. Aber in den letzten Jahren haben wir uns nur noch ab und zu gesehen. Mal auf ein Bier oder zum Essen. Irgendwann ändern sich eben die Interessen.«

»Gab es Streit?«

»Nein. Streit gab es nicht. Es hat sich mit den Jahren einfach verlaufen.«

»Wann haben Sie Herrn Zwingler zuletzt gesehen?«

Vossner zuckte mit den Schultern.

»Vor ein paar Monaten. Da haben wir uns mal abends in Heidelberg getroffen.«

Maria zog das Phantombild hervor und hielt es ihm hin.

»Kennen Sie diese Frau? Sie heißt Natalie mit Vornamen.«

Vossner warf einen kurzen Blick darauf.

»Ich denke schon. Sie sieht aus wie eine Patientin von uns. Frau Blochner.«

Aus dem Raum nebenan hörte man ein leises Geräusch. Irritiert dreht Maria sich um zur Durchreiche. Frau Brandke hatte sich in der Küche zu schaffen gemacht. Sicher nicht, um zu spülen. Der große Lauschangriff war in vollem Gange.

»Komm ruhig rüber, Regine«, rief Vossner ihr zu.

Das ließ Frau Brandke sich nicht zweimal sagen. Noch ehe Maria Einspruch erheben konnte, stand sie im Zimmer.

»Aber sicher kennen wir die«, sagte Regine Brandke nach einem Blick auf das Phantombild mit spitzem Unterton in der Stimme.

»Sie kam vor einigen Wochen das erste Mal. Ohne Rezept. Wegen Rückenschmerzen«, erklärte Herr Vossner. »Eine Privatzahlerin.«

»Bar hat sie bezahlt. Sofort nach jeder Behandlung. Das Doppelte vom Kassensatz. Und sie wollte sich *nur* von Axel behandeln lassen. Von niemandem sonst.«

Das Gift in Frau Brandkes Stimme war so deutlich zu hören, dass selbst Alsberger von seinem Blöckchen aufschaute.

»Und?«, fragte Maria.

»Nichts ›und‹«, erwiderte Herr Vossner. »Sie war vier, fünf Mal da. Dann waren die Beschwerden besser. Die Behandlung war beendet.«

»Wann war das?«

»Das letzte Mal ist sie so vor drei Wochen hier gewesen.«

»Sie lesen doch die Zeitung. Das Bild von dieser Frau war gestern im ›Mannheimer Morgen‹ abgedruckt. Und die Bitte, sich zu melden, wenn man sie kennt. Warum haben Sie das nicht getan?«

»Ich habe es nicht gesehen. Ich komme nicht jeden Tag zum Zeitungslesen.«

»Oder war es Ihnen unangenehm, uns zu erzählen, dass Sie mit Frau Blochner ein Verhältnis hatten?«

Frau Brandke stand neben ihnen, die Arme vor dem Körper verschränkt. Sie warf Vossner einen Blick zu, der genauso gut war wie eine Aussage. Verunsicherung, Wut, Verletztheit. Eine Mischung aus allem.

Vielen Dank, dachte Maria. Genau das wollte ich wissen. Wenn sie sich nicht sehr täuschte, dann hatte es hier wegen Natalie Blochner Ärger gegeben. Und Frau Brandke war mehr als nur Geschäftspartnerin.

»Wie kommen Sie darauf?«, entgegnete Vossner kühl.

»Hatten Sie ein Verhältnis mit ihr?«

»Wer behauptet das?«

»Beantworten Sie meine Frage!« Marias Tonfall war scharf geworden. Sie mochte es nicht, wenn ein Verdächtiger meinte, er müsse die Polizei ausfragen.

»Nein, hatte ich nicht.«

»Und da sind Sie sich ganz sicher?«

»Ich denke, ich habe Ihre Frage ausreichend beantwortet.«

»Wo waren Sie letzte Woche Mittwoch zwischen siebzehn und neunzehn Uhr?«

»Keine Ahnung. Da muss ich in meinem Kalender nachsehen.«

»Dann tun Sie das.«

Herr Vossner verließ den Raum. Regine Brandke stand da und sah ihm mit verkniffenem Gesicht hinterher.

»Wollen *Sie* uns dazu vielleicht auch etwas mitteilen?«, fragte Maria.

»Ich wüsste nicht, was.« Frau Brandke schaute auf ihre Uhr. »Ich muss weitermachen. Wenn Sie mich bitte entschuldigen würden.«

Sie rauschte aus dem Zimmer und stieß in der Tür fast mit Vossner zusammen, der mit dem Kalender in der Hand zurückkam.

»Am neunten hatte ich hier einen Termin bis siebzehn Uhr. Dann war ich wahrscheinlich joggen, wie üblich. Und danach zu Hause. Auf jeden Fall steht hier nichts anderes.«

Da gab es also schon mal kein Alibi. Und wie sich schnell herausstellte, hatte Herr Vossner auch keines für den Tag, an dem Frau Karl ermordet wurde.

»Unter der Woche bin ich abends nie lange weg. Ich fange morgens so früh an, dass ich mir das nicht erlauben kann.«

»Was wissen Sie über Frau Blochner?«

»Nichts. Außer, dass sie in Heidelberg wohnt.«

»Adresse?«

»Die habe ich nicht im Kopf. Aber sie steht sicher auf ihrer Patientenakte.«

Maria holte eine Kopie des Zettels hervor, den Arthur gefunden hatte, und gab ihn Vossner. Er las ihn, scheinbar unbeteiligt. Aber seine Hand zitterte. Nur einen kleinen Moment. Lange genug, um sehen zu können, dass da wohl jemand einen gehörigen Schrecken bekommen hatte.

»Da kann es nicht um mich gehen. Das muss ein anderer Axel sein.«

»Das ist aber ein Zufall, Herr Vossner. Frau Blochner, eine äußerst attraktive Frau, wie wir wissen, ist bei Ihnen in Behandlung und lässt Herrn Zwingler diese Nachricht zukommen. Mit dem sie übrigens auch ein Verhältnis hatte.«

»Ich hatte kein Verhältnis mit ihr!« Nun wurde Vossner doch ärgerlich. »Das ist eine haltlose Unterstellung. Ich verbitte mir das!«

»Welches Auto fahren Sie? Marke und Farbe?«

Mal sehen, ob Herr Vossner vielleicht bei der Mafia war.

»Einen schwarzen Golf.«

Das reichte. Maria stand auf.

»Wir müssen Sie leider bitten mitzukommen. Ihre Aussage muss protokolliert werden.«

Mengert sollte ihn sich vorknöpfen. Mal sehen, ob Axel Vossner dann noch bei seiner bisherigen Version blieb. Vielleicht fiel ihm das Reden ja auch leichter, wenn seine Geschäftspartnerin nicht im Nebenraum rumhantierte.

»Wir werden in der Zwischenzeit versuchen, Frau Blochner zu erreichen«, versicherte Maria. »Sie kann das ja sicher alles bestätigen.«

Herr Vossner war ganz und gar nicht erfreut. Hektisch wurde mit Regine geklärt, wie mit den Patienten zu verfahren sei. Und Regine regte sich mindestens so auf wie Herr Vossner selbst.

Sie brachten ihn in die Polizeidirektion nach Heidelberg, wo Mengert sich seiner annahm.

Maria versuchte es noch einmal in der Heidelberger Uniklinik. Herr Pöltz durfte besucht werden. Das ging vor. Um Frau Blochner würden sie sich später kümmern.

Arthur lag in der »Chest Pain Unit« der medizinischen Universitätsklinik im Neuenheimer Feld. In diesem westlichen Teil Neuenheims standen große moderne Gebäude, in denen auch etliche Abteilungen der Heidelberger Universitätsklinik untergebracht waren. Gigantische Ziffern auf den Häuserblocks zeigten die jeweilige Hausnummer an.

Trotzdem kurvte Alsberger suchend durch die Gegend. Maria war zwar gestern mit Mengert schon hier gewesen, aber wo, das wusste sie nicht mehr.

»Der Typ sieht nicht so aus, als könnte er jemandem die Kehle durchschneiden«, bemerkte Alsberger, während er Ausschau nach den Hausnummern hielt.

»Wie sieht man denn aus, wenn man jemandem die Kehle durchschneidet? Blutunterlaufene Augen und leicht irrer Blick?«

Maria wusste genau, was er meinte. Vossner sah sehr jungenhaft aus. Und jungenhaft wirkte unschuldig. Aber nach dem Äußeren eines Menschen beurteilen zu wollen, ob es sich um einen Mörder handelte oder nicht, das hatte sie schon nach der zweiten Woche bei der Kripo aufgegeben. Und das sollte Alsberger besser auch tun.

»Was bin ich denn für ein Typ? Potenzielle Mörderin oder Unschuldslamm?«

Ihr Assistent murmelte etwas, das sie nicht verstand.

»Also?«

»Ich glaube, *Sie* sind zu allem fähig.«

Na, wenigstens war er ehrlich.

»Dann merken Sie sich das gut. Für den Fall der Fälle. Falls wir mal Streit bekommen. Und nun sage ich Ihnen mal was: Dieser Vossner mag aussehen wie ein harmloser Milchbubi. Aber er hat kein Alibi, und als er die Nachricht von dieser Natalie gelesen hat, ist er fast vom Stuhl gekippt. Außerdem ist die Brandke wegen irgendetwas, was mit Natalie Blochner zu tun hat, sauer auf ihn. Ich glaube, der lügt.«

Alsberger bog in die nächste Straße ein.

Hier waren sie eben schon einmal gewesen, das wusste Maria ganz genau. Sie versuchten, die Nummer des Gebäudes zu erspähen.

»Wir müssen wieder zurück, Alsberger.«

Ronnilein fluchte.

»Es würde mich nicht sehr wundern, wenn das die simple, alte Geschichte ist: Eifersucht. Der Rivale Zwingler muss dran glauben. Und die Karl, weil sie Vossner gesehen hat«, belehrte Maria ihn weiter. »Vielleicht hat die Rothaarige Vossner und Zwingler zusammen kennengelernt. Abends, als die mal gemeinsam unterwegs waren. Sie flirtet und fängt mit beiden eine Beziehung an. Vossner bekommt mit, was los ist, rastet aus und schneidet dem Konkurrenten die Kehle durch.«

Alsberger sagte gar nichts zu ihrer Theorie. Er war ganz mit den Hausnummern beschäftigt. »Wir müssen hier ins Parkhaus. Da hinten ist es!«, rief er erleichtert.

Glück gehabt. Maria hatte schon befürchtet, sie würden den Rest des Tages im Neuenheimer Feld herumirren.

Arthur sah aus wie ein großer weißer Berg. Kreidebleich lag er im Bett.

Alsberger war draußen geblieben. Lieber nicht so viel Besuch auf einmal, hatte die Schwester gesagt.

»Ach!«, sagte Arthur, als Maria die Tür aufmachte. »Du kannst anklopfen! Das wusste ich ja gar nicht.«

»Wenn ich will, kann ich alles. Fast alles.«

Mord inklusive. Das war ihr ja eben erst von Alsberger bestätigt worden. Anklopfen war da eine ihrer leichtesten Übungen.

»Und, wie geht es dir?«, fragte Maria.

Arthur sah noch viel schlimmer aus als in den letzten Tagen auf der Arbeit.

»Geht schon«, sagte der weiße Berg mit erstickter Stimme.

»Du fehlst uns.«

Arthur drehte den Kopf weg. Eine Weile war Stille. Maria konnte sehen, dass er weinte. In ihrem Magen zog sich alles zusammen.

»Wenn die Schwester sieht, dass ich dich zum Heulen gebracht habe, schmeißt sie mich bestimmt raus.«

Sie nahm sich einen Stuhl und setzte sich neben ihn ans Bett.

»Sag was, Arthur. Das macht mich nervös, wenn du nicht mit mir redest.«

Arthur wischte sich mit dem Zipfel der Bettdecke über das Gesicht.

»Ich weiß nicht, wie es weitergehen soll, Maria.«

»Du wirst wieder gesund, und dann kommst du zurück. Wie soll es denn sonst weitergehen?«

»Ich muss regelmäßig essen, haben die gesagt. Und ich soll auf keinen Fall Nulldiät machen.«

Und die chinesischen Turbopillen durfte er auch nicht mehr nehmen. Aber das wusste Arthur wahrscheinlich schon.

»Dann geht es eben etwas langsamer mit dem Abnehmen. Das ist doch nicht so schlimm.«

»Doch, das ist schlimm!«, brach es aus ihm hervor. »Du weißt ja gar nicht, *wie* schlimm das ist, wenn man so dick ist. Wenn du die Treppe kaum noch hochkommst und nach ein paar Metern schon nach Luft schnappst. Dir die Schuhe nicht mehr zubinden kannst, weil du nicht mehr drankommst. Nicht mehr in die Duschkabine passt. Die Leute dich ständig anglotzen und denken, was für ein fettes Schwein du bist.«

Langsam dämmerte Maria, warum Arthur immer Ausreden parat gehabt hatte, wenn sie mit ihm irgendwohin gehen wollte.

»Du *denkst*, dass sie das denken. Aber vielleicht tun sie es gar nicht.«

»Doch, das tun sie. Das weiß ich.«

Sie schwieg. Wer wusste schon, was er alles zu hören bekommen hatte. Die lieben Mitmenschen konnten manchmal ziemlich grausam sein.

»Die letzten Jahre habe ich nur noch auf der Arbeit gelebt. Und wenn ich nach Hause gegangen bin, habe ich mich vollgestopft und bin ins Bett gekrochen, um am nächsten Tag wieder arbeiten zu gehen. Aber das ist es nicht, Maria. Ich will auch mal eine Freundin haben. Und Kinder.«

Arthur zog sich die Bettdecke hoch bis ans Kinn. »Aber so will mich doch keine.«

»Na, immerhin bringen dir schon schwangere Frauen Pralinen auf die Arbeit.«

»Ja, weil ich der *nette* Herr Pöltz bin. Der gute Kumpel, dem man sein Herz ausschüttet. Aber mehr eben nicht. Heiraten tun sie die anderen. Die Schlanken. Die, die gut aussehen. Die können sich alles erlauben und finden trotzdem eine Frau. Wie dieser Zwingler. Deshalb muss ich abnehmen. Und zwar schnell. Damit ich irgendwann auch einmal ein Leben habe. Ein *Privatleben.*«

Sie widersprach ihm nicht. Er hatte ja recht. Für sie selbst war Arthur auch immer nur der gute Kumpel gewesen. Als Mann hatte sie ihn nie wahrgenommen. Und sie war noch nicht einmal auf die Idee gekommen, dass er sich vielleicht eine Familie wünschte. Aber wie sollte er auch jemals eine Frau kennenlernen, wenn er sich im Büro verkroch?

»Was hältst du davon, wenn wir doch mal zusammen einen trinken gehen, wenn du hier raus bist? Du kannst ja mit dem Privatleben schon mal vorsichtig anfangen, während du abnimmst. Und wenn einer einen blöden Kommentar abgibt, steck ich ihn in die Arrestzelle.«

»Hilfst du mir, Maria? Dass ich nicht weitermache wie früher?«

»Klar«, sagte sie. Auch wenn sie keine Ahnung hatte, wie sie das anstellen sollte. Sie griff über die Bettdecke und nahm seine Hand. »Wir sind doch Freunde, oder?«

Arthur nickte. Seine Augen waren schon wieder kurz davor überzulaufen.

Bevor sie ging, fragte Maria ihn nach dem Zettel. Es war genau, wie sie es sich gedacht hatte. Er war in dem Karton gewesen, in dem Eugen Zwingler seine Fotos aufbewahrt hatte. Als Arthur ihn im Büro zusammengelegt hatte, um ihn wegzuwerfen, war der Zettel herausgefallen. Er musste zwischen den Bodenlaschen des Kartons gesteckt haben. Deshalb hatte Alsberger ihn nicht bemerkt.

Der Karton, der ihr in Zwinglers Wohnung aus der Hand gerutscht war. Bei dem vielleicht das Oberste zuunterst gelandet war, als alles wieder eingesammelt wurde. Vielleicht hätten sie den Zettel schon viel früher gefunden, wenn sie den Karton nicht fallen gelassen hätte. Und Henrike Karl wäre noch am Leben.

Maria erzählte Arthur von Axel Vossner und dessen Verbindung zu Eugen Zwingler und Natalie Blochner.

»Siehst du!« Arthurs Miene hellte sich schlagartig auf. »Die Rothaarige hat noch einen anderen, genau wie ich gesagt habe! Ich wusste doch, dass Frau Haschke unschuldig ist.«

Wie schön, dass Arthur sich so freute. Sie hätte sich mit ihm freuen sollen. Aber es wollte Maria nicht so recht gelingen. Obwohl es im Moment ganz danach aussah, als hätte Arthur richtig getippt. Wenn Vossner wirklich eine Beziehung mit dieser Natalie Blochner gehabt hatte, dann war er wohl der Rivale, vor dem Eugen Zwingler sich in Acht nehmen sollte. Der Rivale, der aus Eifersucht gemordet hatte.

Und Rabea Haschke war das arme Opfer. Die sensible Frau, die keiner Fliege etwas zuleide tun konnte. Die Arthur Pralinen auf die Arbeit brachte. Die so ein schweres Schicksal hatte und bei all dem doch ihren hübschen Charakter behielt. Eine Frau mit rosa Zuckerguss.

Es passte alles so perfekt zu dem, was Arthurs Herz erfreute, dass Maria für einen Moment ganz unbehaglich wurde.

Aber das würde sich alles klären. Ganz bestimmt. Alles Unbehagen würde verschwinden.

Wenn sie erst einmal mit Teufelchen Natalie gesprochen hatten.

Wer einmal lügt ...

Maria hatte das Krankenhaus gerade erst verlassen, da klingelte ihr Handy.

»Überraschung!«

Die Stimme kam ihr bekannt vor.

»Hallo, wer ist denn da?«

»Überraschung! Überraschung!«

»Herr Meltzer?«

Das Gespräch war weg. Sie sah nach, von welcher Nummer aus angerufen wurde. Es *war* der Anschluss von Herrn Meltzer.

Auch wenn Maria von dem alten Herren einiges gewohnt war: Das war nun doch ein etwas seltsamer Anruf gewesen. Da war es vielleicht besser, einmal zurückzurufen.

»Ja?« Herr Meltzer war gleich am Apparat. Es bestand Hoffnung, mehr zu erfahren.

»Mooser hier. Sie haben mich eben angerufen. Was sollte das mit der Überraschung?«

»Das ist geheim«, sagte Herr Meltzer in wichtigem Ton, als handle es sich um ein Staatsgeheimnis. »Sonst ist es ja keine Überraschung mehr.«

Ja, das stimmte wohl.

»Ist die Überraschung für mich?«

Hoffentlich hatte er nicht eine Lkw-Ladung OMO für sich und die liebe Nachbarschaft bestellt.

»Ich sag nichts! Ich sag nichts!«, jubilierte Herr Meltzer am anderen Ende.

»Ist Frau Bleiwald da?«

Vielleicht konnte sie Maria erklären, was los war. Aber anstelle einer Antwort war nur ein Geräusch im Hintergrund zu hören.

»Ich muss Schluss machen!« Wieder war das Gespräch weg.

Irritiert schaute Maria auf ihr Handy. Wenn das nicht noch ein böses Ende nahm.

*

Das Haus war nicht etwa ein einfaches Einfamilienhaus. Nein, es war eindeutig mehr als das. Es lag in einer ruhigen Stichstraße an den Hängen des Königstuhls, des Hausbergs der Heidelberger, mit traumhaftem Blick zum Neckar. Im Immobilienteil der »Rhein-Neckar-Zeitung« hätte man es wahrscheinlich unter der Rubrik »Villen« gefunden.

Maria schätzte die Wohnfläche auf mindestens zweihundert Quadratmeter. Mehrere Stufen führten zur wuchtigen schwarzen Eingangstür hoch, der Weg dorthin war mit großen Steinplatten gepflastert.

Im Vorgarten sah es allerdings nicht ganz so gut aus. Neben einigen Tulpen und den letzten Osterglocken tummelte sich darin alles mögliche Unkraut.

»Keine schlechte Hütte, was?«, bemerkte Alsberger beeindruckt, als sie vor der Haustür standen.

Maria drückte auf die Klingel, neben der ein kleines Schild mit dem Namen »Blochner« angebracht war. Sie klingelte ein zweites Mal, ein drittes und ein viertes Mal. Nichts rührte sich.

Irgendwie passte dieser Garten nicht zum Haus. Auch wenn Maria für Löwenzahn durchaus etwas übrig hatte. Aber bei Häusern wie diesem hier stand normalerweise kein Löwenzahn im Vorgarten. Zumindest nicht in solchen Mengen.

»Wir gehen mal hinten rum«, schlug sie vor.

Rechts neben dem Gebäude führte ein gepflasterter Weg an einer Mauer vorbei. Er endete vor einer schmalen Holztür. Maria war schon als Kind gerne geklettert. Und trotz ihrer überflüssigen Pfunde immer noch recht gelenkig. Alsberger folgte kommentarlos.

Hinter der Mauer erstreckte sich ein großer Garten mit einer Terrasse, die sich an die Rückseite des Gebäudes anschloss. Eine Sitzgruppe aus Holz stand darauf, die ganz so aussah, als hätte man vergessen, sie den Winter über reinzustellen. In einem Stuhl lag ein Polster, das von einer grauen Schimmelschicht überzogen war und den Eindruck machte, als habe es schon etliche Regengüsse abbekommen. Die verfaulten Reste einer Sommerpflanze hingen in einem blauen Keramikkübel. Maria tippte auf eine Margerite vom letzten Jahr. Die Rollläden an den Fenstern waren unten. Alles wirkte seltsam verlassen.

»Sieht aus, als wäre unser Vogel ausgeflogen.« Alsberger stand da, die Hände in die Hüften gestützt.

»Fragt sich nur, seit wann.« Maria betrachtete die Sitzgarnitur. »Das macht den Eindruck, als wäre da jemand schon ziemlich lange weg. Schon seit Monaten.«

Alsberger bückte sich und hob etwas vom Steinboden neben dem Gartentisch auf. Es waren Scherben. Ein Windstoß musste etwas vom Tisch gefegt haben.

»Und als ob dieser jemand überraschend aufgebrochen wäre. Hat noch nicht mal die Kaffeetasse weggeräumt.« Er hielt ihr den verdreckten Henkel hin.

Maria schaute auf die schmutzig grauen Rollläden, die den Eindruck machten, als wären sie schon seit Monaten heruntergelassen. Irgendetwas war hier nicht in Ordnung.

»Wir gehen mal zu den Nachbarn. Vielleicht wissen die was.«

Zur Linken war niemand zu Hause. Zur Rechten hatten sie mehr Glück.

Eine junge Frau mit dunklen Haaren und Pferdeschwanz öffnete ihnen die Tür und lächelte sie freundlich an. Maria sah einen Putzeimer hinter ihr im Flur stehen.

»Bitte?« Der Akzent der jungen Dame verriet, dass sie nicht immer in Deutschland gelebt hatte.

Maria stellte sich vor und fragte, ob sie etwas über Frau Blochner wisse. Die junge Frau hatte aufmerksam zugehört.

»Ich Anda«, antwortete sie.

Maria wiederholte ihre Frage und zeigte auf das Nachbarhaus.

»Ah!« Anda nickte eifrig. »Misses Blochner! Misses Blochner nix zu Hause.«

»Wo ist sie denn?«

»Nix da.«

»Can you tell us, where she is?«, versuchte Alsberger es.

Die junge Frau strahlte ihn an. »Home«, sagte sie dann. »Misses Blochner home.«

Auch Englisch schien nicht ihre Muttersprache zu sein.

Alsberger kramte noch ein paar Brocken Spanisch hervor, war damit aber auch nicht erfolgreicher.

Schließlich erbarmte sich Anda und versuchte es noch einmal auf Deutsch. »Is heim. Nix da.«

Mit einiger Mühe gelang es Maria herauszufinden, dass Mister und Misses Ellers, die laut Klingelschild in diesem Haus wohnten, auch nicht zu Hause waren, aber bald wieder zurück sein würden. Wenn man sich da richtig verstanden hatte.

Sie kramte einen Kuli hervor und schrieb auf die Rückseite einer ihrer Visitenkarten eine Nachricht für die Ellers. Sich bitte *sofort* zu melden, wenn sie wieder zu Hause wären.

»Vielleicht ist die Blochner nicht von hier. ›Blochner‹ hört sich zwar deutsch an, aber die kann ja auch einen Deutschen geheiratet haben, deshalb der Name. Und jetzt ist sie nach Hause gefahren. ›Is heim‹ heißt, sie ist zurück in ihr Heimatland«, überlegte Alsberger laut, als sie auf der Fahrt zur Polizeidirektion waren. »Brasilien, Ecuador. Oder Irland. Da haben sie viele Rothaarige.«

Sie hatten bei zwei weiteren Häusern geklingelt, waren von einem Hund verbellt worden und hatten vor verschlossenen Türen gestanden.

Dann wollte Maria zurück. Der Gedanke an Vossner ließ ihr keine Ruhe. Vielleicht war ihm inzwischen ja doch noch etwas zu seiner rothaarigen Patientin eingefallen.

In der Polizeidirektion ging sie als Erstes zu Mengert, der immer noch dabei war, Axel Vossner zu verhören. Als Maria die Tür zu seinem Büro öffnete, konnte sie Vossner nur von hinten sehen. Aber so, wie er dasaß, ahnte sie schon, dass es nicht weiterging.

Sie nickte Mengert zu. Er kam vor die Tür.

»Und?«

»Er bleibt dabei.«

»Was hast du für einen Eindruck?«

Mengert war erfahren. Er hatte Hunderte von Leuten verhört und wusste, dass man einem Menschen nicht auf den ersten Blick ansah, ob er ein Mörder war oder nicht. Anders als der Grünschnabel Alsberger.

Mengert zuckte ratlos mit den Schultern.

»Schwer einzuschätzen.«

Maria erzählte ihm von Natalie Blochners verwaistem Haus.

»Aber wir warten. Sag Vossner erst mal nichts davon.«

Aus dem vorderen Teil des Flurs war eine aufgebrachte Frauenstimme zu hören. Man konnte die Worte »typisch Beamte« und »kann man warten, bis man verfault« gut verstehen.

Frau Jobst. Die hatte sie doch glatt vergessen.

Elvira Jobst war deutlich wacher als am frühen Morgen und hatte zur gewohnten Form zurückgefunden.

Was für eine Unverschämtheit, sie so lange warten zu lassen! Und jetzt sollte sie auch noch schwachsinnige Fragen beantworten. Streit mit dem Bruder, weil er ihr kein Geld leihen wollte, um die Zwangsversteigerung abzuwenden? Natürlich, was denn sonst. Das sei doch wohl nicht schwer zu verstehen, dass man sauer wurde, wenn der eigene Bruder einen so hängen ließ. Außerdem habe sie keinen Hehl daraus gemacht, dass sie sich in letzter Zeit nicht gut verstanden hätten.

Richtig wütend wurde Frau Jobst, als sie mitbekam, dass man sie verdächtigte, falsche Angaben darüber gemacht zu haben, wann sie ihren Bruder das letzte Mal gesehen hatte.

»Sie haben doch keinen blassen Schimmer, wer es gewesen sein könnte! Sie wissen nichts! Gar nichts! Also beschuldigen Sie mal wild drauflos und versuchen mit miesen Tricks, irgendwelche Geständnisse zu erzwingen.«

Maria übte sich in Geduld.

»Wir würden lediglich gerne wissen, mit wem Sie im ›Kaffeehaus‹ essen waren, Frau Jobst. Sie können ruhig zugeben, dass es Ihr Bruder war. Man kann ja mal etwas vergessen. Dafür haben wir Verständnis. Nur lügen sollte man in Ihrer Situation sicher nicht.«

»In *meiner* Situation! Was ist denn meine Situation? Vielleicht zu Unrecht verdächtigt zu werden?«

»Also, wer war der Mann, mit dem Sie in dem Lokal waren?«

»Irgendeiner«, entgegnete Frau Jobst schnippisch.

Maria merkte, wie ihr schon wieder warm wurde. Diese Frau tat ihrem Blutdruck nicht gut.

»Wer war der Mann, Frau Jobst?«

»Ich glaube, der saß schon am Tisch, als ich reinkam.«

»Ihr Bruder hat also dort auf Sie gewartet?«

»Nein, hat er nicht! Das war irgendein Typ, den ich nicht kannte. Man kann sich doch mal zu jemandem an den Tisch setzen.«

»Sie haben sich gestritten. Weshalb?«

»Keine Ahnung. Ich krieg schnell Streit. Da braucht's nicht viel.«

Das allerdings war ganz bestimmt die Wahrheit.

Elvira Jobst blieb dabei. Ein Fremder. Erst nettes Geplauder, dann Ärger. Wegen irgendeines politischen Themas, das wüsste sie noch. Manchmal reagiere sie eben etwas impulsiv.

»Amen!«, sagte Maria, als Frau Jobst ihre Geschichte beendet hatte. »Sie sollten Märchenerzählerin werden. Geschichten erfinden können Sie wirklich richtig gut.«

Einen Moment lang starrten sich die beiden Frauen an. Maria kam es fast vor wie ein Machtkampf. Wer zuerst den Blick abwendete, der hatte verloren.

Das Telefon beendete das Kräftemessen.

Es war Frau Ellers, die Nachbarin von Natalie Blochner. Ja, natürlich, sie könne gerne gleich zurückrufen. Man sei jetzt zu Hause.

Maria schickte Frau Jobst raus. Sie sollte draußen warten, bis das Protokoll vorlag. Wenn sie unterschrieben hatte, konnte sie gehen.

»Sie hören wieder von uns!« Eine kleine Drohung konnte nicht schaden.

Sobald Elvira Jobst die Tür hinter sich zugezogen hatte, wählte Maria die Nummer von Frau Ellers und fragte sie nach der Nachbarin.

»Selbstverständlich weiß ich, wo Frau Blochner ist.«

Frau Ellers erzählte. Maria konnte nicht glauben, was sie da hörte.

»Sind Sie sich da *ganz* sicher?«

»Doch, doch, das stimmt. Rufen Sie doch einfach dort an, dann können Sie selbst mit ihr sprechen. Ich habe die Durchwahl hier.«

Eine Minute später wusste Maria, dass alles stimmte, was Frau Ellers berichtet hatte. »Is heim« hatte nichts mit einer Reise ins Heimatland zu tun. Natalie Blochner war in Heidelberg, gar nicht weit entfernt.

Unter der genannten Nummer hatte sich eine brüchige Stimme gemeldet. Die Stimme einer Frau, die ganz bestimmt keine langen roten Haare hatte, die bis zum Hintern reichten. Und bestimmt auch keine Liebesbriefchen mit Herzchen darauf an einen Mann Mitte dreißig schrieb.

Natalie Blochner war einundsiebzig und wohnte seit dem letzten Sommer in einer Seniorenresidenz im Emmertsgrund. Nachdem sie an einem schönen Tag beim Kaffeetrinken im Garten einen Schlaganfall bekommen hatte.

Frau Blochner hatte einen Sohn, der in Washington lebte. Aber leider keine Enkelkinder. Und rote Haare hatte in ihrer Familie niemand. Das Haus stand seit dem Sommer leer, eine Freundin schaue ab und zu nach dem rechten. Aber die hatte auch keine roten Haare. Der Sohn würde in einigen Wochen nach Deutschland kommen, dann sollte das Haus verkauft werden.

Maria versuchte, Frau Blochner so schonend wie möglich zu erklären, worum es ging. Sie würde jemanden vorbeischicken mit dem Phantombild. Dann legte sie auf.

Schade, dass Arthur nicht da war. Seine grauen Zellen im Hintergrund fehlten ihr. In solchen Situationen brauchte sie die Gespräche mit ihm, um das Durcheinander in ihrem Kopf zu ordnen.

Was sollte das? Was für einen Grund hatte diese Rothaarige, Namen und Adresse einer anderen Frau anzugeben? Wollte sie nicht gefunden werden?

In dem Becher auf ihrem Schreibtisch war nur noch kalte schwarze Brühe von gestern. Widerlich. Sie brauchte frischen Kaffee, sonst klappte das nicht mit dem Nachdenken.

Maria ging in Arthurs Büro. Seltsam, dass keiner drinsaß. Es war fast so, als ob man auf den Marktplatz käme, und die Heiliggeistkirche wäre weg.

Sie stopfte die Papiertüte in den Filter und schüttete jede Menge Kaffeepulver rein. Natalie. Ein seltener Name. »N«. Das hatte auf dem Zettel an Zwingler gestanden.

Warum hatte sie Zwingler und Vossner nicht gesagt, wer sie war? War sie vielleicht gebunden und wollte nicht, dass einer der beiden Männer überraschend bei ihr zu Hause auftauchte?

Dass die rothaarige Frau nicht aufzufinden war, war für Herrn

Vossner jedenfalls ganz praktisch. Wahrscheinlich das Beste, was ihm überhaupt passieren konnte. Denn sonst würde vielleicht schnell klar, dass er doch ein Motiv für den Mord an Zwingler hatte.

Ob Vossner ihre wahre Identität herausgefunden hatte?

Was machte man wohl mit einer Frau, die auf keinen Fall von der Polizei gefunden werden durfte? Von der man aber so besessen war, dass man schon getötet hatte, um sie nicht mit einem anderen teilen zu müssen.

Je länger Maria darüber nachdachte, desto mulmiger wurde ihr.

Sie setzte sich an Arthurs Schreibtisch und wählte die Nummer der Staatsanwältin. Sie musste versuchen, einen Durchsuchungsbefehl für Vossners Wohnung zu bekommen. Heute noch.

Axel Vossner schwor Stein und Bein, dass seine Patientin behauptet hatte, Natalie Blochner zu sein und genau die Adresse in Heidelberg angegeben habe, die auf der Patientenakte stand. Er könne sich nicht erklären, warum sie gelogen habe. Wie sie wirklich heiße, wisse er nicht. Und auch nicht, wo sie sich zurzeit aufhalte. Warum sollte er auch. Diese Frau interessiere ihn nicht. Er habe mit ihr nichts zu tun.

Mengert tat sein Bestes, aber Vossner blieb dabei.

Drei Stunden später standen sie in seiner Wohnung in Mannheim. Es hatte Maria einiges an Überzeugungsarbeit gekostet, den Durchsuchungsbefehl zu bekommen. Eine gefesselte rothaarige Frau in der Abstellkammer war noch eine der harmloseren Varianten, die sie ausgemalt hatte.

Der jungenhafte Mann, dem Alsberger nichts Böses zutraute, war ziemlich wütend geworden, als er über die Hausdurchsuchung informiert wurde. Er hatte gedroht, sich an höchster Stelle zu beschweren, und sehr viele, sehr böse Dinge über die Kripo Heidelberg gesagt.

Leider war in der Wohnung auf Anhieb nichts zu finden gewesen. Keine Frau in einem Verlies. Kein Skalpell, keine Liebesbriefe von Natalie, keine blutverkrustete Kaminuhr. Jetzt kam die Feinarbeit.

Maria hatte Jantzek gebeten, mit dabei zu sein und das volle

Programm abzuspulen. Sie hatte seinen Ehrgeiz angestachelt, ihm mindestens dreimal gesagt, dass sie wisse, dass er der Beste sei. Sie war sich sicher, dass er mit der Lupe bis in die letzte Ecke kriechen würde.

Es konnte Stunden dauern, bis die Kollegen fertig waren. Zu warten lohnte nicht.

Sie fuhr mit Alsberger zurück nach Heidelberg und ließ sich von ihm zu Hause absetzen. Vossner würde heute Nacht in Arrest bleiben. Morgen musste er dem Haftrichter vorgeführt werden. Wenn sie bis dahin nicht mehr gegen ihn in der Hand hatten, würde man ihn laufen lassen.

Als sie ihre Wohnung aufschloss, dachte Maria für einen Moment, sie sei wieder in ihrem Traum. Dem Traum, in dem Räume sich auf seltsame Weise veränderten, Treppen verschwanden.

War das wirklich *ihre* Wohnung?

Die Plastikflaschen waren weg. Einfach weg. Der Läufer sah aus, als wäre er gerade frisch aus der Reinigung gekommen. Die Schuhe, die verstreut um die Garderobe herum gelegen hatten, standen in Reih und Glied nebeneinander. Das Telefontischchen war vom Staub befreit. Maria konnte sich nicht erinnern, es jemals, seitdem sie hier wohnte, abgestaubt zu haben.

War das die Überraschung? Sie ging in die Küche. Auch hier waren Ordnung und strahlende Sauberkeit eingekehrt.

Das konnte nur Frau Bleiwald gewesen sein. Maria hatte mit ihr vereinbart, dass sie in den kommenden Tagen bei ihr putzen sollte. Sie hatten aber noch nichts Konkretes abgemacht. Maria wollte sich noch einmal melden. Weil sie lieber dabei war, wenn jemand Fremdes in ihrer Wohnung sauber machte. Aber das hatte sie Klementine *so* natürlich nicht gesagt.

Ihr leichtes Unbehagen über Frau Bleiwalds Eigenmächtigkeit verflog, als sie ihren größten Kochtopf auf dem Herd stehen sah.

Sie hob den Deckel hoch. Der Geruch war überwältigend. Gulasch für eine siebenköpfige Großfamilie. Oder eine hungrige Hauptkommissarin. Das Wasser lief ihr im Mund zusammen.

Das hier war wohl eine Überraschungs-Koproduktion Meltzer-Bleiwald. Sie konnte sich genau vorstellen, wie es abgelaufen war.

Frau Bleiwald musste Herrn Meltzer erzählt haben, dass sie bei der Frau Kommissarin einmal sauber machen sollte. Und Herr Meltzer hatte ihr den Schlüssel in die Finger gedrückt und verkündet, dass Maria ganz wild auf Überraschungen sei, Gulasch liebe und seins letztens ratzeputz aufgegessen hatte.

Sie musste dringend mit dem alten Herrn reden. Das war lieb gemeint, aber trotzdem nicht in Ordnung. Und ihre Schlüssel, die sollte sie ihm unbedingt wieder abknöpfen. Sonst kam sie demnächst nach Hause und hatte eine neue Sitzgarnitur im Wohnzimmer stehen.

Aber vorher, vorher *musste* sie etwas von diesem Gulasch essen. In ihrer Speisekammer fand Maria tatsächlich noch eine Packung Spätzle. Das Fest konnte beginnen!

Als sie das Wasser aufsetzen wollte, fiel ihr Vera ein. Das war doch jetzt genau der richtige Zeitpunkt, um das Kind davon zu überzeugen, dass seine Mutter sehr gut für sich selbst sorgen konnte. Am besten bestellte sie Vera sofort hierher. Wer wusste schon, wie die Wohnung in ein paar Tagen wieder aussah.

Sie musterte ihren Pullover. Kein einziger noch so kleiner Fleck war zu sehen. Dann rief sie ihre Tochter an, die wie üblich nur ein paar Straßenecken weiter bei Alsberger war. Maria lud sie zum Abendessen ein. Man habe etwas zu besprechen.

Vera sagte sofort zu. Sie hatte ein schlechtes Gewissen, das konnte Maria an ihrer Stimme hören. Aber wenn man versucht hatte, die eigene Mutter zu verkuppeln und ihre Figurprobleme in der ganzen Republik plakatierte, dann hatte man das schlechte Gewissen auch völlig zu Recht.

Eine Viertelstunde später war Vera da. Sie traute ihren Augen nicht.

»Wie sieht es denn bei *dir* aus?«, fragte sie erstaunt, als sie in die Küche gingen.

»Ach«, sagte Maria beiläufig, »ich hatte etwas Zeit in den letzten Tagen. Ein kleiner Frühjahrsputz kann ja nicht schaden.«

Vera sah sich um.

»Setz dich, Liebes, ich habe etwas mit dir zu besprechen.«

Sie musste verhindern, dass ihre Tochter zu genau hinsah. So sauber war es bei ihr nie. Auch nicht nach dem Frühjahrsputz.

»Isst du etwas mit? Gulasch? Das habe ich gestern schon vorgekocht.«

Nicht dass Vera von Alsberger wusste, dass er sie eben erst zu Hause abgesetzt hatte.

»Gerne«, antwortete die verblüffte Kupplerin.

Maria stellte das Wasser für die Spätzle auf und setzte sich zu ihrer Tochter an den Küchentisch. Vera hatte ihr »Ich bin ein kleines Sünderlein«-Gesicht aufgesetzt und wartete wahrscheinlich darauf, dass sie ihr wegen der Kontaktanzeige den Kopf abriss.

»Vera, ich habe darüber nachgedacht, was du mir gesagt hast. Ich meine, die Sache, dass ich besser auf mich aufpassen muss«, begann Maria.

Sie machte eine kleine Pause. Ihre Tochter sollte ruhig denken, dass sie schwere Entscheidungskämpfe hinter sich hatte.

»Also, ich denke, du hast recht. Ich werde mich mehr um mich kümmern, um meine Wohnung, dass ich wieder etwas Ordentliches esse, mich nicht mehr so vernachlässige. All das.«

Vera sah sie mit großen Augen an.

»Und was die Sache mit der Kontaktanzeige angeht ... da gibt es noch einen anderen Grund, warum ich das nicht möchte. Ich habe mich nämlich ...«, Maria schaute etwas verschämt auf die sauber gewienerte Holzplatte des Küchentischs, »... also, ich habe mich verliebt.«

»Du hast *was*?«

Inzwischen waren Veras Augen so groß wie Untertassen.

»Es ist ein Mann hier ins Haus eingezogen. In die Wohnung von der alten Frau Meister.«

Maria erzählte von ihrer ersten Begegnung mit Herrn Herkel. Dass sie ihn mit der Schaumbadflasche zu Boden geschlagen hatte, ließ sie weg. In ihrer Version fand Arno Herkel sie einfach nackt in einer duftenden Schaumwolke in seiner Badewanne vor. Nachdem sich die Situation geklärt hatte, habe man sehr gelacht und den Abend gemeinsam verbracht. Sehr nett geplaudert, wirklich sehr nett. Ein höflicher Mensch, sehr interessant. Nun habe er sie zum Essen eingeladen. Aber alles Weitere sei noch völlig unklar. In ihrem Alter wolle man sich ja erst einmal langsam kennenlernen.

»Ach, Mama.« Vera strahlte. »Das freut mich ja so für dich! Aber das hättest du mir doch ruhig sagen können!«

Maria freute sich mit. So gefiel ihr die Version mit der Badewanne auch viel besser.

»Es ist ja alles noch sehr ...«

Es klingelte an der Wohnungstür. Maria blieb wie erstarrt sitzen. Hoffentlich war das nicht Herr Meltzer, der seine Überraschung besichtigen wollte.

»Willst du nicht aufmachen?«, fragte Vera.

Doch, sicher. Aber es war nicht Herr Meltzer. Es war noch viel schlimmer.

Klementine stand vor der Tür.

»Ich hoffe, es war Ihnen recht«, begann Frau Bleiwald sofort. »Herr Meltzer hat mir von dem Schlüssel erzählt, und ich hatte heute gerade Zeit. Da habe ich gedacht, ich putz mal schnell durch.«

Warum redete diese Frau nur so laut? Konnte man so etwas nicht auch flüsternd mitteilen?

Maria musste ziemlich finster dreingeschaut haben.

»Und das Gulasch«, fuhr Frau Bleiwald verunsichert fort, »also, Herr Meltzer meinte, das hätten Sie so lecker gefunden. Mir war ja sofort klar, dass er den Topf nicht allein leer gegessen haben konnte. Ich habe gedacht, Sie freuen sich vielleicht. Und wo Sie doch noch was gut hatten bei mir ...«

Frau Bleiwald schaute in Marias versteinertes Gesicht und wurde immer leiser. Aber jetzt war es zu spät.

»*Sie* haben hier also so schön sauber gemacht?«, hörte Maria die Stimme ihrer Tochter hinter sich.

Frau Bleiwald plapperte und plapperte. Vera bat sie herein. Aber Frau Bleiwald wollte auf keinen Fall stören. Seit wann sie denn schon für die Mama putze, fragte Vera. Ach, heute zum ersten Mal? Das sei ja toll. Ihr sei sofort aufgefallen, wie schön sauber alles war.

Vera Mooser, ohne Zweifel die Tochter einer Kripobeamtin. Sie quetschte die Bleiwald aus wie eine Zitrone.

Als Klementine sich verabschiedet hatte und Maria die Tür schloss, standen sie sich im Flur gegenüber. Veras Augen hatten sich zu schmalen Schlitzen verengt.

Das Telefon klingelte. Marias Rettung. Oder auch nicht.

Es war Arno Herkel.

»Schön, dass ich Sie direkt erreiche. Also, ich habe in diesem Restaurant angerufen. Diesem ›Schwarz‹. Es ist nicht so einfach, da einen Tisch zu bekommen. Im Moment sind die ziemlich ausgebucht. Aber für heute Abend hat jemand abgesagt. Ich weiß, das ist jetzt sehr kurzfristig, aber Sie wollten ja so gerne dorthin.«

Es *war* ihre Rettung!

»Natürlich gehe ich heute mit Ihnen essen«, sagte Maria überschwänglich. »Gerne. Sehr gerne. Ich bin in einer Viertelstunde fertig. Ich freue mich!«

Es war völlig bescheuert, heute Abend mit irgendwem essen zu gehen. Wenn Jantzek etwas bei Vossner fand, musste sie weg. Aber es war die einzige Chance, Vera davon zu überzeugen, dass ihre Mutter nur zur Hälfte eine lausige Lügnerin war. Wer hätte schon eine Verabredung mit dem angehimmelten Mann aus dem oberen Stockwerk für ein paar Spätzle sausen lassen?

»Wer war das?« Veras Stimme klang eisig. »Bea? Oder hast du jemanden dafür bezahlt, dass er dich anruft und zum Essen einlädt, während ich da bin?«

»Ach, Vera. Nun sei nicht so kleinlich. Das mit dem Frühjahrsputz war doch nur ein kleiner Scherz.«

Aber Vera fand die Angelegenheit nicht lustig. Vera war stinksauer. Vera wollte auch nicht gehen. Vera wollte warten, bis dieser Mann aus dem ersten Stock kam. Sie wollte ihn sehen.

Maria raste in die Küche und stellte das Spätzlewasser ab. Dann wühlte sie in ihrem Kleiderschrank. Sie fand eine schwarze Hose und einen schwarzen Seidenpulli. Ein Ensemble, das ihr vor einem halben Jahr die Beileidswünsche der Kollegen eingebracht hatte. Egal.

Die Hose, in die sie schon lange nicht mehr richtig hineingepasst hatte, ging mühelos zu. Arthurs Diät hatte also tatsächlich etwas gebracht.

Um zwanzig vor sieben klingelte es. Herr Herkel. Vera ließ ihn herein und wartete, bis ihre Mutter mit ihm zusammen die Wohnung verlassen hatte.

Sie waren noch im Hausflur, als Marias Handy zum ersten Mal klingelte.

Jörg Maier wollte sie auf ein Bier einladen. Wie ärgerlich! Natürlich hätte sie sich heute gerne mit ihm getroffen! Maria lehnte ab. Unter großem Bedauern.

Sie hatte das Gespräch gerade beendet, als es erneut klingelte.

Herr Herkel steckte die Hände in die Hosentaschen, als ob er sich auf eine längere Wartezeit einstellen würde.

»Entschuldigung.« Maria drückte die kleine grüne Taste. Diesmal war es Jantzek.

»Bislang tote Hose«, hörte sie seine frustrierte Stimme. »Wir brauchen mindestens noch bis morgen früh.«

»Und wegen ›toter Hose‹ rufst du mich an?«

Herr Herkel schaute etwas verlegen zu Boden.

»*Du* hast doch gewollt, dass ich zwischendrin Bescheid gebe, wie weit wir sind«, maulte Jantzek.

»Schon gut. Danke. Das ist wirklich nett.«

Jantzek knurrte noch etwas in den Hörer, dann war das Gespräch weg.

»Und, für heute alle Gespräche mit den Verehrern beendet?«, wollte Herr Herkel wissen, als sie das Handy in die Handtasche steckte.

Zu ihrem Ärger bemerkte Maria, dass sie knallrot wurde. Aber sie würde sich doch jetzt nicht rechtfertigen. Wofür denn?

Auch wenn sie zugeben musste, dass Telefonate mit anderen Männern über »tote Hose« nicht der beste Start in einen gemeinsamen Abend waren. Aber das ließ sich ja wieder ausbügeln. Dachte sie.

Und während in Heidelberg Arno Herkel, ganz Kavalier, Maria die Haustür aufhielt, zog Kollege Jantzek in Mannheim das Tor zu Axel Vossners Garage hoch.

Die Stalkerin

Eine Viertelstunde lang war die Welt in Ordnung. Bis sie oben ins Restaurant kamen.

Von der Dantestraße bis zum Bahnhof waren es nur ein paar Minuten zu Fuß. Dort gegenüber lag die »Print Media Academy«, ein an die fünfzig Meter hohes quadratisches Gebäude mit Glasfassade, das der Heidelberger Druckmaschinen AG gehörte und in dessen Obergeschoss das »Schwarz« untergebracht war.

Herr Herkel hatte sich um Smalltalk bemüht und Maria alle möglichen Dinge über die riesige Pferdeskulptur erzählt, die auf dem Platz vor dem Gebäude auf drei Beinen dahingaloppierte. Von den Hufabdrücken mit den eingelassenen Fossilien, den Stummelflügeln auf dem Rücken, dem Buch im Schwanz, und was das alles mit dem Drucken zu tun hatte.

Herr Herkel kannte sich inzwischen gut in Heidelberg aus. Er schrieb für ein Journal Reiseberichte. Derzeit über Heidelberg. Da war es naheliegend gewesen, sich vorübergehend in der Wohnung der Tante einzuquartieren.

»Von mir aus können wir uns auch gerne duzen«, sagte er, als sie das gläserne Gebäude betraten. »Ich heiße Arno.«

Der machte ja auf einmal einen ganz sympathischen Eindruck. Und schick angezogen hatte er sich auch, mit Jackett und schwarzem Hemd.

Arno war stehen geblieben und streckte ihr die Hand entgegen. Das war jetzt ein bisschen sehr feierlich. Aber bitte, was tat man nicht alles für eine gute Nachbarschaft.

»Maria«, sagte sie und nahm die hingehaltene Hand.

»Also, Maria, begraben wir unser Kriegsbeil. Du schlägst mich nicht mehr nieder, und ich zweifle nicht mehr an deinem Geisteszustand. Einverstanden?«

»Sicher doch. Gerne.«

Sie zog ihre Hand zurück. Nicht, dass der jetzt noch das Pfadfindermesser zückte, um das Ganze mit ein paar Blutstropfen zu besiegeln.

»Schön, dass das heute Abend so spontan geklappt hat«, sagte Arno im Aufzug.

»Ja, finde ich auch«, stimmte Maria zu und beide schauten sie etwas verlegen vor sich auf die Aufzugtür.

Eigentlich wäre das ein guter Zeitpunkt gewesen, Arno Herkel darüber aufzuklären, dass dieser Abend auch sehr rasch beendet sein könnte. Dann nämlich, wenn Jantzek wieder anrufen und ihr einen Beweis liefern würde, dass Vossner log. Aber irgendwie passte das jetzt nicht.

Die Aussicht oben im Restaurant war wirklich beeindruckend. So beeindruckend, dass Maria zunächst ganz mit dem Blick auf die Stadt beschäftigt war. Erst als die Speisekarte gebracht wurde, sah sie, wer einen Tisch weiter mit dem Rücken zu ihr saß.

War das nicht ... Sie beugte sich ein wenig zur Seite und schielte an Arno Herkel vorbei.

»Alles in Ordnung?« Ihr Begleiter schaute hinter sich, um zu sehen, was Maria so sehr interessierte. »Bekannte?«

»Sieht so aus.« Sie klappte die Karte zu. Der Nebentisch war eindeutig interessanter. »Ich nehme das Menü.«

Damit machte man nie etwas falsch.

Sie konnte nicht aufhören rüberzustarren. Der kleine Mann mit dem grauen Haarkranz, dessen Rücken sie sah, war eindeutig Edwin Ferver, der sich angeregt mit der Dame an seinem Tisch unterhielt.

Aber Dame war wohl das falsche Wort. Diese Frau sah ziemlich aufgedonnert aus. Die halblangen blondierten Haare waren auf abenteuerliche Weise toupiert, der Mund knallrot angemalt und der Ausschnitt über dem üppigen Busen so tief, dass Ferver wahrscheinlich darin verschwinden würde, wenn er zu tief reinschaute.

Maria sah, wie die toupierte Blondine Ferver die Hand auf den Arm legte. Knallrot lackierte Fingernägel! Die passte überhaupt nicht zu Ferver. Der hätte doch niemals von sich aus so eine Frau angesprochen.

Das Busenwunder beugte sich über den Tisch, sodass man den Spitzenbesatz ihres roten BHs sehen konnte.

Jetzt wurde Maria alles klar! Mengert! Da konnte nur Mengert hinterstecken! Und sie war so naiv gewesen zu glauben, er hätte seinen Plan aufgegeben. Deshalb hatte sie ihn ständig bei Ferver gesehen. Das da am Nebentisch war *sein* Werk. Das Männergeschenk, das Fervers Laune heben sollte. Und einiges andere auch.

Sie hatte keine Ahnung, wie er das hinbekommen hatte. Aber sie würde es schon noch herausbekommen.

Arno Herkel plauderte munter drauflos. Maria nickte ab und zu.

Die Frau am Nebentisch legte schon wieder ihre rot lackierten Krallen auf Fervers Arm.

Ihr Chef hatte seine Frau sehr geliebt, das wusste Maria. In all den Jahren seit ihrem Tod hatte sie nicht einmal erlebt, dass er Anstrengungen unternommen hätte, sich mit einer anderen einzulassen. Und wenn das jetzt heute Abend das erste Mal nach dem Tod seiner Frau war – mit einer Prostituierten, die Mengert dafür bezahlt hatte –, dann würde es ihm das Herz brechen.

Ferver mochte manchmal ein Ekel sein, aber das, was da jetzt lief, das hatte er nicht verdient. Erst recht nicht, nachdem er sich nach dem Tod der Karl ihr gegenüber so fair verhalten hatte.

Sie musste etwas unternehmen. Aber was?

»Interessieren Sie sich für diesen kleinen Mann?«, fragte Arno Herkel und drehte sich zu Fervers Tisch um.

»Tut mir leid.« Maria schaute ihren Tischnachbarn wieder an. Jetzt noch nett lächeln. »Wo waren wir?«

Sie waren beim Amuse Gueule, dem kleinen Gruß aus der Küche, der schon vor ihnen auf dem Tisch stand.

Sie hatte das kleine, köstliche Etwas gerade runtergeschluckt, als sich *die* Chance bot. Fervers Begleitung war aufgestanden und in Richtung Toilette verschwunden.

»Bin gleich wieder da.«

Mit drei Schritten war Maria an Fervers Tisch und setzte sich auf den Platz der falschen Blondine.

»Frau Mooser, was machen *Sie* denn hier?«

Edwin Ferver war mehr als verblüfft.

»Essen.« Jetzt war keine Zeit für lange Erklärungen. »Herr Ferver, kennen Sie die Dame, mit der Sie hier sind, schon länger?«

Ihr Chef sah sie erstaunt an.

»Ich wüsste nicht, was Sie das angeht.«

Wie sollte sie das jetzt sagen? Ferver würde vor Scham in den Erdboden versinken, wenn er die Wahrheit erfuhr.

»Herr Ferver, wenn Sie diese Frau nicht sehr gut, und ich meine wirklich *sehr gut* kennen, dann gehen Sie heute Abend nicht zu weit. Lassen Sie sich Zeit.«

»Frau Mooser, ich muss doch sehr bitten!«

Der kleine Mann hatte sich empört um mindestens drei Zentimeter in die Höhe gereckt.

»Ich meine es wirklich gut mit Ihnen.« Maria beugte sich vor. »Diese Frau ist nicht gut für Sie. Gar nicht gut. Das müssen Sie mir glauben!«

Leider bemerkte sie erst jetzt, dass die Dame mit den roten Krallen schon wieder vom Nasepudern zurück war. Und hinter ihr stand.

»Frau Mooser!« Auch Ferver hatte sich über den Tisch gebeugt. Noch ein paar Zentimeter, und ihre Nasen würden sich berühren. Die Leute an den Nachbartischen sahen schon neugierig herüber. Einschließlich Arno Herkel.

»Verlassen Sie sofort meinen Tisch. *Sofort!*«, zischte er.

Maria stand auf. Armer Edwin Ferver. Armer einsamer Mann.

Aber sie hatte es wenigstens versucht.

Arno Herkels Miene war gar nicht mehr so freundlich, als sie an ihren Tisch zurückkehrte. Er hatte offensichtlich mitbekommen, dass bei ihrem Besuch nebenan nicht alles zum Besten verlaufen war.

»Sie sind *doch* eine«, sagte er, als Maria sich setzte.

Das mit dem »Du« hatte sie sich wohl gerade wieder verscherzt.

»Eine was?«

»Eine Stalkerin! Kaum betritt man mit Ihnen ein Restaurant, schon fangen Sie an, kleine Männer am Nachbartisch zu belästigen. Ist es, weil er so klein ist? Fehlt Ihnen so einer noch in der Sammlung?«

Sie kam nicht zu einer Antwort. Ihr Handy klingelte. Hektisch suchte Maria in ihrer Handtasche. »Tut mir leid.«

Es war Jantzek. Er hatte etwas gefunden. Etwas, das den guten Herrn Vossner in Schwierigkeiten bringen würde.

Der Kellner kam mit der ersten Vorspeise. Ein Karotten-Ingwersüppchen mit Fischcroustillant und Thunfischtartar.

»Ich muss leider gehen.« Sie steckte ihr Handy wieder ein.

Jetzt wurde Arno Herkel rot. So rot wie Jantzek, wenn er kurz vorm Platzen stand.

»Kein Problem«, sagte er, und es war nicht zu überhören, dass es doch eins war. »Verraten Sie mir nur eins: War das am Handy jetzt der, der auch heute mit Ihnen ausgehen wollte, oder der mit der toten Hose? Oder einer, den ich noch nicht kenne?«

»Der mit der toten Hose.«

»Na, dann wünsche ich noch einen erfolgreichen Abend.«

Er griff nach dem Suppenlöffel und murmelte noch irgendetwas vor sich hin.

»Wie bitte?«, fragte Maria.

Arno Herkel hob den Kopf.

»Scheren Sie sich zum Teufel«, sagte er und sah dabei ganz und gar nicht mehr sympathisch aus.

Maria nahm ihre Handtasche. »Aber sicher doch. Ich werde ihm schöne Grüße von Ihnen ausrichten, falls ich ihn sehe.«

Sie stand auf und ging.

Natürlich hätte sie es erklären können. Und natürlich wäre es besser gewesen, von Anfang an zu sagen, dass sie vielleicht weg musste. Aber dieser Mensch hätte ja auch mal fragen können, was denn los war. Oder zur Abwechslung mal etwas Nettes über sie annehmen können. Oder einfach nur, dass sie jemandem ganz plötzlich etwas sehr, sehr Wichtiges mitteilen musste. Stattdessen holte er direkt das Fallbeil raus. Im Verurteilen war Arno Herkel wirklich große Klasse.

Maria Mooser – eine Stalkerin! So eine Unverschämtheit. Ausgerechnet sie! Wo sie in den letzten dreißig Jahren um alle Männer außer ihrem eigenen einen Bogen gemacht hatte. Als ob sie sich dem Erstbesten am Nachbartisch an den Hals werfen würde! Und dann noch jemandem wie Ferver!

Dabei hatte sie gerade angefangen, diesen dämlichen Herkel nett zu finden. Was für eine Geschmacksverirrung!

Maria trat aus dem Gebäude. Schluss jetzt. Sie musste sich um einen Mordfall kümmern. Sie hatte weder Zeit noch Lust, sich über Idioten wie Arno Herkel Gedanken zu machen.

Hastig lief sie die Kurfürstenanlage entlang in Richtung Polizeidirektion. Auf dem Weg dorthin rief sie Alsberger an. Er sollte bei Vossners Verhör dabei sein. Mengert konnte sie jetzt nicht in ihrer Nähe ertragen. Mit dem würde sie sich morgen beschäftigen.

*

Eine halbe Stunde später saß Axel Vossner vor ihnen. Er hatte sich wieder beruhigt. Wohl auch, weil er langsam anfing zu verstehen, dass die ganze Angelegenheit hier für ihn übel enden konnte.

Jantzek hatte nämlich wieder einmal ein Haar gefunden. Nur eines. Aber es war ein sehr interessantes Exemplar: Es war kaum länger als ein halber Zentimeter und schwarz. Oberflächlich betrachtet. Schwarz war es nämlich nur deshalb, weil sich jemand mit viel Wimperntusche bemüht hatte, es einzufärben. Am Ansatz, da wo man mit dem Mascarabürstchen nicht hinkam, war dieses Haar rötlich blond.

Eine Wimper. In Vossners Auto. Sie hatten sie auf dem Boden vor dem Beifahrersitz gefunden.

»Also noch einmal: Von wem ist das rotblonde Haar, das wir in Ihrem Auto gefunden haben?«

Maria stellte diese Frage zum dritten Mal. Sie hatte nicht erzählt, dass es eine Wimper war. Manche Menschen dachten, wenn ein Haar so kurz war, dann zählte es irgendwie nicht.

Sehr ausführlich dagegen hatte sie Herrn Vossner darüber informiert, dass man auch bei Herrn Zwingler Haare einer rothaarigen Frau gefunden hatte und dass es für ihn schlecht aussehen würde, wenn die DNA-Analyse bewies, dass beide von der gleichen Person stammten. Und dass es viel, viel besser für ihn war, wenn er der Polizei von sich aus mitteilte, was geschehen war. *Bevor* sie es ihm nachweisen konnten.

Sie wusste, dass sie hoch pokerte. Aber wenn diese rothaarige Frau irgendwann einmal in Vossners Auto gesessen hatte, dann musste ihm jetzt, wie Mengert sagen würde, der Arsch auf Grundeis gehen.

Der schmale blonde Mann antwortete nicht. Er starrte vor sich hin und suchte wahrscheinlich fieberhaft nach einer Möglichkeit, sich aus der Sache herauszureden.

»Soll ich Frau Brandke anrufen, ob sie eine Idee hat, wem das Haar gehören könnte? Vielleicht wird sie ein bisschen überrascht sein. Sie hat ja schwarze Haare. Oder sind die gefärbt?« Maria griff demonstrativ zum Telefonhörer. »Wie war noch gleich ihre Telefonnummer?«

»Lassen Sie Regine in Ruhe.« Vossner sah sie wütend an. »Regine hat mit der Sache nichts zu tun.«

»Mit *welcher* Sache?«

Vossner schwieg. Man konnte förmlich sehen, wie es hinter seiner Stirn arbeitete.

»Sie wollte mich verführen.«

»Wer?«

»Diese Rothaarige. Natalie Blochner oder wie zum Teufel sie auch immer heißt. Sie kam vor ein paar Wochen in die Praxis. Es war genau, wie ich gesagt habe. Sie hat diese Adresse in Heidelberg angegeben, das schwöre ich. Sie war ...«, Vossner zögerte. »Die Frau war gestört. Völlig gestört. Krank, wenn Sie mich fragen.«

»Was hat sie denn so Schlimmes getan?«

»Sie hat einen Riesenwirbel veranstaltet. Wollte *nur* von mir behandelt werden. Das hat sie an der Rezeption so laut verkündet, dass ich es bis ins Behandlungszimmer hören konnte. Sie hätte von mir gehört. Ich wäre der beste Physiotherapeut in ganz Mannheim. Sie würde nicht gehen, bevor ich sie behandelt habe. Geld spiele keine Rolle.«

Das hatte die liebe Regine anscheinend auch mitbekommen.

»Was ist daran gestört, Herr Vossner? Das hört sich doch erst einmal recht schmeichelhaft an.«

»Sie hat mir irgendetwas von Rückenschmerzen erzählt. Was völlig Banales. Und als wir allein im Behandlungsraum waren, da war sie ... also ... sie hat sich sehr aufreizend verhalten. Die Art, wie sie ihre Bluse auszog. Wie sie sich bewegt hat. Es war von Anfang an klar, dass sie etwas von mir wollte. So etwas spürt man.«

»Und dann?«

»Sie war ein paarmal da. Immer das gleiche Spiel. Als ich das letzte Mal zu ihr in den Behandlungsraum kam, lag sie völlig nackt auf der Liege. Sie hat gesagt, sie wäre in mich verliebt. Sie könne an nichts anderes mehr denken. Sie sei verrückt nach mir. Sie wollte mit mir schlafen. Sie hat fast darum gebettelt. Sie war …«, Vossner redete nicht weiter.

»Und dann haben Sie ihr Flehen erhört.«

»Nein, habe ich nicht.« Er fuhr sich mit einer hilflos wirkenden Geste durch die Haare. »Aber ich habe mich mit ihr getroffen. Sie wollte reden. Sie war verstört. Sie hat gesagt, ich sollte mich wenigstens *einmal* mit ihr treffen. Als Abschied. Dann würde sie mich in Ruhe lassen.«

»Und das soll ich Ihnen glauben, Herr Vossner?«

Eine rein rhetorische Frage. Das wussten sie wohl beide.

»Wann haben Sie sich mit der Frau getroffen?«

Vossner schien ein wenig in sich zusammenzusacken. So als gäbe er endlich seinen Widerstand auf.

»Also, wann?«

»Letzte Woche Mittwoch«, brachte er leise hervor.

Am neunten April. Der Tag, an dem Eugen Zwingler umgebracht worden war.

»Wann genau?«

»Um halb sechs waren wir verabredet. Sie wollte unbedingt spazieren gehen. Irgendwo, wo wir allein sein könnten. Wir sind nach Heidelberg gefahren, den Schlossberg hoch bis nach Gaiberg raus. Mit meinem Auto. Wir haben geredet. Das heißt: *Sie* hat geredet. Wie ein Wasserfall. Lauter belangloses Zeug. Ich sag ja, die war verrückt. Gegen neun habe ich sie am Bahnhof rausgelassen. Seitdem ist sie nicht mehr aufgetaucht.«

»Ich nehme mal an, es gibt niemanden, der das bezeugen kann?«

Vossner schüttelte den Kopf.

Eine nette Geschichte, die er ihnen da auftischen wollte. Milchbubi Vossner verfolgt von einer besinnungslos verliebten rothaarigen Schönheit. Sie stellt ihm nach, drängt sich auf, aber er widersteht allen Versuchungen.

»Warum haben Sie uns das nicht schon früher erzählt?«

»Es war … wegen Regine. Wir sind befreundet. Sie ist furchtbar eifersüchtig. Sie hätte mir nicht geglaubt, dass da nichts gelaufen ist.«

Regine, die ganz gerne mal andere Leute belauschte. Konnte gut sein, dass Vossner sofort gesehen hatte, dass sie nebenan in der Küche war, als sie ihn in seiner Praxis befragt hatten. Oder sich denken konnte, dass sie lauschen würde. Dass er deshalb gelogen hatte. Und dann war er bei seiner Lüge geblieben.

Aber vielleicht hatte die neugierige Regine ja auch gute Gründe, eifersüchtig zu sein. Hatte das eine oder andere mitbekommen, was sich hinter verschlossenen Türen abgespielt hatte, wenn angeblich Dehn- und Streckübungen gemacht wurden. Und Herr Vossner war doch nicht ganz so moralisch erhaben, wie er sie glauben lassen wollte.

»Könnte es auch sein, Herr Vossner, dass *Sie* derjenige waren, der sich verliebt hat? Und an diesem Abend viel früher von Ihrem Stelldichein zurück waren, als Sie uns hier auf die Nase binden wollen? Vielleicht früh genug, um noch zu Eugen Zwingler zu fahren. Weil die Frau, die Ihnen den Kopf verdreht hat, auch ein Verhältnis mit Ihrem Freund hatte.«

Vossner senkte den Kopf und sagte etwas, das Maria nicht verstand.

»Ein bisschen lauter, wenn ich bitten darf!«

Vossner schwieg.

»Wollen Sie uns nicht doch sagen, wo sie ist?«

»Ich weiß es nicht. Wirklich. *Ich weiß es nicht.*«

»Dann beten Sie, dass wir diese Frau finden, Herr Vossner. Denn sonst sieht es für Sie ziemlich schlecht aus.«

Als er eine Stunde später in die Zelle zurückgebracht wurde, hatten sie nicht viel mehr erfahren. Eine Frau Karl kannte er angeblich nicht. In Zwinglers Büro sei er nur zwei oder drei Mal gewesen. Nur an Frau Haschke konnte er sich erinnern. Die Frau, von der er zunächst gedacht hatte, sie erledige für seinen Freund die Schreibarbeiten.

Axel Vossners Lüge war ein taktischer Fehler gewesen. Sie hatte ihn seine Glaubwürdigkeit gekostet. Jetzt hatten sie genug gegen ihn in der Hand. Vossner würde in U-Haft wandern und so lange hinter Gittern sitzen, bis sie die rothaarige Frau gefunden hatten und auch die allerletzte dunkle Fluse auf jedem seiner Kleidungsstücke analysiert war.

Alsberger hatte in Arthurs Büro Kaffee gekocht. Maria setzte sich zu ihm. Sie war völlig entnervt.

Erst ertappte ihre Tochter sie beim Lügen, dann das Fiasko mit

Arno Herkel und jetzt auch noch Vossner, der meinte, ihnen Märchen erzählen zu müssen. Und Ferver wurde wahrscheinlich gerade von Mengerts Männergeschenk vernascht.

»Dieser Vossner will uns zum Narren halten«, platzte sie übellaunig heraus. »Mister Scheinheilig.«

Alsberger hatte die saubersten zwei Becher rausgesucht und schenkte den Kaffee ein.

»Das finde ich gar nicht. Er wirkt doch sehr glaubhaft. Es gibt solche Frauen heute. Das ist nicht mehr so, dass die alle schön brav warten, bis der Mann auf sie zukommt. Manche gehen da sehr offensiv vor. Die schmeißen sich einem richtig an den Hals.«

Klar. So wie Maria Mooser kleine Männer im Lokal belästigte und sich nackt in fremden Badezimmern versteckte und auf Beute lauerte.

Wahrscheinlich hatte die Anmache der rothaarigen Frau darin bestanden, dass sie ihren Physiotherapeuten angelächelt hatte. Und ihr aus Versehen der Träger vom Hemdchen runtergerutscht war.

»Sagen Sie es schon, Alsberger. Das war bestimmt eine Stalkerin. Eine, die über harmlose Männer herfällt. Am Ende hat sie sich noch im Lokal zu ihm an den Tisch gesetzt!«

Alsberger musterte sie verwundert.

»Ich habe ja nur gesagt, dass es heute Frauen gibt, die von sich aus die Initiative ergreifen. Und manche sind dabei nicht gerade zimperlich.«

»Genauso wie manche Männer beim Lügen nicht zimperlich sind.«

Frauen heute. Wenn sie so etwas schon hörte. Wie waren denn die Männer heute? Alles Sensibelchen, die sich ständig verfolgt und bedrängt fühlten. Die die Wahrheit verdrehten, wie es ihnen gerade passte.

Vossner, Herkel. Da war doch einer wie der andere.

Ihr Assistent gab nicht auf. »Herr Vossner macht auf mich nun mal einen glaubwürdigen Eindruck.«

Maria schwieg. Alles andere würde jetzt nur zu Streit führen. Sie nahm einen Schluck aus ihrem Becher. Das Gebräu schmeckte scheußlich. Kaffee kochen konnte Alsberger nun wirklich nicht. Und naiv war er auch noch.

»Die mysteriöse Rothaarige ist nicht aufzufinden«, fuhr er mit ernster Stimme fort.

»Das ist mir jetzt ganz neu.«

Alsberger ließ sich nicht irritieren. »Warum finden wir sie nicht? Warum hat sie sich nach dem Zeitungsaufruf nicht gemeldet? Warum eine falsche Adresse in der Praxis angegeben?«

»Erzählen Sie es mir. Ich bin schon sehr gespannt.«

»Weil sie *will*, dass Axel Vossner Schwierigkeiten bekommt. Dass sein Alibi platzt.« Er wedelte mit dem Kaffeelöffel in der Luft herum. »Das ist ihr Plan.«

»Prima. Und jetzt verraten Sie mir noch, wer Eugen Zwingler umgebracht hat. Die Rothaarige selbst kann es ja nicht gewesen sein. Die war ja, wenn wir denn Herrn Vossner glauben, mit ihm spazieren, während Eugen Zwingler ermordet wurde.«

Alsberger zuckte mit den Schultern.

»Dann denken Sie noch mal ein bisschen nach. Ihre Theorie scheint mir ein paar winzig kleine Lücken zu haben.«

Maria würgte noch einen Schluck von der schwarzen Brühe runter. Typisch Besserwisser. Produzierten riesige Seifenblasen und brachten nicht einmal einen ordentlichen Kaffee zustande.

Sie war die Letzte in der Abteilung. Alsberger war nach Hause gegangen. Ob Vera auf ihn wartete? Und die beiden jetzt noch einmal ausführlich ihre Lügengeschichte mit dem Frühjahrsputz durchkauten?

Müde und hungrig machte Maria sich auf den Heimweg. Sie wollte jetzt nur noch eins: Irgendetwas essen und dann ins Bett.

Das war ein mieser Tag gewesen. Zumindest die zweite Hälfte hätte sie gerne gestrichen. Sie musste an Jörg denken. Den Abend mit ihm zu verbringen, wäre bestimmt die bessere Alternative gewesen.

Sollte sie ihn noch einmal anrufen? Sie hätte gerne seine Stimme gehört. Aber es war schon fast Mitternacht. Zu spät. Zumindest so spät, dass ein Anruf klar machen würde, dass da noch irgendetwas anderes war als Freundschaft.

Sie rief nicht an. Vor allem deshalb, und das gestand sie sich nur ungern ein, weil sie Angst hatte, dass Jörg Maier über ihren mitternächtlichen Anruf vielleicht nicht ganz so erfreut sein könnte, wie sie sich wünschen würde.

Ein kleiner Trost blieb ihr: Frau Bleiwalds Gulasch. Wenn es schon kein Karotten-Ingwersüppchen gab.

Als Maria die Tür zu ihrer Wohnung aufschloss, war es plötzlich da, das Gefühl, hier nicht zu Hause zu sein. Schön, dass alles so ordentlich war. Aber es war *zu* ordentlich. Irgendwie beklemmend.

Sie trat einmal gegen die gut sortierte Schuhreihe. So war es besser. Das glaubte ihr sowieso niemand, dass sie die Schuhe so akkurat aufstellen würde.

In der Küche musste sie feststellen, dass Vera ein wirklich rachsüchtiger Mensch war. Kleinlich und habgierig.

Die Tüte mit den Spätzle, die neben dem Herd auf der Anrichte gelegen hatte, war verschwunden. Sie schaute in den Topf. Mindestens die Hälfte vom Gulasch fehlte. Vera musste die Tupperdosen gefunden haben.

Auf dem Küchentisch lag ein Zettel: *»Dein Gulasch schmeckt wirklich lecker. Habe mir was mitgenommen. V.«*

»Dein Gulasch« hatte Vera zweimal unterstrichen. Dieses Biest.

Maria nahm sich den Topf und eine Gabel, hockte sich an den Küchentisch und pickte die Fleischstücke heraus. Verwahrlosungsstufe fünf. Sie sollte ein Foto für Vera machen und es ihr schicken.

Ihre Gedanken schweiften zu Vossner und der rothaarigen Frau.

Weshalb glaubte Alsberger diesem Mann? Weil die Frau rote Haare hatte? Das alte Thema? Frauen mit roten Haaren waren für alles Übel verantwortlich. Verhexten die Männer. Oder versuchten es zumindest.

Früher hatte man sie verbrannt. Und heute? Was machte man wohl heute mit ihnen?

Natalie, oder wie auch immer sie hieß.

Hoffentlich ging es ihr gut.

*

Überall im Lokal standen Leuchter mit Kerzen. Im Halbdunkel konnte sie das Gesicht ihres Gegenübers nicht genau erkennen.

Der Kellner schwebte lautlos heran und brachte die Vorspeise.

Es waren kleine rote Herzen aus Zuckerguss, umrandet von einer hellen Crème, durch die sich kunstvoll geschwungene, gelbe und grüne Streifen zogen.

»Glasierter Valentinsgruß an Weinschaumcrème mit Zitronentartar.«

Sie wusste, dass es ganz köstlich schmecken würde. Süß und herb zugleich. Nach erster Liebe, Aufregung, Herzklopfen und einem kleinen Tropfen Wehmut.

Als sie den Löffel zum Mund führte und gerade genussvoll die Augen schließen wollte, sah sie sie. Einige Tische weiter, allein. Ihr langes rotes Haar schimmerte im Kerzenlicht wie glühende Lava.

Maria stand auf und ging durch den Raum. Die Menschen an den Tischen unterhielten sich. Aber es war nur ein leises Raunen zu hören, so als wären alle anderen weit weg.

Sie trat an den Tisch der rothaarigen Frau und setzte sich. Sie war wunderschön. Die Haut elfenbeinfarben, die großen Augen smaragdgrün.

Fast schien es so, als habe die andere auf sie gewartete. Denn kaum hatte Maria sich hingesetzt, beugte sie sich nach vorne und begann zu reden.

»Sie müssen wissen …« Leise und eindringlich redete sie auf sie ein.

Maria versuchte zu verstehen, was sie sagte. Aber es gelang ihr nicht, so sehr sie sich auch anstrengte.

»Sie müssen wissen …«

Was musste sie wissen? *Was*?

Mit einem Mal wurde es still im Lokal. Auch die rothaarige Frau verstummte, wich zurück. Mit vor Angst geweiteten Augen sah sie auf Marias Schulter.

Maria drehte den Kopf, um zu sehen, was dort war.

Eine Hand lag darauf. Eine Hand, die sie nicht spüren konnte.

Lang und schmal.

Dunkel und behaart.

Mit gelblich verfärbten Krallen.

Maria schreckte hoch. Sie war sofort hellwach.

Und hätte schwören können, dass es in ihrer Wohnung nach Schwefel roch.

»Sie arbeitet mit jemandem zusammen.«

Alsberger hatte wohl auch schlecht geschlafen und versucht, die Lücken in seiner Theorie auszubessern. Maria war kaum im Büro, da stand er schon in der Tür.

»Meine ursprüngliche Idee war genau richtig. Es sind zwei. Komplizinnen. Die eine hat Zwingler umgebracht, die andere – unsere Rothaarige – hat dafür gesorgt, dass Vossner ohne Alibi dasteht. Und ich weiß auch, wer die zweite Frau ist.«

»Ach, wer denn?«

Maria hatte den Kopf in die Hände gestützt. Sie war todmüde. Wie in letzter Zeit üblich, war sie in der Nacht mindestens fünfmal aufgewacht.

Alsberger hielt ein Papier in die Luft. Er hätte sich die Antwort sparen können. Sie wusste schon, was kam.

»Die Jobst!«

Ihr Assistent hatte das Protokoll von Frau Jobsts Aussage gelesen.

»Das ist doch gelogen. Als ob die sich zu einem Wildfremden an den Tisch setzt und dann Streit mit dem anfängt. Das war garantiert ihr Bruder!«

»Und was ist das Motiv unserer Rothaarigen, Frau Jobst bei ihren Mordplänen zu unterstützen? Ich meine, außer dass sie rote Haare hat und deshalb eine böse Hexe ist?«

»Wahrscheinlich hatte sie selbst einen Grund, Vossner zu hassen. Vielleicht ist sie mit ihm früher mal im Bett gewesen. Ein One-Night-Stand für Vossner, aber für sie war es mehr.«

Wenn da mal nicht gerade jemand an seine eigene Vergangenheit dachte.

»Aber dann müsste Herr Vossner sie doch wohl wiedererkannt haben.«

»Wer weiß, wie die damals aussah. Vielleicht hatte sie die Haare gefärbt. Und die Sache ist schon ewig her. Manchmal wundert man sich, wie Frauen sich verändern können.«

Maria stand auf. »Wir müssen zur Besprechung.«

Auf eine neue Lektion ihres jugendlichen Assistenten zum Thema Frauen hatte sie nun wirklich keine Lust.

Alsberger musste in der Nacht *sehr* schlecht geschlafen haben. Auf jeden Fall schien er viel nachgedacht zu haben.

Nachdem Maria von der Hausdurchsuchung bei Vossner und dessen Aussage über die angeblichen Nachstellungen der rothaarigen Schönheit berichtet hatte, zog Alsberger ein Blatt mit Notizen hervor und fing an, den Kollegen seine Theorie darzulegen. Aber so, wie er es tat, war klar: Es war keine Theorie. Das war die Wahrheit und nichts als die Wahrheit!

Einen Titel hatte er dem Ganzen auch gegeben: »Der Rachefeldzug der gekränkten Frauen«.

Den Namen von Elvira Jobst, der Drahtzieherin hinter allem, schrieb er in Großbuchstaben an das Flipchart. Dann legte er los.

Laut Alsberger hatte Elvira Jobst von Kindheit an unter dem egoistischen Bruder gelitten. Eine impulsive Frau, nach außen burschikos wirkend, aber wahrscheinlich hochsensibel und verletzbar. Die Wut staute sich über Jahre hinweg in ihr an, sodass es unweigerlich irgendwann zur Katastrophe kommen musste.

Ihre rothaarige Freundin erlitt ebenfalls schwere seelische Verletzungen, wahrscheinlich durch Vossner. Also taten sich die beiden zusammen, Rache war angesagt. Die Männer wurden von der Rothaarigen verführt und gegeneinander aufgestachelt.

Dann brachte die Jobst ihren Bruder um, schlug symbolschwer mit der Tischuhr der Mutter zu. Währenddessen fuhr die Freundin mit Vossner durch die Gegend, damit der kein Alibi vorweisen konnte. Unglücklicherweise wurde Elvira Jobst wohl von Frau Karl gesehen, die daraufhin beseitigt werden musste. Diesmal durch die Rothaarige, zu einer Zeit, während der Elvira Jobst auf der Arbeit war und von vielen Menschen gesehen wurde. Um von sich abzulenken, gab die Jobst der Polizei darüber hinaus Hinweise, die in die Irre führen sollten: auf irgendeinen Lehrer, der schon verstorben war, auf die Terstettens.

Die Frau, das böse Wesen. Die raffinierte Fallen für unschuldige

Männer aufstellt. Die heimtückisch ihre sexuellen Reize ausspielt, verführt und mordet.

Theorien dieser Art schienen auf Männer eine eigentümliche Faszination auszuüben. Die Kollegen hingen an Alsbergers Lippen. Malek nickte zustimmend, Becker flüsterte seinem Nachbarn etwas über hinterhältige Weiber zu.

Nachdem ihr Assistent fertig war, sah Maria sich genötigt, die Welt wieder etwas geradezurücken. Sie wischte den Namen »Jobst« vom Flipchart und schrieb stattdessen »Vossner« an.

Sie begann, die Fakten aufzuzählen. Vossners Lüge bei seiner ersten Vernehmung, die Unglaubwürdigkeit seiner Aussage, er habe mit der rothaarigen Schönheit, die nackt in seinem Behandlungszimmer lag, nichts getan, außer spazieren zu gehen, der Zettel, der auf ihn als Täter hinwies, kein wirkliches Alibi für die Tatzeit an Zwingler.

In der Runde wurde hin und her diskutiert.

Auch Mengert war fleißig mit dabei und verteidigte eifrig Alsbergers Theorie der bösen Frauen. Maria konnte ihn kaum ansehen, so wütend war sie auf ihn.

Ferver hatte sie heute noch nicht zu Gesicht bekommen. Ungewöhnlich für ihren Chef, so spät aufzutauchen. Ob er zu Hause im Bett lag und weinte? Oder hatte er sich noch gestern Nacht von der Theodor-Heuss-Brücke gestürzt?

Und wer von den braven Kollegen in der Runde hatte sich wohl sonst noch an dieser Sauerei beteiligt?

Wahrscheinlich war der Schwindel aufgeflogen, als die vollbusige Dame sich nach dem Stelldichein verabschieden wollte und Ferver sie nach ihrer Telefonnummer fragte. Ob sie ihm eine Preisliste dazugegeben hatte?

Aber die Standpauke für Mengert musste warten. Jetzt brauchte sie ihn. Er musste sich Vossner noch einmal vorknöpfen.

Irgendwann brach Maria die Diskussion ab. Es hatte keinen Sinn, sich hier die Köpfe heißzureden. Sie verteilte, was zu erledigen war.

Sie selbst würde zu Vossners Partnerin, Regine Brandke, fahren. Die Eifersucht schüren. Ihr erzählen, dass ihr Freund mit der schönen rothaarigen Privatpatientin einen kleinen Ausflug unternommen hatte. Mal sehen, ob Frau Brandke dann nicht doch noch etwas Interessantes zu berichten wusste.

Alsberger würde sie dabei begleiten, dann hatte er wenigstens keine Gelegenheit, hier die Kollegen weiter aufzustacheln.

Aber bevor sie sich auf den Weg nach Mannheim machten, wollte Maria noch bei Arthur vorbeischauen. Kurz die Nase reinstecken und guten Tag sagen.

*

Er sah immer noch aus wie ein weißer Berg. Aber Arthurs Laune war deutlich besser als seine Hautfarbe.

»Morgen kommt eine Ernährungsberaterin. Die macht mit mir einen Plan«, verkündete er.

Alsberger stand neben dem Bett und bemühte sich, gute Stimmung zu verbreiten. »Du wirst das schon schaffen. Ganz bestimmt.«

Auf Arthurs Nachttisch stand etwas, das gestern noch nicht da gewesen war. Das wäre Maria bestimmt aufgefallen. Sie musste die ganze Zeit hinsehen.

Es war ein kleines weißes Bärchen. Eine Knut-Miniaturausgabe. Oder eine Flocke. Keine zehn Zentimeter groß. Das Bärchen hatte einen Papieranhänger um den Hals, auf dem »Gute Besserung« stand.

Von wem der wohl war?

»Und, war deine Schwester schon da?«, fragte Maria im harmlosesten Tonfall, den sie hinbekam.

»Ja, die war auch schon da.«

Was hieß denn hier *auch* schon?

Inzwischen war Arthur ihr starrer Blick auf den kleinen Bären aufgefallen.

»Süß, nicht?« Arthur strahlte.

Maria konnte an nichts anderes denken als an Rabea Haschke. Die Arthur einlullte und ihm kleine Bärchen schenkte.

»Und, von wem ist der?«

Sie merkte selbst, dass ihre Frage ein ganz klein wenig nach Verhör klang.

Arthur sah sie amüsiert an.

»Das wüsstest du wohl gerne, was?«

Ja, das wüsste sie *sehr* gerne. Aber Arthur wollte es ihr nicht sagen, das hatte sie schon verstanden. Maria biss sich auf die Zunge. Arthur hatte einen Herzinfarkt gehabt. Aufregung war jetzt bestimmt nicht gut für ihn.

Also plauderten sie über das Wetter und giftige Diätpillen.

Dann fuhr sie mit Alsberger nach Mannheim. Die Fahrt über schwiegen sie, wahrscheinlich weil sie beide wussten: Hätte einer von ihnen den Mund aufgemacht, hätten sie sich sofort über den Rachefeldzug der bösen Frauen gestritten.

Leider besserte ihr Gespräch mit Frau Brandke die Stimmung nicht gerade. Die Dame fertigte sie ziemlich harsch ab. Wenn sie vorhätten, Herrn Vossner etwas anzuhängen, dann sollten sie nicht mit ihrer Hilfe rechnen. Sie wisse nichts von einer Affäre.

Und sicher hatte sie auch kein Interesse daran, dass der geliebte Geschäfts- und Lebenspartner für etliche Jahre hinter Gitter wanderte. Frustriert fuhren sie zurück.

Maria hatte kaum die Tür zur Abteilung geöffnet, da kam auch schon Ferver auf sie zugeschossen. Der Giftzwerg war also doch wieder aufgetaucht. Beruhigend zu wissen, dass er nicht als Wasserleiche im Neckar schwamm.

»Frau Mooser, wenn ich Sie einen Moment in mein Büro bitten dürfte«, sagte er leise.

Wahrscheinlich würde er sie jetzt schwören lassen, dass sie ihn nie in ihrem Leben mit dieser zwielichtigen Dame gesehen hatte.

»Vielleicht schließen wir besser die Tür. Und nehmen Sie doch bitte Platz.«

Ein schlechtes Zeichen. Dann würde es dauern.

»Frau Mooser«, begann ihr Vorgesetzter in einem Tonfall, als wolle er eine Predigt halten. »Wir alle … ich meine … wir, die wir einen Partner verloren haben … ist ja jetzt egal, auf welche Weise … also, wir alle fühlen uns immer wieder ein wenig einsam. Das kann ich sehr gut nachempfinden.«

Ferver verschränkte die Hände und legte sie auf den Schreibtisch.

»Mir ist es da auch nicht anders ergangen. Aber …« Er suchte nach Worten. »Also, der Fairness halber sehe ich mich verpflichtet, es Ihnen mitzuteilen. Es tut mir außerordentlich leid, aber ich kann Ihre Gefühle für mich leider nicht erwidern.«

Er schaute sie mit mitleidigem Blick an, ganz so, als fürchte er, dass sie jetzt anfangen würde zu weinen.

Maria hatte es die Sprache verschlagen. Was war denn jetzt los?

»Frau Süttermann ist zum Glück eine sehr einfühlsame Person. Sie hat mir die Augen geöffnet und erklärt, was Ihr seltsames Verhalten gestern Abend zu bedeuten hat. Wie schrecklich es für Sie sein musste, mich dort so überraschend mit einer anderen Frau zu sehen. Ihr hilfloser Versuch, mich gegen sie zu beeinflussen.«

Maria schwieg immer noch. Ihr wurde warm. Sehr warm. Sehr, sehr warm.

Nein, sie würde sich jetzt nicht die Jacke ausziehen. Alles, nur das nicht. Dann hatte Ferver bestimmt Angst, sie stünde gleich nackt vor ihm. Wie die Rothaarige in Vossners Praxis.

»Sie brauchen sich wirklich keine Sorgen zu machen, dass Frau Süttermann nicht gut für mich wäre. Bestimmt nicht, Frau Mooser. Vielleicht ist das ja ein kleiner Trost für Sie.«

Wieder traf sie Fervers mitleidiger Blick. Der glaubte doch tatsächlich, sie sei in ihn verliebt!

»Wir vergessen diese kleine Szene von gestern einfach«, schlug der kleine Mann großmütig vor. »Ich werde niemandem etwas davon sagen. Ich gebe Ihnen mein Ehrenwort.«

Er lächelte ihr aufmunternd zu.

Irgendetwas lief hier gerade mordsmäßig schief. Was sollte sie jetzt tun? Mengert in die Pfanne hauen?

»Hören Sie, das ist ganz anders, als Sie denken«, begann sie. »Es ist nur so, dass …«

Auf dem Flur waren aufgeregte Stimmen zu hören.

Es klopfte kurz. Becker platzte herein.

»Wir haben sie!«, rief er ins Zimmer. »Die Rothaarige! Wir haben sie!«

Maria murmelte etwas von »Arbeit ruft« und trat die Flucht an. Die Sache hier war ihr entschieden zu kompliziert.

Die Nachricht hatte sofort die Runde gemacht. Die Kollegen drängten sich um Alsbergers Schreibtisch. Jeder versuchte, einen Blick auf den Bildschirm zu ergattern.

»Sehen Sie sich das an!«, sagte Alsberger zu Maria. »Die aus Landau haben es eben geschickt.«

Auf dem Bildschirm sah man das Foto einer jungen Frau. Einer sehr attraktiven jungen Frau. Obwohl es eines dieser grauenhaften Passfotos war, bei denen man wie hypnotisiert in die Kamera starren musste. Sie hatte lange rote Haare. Die Ähnlichkeit mit dem Phantombild war frappierend.

Alsberger ließ ein zweites Foto auf dem Bildschirm erscheinen.

Unwillkürlich holte Maria tief Luft. Sie kannte diese Art Bilder. Sie hatte sie schon oft gesehen. Und trotzdem lösten sie immer noch Entsetzen aus.

Bilder von Leichen, die schon einige Tage irgendwo gelegen hatten. Draußen, ungeschützt, in Schmutz und Dreck. Entstellt und verquollen vom fortschreitenden Fäulnisprozess.

»Die Frau heißt Julia Sinter.« Alsberger schluckte. »Sie ist erschlagen worden.«

Die rothaarige Unbekannte, die einzige, die Licht in diese Geschichte hätte bringen können, war tot.

Maria rief den Kollegen Böhmert in Landau an. Er hatte nicht viel Zeit. Man war dabei, Freunde und Bekannte von Julia Sinter zu befragen.

Ein Polizeibeamter aus Landau hatte beim Stöbern im Internet entdeckt, dass die Heidelberger Kripo nach einer rothaarigen jungen Frau fahndete. Und da bei ihnen vor zwei Tagen eine Frau mit roten Haaren ermordet aufgefunden worden war, hatte er seinen Vorgesetzten informiert.

»Sie studierte hier«, berichtete Böhmert. »Viel mehr wissen wir selbst noch nicht. Unser Rechtsmediziner meint, sie liegt schon mindestens seit einer Woche da. Wahrscheinlich sogar länger.«

Julia Sinter war auf einer Baustelle gefunden worden, in einer Grube, bedeckt mit einer dicken Schicht aus Schlamm und Sand. Der Bau war schon vor Monaten gestoppt worden, weil der Pleitegeier über dem Projekt schwebte. Dann war die Firma überraschend von einer anderen übernommen worden. Vorgestern hatte man die Arbeit wieder aufgenommen, und der Kranführer hatte die Leiche entdeckt.

Hinter dem Gelände lagen einige Wohnblocks, vor der Baustelle eine Straße. Der Bauzaun war an etlichen Stellen eingerissen, und die Bewohner der Siedlung hatten den Baustopp auf ihre Weise genutzt: Ein Trampelpfad führte quer über das Baugelände und ersparte ihnen einige hundert Meter Umweg.

»Die Sinter hat in einem der Blocks gewohnt. Wir nehmen an, sie befand sich auf dem Weg nach Hause. Ihr Auto war vorne an der Straße geparkt.«

»Habt ihr die Tatwaffe?«

»Bis jetzt nicht. Wahrscheinlich wurde sie mit einem Ziegelstein erschlagen, wie sie auf der Baustelle verwendet werden. Partikel davon waren in der Kopfwunde. Der Täter muss mit ziemlicher Wucht zugeschlagen haben. Das Problem ist aber, dass die liebe Nachbarschaft hier alles geklaut hat, was nicht niet- und nagelfest war. Wie die Geier. Wenn wir Pech haben, ist unser Stein jetzt Teil von irgendeiner Gartenlaube.«

Alsberger hatte bereits die wichtigsten Daten ihres Falles durchgegeben. Bilder und Fingerabdrücke von Vossner und Zwingler würde er über das Internet schicken.

Die Spurensicherung war dabei, die Wohnung der Toten zu durchkämmen. Vielleicht fanden sie etwas, das zu den Morden in Heidelberg passte. Liebesbriefe, Fingerabdrücke von Vossner auf der Bettkante.

»Allerdings kann es auch gut sein, dass der Täter schon vor uns in der Wohnung war und alles, was auf ihn hinweisen könnte, beseitigt hat. Die Sinter hatte keinen Hausschlüssel bei sich. Wir haben ihn nirgendwo gefunden.«

Böhmert würde sich wieder melden, wenn es etwas Neues gab. Maria legte auf.

Sie hatte es doch gewusst. Frauenverschwörungen. Mordende Freundinnen. Arme, verfolgte Männer. Hirngespinste eines Grünschnabels!

»Und, was jetzt, Alsberger? Glauben Sie immer noch an Ihre Verschwörungstheorie? Kritzeln Sie sich das mal auf Ihr Blöckchen:

Der liebsten Freundin, die beim Mordkomplott hilft, schlägt man nicht den Schädel ein. Aber der Geliebten, die einem Hörner aufsetzt, der schon.« Sie zeigte auf den Computer, auf das Bild der Toten. »Das da, das war Vossner! Und wenn ich mich irren sollte, können Sie gerne meinen Posten übernehmen!«

Sie ließ sich die Fotos ausdrucken. Dann ging sie zu dem Büro, in dem Mengert Vossner verhörte.

»Ich habe da etwas, das Herrn Vossner interessieren wird«, sagte Maria und legte im gleichen Atemzug das Passfoto von Julia Sinter auf den Tisch.

»Die Dame kennen Sie doch, nicht wahr?«

Vossner betrachtete es. Dann nickte er.

»Können Sie uns sagen, wer diese Frau ist?«

»Das ist sie. Die Frau, die sich als Natalie Blochner ausgegeben hat.«

»Das, Herr Vossner, ist Julia Sinter. Studentin aus Landau. Und das wissen Sie genauso gut wie ich. Eine attraktive junge Frau. Sechsundzwanzig Jahre. Eine Frau, die das ganze Leben noch vor sich hatte. Die Pläne hatte, Träume. Genau wie Sie und ich.«

Maria schob das Bild beiseite.

»Und jetzt zeige ich Ihnen noch etwas anderes. Schauen Sie gut hin!«

Sie legte das Foto der Toten daneben.

In Vossners Gesicht war keine Regung zu sehen.

»Sehen Sie es sich ruhig an. So sehen Menschen aus, denen man den Schädel eingeschlagen hat. Und die man tagelang in einem Schlammloch hat liegen lassen. Hatte sie das verdient?«

Vossner saß da und starrte auf den Schreibtisch.

»Los, sehen Sie hin! Sehen Sie sich an, wie die schöne Julia heute aussieht. Was hat sie getan? Antworten Sie gefälligst!«

Sie beugte sich zu Vossner und hielt ihm das Foto vor das Gesicht.

»Warum haben Sie sie umgebracht? Haben Sie es nicht ertragen können, dass sie auch mit Eugen Zwingler ins Bett ging?«

Der Mann vor ihr hob den Kopf. Sein Gesicht war weiß wie die Wand. Er sah Maria direkt in die Augen.

»Jetzt hören Sie mir mal gut zu. Auch wenn es Ihnen nicht passt:

Ich habe diese Frau nicht umgebracht. Egal, was Sie mir in die Schuhe schieben wollen. Es wird Ihnen nicht gelingen. Haben Sie mich verstanden?«

Vossners Wangenmuskeln zuckten so, als halte er sich nur mit großer Mühe unter Kontrolle. Sie starrten sich an.

Maria wich keinen Millimeter zurück.

»Würden Sie jetzt gerne zuschlagen, Herr Vossner? Wie ist das mit dem Ausrasten? Erzählen Sie es uns!«

Aber Vossner war zu klug, um vor der Polizei die Kontrolle zu verlieren. Er senkte den Kopf.

Maria provozierte ihn. Immer weiter und weiter. Eine geschlagene Stunde lang. Wartete darauf, dass er endlich explodieren und etwas sagen würde, das ihn verriet.

Aber Axel Vossner beteuerte wie ein Roboter immer wieder, dass er mit den Morden nichts zu tun habe. Mit verbissenem Gesichtsausdruck und mühsam unterdrückter Wut.

Verärgert ging Maria schließlich in ihr Büro zurück. Sie würde diesen Mann festnageln. Sie wusste nur noch nicht, wie. Aber so kamen sie nicht voran.

Vossner würde auch weiterhin alles daransetzen, als das arme Opfer einer verhaltensgestörten Frau dazustehen. Einer Stalkerin, die ihn bedrängt hatte. Sein Anwalt würde Julia Sinter bei der Gerichtsverhandlung in den Dreck ziehen, um zu beweisen, dass *sie* die Übeltäterin gewesen war. Erschlagen von einer Zufallsbekanntschaft, die sie irgendwo aufgegabelt hatte. Maria konnte es sich schon lebhaft vorstellen.

Julia Sinter war fast genauso alt gewesen wie Vera. Wie mochte es ihren Eltern jetzt wohl gehen? Konnte es eine schlimmere Katastrophe geben, als das eigene Kind zu verlieren?

Maria griff nach dem Telefon. Sie wollte Veras Stimme hören. Sich wieder mit ihr vertragen. Diese Lügengeschichten ein für alle Mal begraben. Und dann sollte alles wieder so sein wie vorher.

Denn in einem täuschte Vera sich grundlegend: Ihr Leben war nicht schlecht. Es machte ihr nichts aus, wenn ihr Pullover Flecken hatte, ihre Wohnung mal eine Zeit lang unordentlich war und es über Wochen hinweg nur Essen aus der Dose gab. Das waren Dinge, die waren ihr egal.

Es gab anderes, das ihr viel wichtiger war. Sie hatte Freunde, nicht viele, aber sehr gute. Sie hatte eine Arbeit, die sie erfüllte. Und sie hatte eine Tochter, die sie liebte.

Sie wählte Veras Handynummer. Die Mailbox meldete sich. Maria drückte das Gespräch weg. Das, was sie ihrer Tochter sagen wollte, das konnte man nicht auf die Mailbox sprechen.

Sie mussten warten. Bis Mengert etwas aus Vossner herausbekam. Oder die Kollegen in Landau Spuren fanden. Verbindungen zu Vossner.

Maria telefonierte mit Bea, um sich Rat in puncto Ferver zu holen.

Bea riet ihr, stillzuhalten, bis Gras über die Angelegenheit gewachsen war. Irgendwelche Erklärungen würden die Sache nur weiter verkomplizieren. In manche Angelegenheiten sollte man sich eben besser gar nicht einmischen.

Anschließend kochte Maria Kaffee, spülte freiwillig alle Becher und lief insgesamt fünfmal zur Toilette. Schließlich stand sie vor der Pinnwand im Besprechungsraum. Sie hängte das Foto von Julia Sinter auf.

Schon das dritte Mordopfer!

Jemand tippte ihr von hinten auf die Schulter. Blitzartig schoss Maria das Bild von der Krallenhand aus ihrem Traum durch den Kopf.

Aber es war nicht der Teufel, der hinter ihr stand. Es war Mengert.

»Mach das *nie* wieder!«, fuhr sie ihn an.

Mengert hob abwehrend die Hände.

»Schon gut, schon gut«, sagte er beschwichtigend. »Bisschen schreckhaft heute, was? Ich wollte dir nur sagen, dass wir mit Vossner Schluss machen. Das bringt nichts. Dem muss man schon die Tatwaffe mit seinen Fingerabdrücken unter die Nase halten, damit er redet.«

Er schaute an Maria vorbei auf die Pinnwand.

»Ganz schöner Mist, was?«

Die Gelegenheit war gekommen. Zeit für die Abrechnung.

»Ich habe übrigens gestern Abend Ferver gesehen«, sagte Maria. »Mit einer Frau.«

Mengert grinste. »Und, ist sie hübsch?«

»Du weißt nicht, wie sie aussieht? Das wundert mich aber!«

Das Grinsen wurde noch ein bisschen breiter.

»Nicht genau. Aber ich habe gehört, es soll eine ziemlich dralle Blondine sein.«

Maria trat einen Schritt auf Mengert zu. Am liebsten hätte sie ihn am Kragen gepackt und geschüttelt. Egal, ob er nun einen guten Kopf größer war als sie oder nicht.

»Du bist ein elender Wortbrecher, Dieter Mengert. Ein mieser, kleiner Heuchler! Ein erbärmlicher Lügner! Du hattest mir versprochen, dass du die Sache stoppst.«

Aber Mengerts Grinsen ließ sich nicht vertreiben. »Ach, du weißt es noch gar nicht?«

»Was?«

»Das ist Fervers neue Flamme. Frau Sönkelmann oder so ähnlich. Meine Aktion war völlig überflüssig, das mit den beiden läuft schon seit ein paar Wochen. Die Schwier aus dem Raubdezernat hat es mir gesteckt. Die ist mit der verwandt.«

»Das ist doch nicht wahr, oder?«, fragte Maria entsetzt. »Das hast du dir gerade ausgedacht!«

»Nein, das stimmt! Hundert Prozent! Die beiden hatten Krach. Weiß ich auch von der Schwier. Deshalb war unser Giftzwerg so ...«

Die Tür wurde aufgerissen. Diesmal war es Alsberger.

»Neuigkeiten aus Landau! Auf dem Bildschirm!«, rief er ihnen zu.

Sie eilten ihm hinterher.

Zum zweiten Mal an diesem Tag stand Maria vor dem Computer ihres Assistenten und starrte auf den Monitor.

»*Daran* haben wir gar nicht gedacht«, sagte Alsberger.

»Allerdings nicht«, pflichtete Mengert bei.

Und während Alsberger sich überrascht anhörte, schwang in Mengerts Stimme die pure Bewunderung mit.

Zuckerwasser

»Nicht übel«, war Mengerts Kommentar. »Wirklich nicht übel.«

Die langen roten Haare fielen ihr über den Rücken und reichten bis zum Hintern. Schwarze Netzstrümpfe und hochhackige, knallrote Schuhe waren die einzigen Kleidungsstücke, die die junge Frau trug. Sie hatte den Kopf in Richtung Kamera gedreht und lächelte verführerisch über die Schulter.

Julia Sinter präsentierte sich gekonnt. Erotisch. Eine Expertin der effektvollen Selbstdarstellung.

Es gab noch mehr Fotos. Üppige Brüste, knappe Dessous. Ein bisschen Lack und Leder. Dazu ein Steckbrief, durch den die Kunden des Begleitservice alles über die angebotene Ware erfahren konnten. BH-Körbchengröße inklusive.

»Die Landauer haben den Link geschickt. Eine Freundin von der Sinter wusste davon. Man konnte sie übers Internet buchen.« Alsberger klickte die Preisliste an. »Zwei Stunden für dreihundertzwanzig Euro.«

Er reichte Maria ein Blatt. »Und das kam per Fax.«

Es war das Vernehmungsprotokoll von Julia Sinters Freundin.

Julia Sinter hatte ihr von einem Auftrag in Mannheim erzählt. Der nicht über den Begleitservice lief. Sie hatte ihre Tätigkeit auf privater Basis etwas ausgeweitet.

»… Sie dürfe nicht darüber reden, hat Julia gesagt, das würde dazugehören. Sie hat ziemlich geheimnisvoll getan. Da war ich natürlich umso neugieriger, weil sie ja auch auf einmal mit dem Geld nur so um sich schmiss. Sie hat wirklich nicht viel erzählt. Nur dass das der verrückteste Auftrag wäre, den sie bisher gehabt hätte. Sie sollte jemanden verführen. Und dafür sorgen, dass es auffällt. Dafür bekäme sie jede Menge Kohle. So viel, dass sie sich locker einen Porsche kaufen könnte. Wer der Auftraggeber war, hat sie nicht gesagt. Aber ich nehme an, es war eine Frau. Julia hat einmal gesagt: ›Die muss total durchgeknallt sein‹ …«

»Sie wurde umgebracht, weil die Auftraggeberin verhindern wollte, dass sie etwas ausplaudert«, sagte Alsberger. »Julia Sinter war nur das Werkzeug, das nicht mehr gebraucht wurde.«

Maria gab das Protokoll an Mengert weiter. Der Auftrag einer Frau, einen Mann in Mannheim zu verführen. Da hatte Vossner ihnen wohl doch die Wahrheit erzählt. Und sie war sich so sicher gewesen, dass er Julia Sinter getötet hatte!

»Ich glaube, ich muss mich bei Ihnen entschuldigen, Alsberger.«

Sie hatte ihn überheblich und von oben herab zurechtgewiesen. Dabei war Alsbergers Annahme genau richtig gewesen: Es gab mehrere Frauen, die an dieser Sache beteiligt waren. Eine war Julia Sinter, die sich an Vossner herangemacht hatte.

Wer war die andere, die Auftraggeberin?

»Ihr werdet jetzt Vossner befragen. Ob es irgendeine Frau gibt, die eine Rechnung mit ihm offen hat. Mit ihm und Eugen Zwingler. Fragt vor allem nach der Jobst. Und nach der Haschke!«

Maria ließ die beiden stehen und ging in ihr Büro.

Elvira Jobst hatte ihren Bruder gehasst. Geliebt, aber eben auch gehasst. Sie kannte Vossner von früher und wusste wahrscheinlich, dass die beiden sich ab und zu noch trafen. Hatte Vossner ihr irgendwann einmal etwas angetan und sie versuchte deshalb, ihm den Mord an ihrem Bruder in die Schuhe zu schieben? Aber sie hatte ein wasserdichtes Alibi für den Mord an Frau Karl. Das passte nicht.

Das Bärchen. Das verdammte Bärchen auf Arthurs Nachttisch.

Wenn hinter all dem nun doch Rabea Haschke steckte? Die Frau, die Zwingler ausgenutzt, betrogen und sitzen gelassen hatte. Die gleich eine ganze Reihe von Gründen hatte, ihm die Kehle durchzuschneiden. Der so übel mitgespielt wurde, dass eine Freundin log, um sie zu decken? Die Arthur kleine Bärchen schenkte und ausfragte? Hatte sie Julia Sinter angeheuert?

Von wem wussten sie denn, dass Zwingler mit der rothaarigen Frau eine Beziehung gehabt hatte? Doch nur von Rabea Haschke!

Vielleicht hatte Eugen Zwingler diese Frau überhaupt nicht gekannt, hatte nie einen Zettel von ihr in der Hand gehabt. Und Rabea Haschkes Empörung über die falsche Haarfarbe der neuen Freundin war nur eine perfekte Inszenierung gewesen.

Aber warum musste Vossner als Täter herhalten? Hatte es die Haschke so gekränkt, dass er sie für die Sekretärin gehalten hatte? War diese Frau dermaßen gestört?

Der verdammte Zettel, den Arthur gefunden hatte. Der hatte sie überhaupt erst auf Vossners Spur gebracht. War er vielleicht mit einem Paket Schokotrüffel in die Polizeidirektion gekommen? Und Arthur – benebelt von Diätpillen – war von Rabea Haschke bezirzt worden, ihn irgendwo unauffällig auftauchen zu lassen?

Maria musste wissen, wessen Fingerabdrücke auf diesem Zettel waren. Wenn Zwingler ihn überhaupt jemals in der Hand gehabt hatte, dann würden seine Abdrücke darauf zu finden sein.

Sie ging in Arthurs Büro, nahm seinen Kuli und sein Lineal, steckte beides in Plastiktüten und ließ es in die Technik bringen.

Ihre eigenen Fingerabdrücke waren gespeichert. Schließlich hatte sie schon oft genug – sehr zu Jantzeks Ärger – irgendwelche Gegenstände an einem Tatort angefasst. Es war die einfachste Lösung gewesen, einen kompletten Satz ihrer Abdrücke zu hinterlegen.

Maria machte es eilig. Sie schämte sich für das, was sie tat. Aber sie musste sich Klarheit verschaffen. Auch wenn sie keine Ahnung hatte, was werden sollte, wenn mit diesem Zettel wirklich etwas nicht stimmte.

Sie heftete alles ab, was abzuheften war. Las alles, was zu lesen war. Räumte ihre Unterlagen auf dem Schreibtisch von rechts nach links und von links nach rechts. Telefonierte. Telefonierte noch einmal. Kaute an den Fingernägeln.

Sie hatte den Eindruck, dass eine Ewigkeit vergangen war, bis der Kollege endlich anrief. Sie hörte, was er sagte, aber alles in ihr weigerte sich, es zu glauben.

Die Fingerabdrücke auf dem Zettel waren von genau zwei Personen. Von ihr. Und dem Menschen, dem das Lineal gehörte. Von Arthur.

Eugen Zwingler hatte diese Nachricht nie in der Hand gehabt. Sie war Teil des Plans. Wie Julia Sinter.

Maria musste ins Krankenhaus und mit Arthur reden. Allein.

Ferver lächelte milde, als sie ihm mitteilte, dass sie eine Migräneattacke habe und sich zu Hause eine Stunde hinlegen müsste. Wahrscheinlich dachte er, sie sei krank vor Liebeskummer. Auch egal. Es brauchte niemand mitzubekommen, dass sie heute zum zweiten Mal zu Arthur fuhr.

Maria eilte nach Hause, um ihr Fahrrad zu holen. Als sie in die Dantestraße einbog, klingelte ihr Handy.

Vera hatte in der Anrufliste ihre Nummer entdeckt.

»Du hast versucht, mich zu erreichen?«

»Habe ich. Aber jetzt bin ich gerade sehr in Eile. Ich melde mich später bei dir.«

»Meinst du nicht, wir hätten da etwas zu klären?«

»Deshalb habe ich dich ja angerufen. Aber jetzt geht es nicht! Tut mir leid, ich habe im Moment keine Zeit. Wirklich nicht.«

»Dann eben nicht.«

Vera war schon wieder beleidigt. Oder immer noch.

»Ich habe übrigens mit Frau Bleiwald Kaffee getrunken. Das war sehr nett. Ich habe sie beim Bäcker getroffen. Eigentlich wollte sie einkaufen gehen. Ich glaube, sie hatte es sogar eilig. Aber manche Leute nehmen sich eben Zeit für andere.«

Maria blieb stehen. Mit einem Schlag hatten sich all ihre Versöhnungswünsche in Luft aufgelöst.

»Und manche Leute, mein liebes Kind, haben anderes zu tun, als den Tag damit zu verbringen, zwei Eier zu kaufen und ein Schwätzchen zu halten. Wir suchen jemanden, der drei Menschen ermordet hat. Drei! Meinst du, da wäre es besser, wenn ich alles stehen und liegen lasse, um mit meiner egozentrischen Tochter Kaffee zu trinken?«

Das war ja wohl die Höhe. Versuchte Vera jetzt, sie gegen die Bleiwald auszuspielen? Gegen die perfekte Hausfrau und Übermutter?

»Wir reden später.« Maria drückte das Gespräch einfach weg.

Sie würde alles mit Vera regeln. Alles. Stundenlang. Aber nicht jetzt.

Noch voller Wut radelte sie Richtung Neuenheimer Feld. Auf der Ernst-Walz-Brücke war sie so außer Atem, dass sie kurz anhalten musste.

Völlig verschwitzt klopfte sie schließlich an Arthurs Zimmertür.

»Oh, heute zweimal Besuch! Das ist aber nett!«

Arthur strahlte schon wieder. Ob die ihm irgendwelche Psychopharmaka gaben?

»Sag mal, kriegst du hier eigentlich Beruhigungsmittel?«, fragte Maria statt einer Begrüßung.

Das wäre gut. Dann würde er sich vielleicht gleich nicht so aufregen.

»Soll ich dir etwas abgeben? Du siehst ehrlich gesagt so aus, als könntest du es brauchen.«

Maria zog ihre Jacke aus. Erst mal ruhig werden. Durchatmen.

Sie setzte sich auf den Stuhl neben Arthurs Bett.

Das Bärchen stand immer noch auf dem Nachttisch. Es sah aus, als würde es sie höhnisch angrinsen. Blödes Vieh.

»Der Zettel, Arthur. Kannst du mir noch etwas zu diesem Zettel sagen, den du gefunden hast?«

Sie würde ihm helfen. Wenn er nur etwas sagen würde. Wenn er sich ihr anvertrauen würde. Schließlich hatte die Haschke ihn sozusagen verführt. Vielleicht gab es Wege, die Sache geradezubiegen. Außerdem wusste niemand davon. Der Kollege in der Technik hatte keine Ahnung, wessen Fingerabdrücke er da untersucht hatte.

»Aber das habe ich dir doch schon erzählt.« Arthur setzte sich mühsam auf. »Er war in dem Karton. Der Boden, das waren so Laschen, die man ineinandersteckt. Vielleicht ist er da druntergerutscht. Als ich den Karton auseinandergefaltet habe, flatterte er mir jedenfalls direkt vor die Füße.«

»Ich habe Probleme mit diesem Zettel.«

Langsam schien Arthur zu verstehen, dass es ihr nicht darum ging, das Gleiche wie gestern noch einmal zu hören. Seine Miene wurde ernst.

»Und welche, Maria?«

Sie zögerte einen Moment. Dann spuckte sie es aus. Sie musste es sagen, sonst würde sie daran ersticken.

»Es sind nur meine Fingerabdrücke drauf. Und deine.«

»Und?«

»Wenn der Zettel wirklich in dem Karton gewesen wäre, müssten noch andere drauf sein. Die von Zwingler. Er müsste ihn ja irgendwann einmal in der Hand gehabt haben. Oder die von Alsberger. Der hat die ganzen Papiere aufgehoben, als mir der Karton runtergefallen ist.«

Arthur hatte verstanden.

»Maria, Maria.« Der Tonfall seiner Stimme hörte sich an wie der eines Vaters, der feststellen musste, dass seine Tochter sich trotz all seiner guten Ratschläge schon wieder ins Unglück stürzte.

»Es gibt Grenzen, weißt du. Vielleicht nicht für jeden, aber für mich schon. So gut solltest du mich eigentlich kennen. Mag sein, dass ich bereit wäre, für jemanden, der mir wichtig ist, viel zu tun. Aber sicher nicht alles. Der gutmütige, dicke Arthur ist nämlich kein Idiot. Und er wird es auch nicht, nur weil ihm mal jemand ein paar Pralinen schenkt.«

Arthur musterte sie. »Ich hatte einen Herzinfarkt. Das ist schlimm. Aber was du hast, das ist viel schlimmer. Du bist misstrauisch. Gegen alles und jeden. Nichts, was dir jemand sagt, kannst du so stehen lassen. Alles musst du hinterfragen. Bei jedem witterst du die Lüge. Deine Krankheit, Maria, möchte ich nicht haben. Wenn man nicht mal mehr seinen besten Freunden vertraut, das muss furchtbar sein.«

Maria kam sich vor wie ein zehnjähriges Schulkind. Sie schämte sich.

»Und jetzt denken wir beide mal zusammen nach. Wenn du einem alten Freund einfach mal glaubst und wir davon ausgehen, dass der Zettel schon in diesem Karton in die Polizeidirektion gekommen ist, wie ist er wohl da hineingeraten?«

»Sag es mir. Ich kann jetzt nicht denken.«

Arthur verdrehte die Augen zur Decke.

»Maria! Der Schnüffler! Zwingler hat doch geglaubt, dass jemand in seiner Wohnung gewesen ist. Wahrscheinlich wurde dort wirklich eingebrochen! Aber nicht, um etwas herauszuholen, sondern um etwas *hineinzubringen*. Zum Beispiel etwas, das die Polizei später finden soll. Und Roland hat beim Aufheben bestimmt nicht jedes Papier einzeln in die Hand genommen.«

Warum war sie nicht selbst darauf gekommen! Klar, den Zettel konnte jemand in die Wohnung gebracht haben. Hatte ihn irgendwo hingelegt, wo die Polizei ihn mit Sicherheit finden würde. Ohne dass er Zwingler selbst sofort auffiel.

»Tut mir leid«, sagte Maria kleinlaut.

»Das will ich auch hoffen. Und jetzt erklär mir mal, was da eigentlich bei euch los ist.«

Sie erzählte ihm alles. Von Vossners Aussagen, von der toten Julia Sinter, von der geheimnisvollen Auftraggeberin, die ihr viel Geld gezahlt hatte, um jemanden zu verführen, und zwar so, dass es bemerkt wurde.

Arthur hörte sich alles an. Fragte nach. Schwieg.

»Die Jobst hätte gar nicht das Geld für so eine Aktion gehabt.« Er strich mit den Händen die Bettdecke über seinem Bauch glatt. »Und Rabea Haschke halte ich nach wie vor für unschuldig. Diese Auftraggeberin ist hochintelligent, hat einen irrsinnigen Hass auf Zwingler und Vossner, aber sie kann sich ausgezeichnet kontrollieren. Sie hat alles perfekt vorbereitet und geplant. Frau Haschke wäre zu so etwas nicht in der Lage. Sie ist nicht der Typ, der schnell einen Wutausbruch bekommt, aber sicher auch niemand, der ein Verbrechen von langer Hand plant.«

Dem konnte Maria nicht so ganz folgen. Dass Rabea Haschke nicht alle Nase lang einen Tobsuchtsanfall bekam, mochte stimmen. Aber sie war auch nicht auf den Kopf gefallen. Denken konnte sie wahrscheinlich schon.

»Und, wer soll es dann gewesen sein?«

»Es bleibt nur noch eine übrig, die ein Motiv hätte: Frau Terstetten. *Sie* hat die finanziellen Mittel.«

»Weshalb sollte sie das tun? Nach fünfzehn Jahren? Sie wird demnächst Oma. Meinst du, die hat Lust, jetzt ins Gefangnis zu wandern?«

»Vielleicht gab es einen Auslöser. Irgendetwas, das kürzlich passiert ist. Vielleicht hängt es sogar mit dem Enkelkind zusammen. Dass ihre Tochter ein Kind bekommt, reißt die alte Wunde wieder auf, dass *sie* ein Kind verloren hat.«

Arthur, der Hobbypsychologe, hatte gesprochen.

Maria behagte die Sache nicht. Von den Frauen, denen sie in diesem Fall begegnet war, war Frau Terstetten nun wirklich die einzige, die einen ehrlichen Eindruck auf sie gemacht hatte.

»Sie hat für die Morde an Zwingler und Karl ein Alibi.«

»Eben.« Arthur nickte. »So eine Frau tötet nicht selbst. Die kauft sich jemanden, der das für sie erledigt, und organisiert sich ein bombenfestes Alibi.«

»Auch wenn sie ein Motiv hätte, Zwingler zu töten: Was sollte sie gegen Vossner haben?«

Arthur griff nach dem kleinen Bärchen und rückte es zurecht. »Vossner und Zwingler waren doch schon von Kindheit an befreundet. Frag den Vossner mal, ob der mit in der Diskothek war an dem Abend, als Markus Terstetten starb. Vielleicht steckte er in dieser Drogengeschichte mit drin.«

Er runzelte die Stirn. »Irgendwie unheimlich, findest du nicht? Da ist eine Frau, die in aller Ruhe Fallen aufstellt. Wie Zuckerwasser für die Fliegen. Und dann lässt sie die Menschen töten oder in den Knast wandern, gerade wie es ihr gefällt.«

Und das sollte die Terstetten sein?

Maria hatte da so ihre Zweifel.

Als sie mit dem Rad zurückfuhr, hingen weiße Wolkenberge über dem Neckartal. Auf der Wiese am Neuenheimer Ufer lagen vereinzelt ein paar Sonnenanbeter, die darauf warteten, dass der Himmel wieder aufriss.

Wenn man das alles wieder und wieder sah, Jahr für Jahr, dann bemerkte man irgendwann gar nicht mehr, wie schön es hier war. Man stumpfte ab. So wie man ein schönes Gesicht irgendwann nicht mehr als etwas Besonderes wahrnahm, wenn man es Tag für Tag sah.

Maria stellte ihr Fahrrad ab und lehnte sich über das Brückengeländer. Sie beneidete die Menschen, die da unten im Gras lagen. Einfach nur dalagen, ein Buch lasen oder in den Himmel schauten. Unbeschwert, ohne drückende Last auf den Schultern.

Was Arthur ihr gesagt hatte, war unangenehm. Aber wahr. Das Misstrauen hatte sich in ihr festgesetzt. Vielleicht war es eine Art Berufskrankheit, die man bekam, wenn man jahrelang von Menschen angelogen wurde. Menschen, die versuchten, ihre Haut zu retten. Ihre Schattenseiten zu verbergen.

Ihr Misstrauen war nicht verschwunden. Trotz Arthurs Moralpredigt.

Arthur war klug. Vielleicht war er der Intelligenteste der ganzen

Abteilung. Alles, was er ihr erklärt hatte, klang so logisch, dass man ihm einfach glauben *musste*.

Und beinahe vergaß, dass er dieses blöde Bärchen wie eine kleine Heiligenfigur auf seinem Nachttisch aufgebaut hatte.

Vielleicht hätte sie ihm doch nicht alles erzählen sollen.

Auf der Dienststelle saßen Alsberger und Mengert immer noch mit Vossner zusammen. Maria rief Alsberger raus. Er sollte Vossner fragen, ob er etwas mit dem Drogenverkauf an Markus Terstetten zu tun gehabt hatte.

Dann setzte sie sich in ihr Büro, aß eine halbe Tafel Schokolade und zermarterte sich das Gehirn, wie sie weiterkommen sollten. Einsicht in die Kontodaten von der Terstetten und der Haschke beantragen?

Aber jemand, der alles so detailliert plante, der würde bestimmt in den letzten Monaten keine größeren Summen abgehoben haben. Nicht von einem offiziellen Konto. Gab es geheime Konten? Im Ausland? Geld aus Erbschaften, Versicherungen?

Maria grübelte und grübelte. Las noch einmal das Protokoll über ihren Besuch bei Frau Terstetten. Und versuchte, Vera anzurufen. Es tat ihr leid, dass sie das Gespräch eben einfach weggedrückt hatte. Aber Vera ging nicht dran. Diesmal sprach Maria auf die Mailbox und entschuldigte sich.

Kurz darauf klopfte Alsberger.

»Fehlanzeige. Wir haben jetzt wirklich alles mit Vossner durchgekaut. Von vorne bis hinten. Er hat keine Ahnung, wer ihn hinter Gitter bringen will. Er kann sich auch nicht vorstellen, was die Jobst oder die Haschke gegen ihn haben könnten.«

»Und die Geschichte mit dem Terstetten-Jungen?«

»Er kannte ihn. Aber in der Nacht in der Diskothek war er nicht dabei. Er wusste, dass Zwingler mal eine Zeit lang gedealt hat. Aber da hätte er nicht mitgemacht. Aus Angst, erwischt zu werden.«

»Wenigstens sülzt er uns nichts von moralischen Skrupeln vor. Fragt sich nur, ob er die Wahrheit sagt. Da redet man ja nicht gerne mit der Polizei drüber, wenn man selbst gedealt hat.«

Maria nahm noch einen Riegel Vollmilch-Nuss. Beim Nachdenken brauchte sie immer besonders viele Kalorien.

»Und wenn Vossner meint, er hätte nichts angestellt, heißt das noch lange nicht, dass unsere Täterin das auch so sieht. Julia Sinters Auftraggeberin ist gestört. Intelligent, aber gestört.« Sie steckte sich das letzte Stück Schokolade in den Mund. »So kommen wir nicht weiter. Wir verschwenden nur unsere Zeit und Energie.«

Sie suchten nach verdächtigen Flusen, Haaren oder Krümeln, und die Strippenzieherin hinter all dem lachte sich wahrscheinlich ins Fäustchen. Es war an der Zeit, damit aufzuhören, ihr hinterherzuhecheln und sich von ihr benutzen zu lassen.

Sie mussten ihre Strategie ändern.

Eine Frau hatte Eugen Zwingler umgebracht, vielleicht umbringen lassen, und viel Geld investiert, um den Verdacht auf Vossner zu lenken. Der eine tot, der andere lebenslänglich hinter Gittern. Ein Plan, mit dem sie sich sehr viel Mühe gemacht hatte.

Was würde sie wohl tun, wenn sie erfuhr, dass ihr Plan nicht aufging, dass Vossner davonkam?

Zusehen? Wohl kaum.

»Wissen Sie was, Alsberger? Wir brauchen Zuckerwasser.«

Maria knüllte das Schokoladenpapier zusammen und warf es in hohem Bogen in Richtung Papierkorb. Wie immer verfehlte sie ihn um gut einen halben Meter.

»Und das Beste ist«, verkündete sie ihrem verblüfften Assistenten, »wir haben Zuckerwasser!«

*

»Ihren Dienstausweis?« Frau Terstetten ging voraus in den Wintergarten. Sie schob die Korbstühle zur Seite. »Also, ich kann hier nichts entdecken.«

»Na, dann ist er wahrscheinlich wirklich weg. So was Blödes. Das gibt immer Ärger, wenn man den verloren hat.« Maria seufzte. »Aber im Moment läuft sowieso alles schief. Gerade heute haben wir unseren einzigen Tatverdächtigen wieder entlassen müssen.«

»Ach, es gibt einen Verdächtigen?«

»Es *gab* einen Verdächtigen. Einen alten Freund von Herrn Zwingler. Aber wir konnten diesem Vossner rein gar nichts nachweisen. Jetzt stehen wir wieder am Anfang.«

»Das ist ja wirklich bedauerlich. Kann ich Ihnen noch etwas anbieten, Frau Mooser?«

»Nein, vielen Dank. Ich habe nur gedacht, ich frag mal eben nach. Ich hatte sowieso hier in der Gegend zu tun.«

*

»Aber ich *habe* das Protokoll unterschrieben. Da bin ich mir ganz sicher!« Elvira Jobst hatte die Arme angriffslustig in die Seiten gestemmt.

»Es tut mir wirklich leid. Das kann gut sein. Ich nehme an, die Kollegen haben das unterschriebene Exemplar verschlampt. Das ist ein Chaotenladen, kann ich Ihnen sagen!« Mengert lehnte sich lässig an den Türrahmen. »Da geht es ständig drunter und drüber. Manchmal frage ich mich, ob ich nicht doch noch den Job wechseln soll. Stellen Sie sich vor: Den einzigen Verdächtigen, den sie hatten, mussten sie wieder laufen lassen. Keine Beweise! Dabei haben sie diesen Vossner zwei Tage lang durch die Mangel gedreht.«

»Vossner? Axel Vossner? Sie haben gedacht, *der* hat Eugen umgebracht?«

»Mensch, da hab ich mich jetzt verquatscht. Sie haben nichts gehört, okay? Auf jeden Fall tappen die mal wieder im Dunklen.«

»Und jetzt?«

»Keine Ahnung. Vielleicht wird das Ganze irgendwann eingestellt. Wenn Sie da unten noch unterschreiben würden?«

*

»Der ist nicht von mir.«

Rabea Haschke gab Alsberger den Schal zurück.

»Das ist ja seltsam. In der Technik hatte jemand Ihren Namen auf die Tüte geschrieben. So was Dummes.« Alsberger runzelte die Stirn. »Dann ist der bestimmt von diesem Vossner, den wir heute entlassen haben. Na, da fahr ich jetzt nicht nach Mannheim. Den soll er sich selbst holen. Ich habe für heute wirklich genug. Können Sie sich das vorstellen? Stundenlang haben wir den Mann verhört und am Ende kommt raus, dass er es überhaupt nicht gewesen sein kann.«

Er stopfte den Schal in seine Manteltasche.
»Also dann, schönen Tag noch.«

*

Am Abend konnte Axel Vossner gehen. Alle, die wissen sollten, dass er wieder auf freiem Fuß war, wussten Bescheid.

Alsberger hatte darauf bestanden, dass Frau Jobst in die Aktion einbezogen wurde. Bei der großen Erbschaft, die zu erwarten war, gab es ja vielleicht Möglichkeiten, sich Geld zu leihen und damit auch den Mord an Frau Karl zu bezahlen.

Maria hatte mehr Personal angefordert und musste feststellen, dass es durchaus Vorteile hatte, wenn man jemandem leidtat. Ferver hatte seine Beziehungen genutzt und alles durchgedrückt, was sie haben wollte. Überwachung der Telefonleitungen, Beschattung der drei Tatverdächtigen.

Auch Vossner wurde rund um die Uhr bewacht. Zu seinem Schutz.

Es war Maria schwergefallen, ihn laufen zu lassen. Alle waren überzeugt, dass die Auftraggeberin von Julia Sinter auch ihre Mörderin war. Sie war sich da nicht so ganz sicher.

Die ersten beiden Morde waren geplant. Gut vorbereitet. Das Skalpell. Die Garotte. Wie hatte Jörg Maier noch gesagt? »Euer Henker ist ein Perfektionist.« Aber bei Julia Sinter hatte jemand mit dem zugeschlagen, was gerade greifbar gewesen war. Einc Affekthandlung. Das passte nicht so recht zueinander.

Doch im Moment wollte Maria vor allem eins: die Drahtzieherin hinter all dem fassen. Und dafür brauchte sie den Köder. Sie brauchte Vossner in Freiheit.

Sie warteten. Und beobachteten. Jeden Tag rief Maria Vera an und landete immer auf ihrer Mailbox. Sie hinterließ liebe Grüße und Entschuldigungen in allen Varianten.

Zweimal besuchte sie Arthur, der wissen wollte, wie sie denn jetzt weiter vorgehen würden. Sie sagte ihm, sie lasse Frau Terstetten beobachten. Das war ja nicht gelogen. Arthur fand die Idee gut. Maria plauderte mit ihm über das Wetter, über kalorienarme Nudelsoßen und leichte Salatdressings. Sie versprach, mit ihm Sport zu machen, wenn er wieder fit sein würde. Alles, damit sie mit ihm nur nicht über den Fall reden musste.

Am dritten Tag begegnete sie Herrn Herkel an den Mülltonnen und telefonierte mit Jörg Maier. Jörg erzählte, dass er nun doch mit Karin zur Eheberatung gehen werde. Marie konnte sich darüber nicht so recht freuen. Arno Herkel erzählte gar nichts. Aber immerhin grüßte er knapp, bevor er ihr den Mülltonnendeckel vor der Nase zuknallte.

Am vierten Tag schickte Vera eine SMS: *Komme am Wochenende vorbei. Bringe Kuchen mit.* Ein klares Friedensangebot. Die Nachrichten auf der Mailbox waren wohl doch nicht ohne Wirkung geblieben.

Am fünften Tag fand Maria ein Foto auf ihrem Schreibtisch.

Harmlos. Nichtssagend.

Doch es veränderte alles.

Der Plan des Teufels

War das ein Zufall?

Und wenn nicht?

Marias Herz klopfte so sehr, dass sie das Pochen im ganzen Körper spüren konnte. Sie ging zu Mengert. Der Einzige, der außer ihr heute nicht zur Überwachung draußen war.

»Von wann ist das?« Sie hielt ihm das Foto hin.

»Ich glaube, Becker hat es gestern Nachmittag gemacht. Wäre nichts Besonderes, hat er gesagt.«

»Nichts Besonderes! Der spinnt wohl!«

»Becker dachte ...«

»Becker dachte! Ich weiß, was ihr denkt: Morde werden immer von der Mafia begangen. Oder von irgendwelchen Henkern mit schwarzer Kapuze. Mörder können ganz normal aussehen. Ganz harmlos! Kapiert?«

Mengert verstand ihre Aufregung nicht. Wie sollte er auch.

Maria hatte angeordnet, dass alle Kontakte der Zielpersonen fotografiert wurden. Auf dem Bild sah man zwei Frauen bei einem harmlosen Plausch auf dem Friedhof. Sie waren beide gut zu erkennen.

Die eine im blauen Anorak, mit einer Gießkanne in der Hand auf einem Kiesweg, eine Gräberreihe im Hintergrund. Ohne Zweifel Frau Terstetten. Neben ihr stand eine ältere Dame. Sie hatte graue Haare und ein nettes, freundliches Gesicht.

So wie das von Klementine aus der Waschmittelwerbung.

Es war die Frau, die in Marias Wohnung gewesen war. Und mit der ihre Tochter Kaffee trank, wenn die Mutter keine Zeit für sie hatte.

Frau Bleiwald.

Die Handlangerin der Terstetten? Die sich als Kundin an Zwingler herangemacht hatte?

Die nette, zuvorkommende Frau Bleiwald?

Hektisch versuchten sie, mehr über die Bleiwald herauszufinden. Mengert erkundigte sich bei der Führerscheinstelle. Sie besaß eine Fahrerlaubnis, aber es war kein Pkw auf ihren Namen gemeldet.

Über das Einwohnermeldeamt bekamen sie ein Foto von ihr. Nicht mehr das neueste, aber Frau Bleiwald war darauf gut zu erkennen. Sie faxten ihre Anfrage mit dem Bild an alle Autoverleiher in der Umgebung.

Alsberger meldete sich von unterwegs.

»Die Terstetten ist in ein Taxi gestiegen. Es ist auf der A 5 in Richtung Frankfurt unterwegs.«

»Folgen Sie ihr. Und wenn sie sich zum Flughafen bringen lässt, nehmen Sie sie fest.«

Hatten die Terstetten und die Bleiwald gestern bemerkt, dass sie beobachtet wurden? Und waren dabei, sich abzusetzen? Oder war das alles doch nur Zufall?

Maria rief Herrn Meltzer an. Es dauerte. Dann hob er ab.

»Dass man von Ihnen auch noch mal was hört.«

»Tut mir leid, Herr Meltzer. Ich habe im Moment viel Arbeit. Sagen Sie, ist Frau Bleiwald da?«

»Nein, ich bin allein«, schimpfte der alte Herr verärgert. »Diese dumme Kuh ist nicht gekommen. So was Unzuverlässiges! Um acht wollte sie da sein. Und? Nichts. Unzuverlässiges Pack.«

»Hat sie gestern irgendetwas gesagt? Vielleicht war ihr nicht gut?«

»Papperlapapp. Der ging es blendend.«

Nein, er wolle überhaupt nicht mehr über diese Frau reden. Die sei sowieso seltsam gewesen. Die habe ihn immer nur über die Nachbarschaft ausgefragt. Herr Meltzer schimpfte in einem fort, ohne dass Maria noch einmal zu Wort kam. Dann legte er einfach auf.

Die Bleiwald war nicht erschienen. Die liebe Klementine. Die perfekte Hausfrau! Das war bestimmt kein Zufall mehr.

Maria sah sie förmlich vor ihren Augen: die akkurat aufgestellten Schuhe in ihrer Wohnung. Herrn Meltzers Küche, blitzeblank. Kein Krümelchen, kein Stäubchen. *Euer Henker ist ein Perfektionist.*

Da rannten sie der Jobst und der Haschke hinterher, und die Mörderin putzte in ihrer Wohnung die Fenster? In *ihrer* Wohnung!

Nein, das konnte nicht wahr sein. Das *durfte* einfach nicht wahr sein. Sie würde jetzt bei der Bleiwald anrufen. Sicher lag sie krank zu Hause im Bett. Und dass sie die Terstetten kannte, war einfach nur ein dummer Zufall. Ein ganz dummer Zufall.

Noch bevor Maria zum Hörer greifen konnte, klingelte ihr Telefon. Herr Wies von der Pforte.

»Hier unten ist eine Frau, die Sie sprechen möchte.«

Sie kam mit einer riesigen Handtasche und einem kleinen Koffer. Und lächelte ihr harmloses Klementine-Lächeln.

»Guten Morgen, Frau Mooser. Ich bin gekommen, um eine Aussage zu machen.«

Frau Bleiwald nahm vor Marias Schreibtisch Platz. Den kleinen Koffer stellte sie neben sich.

»Ich wäre auch schon früher gekommen. Aber ich hatte heute Morgen noch etwas sehr Wichtiges zu erledigen.«

Vossner, schoss es Maria durch den Kopf. Sie hat ihn umgebracht! Aber Vossner wurde doch rund um die Uhr bewacht!

Maria rief Mengert dazu. Frau Bleiwald saß geduldig da und wartete.

»Nicht, dass ich das vergesse …«, sagte sie dann und suchte in ihrer Manteltasche. »Ihr Hausschlüssel. Herr Meltzer wollte ihn erst gar nicht herausrücken. Aber wenn man ihm gut zuredet, ist er ganz fügsam. Das Gulaschrezept liegt übrigens in der Schublade vom Küchentisch. Sie wollten es doch so gerne haben. Also, wie gesagt: Es liegt in der Schublade.«

Was redete die da? Wollte die sie zum Narren halten?

»Was für eine Aussage möchten Sie denn machen?«, fragte Maria.

»Das wissen Sie doch ganz genau.« Mit einem Mal war all das Nette und Liebe aus Frau Bleiwalds Gesicht verschwunden. »Aber bevor ich anfange, möchte ich Ihnen nur sagen: Es tut mir sehr leid. Vor allem, was heute passiert ist. Aber es war unvermeidlich.«

»*Was* tut Ihnen leid?«

Maria wusste, man hätte sie sofort informiert, wenn Vossner etwas geschehen wäre. Das konnte nicht sein.

»Ich erzähle erst einmal, was war, Frau Mooser. Dann kommen wir zu dem anderen.«

Frau Bleiwald zog sich umständlich den Mantel aus und legte ihn über die Stuhllehne.

»Ich habe bemerkt, dass Ihr Beamter gestern Fotos von mir und Frau Terstetten gemacht hat. Ein bedauerlicher Zufall, dass wir uns dort getroffen haben.« Sie zupfte den Ärmel ihrer sorgfältig gebügelten weißen Bluse zurecht. »Mein Mann liegt auf dem Bergfriedhof, genau wie ihr Mann und ihr Sohn. Sie kam auf mich zu. Ich konnte es gar nicht verhindern. Über kurz oder lang hätten Sie jetzt wohl herausgefunden, wer ich bin und was mich mit Herrn Zwingler verbindet. Da habe ich mir gedacht, ich komme lieber direkt zu Ihnen. So war alles besser planbar.«

»*Was* war besser planbar?«

»Ich sagte doch, später. Wissen Sie, bis vor einigen Monaten hieß ich noch Bleiwald-Försthoven«, fuhr sie fort. »Bis zum Tod meines Mannes. Ein ziemliches Namensungetüm. Es hat wohl niemanden gewundert, dass ich nach seinem Tod auf das ›Försthoven‹ verzichtet habe. Man kann das beim Einwohnermeldeamt beantragen. Keine komplizierte Sache.«

Försthoven? Maria überlegte. Försthoven – den Namen hatte sie doch schon einmal gehört?

»Mein Mann hieß Walter. Walter Försthoven. Er war Lehrer an dem Gymnasium, an dem Markus Terstetten, Eugen Zwingler und Axel Vossner Schüler waren.«

Jetzt fiel es ihr wieder ein. Elvira Jobst hatte ihn erwähnt. Försthoven war der Lehrer, den ihr Bruder »fertiggemacht« hatte. Der inzwischen verstorben war. Aber so, wie Arthur es gesagt hatte, hatte es sich angehört, als sei er schon lange Zeit tot.

»Herr Zwingler und Herr Vossner haben meinen Mann ermordet. Heimtückisch und auf widerwärtigste Weise.«

»Was?«, fragte Maria überrascht.

»Nicht so, wie Sie denken. Sie haben ihn mit *Worten* getötet. Mit Gerüchten. Aber es war trotzdem Mord. Sie haben ihn in den Tod getrieben. Hinterhältig und skrupellos.«

Frau Bleiwald spielte mit dem Ring an ihrem Finger. Zwei schmale, goldene Eheringe, die miteinander verbunden waren.

»Eugen Zwingler hat mit Drogen gehandelt. Auch an der Schule. Es war Walter zugetragen worden. Getuschel auf dem Schulhof. Andeutungen. Aussagen, die später niemand mehr wiederholen wollte. Als Markus Terstetten in der Diskothek tot zusammenbrach und sich herumsprach, dass Zwingler an dem Abend auch dort war, brauchte man nur noch eins und eins zusammenzuzählen.«

»Und was hat das mit Zwinglers Tod zu tun?«

»Sehr viel.« Frau Bleiwald musterte Maria mit strengem Blick. »Denn mein Mann war der Einzige, der sich konsequent dafür einsetzte, dass man etwas gegen diesen Abschaum unternahm. Walter hatte Werte. Prinzipien. Und die hat er auch vertreten. Er hat mit seiner Meinung nicht hinter dem Berg gehalten. Er hat alles Mögliche versucht. War bei der Schulleitung. Aber man konnte Zwingler nie etwas nachweisen. Und es hatte auch niemand Interesse, die Sache an die große Glocke zu hängen. Drogenhandel an der Schule, das macht sich nicht gut in der Öffentlichkeit.«

Frau Bleiwald griff nach ihrer Handtasche, die neben dem Stuhl auf dem Boden stand, und nahm sie auf ihren Schoß. Maria sah, wie Mengert in Habacht-Stellung ging.

»Zwingler hat sich auf seine Art zur Wehr gesetzt. Irgendwann wartete er auf dem Parkplatz vor der Schule auf Walter und hat ihm gedroht. Mein Mann solle ihn in Ruhe lassen, sonst würde er ihn fertigmachen.«

Sie schwieg einen Moment.

»Danach fingen die Gerüche an.«

»Was für Gerüchte?«

»Walter war Sportlehrer. Eugen Zwingler und Axel Vossner haben erzählt, er würde kleinen Jungen nachschauen. Würde beim Duschen hereinplatzen und zu lange dableiben. Ihnen anbieten, sie mit dem Handtuch abzureiben. Völlig haltlose Behauptungen. Aber der Dreck blieb hängen. Zwingler war die treibende Kraft. Sein Freund Vossner hat mitgemacht. Er war ein Mitläufer.«

»Gab es deshalb unterschiedliche Strafen? Todesstrafe für Zwingler, lebenslänglich für Vossner?«

Frau Bleiwald zog anerkennend die Augenbrauen in die Höhe.

»Ganz richtig, Frau Mooser. Todesurteil für Herrn Zwingler, Haft für Herrn Vossner. Oder zumindest Dreck, der an ihm hängen bleiben sollte. Sie sind klug. Sie und ich, wir sind uns sehr ähnlich, wussten Sie das?«

Sie war also wirklich die Täterin! Frau Bleiwald, die so einen harmlosen Eindruck machte, dass selbst Maria auf sie hereingefallen war. Dabei verhängte die nette Klementine Todesurteile und schnitt Menschen die Kehle durch. Nein, der war sie bestimmt nicht ähnlich.

»Walter hat dem Druck nicht standgehalten.« Frau Bleiwald legte die Arme um die Tasche, die auf ihrem Schoß stand, und zog sie an sich. »Es gab Gespräche mit dem Rektor. Und plötzlich war *er* der Täter. Man legte ihm die Versetzung nahe. Aber Walter wusste, dass ihm die Gerüchte hinterherlaufen würden. Irgendwann kam ich nach Hause, da lag sein Brief da.«

Sie senkte kurz den Kopf.

»Er ist mit dem Auto vor einen Brückenpfeiler gefahren. Danach war er fünfzehn Jahre lang ein Pflegefall. Er konnte nicht mehr sprechen, nicht mehr allein essen, sich nicht mehr bewegen. Vor fünf Monaten ist er gestorben.«

Einen kurzen Moment lang spürte Maria so etwas wie Verständnis. Aber es verflog genauso schnell, wie es gekommen war.

Frau Bleiwald berichtete. Teilnahmslos, so als habe sie alles schon tausendmal erzählt. Von ihrem Plan, den sie sich zurechtgelegt hatte, als sie am Bett ihres Mannes saß. Der Plan, den sie nach dessen Tod Schritt für Schritt in die Tat umgesetzt hatte.

Sie hatte Vossner und Zwingler über Wochen beobachtet, kannte schließlich minutiös ihre Gewohnheiten und ihren Tagesablauf. Dann hatte sie Julia Sinter engagiert, die dafür sorgen sollte, dass der Eindruck entstand, sie habe gleichzeitig eine Beziehung zu beiden.

»Frau Sinter hat Zwinglers Kollegin informiert. Viel war da gar nicht nötig.«

Die Grüße, die die Haschke ausrichten sollte. Grüße vom Teufel. Und ein Herz. Wie passend! Es hatte genau das bewirkt, was die Bleiwald sich erhofft hatte.

»Herr Vossner war ja über seine Praxis gut zugänglich. Und er war durchaus daran interessiert, sich mit Frau Sinter näher zu beschäftigen. Ich selbst nahm Kontakt zu Herrn Zwingler auf. Erkundigte mich nach Versicherungen, machte Termine mit ihm. Ich entwendete seinen Schlüsselbund, als sich eine Gelegenheit bot. Es war mir ein Genuss, mich mit ihm zu unterhalten und mir dabei auszumalen, wie er sterben würde!«

Ihr Gesicht nahm einen zufriedenen Ausdruck an. Für einen Augenblick sah sie wieder aus wie die liebe, harmlose Klementine.

»Julia Sinter sorgte dafür, dass Herr Vossner sich mit ihr verabredete. Natürlich unter falschem Namen. Ich kenne eine Freundin von Natalie Blochner und wusste, dass man bei ihr zu Hause im Moment niemanden antrifft. Eine kleine Vorsichtsmaßnahme, falls Vossner ihr einen unerwarteten Besuch abstatten würde.«

»Und Frau Sinter hat bei all dem so einfach mitgespielt?«

»Manche Menschen sind zu allem bereit, wenn die Bezahlung stimmt, Frau Mooser. Außerdem wusste sie nicht, worum es ging. Nur dass sie ein bisschen Wirbel machen und Herrn Vossner zu einer bestimmten Zeit irgendwohin bringen sollte, wo sie niemand sah. Danach war ihr Auftrag beendet.«

Als Frau Bleiwald weitersprach, war die Genugtuung in ihrer Stimme nicht zu überhören.

»An dem Abend ging ich zu Eugen Zwingler ins Büro. Nach sechs war er fast immer allein dort. Ich habe ihm gesagt, ich hätte ein Schreiben von der Versicherung bekommen, das ich ihm unbedingt zeigen müsse. Dann habe ich ihm den Abschiedsbrief meines Mannes vorgelegt. Ich hoffe, er hat noch verstanden, um was es ging.«

»Und die Putzfrau hat Sie gesehen.«

»Sie kam viel zu früh. Sie war ein Risiko. Sollte sie mich irgendwann beim Einkaufen wiedererkennen?«

Die grauhaarige Frau rückte auf ihrem Stuhl ein wenig nach vorne.

»Manche Menschen werden in solche Ereignisse leider mit hineingezogen«, sagte sie in vertraulichem Tonfall, »obwohl sie selbst eigentlich nichts damit zu tun haben. Es tat mir leid um diese Frau. Und in Ihrem Fall tut es mir auch leid.«

»In *meinem* Fall?«

»Ich war natürlich sehr enttäuscht, als ich von Frau Terstetten hörte, dass Sie Herrn Vossner haben gehen lassen. Ich musste also vermuten, dass mein Plan gescheitert ist. Auch wenn ich mir nicht vorstellen kann, wie das passieren konnte. Aber ich werde nicht dulden, dass Herr Vossner ohne eine Strafe davonkommt. Zuerst wollte ich gestern Abend zu ihm fahren, um die Dinge selbst zu Ende zu bringen. Aber dann kam mir der Gedanke, dass Sie mich vielleicht auch überwachen lassen. Jetzt, wo Sie wussten, dass es eine Verbindung zu Frau Terstetten gibt.«

Sie lächelte Maria an.

»Da habe ich mir gedacht, dass es am sichersten ist, wenn *Sie* die Sache für mich übernehmen.«

»Sie sind ja verrückt!«

»Nein, Frau Mooser, ganz sicher nicht. Aber Sie, Sie sind so wunderbar emotional. Ein Mensch mit starken Gefühlen. Sie sind genau die Richtige dafür.«

Frau Bleiwald sagte das mit einer solchen Bestimmtheit, dass Maria Zweifel kamen. Zweifel, wer hier eigentlich die Situation in der Hand hatte.

»Wissen Sie, als Sie mich damals fragten, ob ich bei Herrn Meltzer putzen würde, dachte ich erst, Sie stellen mir eine Falle. Sie hätten mich vielleicht sogar schon in Verdacht oder würden testen, ob ich wirklich Arbeit suche. Aber dann habe ich gemerkt, dass das einfach Ihre Art ist. Sie greifen zu, wenn sich etwas bietet. Denken nicht lange nach.«

Frau Bleiwald spielte gedankenverloren am Verschluss ihrer Tasche.

»Und dann wurde mir klar, was für eine großartige Gelegenheit das war, Näheres über Sie herauszufinden. Informationen zu sammeln. Man weiß ja nie, ob man sie nicht irgendwann einmal brauchen kann. Wenn Sie genug Informationen über einen Menschen haben, dann haben Sie auch Macht über ihn. Wissen, was ihm wichtig ist.«

Sie öffnete ihre Tasche und suchte etwas. Mengert stand auf.

»Keine Sorge«, sagte Frau Bleiwald beschwichtigend und zog ihre Hand langsam wieder heraus. »Es ist keine Waffe.«

Sie legte etwas vor Maria auf den Tisch.

»Greifen Sie zu, Frau Mooser. Eine Gelegenheit. *Eine einmalige Gelegenheit.*«

Es war etwas Kleines, Glänzendes. In Marias Brust zog sich alles zusammen. Sie streckte die Hand danach aus.

Ein Ring. Sie kannte ihn.

Es war der Ring, den Vera ihr voller Stolz gezeigt hatte. Alsbergers Geburtstagsgeschenk.

Maria saß da und weigerte sich weiterzudenken. Sie wollte nicht verstehen, was das bedeutete.

»Ich biete Ihnen Ihre Tochter. Dafür töten Sie Herrn Vossner. *Sie* haben die Möglichkeit, an ihn heranzukommen. Sie werden ihn bestrafen für das, was er getan hat.«

Einen Moment herrschte eisige Stille.

»Ich habe Vera an einen sicheren Ort gebracht. Ein sehr hilfsbereites Mädchen. Ich habe sie heute Morgen angerufen und gefragt, ob sie mir helfen könnte, etwas zu transportieren. Die Handynummer hatte ich aus dem Adressbuch in Ihrer Wohnung. Ich habe mir aber erlaubt, Vera zu sagen, Sie hätten sie mir gegeben.«

Entgeistert sah Maria in das Gesicht der Frau, die redete, als hätte sie jemanden zu einem netten Ausflug eingeladen.

»*Noch* lebt sie. Aber Sie können sich ja ausrechnen, wie lange es dauert, bis ein Mensch verhungert. Ach nein, das ist falsch. Ich glaube, man verdurstet, nicht wahr?«

Es war wie ein Stromschlag, der durch Marias Körper fuhr. Sie warf sich nach vorne, griff über den Tisch. Sie packte die Frau, riss sie zu sich.

»Wo ist sie?«, schrie sie. »Wo ist meine Tochter?«

Mengert war aufgesprungen. Er umklammerte Maria mit beiden Armen, sodass sie sich nicht mehr bewegen konnte.

»Lass sie los! Lass los, Maria!« Er zerrte sie vom Tisch weg.

Frau Bleiwald setzte sich auf, zog ihre Bluse zurecht und fuhr sich durch die Haare.

»Sehen Sie. Ich wusste doch, dass Sie die Richtige für dieses Projekt sind. *Starke Gefühle. Ein guter Grund.* Das ist die perfekte Mischung.«

Mengert brachte Maria vor die Tür, in den Flur.

»Beruhige dich. Hörst du!«

Maria stand da, fassungslos.

»Sie hat Vera!«

»Nur ruhig. Das wissen wir ja noch gar nicht. Vielleicht ist das alles nur Show.« Er holte sein Handy aus der Hosentasche. »Wie ist Veras Nummer?«

Zweimal nannte sie ihm in ihrer Aufregung die falsche Nummer. Erst beim dritten Anlauf bekam sie die richtige zusammen.

Zunächst begriff Maria gar nicht, was sie da hörte. Eine elektronisch verfremdete Melodie, die aus ihrem Büro kam. Ganz leise, kaum wahrzunehmen.

Mengert riss die Tür auf.

Frau Bleiwald war gerade dabei, ihre Handtasche zu öffnen. Sie holte das klingelnde Handy heraus und legte es auf den Tisch.

»Ein Gespräch für Ihre Tochter, Frau Mooser. Möchten Sie, dass ich rangehe?«

Eine halbe Stunde später waren die meisten Kollegen wieder zurück. Mengert hatte alle informiert. Die Vernehmung wurde vorerst abgebrochen, Frau Bleiwald in die Arrestzelle gebracht.

Maria rief Alsberger an. Er wollte genauso wenig wie sie glauben, was Frau Bleiwald erzählt hatte. Vera war heute Morgen noch bei ihm gewesen. Er war früh gegangen, Vera hatte im Bett gelegen und geschlafen.

Alsberger würde zurück zur Wohnung fahren und, wenn Vera nicht dort war, alle Orte abklappern, an denen sie sich häufig aufhielt. Vielleicht saß sie ja beim Frühstück im »Schwarzen Walfisch« oder las Zeitung im Bistro vom »Füllhorn«.

Maria rief die Freundinnen und Bekannten ihrer Tochter an. Aber die einzige Antwort, die sie bekam, war, dass Vera bei ihrem Freund in Heidelberg sei.

Als Alsberger sich schließlich wieder meldete und berichtete, dass er Vera nirgendwo gefunden hatte, fing sie an zu begreifen, dass all das Wirklichkeit war. Luise Bleiwald hatte nicht gelogen. Sie hatte ihre Tochter.

Mengert kam herein. »Ich mach jetzt weiter mit der Vernehmung.«

Mechanisch stand Maria auf.

Er schüttelte den Kopf. »Ich mach das mit Becker zusammen. Ich glaube, das ist besser.«

»So ein Quatsch«, sagte Maria und wollte hinaus in den Flur.

Aber Mengert stellte sich so in den Türrahmen, dass sie nicht vorbei kam.

»Du sollst zu Ferver kommen.« Leise fügte er hinzu: »Es tut mir leid.«

Ferver redete auf sie ein. Es dauerte eine ganze Weile, bis Maria begriff, um was es ging: Er entzog ihr den Fall und hatte Mengert als Leiter der Sonderkommission eingesetzt.

»Das kann nicht Ihr Ernst sein!«

»Sie haben eine Zeugin in einem Mordprozess als Putzfrau engagiert. Sie haben Berufliches mit Privatem vermischt. So etwas kann man sich in unserem Beruf *niemals,* absolut *niemals* erlauben. *Weil es gefährlich ist!*«

Sie schwieg. Was sollte sie auch erwidern? Natürlich hatte er recht.

»Sie gehen jetzt erst einmal nach Hause. Glauben Sie mir, es ist besser so. Ich *kann* Sie nicht dabeilassen.« Ferver fuhr sich mit einer müden Geste über den fast kahlen Kopf. »Wir machen alle Fehler. Niemand von uns ist perfekt. Ich habe auch schon Fehler in meinem Leben gemacht, schwerwiegende Fehler. Und habe gelernt, damit umzugehen. Aber wenn Sie die Ermittlungen weiterführen und einen Fehler machen, weil Sie zu emotional reagieren, wie wollen Sie damit leben?«

Wortlos verließ Maria sein Büro.

War das ihre Strafe? Tatenlos zusehen zu müssen?

Auf dem Weg nach Hause tauchten Bilder in ihrem Kopf auf. Vera in einem Verschlag, weinend, mit dreckverschmiertem Gesicht. Vera totenblass, betäubt, eingepfercht in eine Kiste.

Sie verbot sich, so etwas zu denken.

Mechanisch setzte Maria einen Fuß vor den anderen. Alles um sie herum schien seltsam fremd und entrückt. Sie bemühte sich, ruhig zu bleiben. Bemühte sich, keine Gefühle hochkommen zu lassen. Sie hinter einer dicken Mauer zu verbannen.

Sie durfte jetzt nicht den Kopf verlieren. Sie musste überlegen, was zu tun war. Eine Liste der Kollegen machen, die ihr helfen würden. Sie würde nicht tatenlos zusehen. Niemals!

Maria schloss die Haustür auf, öffnete den Briefkasten und holte ihre Post heraus. Automatisch. Wie eine hölzerne Puppe.

Im Briefkasten war ein großer brauner Umschlag auf dem »Maria Mooser« stand. Sonst nichts. Keine Briefmarke. Keine Adresse.

Es war Veras Handschrift!

Eine Nachricht! Ein Brief, in dem sie alles erklären würde! Ein dummer Witz. Eine kleine nachträgliche Lektion, weil ihre Mutter sich nicht genug um sie gekümmert hatte!

Mit zitternden Händen riss Maria den Umschlag auf. Briefe fielen heraus, verteilten sich auf dem Steinfußboden. Alle an eine Chiffre adressiert, alle in unterschiedlicher Handschrift. Was war das? Die Antworten auf Veras Kontaktanzeige?

Hektisch suchte Maria in dem großen braunen Umschlag. Nichts! Absolut nichts. Sonst war nichts darin!

Hinter ihr wurde die Haustür geöffnet. Arno Herkel kam herein, eine Einkaufstüte in der Hand. Er ging an ihr vorbei, auf die Treppe zu. Dann sah er die Umschläge. Er bückte sich, hob einen der Briefe auf und schaute auf die Chiffre.

»Wieder auf der Suche nach kleinen Männern?«, fragte er.

Mit einem Mal brach voller Wucht all das über Maria herein, was sie mühsam unterdrückt hatte. Ihre Angst, ihre Wut. Ihre Verzweiflung.

Der Nachbar fragte etwas, aber sie war unfähig, auch nur ein vernünftiges Wort herauszubekommen. Sie setzte sich einfach auf den Boden und heulte. Heulte und heulte.

Arno Herkel wartete eine Weile. Schließlich nahm er ihr den Schlüssel ab, zog sie hoch und brachte sie in ihre Wohnung. Er redete beruhigend auf sie ein. Reichte ihr Taschentücher und hörte ihren stammelnden Erklärungen zu. Ihren Selbstvorwürfen. Ihren Hasstiraden gegen die Bleiwald. Und gegen sich selbst.

Dann nahm er sie in den Arm und ließ sie einfach weinen.

Es waren fast anderthalb Stunden vergangen, als es an der Haustür klingelte. Maria hatte sich wieder halbwegs beruhigt.

Alsberger stand vor der Tür. Fahl im Gesicht, die Augen gerötet.

Frau Terstetten war in die Polizeidirektion gebracht und verhört worden. Er durfte nicht dabei sein, aber Mengert hatte ihm berichtet, was sie ausgesagt hatte.

»Sie scheint nichts mit der Sache zu tun zu haben«, erzählte er. »Sie ist aus allen Wolken gefallen, als sie gehört hat, um was es geht.«

Elisabeth Terstetten wollte zu ihrer Tochter nach Heppenheim. Sie war mit dem Taxi gefahren, weil sie sich nicht wohlfühlte.

Bei ihrer Befragung hatte sie angegeben, dass Frau Bleiwald-Försthoven eine alte Bekannte sei. Sie war die Frau, die vor vielen Jahren auf sie zugekommen war und erzählt hatte, dass Eugen Zwingler Drogen an der Schule verkauft hätte. Und dass er wahrscheinlich derjenige war, von dem ihr Sohn die Drogen in der Diskothek bekommen hatte.

Luise Bleiwald hätte sie seit dieser Zeit ab und zu besucht. Eine lose Bekanntschaft, mehr nicht. Eine, von der Frau Terstetten zunächst nicht sehr angetan gewesen sei.

»Die Bleiwald muss immer wieder von Zwingler angefangen haben. Der Mann von der Terstetten war danach wohl jedes Mal ziemlich aufgebracht.«

Maria und Alsberger saßen sich im Wohnzimmer gegenüber. Arno Herkel hatte sie allein gelassen, damit sie in Ruhe reden konnten.

»Sie hat gewusst, dass der Mann von der Bleiwald einen Unfall hatte und ein Pflegefall war. Aber warum, das wusste sie nicht.«

»Und was hat die Bleiwald noch gesagt?«, fragte Maria.

»Sie hat die Morde an Zwingler und an der Karl gestanden. Aber als Mengert sie nach Julia Sinter gefragt und sie mitbekommen hat, dass sie tot ist, hat sie gelacht.«

»Gelacht?«

»Ja. Gelacht! Sie sagt, sie hätte damit nichts zu tun. Wir sollten uns an Vossner halten.«

»Was meint Mengert dazu?«

Hoffnung keimte in Maria auf. Wenn Vossner wirklich Julia Sinter getötet hatte? Wenn er festgenommen würde? Was dann? Dann hatte die Bleiwald ihre Rache. Vielleicht würde sie Vera dann gehen lassen.

»Mengert glaubt, dass sie lügt, damit Vossner hinter Gitter kommt.«

»Die Bleiwald will, dass ich Vossner umbringe.«

Maria wunderte sich selbst darüber, wie ruhig ihre Stimme klang, als sie es sagte.

Alsberger schüttelte den Kopf. Er stützte die Ellbogen auf die Knie und vergrub sein Gesicht in den Händen.

»Sie ist verrückt.« Er war kaum zu verstehen. »Völlig verrückt. Unberechenbar. Vielleicht hat sie Vera schon umgebracht.«

Maria stand auf und ging zu ihm herüber, setzte sich neben ihn auf die Couch.

»Diese Frau ist nicht verrückt. Sie weiß ganz genau, was sie will und was sie tut. Sie ist nicht unberechenbar.«

Leise sprach sie auf ihn ein und machte ihm Mut. Dass sie genau spüren würde, dass Vera lebt. Dass sie es wüsste, wenn ihr Kind gestorben wäre. Eine Mutter könnte das fühlen.

»Roland«, sagte sie beschwörend, »wir werden sie finden.«

Sie erzählte Lügen, um ihn zu trösten. Lügen, die sie selbst so gerne geglaubt hätte.

Sie begannen, Pläne zu schmieden. Alle möglichen Pläne.

Nur über einen Plan redeten sie nicht, als wäre er ein Tabu, über das man nicht sprechen durfte.

Vielleicht hätte Maria gar nicht mehr darüber nachgedacht. Zumindest nicht an diesem Tag. Aber irgendwann ging sie in die Küche. Sie nahm ein Glas aus dem Schrank. Da fiel es ihr wieder ein. *Das Rezept liegt in der Schublade.* Was sollte die Geschichte mit dem Gulaschrezept, von dem die Bleiwald gesprochen hatte?

Hastig zog Maria die Küchenschublade auf. Es lag ein Heft darin. Eine Kladde, wie sie Schulkinder für ihre Hausaufgaben benutzten. Seite um Seite bedeckt von einer gestochen klaren Handschrift. Adressen, Telefonnummern, Uhrzeiten, Ortsangaben. Jeder Schritt von Axel Vossner in den letzten Wochen war dort fein säuberlich protokolliert.

Am Ende stand »Zusammenfassung«. Darunter verschiedene

Optionen. Wo Vossner sein Auto parkte. Wann er üblicherweise welchen Weg wohin zurücklegte. Wo man sich hinstellen musste, um nicht gesehen zu werden und doch gut zielen zu können.

Rezepte. Anleitungen für einen Mord.

»Alles in Ordnung?«

Maria schreckte hoch. Ohne dass sie es gemerkt hatte, war Alsberger hereingekommen.

»Ja, ja.«

Schnell klappte sie die Kladde zu und legte sie in die Schublade zurück.

Drei Tage. Vier Tage maximal. So lange dauerte es, bis jemand verdurstete.

Sie mussten Vera finden. Bald.

Sonst gab es nur noch einen Plan.

Den des Teufels.

Höllenqualen

»Wie furchtbar.« Frau Terstetten schüttelte den Kopf. »Aber sie war schon immer etwas sonderbar.«

Maria hatte Elisabeth Terstetten einen Besuch abgestattet. Einen rein privaten Besuch. Den konnte Ferver ihr schließlich nicht verbieten. Sie saß da und hörte angestrengt zu. Wartete auf einen Hinweis. Auf irgendetwas, das Frau Bleiwald gesagt oder getan hatte, das ihnen verraten könnte, wo Vera war.

Immer wieder sprachen sie alles durch. Aber schließlich musste Maria einsehen, dass Frau Terstetten ihnen nicht weiterhelfen konnte. Sie verabschiedete sich.

Draußen rief sie Alsberger an. Er war bei der Kripo in Landau, auf der Suche nach Beweisen für Vossners Schuld.

Inzwischen hatte man dort alle Unterlagen aus Julia Sinters Wohnung durchgesehen und ihre Telefonverbindungen geprüft. Doch es fanden sich keine Hinweise, weder auf Vossner noch auf die Bleiwald. Julia Sinter war zwar in den vergangenen Wochen einige Male aus dem Rhein-Neckar-Kreis angerufen worden, aber immer von öffentlichen Fernsprechern aus.

Einige der Landauer Kollegen suchten immer noch fieberhaft nach der Tatwaffe, an der sich vielleicht DNA-Spuren des Täters finden würden. Alle Höfe, alle Keller in der Umgebung wurden durchforstet, jede Gartenlaube.

Aber wer wusste schon, ob sie jemals etwas finden würden. Die Zeit lief ihnen davon.

»Komm zurück«, sagte Maria zu Alsberger. »Das hat keinen Zweck.«

Es war, als könne sie das Ticken der Uhr in ihrem Kopf hören. Sekunde für Sekunde. Minute für Minute. Den ersten Tag hatten sie schon vergeudet.

Es wurde immer schwieriger, die Bilder in ihrem Kopf wegzuschieben. Vera, zusammengekauert. Vera, die weinte. Verzweifelt. Allein. In einem dreckigen Kellerloch.

Sie konnten Vossner nicht überführen. Nicht so schnell. Sie mussten andere Wege gehen. Aber dafür brauchten sie Ferver.

*

Der kleine Mann sah aus, als hätte er die ganze Nacht nicht geschlafen. Grau und eingefallen saß er hinter seinem Schreibtisch.

»Beweise, Frau Mooser! Es gibt dafür keinerlei Beweise!«

»Die Morde an Zwingler und an der Karl waren sorgfältig geplant, gut vorbereitet. Das waren regelrechte Hinrichtungen. Julia Sinter ist im Affekt erschlagen worden. Das passt überhaupt nicht zur Bleiwald.«

»Diese Frau ist verrückt, Frau Mooser. Die wird mal so und mal so handeln.«

»Warum hat sie gelacht, als sie vom Tod Julia Sinters gehört hat? Warum?«

Ferver zuckte mit den Achseln. »Weil sie verrückt ist!«

»Nein! Weil ihr Plan noch besser aufgegangen ist, als sie gedacht hat. Vossner hat wirklich einen Mord begangen. Er hatte sich verliebt. Vielleicht hat er mitbekommen, dass Julia Sinter ihn an der Nase herumführt. Er ist ihr nachgefahren und hat sie noch einmal angesprochen. Der verträgt es nicht, wenn man ihn kränkt. Sie hätten ihn bei der Vernehmung erleben müssen. Er war kurz davor, mir eine runterzuhauen.«

Ferver schüttelte den Kopf.

»Sie hat gelacht, damit Sie genau *das* denken, *was* Sie jetzt denken. Sie versucht, uns zu manipulieren. Sie will uns benutzen. Das müssten Sie doch am besten wissen, Frau Mooser.«

Er würde Vossner nicht festnehmen lassen. Maria hatte es befürchtet. Alles drehte sich nur noch um die Bleiwald. Niemand verschwendete noch einen Gedanken daran, dass jemand anderes Julia Sinter getötet haben könnte. Und dass auch eine Mörderin die Wahrheit sagen konnte.

»Dann nehmen Sie Vossner zum Schein fest! Nur für ein paar Tage. Man kann ihn doch fragen. Ihm alles erklären. Vielleicht lässt er sich ja darauf ein!«

»Das ist zwecklos, Frau Mooser.«

»Wir könnten es doch versuchen!«

»Glauben Sie mir, es ist zwecklos.«

»Warum? Lassen Sie es uns doch versuchen! Oder wollen Sie hier sitzen bleiben und warten, bis meine Tochter tot ist?«

Maria war laut geworden. Sie hatte sich so bemüht, sich zu beherrschen. Es ging nicht.

Edwin Ferver beugte sich zur Seite und holte etwas aus der Schublade. Eine Aktenmappe.

»Ich wollte eigentlich vermeiden, Ihnen das zu zeigen.« Er zog ein Blatt heraus. »Sie hat ihn heute Morgen dem Aufsichtspersonal gegeben.«

Es war ein Brief. In gestochen klarer Handschrift. Eine Handschrift, die Maria schon kannte.

Liebe Frau Mooser,
leider kamen wir nicht mehr dazu, die Bedingungen für unseren Vertrag auszuhandeln.
Sie werden verstehen, dass es für mich wichtig ist zu prüfen, ob Sie Ihren Part unseres kleinen Handels auch wirklich erfüllt haben. Deshalb muss ich darauf bestehen, die Leiche von Herrn Vossner zu sehen, bevor ich den Aufenthaltsort Ihrer Tochter preisgebe. Einer bloßen Aussage oder gar Fotos kann ich leider keinen Glauben schenken.
Ich bin sicher, Sie haben Verständnis dafür und tun, was Sie können!
Es gibt doch für alles ein Rezept!
Mit besten Grüßen,
Ihre Luise Bleiwald

»Meinen Sie wirklich, dass diese Frau irgendetwas sagt, wenn wir ihr erzählen, wir hätten Herrn Vossner verhaftet?« Wieder schüttelte Ferver den Kopf. »Die ist doch nicht dumm. Die hat die gleichen Gedanken wie wir. Und ich wette, wenn sie vor seiner Leiche steht, verlangt sie noch ein Messer, um es ihm in die Brust zu stechen. Nein, Frau Mooser. Nein und nochmals nein.«

Maria wusste, dass Ferver alles Mögliche veranlasst hatte. Die Medien waren informiert worden. Veras Bild war in der ganzen

Region bekannt. Die Kollegen hatten abgesucht, was abzusuchen war. Hatten versucht herauszufinden, wann die Bleiwald sich wo aufgehalten hatte. Alles lief auf Hochtouren. Aber es war nicht genug.

Maria schaute ihrem Vorgesetzten direkt in die Augen. Er sollte ihr ins Gesicht sehen, wenn er das jetzt ablehnte. Damit er diesen Moment nie mehr in seinem Leben würde vergessen können.

»Ich will mit ihr reden.«

»Frau Mooser«, sagte Ferver, so als ob das schon eine Antwort wäre.

»Ich will mit ihr als Mutter reden. Nicht als Beamtin. Ich werde ihr von Vera erzählen. Was sie mir bedeutet. Die Bleiwald hat ihren Mann verloren. Das alles hier passiert, weil sie ihn geliebt hat. Das dürfen wir nicht vergessen. Sie muss ihn sehr geliebt haben. Sie hat ihn gepflegt. In den letzten fünfzehn Jahren war er ihr ganzer Lebensinhalt. Wenn ich ihr erzähle, wie sehr ich meine Tochter liebe, vielleicht kann sie verstehen, was sie anrichtet, wenn sie mir Vera nimmt.«

Während sie das sagte, spürte Maria, dass sie es schaffen könnte. Vielleicht waren sie und die Bleiwald sich wirklich ähnlich. Ähnlich darin, einen Menschen so sehr zu lieben, dass man bereit war, sehr viel für ihn zu tun. Vielleicht sogar alles. Die Bleiwald wollte Vergeltung für den Tod ihres Mannes. Maria wollte das Leben ihrer Tochter.

Alle hielten diese Frau für verrückt. Für unzurechnungsfähig. Ein Monster. Aber vielleicht schaffte sie es, hinter die Mauer zu kommen. Zu den Gefühlen, mit denen dieser Albtraum begonnen hatte.

Ferver schwieg. Er schien nachzudenken.

»*Sie* nicht«, sagte er schließlich. »Alsberger geht.«

»Und warum nicht ich?«

»Sie hat keine Kinder. Die Bleiwalds waren kinderlos. Wenn es darum geht, auf Gemeinsamkeiten abzuzielen und Mitgefühl zu erzeugen, dann sollte man jemanden reinschicken, der die Angst kennt, den Partner zu verlieren.«

Es tat weh, als Ferver das sagte. »Den Partner verlieren«. Als ob er davon ausging, dass Vera sterben würde. Maria bemühte sich, nicht zu weinen.

»Wir tun alles, um Ihre Tochter zu finden. Das müssen Sie mir glauben.« Ferver nahm Frau Bleiwalds Brief und steckte ihn wieder in die Aktenmappe. »Sie können hierbleiben. Aber Sie geben keine Anweisungen. Wenn Herr Mengert sagt, was zu tun ist, dann tun Sie es.«

Er machte eine kurze Pause.

»Ich kann mich ja auf Sie verlassen, Frau Mooser, nicht wahr?«

Maria nickte. Sie wusste, was er meinte.

Und ohne dass sie es wollte, musste sie an die Kladde in der Küchenschublade denken.

*

Alsberger sah so gar nicht mehr aus wie der gestylte junge Mann, den Maria einmal kennengelernt hatte. Eher wie ein Junge. Ein schmaler, blasser Junge, mit tiefen Ringen unter den Augen, der etwas tun musste, dem er sich nicht gewachsen fühlte.

Sie hatten fast zwei Stunden lang beraten, wie er vorgehen sollte. Mit Arthur telefoniert und sich seinen Rat geholt. Jede Möglichkeit durchgesprochen, wie Alsberger die Bleiwald dazu bekommen könnte, ihn und Vera als Menschen zu sehen. Als Paar, das sich liebte, wie sie und ihr Mann sich geliebt hatten. Er musste erreichen, dass es ihr unmöglich wurde, Vera weiterhin nur als Objekt zu sehen. Als ein Instrument, das sie benutzte.

Um vier Uhr fuhr Alsberger ins Gefängnis in der Altstadt.

Maria blieb in der Polizeidirektion. Die Kollegen begegneten ihr, als hätte sie eine schwere Krankheit. Alle waren betroffen, aber keiner hatte den Mut, sie anzusprechen. Man schlich um sie herum, als hätte sie die Pest.

Sie verkroch sich in ihr Zimmer und beobachtete die Zeiger der Uhr. Eine halbe Stunde verging. Eine Stunde. Es dauerte. Das war ein gutes Zeichen.

Sie hatten auf alles verzichtet. Kein Mikro. Niemand sonst würde bei dem Gespräch anwesend sein. Es durfte nichts passieren, was die Bleiwald verärgern könnte.

Nach fast zwei Stunden hörte sie Alsbergers Schritte auf dem Flur. Er war blass, als er zur Tür hereinkam. Noch blasser als vorher.

»Das ist kein Mensch.« Er schüttelte den Kopf.
»Was hat sie gesagt?«
Alsberger ließ sich auf den Stuhl vor ihrem Schreibtisch fallen.
»Was hat sie gesagt?«
Er starrte einen Moment vor sich hin.
»Erst habe ich gedacht, es läuft gut«, begann er. »Ich habe ihr erzählt, wie ich Vera kennengelernt habe. Den Stress, den wir wegen Ihnen hatten. Dass sie dickköpfig und stur ist. Und der liebenswerteste Mensch, den ich kenne. Und dass sie die einzige Frau ist, die ich jemals so geliebt habe.«
Alsberger schaute mit leerem Blick zu Boden. Konnte er sie nicht ansehen, bei dem, was er jetzt sagen musste? War es so schlimm?
»Ich habe ihr alles über Vera erzählt. Was sie gerne zum Frühstück isst. Wie ihr Lieblingspulli aussieht. Dass sie gerne eine Katze hätte. Dass sie ständig die Uni schwänzt, um bei mir zu sein. Aber sie hat nur dagesessen und geschwiegen. Die ganze Zeit. Fast eine Stunde lang.«
»Und sie hat nichts gesagt? Eine Stunde lang? Gar nichts?«
»Erst als ich aufgestanden bin. Ich soll Ihnen Grüße ausrichten. Und dass Vera schon so gut wie tot ist, das soll ich Ihnen sagen.«
Er wischte sich mit dem Handrücken über das Gesicht. »›Richten Sie Frau Mooser schöne Grüße aus. Vera ist den Toten schon ganz nah.‹ Das war alles.«
Den Toten ganz nah. Was für eine seltsame Formulierung.
»*Das* hat sie gesagt? Den Toten ganz nah? Genau so?«
Alsberger nickte.
Den Toten ganz nah. So etwas würde man doch normalerweise nicht sagen.
»Und wenn das nun ein Hinweis sein soll, Alsberger?«
»Das war kein Hinweis. Das war der pure Sadismus.«
»Es könnte doch auch ein Hinweis sein! Auf den Ort, an dem sie Vera versteckt hat! Wo ist man den Toten ganz nah?«
Maria war aufgesprungen.
»Auf dem Friedhof, Alsberger! Wo denn sonst! Die Bleiwald hat die Terstetten auf dem Bergfriedhof getroffen. Da, wo ihr Mann seit fünf Monaten liegt. Auf dem Friedhof! Da ist man den Toten ganz nah.«

Sie rannte zu Ferver.

Kurz darauf rasten drei Polizeiwagen über die Rohrbacher Straße in Richtung Bergfriedhof.

Die Beamten suchten das Gelände ab. Das Leichenschauhaus. Die Kapelle. Schauten hinter jeden Stein und hinter jeden Busch.

Bis zum Abend waren sie auf allen Friedhöfen in Heidelberg gewesen. Von Wieblingen bis Peterstal. Aber sie hatten nichts gefunden.

Maria hatte das Gefühl, als habe sich ein Eisenring um ihre Brust gelegt, der sie kaum noch atmen ließ. Mit jedem Friedhof, den sie absuchten, hatte sich der Ring etwas fester zugezogen. Und ihre Hoffnung war nach und nach gestorben.

Sie fuhren von Ziegelhausen aus in die Stadt zurück. Alsberger saß mit versteinerter Miene hinter dem Steuer, den Blick starr geradeaus gerichtet.

»Alles in Ordnung?«, fragte sie.

Was für eine blöde Frage. Was sollte schon in Ordnung sein.

Alsberger war ganz in Gedanken versunken. Er reagierte überhaupt nicht. Bis sie die Neuenheimer Landstraße entlangfuhren.

»Und wenn es doch ein Hinweis war«, sagte er plötzlich. »Und wir haben ihn nur nicht richtig verstanden.«

Er schaute kurz zu Maria herüber.

»Die Bleiwald war doch in Zwinglers Wohnung. Sie hatte seinen Schlüssel! Sie meint nicht irgendwelche Toten, denen Vera nah ist. Sie meint *einen* Toten. Nur einen: Zwingler! Vera ist in seiner Wohnung!«

*

Das Siegel war entfernt. Zwinglers Wohnung war schon wieder freigegeben.

»Also ich habe nichts gesehen oder gehört.« Herr Brachner war vor Aufregung ganz rot im Gesicht. »Seine Schwester wollte kommen und die Möbel holen. Aber es war noch keiner da. Die ganze Zeit nicht.«

Er reichte Mengert den Schlüssel.

»Hat er da was drin versteckt?«, fragte Herr Brachner. »Waren die deshalb hinter ihm her?«

Becker schickte den Hausbesitzer hoch in seine Wohnung. Dann öffneten sie die Tür. Ein dumpfer, abgestandener Geruch schlug ihnen entgegen. Das Licht ging nicht. Vielleicht war der Strom schon abgestellt.

Mengert versperrte die Tür. »Nicht ohne Licht!«

Jemand holte eine Taschenlampe aus dem Wagen. Dann gingen Becker und Mengert hinein. Mit der Waffe im Anschlag, als ob irgendetwas Gefährliches in der Wohnung auf sie lauern würde.

Maria konnte es kaum ertragen, dazustehen und zu warten. Oben im Treppenhaus hörte man das leise Tuscheln von Herrn Brachner und einer Nachbarin. Es waren noch keine fünf Minuten vergangen, da erschien Mengert wieder in der Tür.

»Hier ist niemand.«

Sie durchsuchten die Keller. Es gab nicht den kleinsten Hinweis auf Vera. Sie fuhren in die Altstadt und öffneten die Wohnung von Frau Karl. Ferver telefonierte mit der Kripo in Landau. Die Wohnung von Julia Sinter, die Baustelle. Alles wurde abgesucht. Nichts.

Maria fuhr mit Alsberger zur Polizeidirektion zurück. Das Schweigen zwischen ihnen war erdrückend. Sie wusste nicht, was sie noch hätte sagen sollen.

Die Bleiwald hatte ihnen keinen Hinweis gegeben. Und wenn doch, dann hatten sie ihn nicht verstanden. Die Zeit war ihnen in den Händen zerronnen. Sie hatten nichts erreicht. Hatten einen zweiten Tag vergeudet.

Alsberger bog in die Römerstraße ein und parkte den Wagen.

Maria würde nicht mehr mit hochgehen. Sie konnte es nicht ertragen, da oben zu sitzen, ohne eine Idee, wie es weitergehen sollte. Die mitleidigen Blicke der Kollegen. Das konnte sie nicht mehr aushalten.

Sie stieg aus. »Ich gehe.«

Alsberger nickte kaum merklich. Er sah sie nicht einmal an. Mit gesenktem Kopf ging er auf das Gebäude zu.

Es hatte begonnen zu regnen. Ein feiner Nieselregen.

Maria schlug den Kragen ihrer Jacke hoch. Ziellos ließ sie sich durch die Straßen treiben. Lief die Bergheimer Straße entlang Richtung Bismarckplatz, vorbei an den hell erleuchteten Fenstern der Geschäfte, immer weiter geradeaus, durch die endlose Fußgängerzone. Weiter und weiter.

Die Bilder fielen über sie her. Sie hatte keine Kraft mehr, sie zurückzuhalten. Vera als Kind. Mit Sommersprossen und Lockenkopf. Am Frühstückstisch, den Mund verschmiert. Vera mit dem Bobbycar. Vera, mit aufgeschlagenem Knie, die sich an sie klammerte. Vera bei ihrer Abiturfeier. Vera, die ihr stolz den Ring zeigte. Hunderte von Bildern.

Schließlich stand sie auf dem Kornmarkt. Vor der Madonnenfigur, die hoch oben auf dem Sockel thronte, das Kind auf dem Arm.

Die Figur wirkte wie ein Stoppschild, das Maria zur Besinnung brachte. Die Muttergottes. Der Inbegriff der guten Mutter. Die ihr Kind behütete. So sollte es doch sein.

Und wenn das nun hieß, einen Mord zu begehen?

Sollte sie einen Menschen töten, um ihr Kind zu retten?

Maria schaute hoch. Wäre sie doch nur auch aus Stein. Dann bräuchte sie sich nicht zu entscheiden.

Guter Mensch. Schlechter Mensch. Schuldig oder nicht.

Manche hatten das große Glück, nie im Leben vor einer solchen Entscheidung zu stehen. Und manche, die sich entscheiden mussten, hatten zumindest die Wahl, auf welcher Seite sie stehen wollten.

Sie hatte keine Wahl. Egal was sie tat, sie würde schuldig werden. Wenn sie weiter wartete, würde Vera sterben. Vera zu retten hieß, Bleiwalds Plan zu Ende zu bringen.

Würde sie das wirklich können? Einfach abdrücken, wenn sie vor Vossner stand?

Es gab keine Rettung mehr. Keine Wahl.

Sie war in der Hölle angekommen.

Maria nahm ein Taxi und ließ sich nach Hause fahren. Zog ihre Jacke aus. Ging in die Küche. Setzte sich an den Tisch.

Dann öffnete sie die Schublade und holte die Kladde heraus.

*

Axel Vossner drehte sich zur Seite. Er sah auf die roten Leuchtziffern seines Weckers. Seit Stunden lag er schon wach und dachte über die alten Geschichten nach.

Der Försthoven. Mathe und Sport. Die Sache mit ihm hatte er ganz vergessen.

Ein Widerling war der Typ gewesen. Ständig hatte er auf Eugen herumgehackt. Vor der Klasse dämliche Anspielungen auf den Tod von Markus Terstetten gemacht. Über Drogen, Dealer, über Mörder.

Dabei hatte er keine Ahnung. Markus Terstetten wollte ja unbedingt. Gebettelt hatte er darum. Erst gebettelt, dann gedroht.

Der konnte mit dem Zeug nicht umgehen. Er hatte es geschluckt, als ob es Bonbons wären. Zur Polizei wollte er gehen, wenn Eugen ihm nichts verkaufen würde. Ihn verpfeifen. Eugen hatte ihn gewarnt. Aber Markus Terstetten hatte es ja wie immer besser gewusst.

Der Försthoven wollte nicht aufhören. Immer wieder fing er davon an. Sie hatten nicht viel über ihn rumerzählen müssen. Nur ein paar kleine Andeutungen, das reichte schon. Niemand konnte den Försthoven leiden. Die glaubten gerne, was sie hören wollten. Und so völlig daneben waren die Geschichten ja auch nicht.

»Der Försthoven hatte einen Unfall. Der hat sich die Birne zu Matsch gefahren. Jetzt sind wir das Arschloch endlich los«, hatte Eugen eines Morgens zu ihm gesagt. Danach sprachen sie nicht mehr über ihn. Er war nicht mehr wichtig.

Försthovens Frau hatte Eugen getötet. Und ihn wollte sie auch umbringen. Der Beamte hatte es ihm erzählt. Was für ein Wahnsinn.

Die roten Leuchtziffern des Weckers sprangen um. Halb drei. Es hatte keinen Sinn mehr, noch länger liegen zu bleiben. Er konnte sowieso nicht schlafen.

Axel Vossner stand auf und ging ins Wohnzimmer, setzte sich auf das Sofa. Er schaltete den Fernseher ein, leise, damit Regine nicht wach wurde. Regine. Ständig hing sie jetzt bei ihm rum. Sie ahnte etwas. Ahnte zu viel.

Er fror. Kalt war es. Kein Wunder, das Fenster stand halb offen. Regines Frischluftwahn. Er stand auf und streckte die Hand nach dem Fenstergriff aus. Sein Blick fiel auf die Straße.

War da jemand? Unten auf der Straße?
Axel Vossner beugte sich vor.
Er konnte es genau sehen. Da stand jemand und schaute hoch.
Schnell zog er den Kopf weg.

Sie holte die Waffe aus der Manteltasche. Langsam. Spürte das kühle Metall in ihrer Hand. Streckte den Arm. Fixierte ihr Ziel. Drückte ab.

Nichts geschah.

Sie drückte noch einmal ab. Noch einmal und noch einmal. Verzweifelt.

Immer wieder.

Ein Knall. Maria schreckte hoch.

Es dauerte einen Moment, bis sie wieder wusste, wo sie war. Sie musste eingeschlafen sein, mit dem Kopf auf dem Küchentisch. Die Kladde war heruntergefallen. Sie schaute auf die Uhr. Zum Glück nur ein paar Minuten.

Sie hob Frau Bleiwalds Aufzeichnungen auf und versuchte weiterzulesen. Die Buchstaben verschwammen ihr vor den Augen. Tanzten über das Blatt. Maria war so müde, dass sie kaum noch etwas erkennen konnte.

Sie musste sich hinlegen. Ganz kurz. Sonst würde sie nicht mehr klar denken können.

Als sie auf der Couch lag, schwirrte alles, was sie gelesen hatte, in ihrem Kopf herum.

Die Randnotiz in der gestochen klaren Handschrift: der Hintereingang zu Vossners Praxis. Tür leicht zu öffnen. Sieben Uhr fünfzehn. Die Uhrzeit, zu der Vossner normalerweise das Haus verließ. Der Hinterhof, in dem er eine Garage hatte. Drei rote Striche.

Garage. Eine gute Gelegenheit.

Gute Gelegenheiten waren mit roten Strichen markiert.

Unbeleuchteter Hinterhof. Garage. Dreimal rot.

Wie ein Karussell drehten sich die Gedanken in Marias Kopf.

Vossner. Geparkte Autos. Zwingler. Vera. Die Garage. Der Plan vom Hinterhof. Mengert in der Tür von Zwinglers Wohnung. *Hier ist niemand.* Zwinglers Wohnung.

Zwingler, der Autonarr.

Garage. Dreimal rot.

Mit einem Mal war sie hellwach.

Zwinglers Auto. Sein über alles geliebtes Auto.

Vossner hatte eine Garage im Hinterhof des Mietshauses, in dem er wohnte. Zwingler parkte seinen Wagen in der Tiefgarage des Bürogebäudes, wenn er in der Weststadt arbeitete. Wo hatte er sein Auto abgestellt, wenn er zu Hause war?

Der hat seinen Wagen nie auf der Straße stehen lassen. Nie.

Herr Brachner hatte es ihnen erzählt. Herr Brachner, der Spinner, den sie nicht ernst genommen hatte.

Maria sprang so schnell auf, dass ihr schwindlig wurde. Sie hastete zum Telefon.

Keine zwanzig Minuten später stand sie mit Alsberger vor dem Haus in Handschuhsheim. Maria klingelte Sturm. So lange, bis Herrn Brachners mürrische Stimme aus der Gegensprechanlage zu hören war.

»Wer ist denn da?«

Was? Wo der Herr Zwingler sein Auto abgestellt hatte? Natürlich hatte der eine Garage. Herr Brachner wusste sogar, wo. Er habe Zwingler ja selbst den Tipp gegeben, dass er da was mieten könnte.

Die Garagen lagen hinter einer Durchfahrt, die unter dem Atzelhof hindurchführte, nur ein paar hundert Meter von Zwinglers Wohnung entfernt. In dem Hof war ein Garagentor neben dem nächsten. Man konnte sie in der Dunkelheit mehr erahnen als sehen. Es mussten über zwanzig Stück sein.

Alsberger rüttelte an den Griffen. Schlug mit den Fäusten auf das Metall. Rief Veras Namen.

Sie hatten Mengert informiert. Innerhalb weniger Minuten wimmelte es von Beamten.

Maria war am Eingang des Hofs stehen geblieben. Regungslos. Erstarrt. Wie hinter einer dicken Glaswand. Es war die einzige Möglichkeit, die Angst zu überleben. Die Angst, Vera auch hier nicht zu finden. Vielleicht zu spät zu kommen.

Sie sah Alsberger auf Mengert einreden. Sah Mengert, der zum

Wagen ging und irgendetwas über Funk zu regeln versuchte. Sah, wie er den Kollegen zuwinkte.

Sie begannen, die Tore aufzubrechen. Eins nach dem anderen. Nach dem fünften konnte Maria nicht mehr zusehen. Sie drehte sich um und ging aus dem Hof heraus. Stellte sich vor die Einfahrt.

Sie hörte den Lärm. Die aufgeregte Stimme von Alsberger, der die Kollegen antrieb, schneller zu machen. Das metallische Scheppern. Konnte mitzählen. Tor für Tor.

Das achte.

Das neunte.

Das zehnte.

Dann hörte sie nichts mehr.

Mit einem Mal war es still. Totenstill. Sie wusste sofort, was das bedeutete. Sie hatten Vera gefunden.

Aber niemand rief. Niemand jubelte.

Es blieb still.

Wie im Traum ging Maria in die Einfahrt. Dicht gedrängt standen die Kollegen beieinander. Sie starrten in eine der Garagen.

In der Mitte des Hofs blieb Maria stehen. Sie konnte nicht mehr weitergehen. Sie konnte da nicht hin.

Mengert löste sich aus dem Pulk und kam auf sie zu. Jeder Schritt von ihm schien eine Ewigkeit zu dauern.

»Und?«, fragte er, als er vor ihr stand. »Willst du deiner Tochter nicht guten Tag sagen?«

Maria rannte los, bahnte sich ihren Weg durch die Kollegen.

Vera lag auf dem Boden, den Kopf auf eine Jacke gebettet. Das Gesicht so bleich, als ob sie ein Geist wäre. Um den Mund war ein weißes Rechteck zu sehen, dort, wo das Paketband geklebt hatte.

Alsberger kniete am Boden und versuchte, ihr Wasser aus einer kleinen Flasche einzuflößen. Vera hatte die Augen geöffnet.

Maria beugte sich über sie. Sie konnte nichts sagen. Sie war unfähig, auch nur ein Wort herauszubringen. Sie wusste, sobald sie den Mund aufmachte, würde sie anfangen zu heulen.

Vera schaute sie mit ihren grünen Katzenaugen an. Sie hatte einen seltsam entrückten Blick. So als würde sie ihre Mutter gar nicht erkennen. Als wäre sie schon in einer anderen Welt. *Den Toten ganz nah.*

Alsberger hielt ihr die Flasche vor den Mund, doch Vera drehte den Kopf weg.

Sie flüsterte etwas. Machte eine schwache Bewegung mit der Hand.

Maria beugte sich zu ihrer Tochter herunter.

Wieder versuchte Vera, etwas zu sagen.

Ganz leise. Kaum hörbar.

Maria verstand zunächst nicht, *was* ihre Tochter ihr zu sagen versuchte. Doch *als* sie es verstand, wusste sie, dass Vera noch längst nicht bei den Toten war.

»Wie üblich«, flüsterte Vera ihr ins Ohr. »Verdammt spät dran!«

*

Sie saßen an ihrem Bett, Alsberger rechts davon, Maria links. Vera schlief. Man hatte ihr irgendwelche Infusionen gegeben.

Der Arzt war optimistisch. Sicher könne sie schon bald nach Hause.

Die Augen fielen Maria zu. Der Rücken tat ihr weh. Die Stühle waren eine einzige Qual.

»Ich vertrete mir mal die Beine«, sagte sie zu Alsberger.

Sie ging raus auf den Klinikflur und lief auf und ab. Sie hatte zwei Nächte nicht mehr geschlafen. Sie musste sich bewegen, sonst würde sie sich nicht mehr wach halten können. Aber sie wollte unbedingt noch bleiben, bis Vera die Augen wieder aufschlug. Wollte ihre Tochter in den Arm nehmen, noch einmal mit ihr sprechen, sicher sein, dass es ihr gut ging.

Ein leises Geräusch war zu hören.

Es kam aus dem hinteren Teil des Flurs, wo die Tür zu einem der Zimmer offen stand.

Jemand sprach. Flüsterte. Vorsichtig ging Maria auf die offene Tür zu und schaute in das Zimmer hinein, das im Halbdunkel lag.

Ein eigentümlicher Geruch erfüllte den Raum. Jemand saß vor dem Krankenbett, mit dem Rücken zur Tür.

Maria ging weiter. Sie wollte sehen, wer da saß. Sie *musste* es sehen. Sie trat an das Bett, neben die Gestalt.

Auf dem weißen Laken lag ein Mann, die Hände vor dem Körper gefaltet, die Augen geschlossen. Mit wächserner Haut. Maria wusste sofort, dass er tot war.

Es war eine Frau, die auf dem Stuhl neben dem Bett saß. Sie hatte Maria bemerkt und drehte sich zu ihr. Schaute hoch. Ein liebes Gesicht. Graue Haare. Es war Frau Bleiwald. Sie weinte.

»Hallo, was machen Sie denn hier?«

Erschrocken drehte Maria sich um. Eine Schwester stand in der Tür.

»Ich … ich wollte …«

Sie schaute auf das Bett. Es war leer. Der Stuhl stand an der Wand, neben dem Nachttisch. Es war niemand da.

»Entschuldigung. Ich muss mich im Zimmer geirrt haben.«

Maria ging raus auf den Flur.

»Kann ich Ihnen helfen?«, rief die Schwester ihr hinterher.

»Schon gut.«

Sie brauchte einfach nur Schlaf. Sehr viel Schlaf.

Paradies mit grünem Himmel

Maria sah ihn auf dem Waldweg langsam auf sich zukommen. Schnaufend wie eine Dampflok, die sich mühsam den Berg hinaufschob. Eine Dampflok mit Stirnband.

Als Arthur bei ihr war, stoppte sie die Uhr.

»Vier Minuten langsamer als beim letzten Mal. Streng dich an! Nicht so lahm! Die Füße abrollen! Das habe ich dir schon hundertmal gesagt!«

Arthur dampfte an ihr vorbei. Maria glaubte, zwischen dem Schnaufen so etwas wie »alte Hexe« zu hören.

»Was hast du gesagt?«

Er hob abwehrend die Hand.

Sie startete die Stoppuhr wieder. Da gab es kein Erbarmen. Schließlich hatte sie Arthur versprochen, ihm zu helfen. Selbst schuld. Er hatte es ja nicht anders gewollt.

Seitdem er aus der Reha zurück war, fuhren sie jeden zweiten Tag vor Dienstbeginn hierher. Sie stellten den Wagen auf dem kleinen Parkplatz am Waldrand ab und gingen die Sommerseite des Talwegs hoch, bis zu den Holzbänken am Buchbrunnen. Damit war Marias Sportprogramm für den Tag erledigt. Arthur musste noch ein paar Mal bis zur kleinen Holzbrücke zurück und wieder hoch laufen.

Wobei man eigentlich nicht wirklich von »laufen« sprechen konnte. Er bewegte sich im Schritttempo den Weg entlang und wedelte mit den Stöcken in der Luft herum. Aber für jemanden, der sich in den letzten Jahren nur noch vom Stuhl erhoben hatte, wenn es sich überhaupt nicht mehr vermeiden ließ, war das viel.

Arthur war schon deutlich schneller geworden. Und ein bisschen dünner. Arthur war mächtig stolz darauf. Und Maria war mächtig stolz auf Arthur.

Noch drei Kilo, dann wollte er Sabine anrufen. Die Frau, die ihm das kleine weiße Bärchen geschenkt hatte.

Maria hatte sich tausendmal für ihre Verdächtigungen bei Arthur entschuldigt. Innerlich. Er musste ja nicht wissen, dass ihre Krankheit nach seiner Moralpredigt in der Klinik doch nicht ganz verschwunden war.

Sabine arbeitete dort als Krankenschwester. Sie war eine ehemalige Schulkameradin von Arthur, die Dienst gehabt hatte, als er eingeliefert wurde. So, wie er von ihr schwärmte, musste sie eine Mischung aus Mutter Teresa und Marilyn Monroe sein.

Maria verstand nicht, warum er noch drei Kilo warten musste. Aber in Arthurs Kopf gab es irgendwelche magischen Gewichtsgrenzen, die er erst erreichen musste, bevor es mit dem Privatleben losgehen konnte. Sie hatte versucht, es ihm auszureden. Erfolglos.

Maria sah auf die Uhr. Zwanzig vor acht. Sie genoss es, so früh hier zu sein. Um diese Zeit herrschte im Handschuhsheimer Mühltal eine himmlische Ruhe. Und es war angenehm kühl. Nicht so wie in der Stadt. Dort war es in den letzten Tagen schwül und drückend gewesen, wie so oft in diesem Juli.

Sie lehnte sich auf der Bank zurück.

Schön war es hier. Im Rücken das gluckernde Wasser, über ihr das grüne Blätterdach. Vogelgezwitscher, das Summen einer dicken Hummel, die an ihr vorbeitorkelte.

So schön und friedlich, dass es ihr manchmal wie eine Filmkulisse vorkam. Unwirklich schön. Unwirklich friedlich. Wenn sie an das dachte, was geschehen war. An Bleiwalds Hölle.

Die Bleiwald. Manchmal empfand Maria ihr gegenüber so etwas wie Dankbarkeit. Dass sie Alsberger den Hinweis gegeben hatte, wo sie Vera finden würden. Um sich gleich darauf zu fragen, ob sie eigentlich verrückt war. Wie konnte sie dieser Frau nur dankbar sein?

Vielleicht sollte man auch mit Mörderinnen keine Geheimnisse haben. So wie das Rezeptbuch in ihrer Küchenschublade. Die Bleiwald hatte in den Vernehmungen nie etwas davon erzählt. Maria hatte es irgendwann auf dem Balkon verbrannt.

Aber schließlich besaß ja jeder seine kleinen Geheimnisse. Ferver zum Beispiel. Der hatte Axel Vossner noch überwachen lassen, als Frau Bleiwald schon längst in Haft war. Es stand alles in der Akte, die Maria auf Mengerts Schreibtisch entdeckt hatte.

Darin war auch eine Notiz abgeheftet, dass Vossner in der Nacht, in der sie Vera gefunden hatten, völlig aufgelöst bei der Polizeidirektion angerufen hatte, weil jemand vor dem Haus herumlungerte und ihn beobachtete. Ein Polizeibeamter, wie Maria nachlesen konnte.

Ferver hatte sich wohl doch nicht so ganz auf sie verlassen wollen. Aber es gab nun wirklich keinen Grund, ihm das übel zu nehmen.

Arthur schnaufte heran und ließ sich neben Maria auf die Bank fallen.

»Und?« Er suchte in seiner Sporttasche nach dem Handtuch.

»Was ›und‹?«

»Maria! Die Uhr! Hast du schon wieder nicht gedrückt?«

Er nahm ihr die Stoppuhr aus der Hand.

»Tut mir leid, Arthur. Ich war in Gedanken.«

Verärgert drückte er den Knopf.

»Also wirklich! Du mit deiner ständigen Grübelei. Hör doch mal endlich auf damit!« Er wischte sich mit dem Handtuch den Schweiß von der Stirn. »Das ist ungesund.«

Es *war* ungesund. Ganz bestimmt. Sie sollte wirklich aufhören, ständig über diese Geschichte nachzudenken. Vera ging es wieder gut. Sie war ein paar Tage im Krankenhaus gewesen und erstaunlich schnell über die Sache hinweggekommen. So schien es zumindest.

Aber manchmal hatte Maria den Verdacht, dass Vera ihr nicht sagte, was wirklich in ihr vorging. Weil sie spürte, dass ihre Mutter selbst noch mit dem haderte, was geschehen war. Zum Glück war Alsberger da, der sich liebvoll um Vera kümmerte.

Seit vier Wochen waren die beiden in Urlaub. Übermorgen würden sie zurückkommen. Kanada mit dem Wohnmobil. Gesponsert von Mama, die vor lauter schlechtem Gewissen alles bezahlt hätte, was das Kind sich wünschte.

Vera hatte ihr nie einen Vorwurf gemacht, dass sie die Bleiwald in ihre Wohnung und in ihr Leben gelassen hatte. Auch Ferver hatte die Sache auf sich beruhen lassen.

Aber sie selbst hatte sich das noch lange nicht verziehen.

Arthur schlug nach einer Mücke, die versuchte, ihren Rüssel in seinen Arm zu bohren.

»Oder machst du dir noch Vorwürfe?«

»Quatsch.«

»Was willst du denn noch? Dass die Bleiwald gesteht, dass sie Julia Sinter umgebracht hat? Darauf kannst du lange warten.«

Nein, darauf wartete sie nicht. Auch wenn einiges gegen die Bleiwald sprach, das hatte sie inzwischen einsehen müssen.

An einem ihrer Schuhe hatte man Erdpartikel gefunden, die von der Baustelle stammten, auf der Julia Sinter getötet wurde. Frau Bleiwald lieferte jede Menge Erklärungen dafür. Und behauptete nach wie vor, dass Axel Vossner der Mörder sein müsste. Alles nur Dreck, der kleben bleiben sollte? Manchmal hatte Maria da trotz allem noch ihre Zweifel.

»Also, was willst du denn?«, fragte Arthur zum zweiten Mal.

»Ich will vor allem, dass du deinen Hintern von der Bank hievst und wieder lostrabst. Wir sind nicht zum Schwätzen hergekommen, wenn ich dich daran mal erinnern darf.«

»Du bist eine Sklaventreiberin, Maria Mooser. Ein schlechter Mensch.«

»Klar, deshalb quäle ich mich auch jeden zweiten Tag in aller Herrgottsfrühe aus dem Bett und fahr dich hierhin.«

»Okay. Du bist ein guter Mensch.« Arthur stand auf. »Kommt dieser Arno Herkel am Samstag eigentlich auch?«

»Ja, der kommt auch.«

»Und Jörg Maier?« Arthur grinste.

Sie hätte ihm nicht so viel erzählen sollen. Aber wie hieß noch der Spruch? Wenn das Herz voll ist, läuft der Mund über.

»Jörg kann nicht. Am Samstag hat Karin Geburtstag.«

»Na, das trifft sich aber gut, was? Wäre ja auch ein bisschen kompliziert geworden, wenn beide kämen. Was gibt es denn zu essen?«

»Da ist gar nichts kompliziert. Man kann doch mal mit dem und mal mit dem ausgehen. Was ist denn schon dabei? Das ist alles völlig harmlos!«

Natürlich war es kompliziert. Die Sache zwischen Karin und Jörg war kompliziert. Die Sache zwischen ihr und Jörg und die zwischen ihr und Arno Herkel auch.

Jahrelang fand man niemanden interessant außer dem eigenen

Ehemann, und dann gleich zwei Männer auf einmal. Aber nach dreißig Jahren Monogamie kam einem wahrscheinlich sowieso alles kompliziert vor, was mit Männern zu tun hatte.

Die Briefe mit der Chiffre hatte sie auf jeden Fall an Bea abgetreten. Die war begeistert. Das mit der Rubensfigur passte ja gut auf sie beide.

Arthur stand da und lockte wahrscheinlich alle Mücken im Umkreis von zehn Kilometern an, so verschwitzt, wie er war.

»Wirst du jetzt endlich deinen Hintern bewegen?«

»Nur wenn du sagst, was es zu essen gibt!«

»Alles ganz leicht, Arthur. Nur keine Panik.«

Er konnte die Sahne auf der Schokoladenmousse ja weglassen.

Arthur stapfte los.

Sie hatte sie für Samstag eingeladen: Vera, Alsberger, Arthur, Bea und Arno Herkel.

Sie freute sich darauf. Menschen, die ihr viel bedeuteten. Für die sie sehr viel zu tun bereit war.

Vielleicht sogar, einen Mord zu begehen?

Maria schaute in den grünen Blätterhimmel über ihr. Schön, wieder mal im Paradies zu sitzen, wenn man mit einem Bein in der Hölle gestanden hatte.

Und gut, dass man nicht alle Fragen im Leben beantworten musste.

Dank

Auch bei Maria Moosers drittem Fall gab es wieder eine Reihe von Menschen, die dazu beigetragen haben, dass aus einer Idee schließlich ein Buch wurde.

Ihnen möchte ich an dieser Stelle herzlich danken:

Harald Kurzer, Pressesprecher der Polizei Heidelberg, dafür, dass er sich erneut die Zeit genommen hat, all meine Fragen geduldig und in gewohnt freundlicher Art zu beantworten.

Vita Funke für ihren ersten prüfenden Blick auf das Skript und ihre anregende und konstruktive Kritik.

Dem Team vom Emons Verlag, ganz besonders Christel Steinmetz, für die angenehme und zuverlässige Zusammenarbeit, und Marit Obsen für ihr sorgfältiges und hilfreiches Lektorat.

Meinem Mann Joachim, der sich zu jeder Zeit Maria Moosers neue Eskapaden angehört hat, und dessen Freude am Lesen keinerlei Zweifel daran aufkommen lässt, dass es eine gute Sache ist, Zeit und Energie aufzuwenden, um aus Ideen Bücher werden zu lassen.